La lluvia del tiempo

Jaime Bayly

La lluvia del tiempo

ALFAGUARA

LA LLUVIA DEL TIEMPO

Santillana USA Publishing Company
2023 N.W. 84th Ave.
Doral, FL, 33122
Tel: (305) 591-9522
Fax: (305) 591-7473
www.prisaediciones.com

ISBN: 978-1-62263-157-5

Diseño: Proyecto Enric Satué
Cubierta: Michael H. Lazo

Printed in USA by HCI Printing
15 14 13   1 2 3 4 5 6 7 8 9

A Silvia

—Si de verdad eres un periodista independiente, invítame a tu programa.

La voz de una adolescente que decía llamarse Soraya Tudela sonó altiva, desafiante. Al otro lado del hilo telefónico, Juan Balaguer se impacientó:

—No soy un periodista independiente, soy dependiente del *rating*.

Soraya atacó sin vacilaciones:

—Pero tienes fama de ser adulón de Alcides Tudela.

Balaguer se defendió, irritado con esa adolescente que lo había llamado a su casa, despertándolo:

—No soy adulón de Tudela. Pienso votar por él, apoyo su candidatura, pero eso no me convierte en adulón.

—Entonces demuéstralo —dijo Soraya.

Balaguer se quedó en silencio.

—Invítame a tu programa, entrevístame —insistió Soraya—. Soy la hija de Alcides Tudela, él no me quiere reconocer y tengo derecho a decir mi verdad en televisión.

Balaguer pensó que estaba ante una mujer que parecía porfiada.

—¿Cómo puedo saber que no estás mintiendo? —preguntó.

—Te lo demostraré si me invitas a tu programa —lo retó Soraya.

Esta niña resabida me va a traer problemas, pensó Balaguer. Luego preguntó:

—¿Qué edad tienes?

—Catorce años.

—Eres menor de edad. No puedes salir en televisión atacando a un candidato presidencial. Es ilegal que una niña sea usada para fines políticos, ¿no te das cuenta?

Soraya se rio de modo condescendiente.

—Tienes miedo —dijo—. No te preocupes, Juan, mi mamá me va a acompañar; nos entrevistarías a las dos.

No puedo hacerlo, pensó Balaguer. *Si saco a esta niña y a su madre en mi programa, Alcides Tudela perderá las elecciones y yo tendré la culpa. No puedo correr ese riesgo, tengo que pedirle permiso al dueño del canal.*

—¿Se puede saber quién te dio el número de teléfono de mi casa? —preguntó, irritado.

—Lo conseguí en la guía telefónica —respondió Soraya.

—Eso es imposible. Mi teléfono no está en la guía, es privado.

—Estás mal. Mira la guía de este año y verás que tu número aparece. No solo tu número, Juan Balaguer, también tu dirección, por si acaso.

—Siempre me pasa lo mismo. Estos de la compañía de teléfonos son unos incompetentes.

Se hizo un silencio.

—¿Quieres hablar con mi mamá? —preguntó Soraya.

—No, todavía no —se apresuró en responder Balaguer—. ¿Cómo se llama tu mamá?

—Lourdes. Lourdes Osorio. ¿Te la paso? Está acá a mi lado.

—No, no —se asustó Balaguer—. Déjame tu número, yo haré unas consultas y te llamaré. Lo mejor sería reunirnos los tres en privado y que me cuenten todo antes de tomar una decisión.

—¿Con quién vas a consultar? —preguntó Soraya, suspicaz.

—¿Con quién crees? —preguntó Balaguer.

—¿Con Alcides Tudela?

—No, no te pases, no soy mayordomo de Tudela. Tengo que consultarlo con Gustavo Parker, el dueño del canal.

—Entonces no me vas a entrevistar.

—¿Por qué estás tan segura?

—Porque Gustavo Parker apoya a Alcides Tudela más que tú; no te va a dar permiso para que me entrevistes, ¿no te das cuenta?

—¿Qué sabes tú de Gustavo Parker? —volvió a enfadarse Balaguer—. Gustavo Parker es mi amigo y es un gran empresario, y sí, él apoya a Alcides Tudela como lo apoyo yo, pero él respeta mi independencia periodística, y si yo decido entrevistarte, solo tengo que informarle, él no me va a prohibir nada.

—Veremos —sentenció secamente Soraya.

—Sí, veremos. Tampoco me puedes obligar a entrevistarte, ¿comprendes?

—Yo no te obligo, Juan Balaguer. Tu conciencia debería obligarte.

De nuevo, la voz de Soraya pareció impregnada de cierta superioridad moral, o de la firmeza de quien cree que no miente. Balaguer tomó nota del teléfono que le dictó la adolescente.

—Te llamaré por la noche —dijo.

—Sí, claro —acotó ella, en tono desconfiado.

—No te pases de lista, Soraya. Te llamaré y nos reuniremos acá en mi casa.

—¿Con mi mamá, no?

—Obviamente, con tu mamá.

—Ya. Entonces espero tu llamada.

—Saludos a tu mamá. Te llamo por la noche.

Juan Balaguer colgó el teléfono. *¿Y ahora qué carajo hago?*, pensó. *Esta niña no parece estar mintiendo, seguro que el pingaloca de Alcides Tudela es su papá, el muy pendejo tiene pinta de tener diez hijas no reconocidas. Ya me cagué. Si no la entrevisto, irá a otro programa o a un periódico y contará que yo tuve la oportunidad de entrevistarla y no lo hice, y quedaré como un lameculos de Alcides Tudela y mi credibilidad se irá al suelo. Estoy jodido, tengo que entrevistarla. ¿Por qué carajo esta niña relamida tenía que llamarme a mí y no a otro periodista? ¿Por qué tenía que venir a joderme cuando solo faltan cuatro semanas para las elecciones presidenciales y es un hecho que Alcides Tudela las ganará? Tengo que avisarle a Alcides ahora mismo, después de todo es mi amigo y es íntimo de Gustavo Parker, y no sé si esta niña está diciendo la verdad o está inventándose todo para joder la candidatura de Tudela.*

Balaguer marcó el celular de Alcides Tudela. Contestó su secretario de prensa, Luis Reyes.

—Pásame con tu jefe. Es urgente.

—No puede atenderte —dijo Reyes—. Está con el *kitchen cabinet*.

—Pásame con Tudela —insistió Balaguer.

—Voy a ver si lo puedo interrumpir —se ofreció Reyes.

Balaguer escuchó una voz atronadora, imperiosa, de resaca añeja, del que ya sabe que ganará la presidencia y da órdenes: su amigo Alcides Tudela quejándose porque había bajado dos puntos en las encuestas y amonestando en tono mandón a sus subordinados.

—No me interrumpas, carajo —le dijo a Reyes,

y Balaguer pudo escucharlo perfectamente—. Estoy con mi *kitchen cabinet* —rugió Alcides Tudela, y dijo esas dos últimas palabras en el decoroso inglés que había aprendido en la Universidad de San Francisco.

—Don Alcides, es Juan Balaguer —se disculpó el secretario Reyes, haciendo una venia.

—¡Dile que después lo llamamos! —gritó Tudela—. ¡Estoy en mi trinchera combatiendo por la democracia, no me jodan, carajo! —levantó más la voz, y golpeó la mesa, y su vaso de *whisky* salpicó unas gotas.

De inmediato, Alcides Tudela se agachó sobre la mesa y lamió las gotas de *whisky*.

—Pásame con Balaguer —se replegó, y cogió el celular y lo acercó a su oreja, mientras sus apandillados lo miraban con aire reverente, sumiso.

—Alcides, soy Juan Balaguer.

—¿Qué pasa, hermano? —preguntó Tudela, en tono arrogante, como si ya fuera presidente electo—. ¿En qué te puedo servir?

—Estamos jodidos —dijo Balaguer.

Tudela se rio, burlón.

—Tú estarás jodido, porque tu *rating* en «Panorama» ha bajado el domingo pasado —dijo—. Yo no estoy jodido porque voy primero en las encuestas y le llevo quince puntos a la estreñida de Lola Figari.

—Estamos jodidos, Alcides —dijo Balaguer.

—¿Qué pasa? —preguntó Tudela, que de pronto parecía advertir que la cosa no era una frivolidad o un capricho de su amigo.

—Me ha llamado una chica de catorce años que dice llamarse Soraya Tudela y asegura ser tu hija.

Alcides Tudela quedó en silencio.

—Quiere venir con su mamá este domingo a mi programa.

Tudela no dijo una palabra, era consciente de que ocho o diez personas estaban escuchándolo alrededor de la mesa que presidía.

—Yo no quiero joderte, Alcides, pero tenemos que hacer algo con esta niña. Si yo no la entrevisto, irá a otro programa. Y me parece que no miente —dijo Balaguer.

—¿Dónde estás? —preguntó Tudela, ya con otra voz, delatando preocupación.

—En mi casa.

—No te muevas. Voy para allá.

—Acá te espero.

—Y no llames a nadie ni le cuentes esto a nadie, Juan.

—A nadie, tranquilo, a nadie.

—Absolutamente a nadie. Ni siquiera a Gustavo.

—No llamaré a Gustavo, no te preocupes.

—Espérame, voy para allá.

Colgaron. Juan Balaguer marcó el teléfono privado de Gustavo Parker, el dueño del canal de televisión que emitía «Panorama», el programa de Balaguer, los domingos por la noche. Gustavo Parker contestó:

—¿Qué hay de nuevo?

—La cagada —dijo Balaguer—. El cholo Tudela la cagó.

Juan Balaguer nació en Lima, en el barrio de Miraflores. Su padre, Juan, había estudiado economía en la Universidad de Chicago y era gerente general del Banco Popular; su madre, Dora, había sido profesora de inglés en el Colegio Villa María y no trabajaba desde que nació Juan, su único hijo, quien se llamaba así por su padre y por su abuelo y su bisabuelo paternos, todos llamados Juan Balaguer. En el Colegio Santa María, donde habían estudiado su padre y su abuelo, Juan fue un alumno sobresaliente, siempre o casi siempre el primero de la clase, destacando tanto en matemáticas como en artes y letras, haciendo gala de una memoria superior a la de sus compañeros. Era, sin embargo, un niño tímido, renuente a participar de los juegos del recreo y de las competencias atléticas, y sus únicas calificaciones pobres eran las de deportes, o educación física, como llamaban en el Colegio Santa María al curso de deportes. En ese tiempo, Juan quería ser actor. No se lo decía a sus padres, pero cuando actuaba en los festivales de teatro del colegio o cuando hacía imitaciones humorísticas de personajes famosos, sentía una gran alegría al provocar risas en sus compañeros y escuchar los aplausos que premiaban su versatilidad histriónica, su osadía en el escenario y su desparpajo para el humor. A sus padres les mentía, les decía lo que ellos querían escuchar, que terminando el colegio sería economista o médico, nunca la verdad, que su pasión era actuar, que los momentos de mayor felicidad eran las películas que una vez al mes veía con su madre en el cine Pacífico o en el cine Colina de Miraflores. Tenía una relación más cercana con su madre; a su padre lo veía muy rara vez, se dedicaba por completo al Banco Popular y los fines de semana jugaba golf en el club de San Isidro y pasaba poco tiempo con él. La relación con su madre era una de amistad y confidencias, el papel de Balaguer era el de escucharla, acompañarla con sus silencios y su sonrisa, reírse con ella, darle ánimos cuando la veía abatida, tomarla de la mano y besarla en la mejilla y decirle cuánto la quería. No era su papel hablar ni contarle cosas; era ella, Dora, quien se refugiaba en su único hijo para compartir con él lo que no podía contarle a su marido, siempre atareado, con un trago de más, apurado por meterse en la cama a ver televisión o irse a jugar golf los fines de semana. Aun cuando su madre era también su mejor amiga, su única amiga, Juan Balaguer no le contaba que en el colegio disfrutaba de sus incursiones principiantes como actor. Prefería guardarse el secreto. Cuando terminó el colegio, su padre lo animó a irse a estudiar al extranjero, preferiblemente a los Estados Unidos, y su madre le pidió que estudiara lo que ella no se había atrevido a estudiar: la carrera de Medicina en la Universidad Cayetano Heredia de Lima. Pero Juan quería ser actor, no quería ser economista ni doctor, y por eso les dijo a sus padres que postularía a la Universidad Católica. Les mintió, sin embargo, pues no les contó que estudiaría en la Escuela de Teatro, les dijo que estudiaría en la Facultad de Derecho, que sería abogado, y sus padres se contentaron, se resignaron, pensaron que al menos Juan seguiría viviendo con ellos y, dadas sus buenas notas en el colegio, seguramente sería un profesional brillante. Juan no tuvo problemas en ingresar a la universidad en buen puesto; postularon más de cinco mil jóvenes, de los cuales entraban solo quinientos, y Juan ingresó en el puesto treinta y ocho, sin estudiar mayormente nada, valiéndose de la buena memoria de la que se jactaba con sus padres, a quienes frecuentemente les pedía que le preguntasen nombres de ríos, volcanes, mares, cordilleras, o nombres de ministros, presidentes, dictadores, solo para hacer alarde de lo bien que le funcionaba la memoria aprehendiendo datos que, por otra parte, no servían para la vida social ni para gran cosa, a no ser para impresionar a sus padres. Ya en la universidad, Balaguer sorteó los cursos más ásperos sin dificultad, sintió que se aburría, que los profesores eran predecibles, tediosos, generalmente plúmbeos, rehuyó las fiestas y las novias, le gustaba estar solo, leyendo en su casa, viendo la televisión, escapándose a la matiné del cine Colina o del Pacífico, no era bueno para hacer amigos ni para seducir a las chicas bonitas. En casa de Juan se leían dos periódicos tradicionales de Lima, *El Comercio* y *La Prensa. El Comercio* y *La Prensa* eran diarios conservadores, religiosos, de derechas, que no ocultaban su simpatía por el gobierno de Fernán Prado, quien había regresado del exilio para ganar de modo abrumador las elecciones presidenciales, gracias a su aire de patricio insobornable y a su oratoria inspirada, conmovedora, de vuelo poético. Juan Balaguer era un ávido lector de las noticias políticas, seguía con gran curiosidad la vida política peruana, sentía respeto y admiración por Prado, un político que, a diferencia de sus pares, parecía noble, de la realeza, incapaz de trampas o picardías rastreras. También era un televidente fiel, que no se perdía el noticiero de las diez de la noche, «24 Horas», ni el programa periodístico de los lunes, «Pulso», conducido por Alfonso Téllez, un viejo cascarrabias que solía interrumpir a todo el mundo y estaba siempre mejor informado que sus interlocutores, algo que se ocupaba de poner en evidencia sin falsos pudores. Juan Balaguer admiraba a Alfonso Téllez porque le parecía que era un viejo que sabía mucho, que sabía más que los demás, al que no le fallaba la memoria elefantiásica. Balaguer pensaba que cuando terminase la carrera de Derecho podía dedicarse no ya a ser actor sino a ser periodista de televisión, a ser un periodista respetado, temido, de lengua filuda como Alfonso Téllez, que le parecía más inteligente y audaz que cualquiera de sus profesores de la universidad, todos tan apocados, tan pusilánimes. *Cuando sea abogado tendré un programa de televisión como «Pulso» y no me dedicaré a la abogacía aunque me sabré las leyes como se las sabe Alfonso Téllez*, pensaba Balaguer, hipnotizado frente a la pantalla del televisor, tomando apuntes para aprender las cosas que sabía Téllez, las muchas cosas que sabía ese viejo cascarrabias, siempre tosiendo, interrumpiendo, demostrando su inacabable sabiduría. Apenas concluyó los estudios de Letras y pasó a la Facultad de Derecho, Balaguer se cansó de recibir la magra propina semanal que le daban sus padres (y que le daban a regañadientes, diciéndole que ya estaba en edad de buscarse un trabajo de medio tiempo, por ejemplo como practicante o asistente de un estudio de abogados) y decidió que pediría un trabajo en el canal donde trabajaba ese periodista que tanto admiraba, Alfonso Téllez, director y conductor de «Pulso», el programa periodístico más influyente de la televisión peruana, que se emitía por Canal 5 los lunes a las once de la noche. Escribió una larga carta a Téllez diciéndole cuánto apreciaba su talento, con qué devoción veía sus programas y celebraba sus entrevistas díscolas, accidentadas, y pidiéndole un trabajo «en lo que usted considere que pueda servirlo más eficazmente, señor Téllez, y sin pensar en los odiosos asuntos del dinero, que poco o nada importan». Juan Balaguer dejó su dirección y su teléfono al terminar la carta, esperanzado en que Téllez lo llamaría, pero Téllez nunca lo llamó, o si lo llamó, Balaguer nunca se enteró. Ya había perdido toda ilusión de trabajar en Canal 5, cuando un día leyó en la primera página de *El Comercio* que Alfonso Téllez había muerto de un infarto a la edad de sesenta y cuatro años. Balaguer sintió que había perdido a un amigo, a una figura paternal que había ejercido gran influencia en su vida, por eso no dudó en asistir al velorio de Téllez en la iglesia María Reina de Miraflores. Allí vio por primera vez a Gustavo Parker, el dueño de Canal 5, un hombre alto, corpulento, bien parecido, en sus cincuentas, de peinado canoso, nariz aguileña y mirada astuta, depredadora, vacía de compasión. Parker tenía fama de ser un gran hombre de negocios, un tipo frío y desalmado, sin escrúpulos, sin miedo a nada, insolente para correr riesgos y ejercer su poder. Acompañado de su esposa, Parker conversaba con la viuda de Téllez, la señora Emperatriz. Después de arrodillarse ante el cadáver de Téllez y elevar unas plegarias, Juan Balaguer se acercó a Gustavo Parker y le dijo «El señor Alfonso Téllez ha sido como un padre para mí. Algún día yo seré como él. Gracias por permitirme conocer al gran Alfonso Téllez, señor Parker». Gustavo Parker lo miró a los ojos, lo estudió, vio a un muchacho ambicioso, listo, apuesto, con buena presencia para el negocio, y le preguntó «¿Cómo te llamas?». «Balaguer, Juan Balaguer». «¿Y qué haces por la vida?». «Estudio Derecho en la Universidad Católica. Pero mi sueño es trabajar como periodista en Canal 5, señor Parker». «Ven mañana a mi oficina». Juan Balaguer salió del velorio con una sonrisa que algunos miraron de modo reprobatorio, pero no podía disimularla, sentía que era el comienzo de su nueva vida como periodista y estrella de televisión, sentía que Alfonso Téllez había muerto para dejarle la posta a él. *Pronto seré famoso*, pensó, alejándose de la iglesia.

—¡Te juro por mi santa madre que está en el cielo que esa niña no es mi hija! —gritó Alcides Tudela, poniéndose de pie, abriendo los brazos, manoteando el aire, mirando el techo—. ¡Esa niña no es mi hija, jamás mentiría por el bendito nombre de mi madrecita!

Tudela estaba sentado en un sofá del departamento de Juan Balaguer, tomado un *whisky* con hielo. Parecía agitado, nervioso. *Este cholo me está mintiendo*, pensó Balaguer.

—¿Cómo dices que se llama la mamá de la chica? —preguntó Tudela, y tomó un sorbo más de *whisky*.

—Lourdes Osorio —dijo Balaguer—. La niña que dice ser tu hija se llama Soraya Tudela Osorio y dice que te conoce porque su madre te ha puesto una montaña de juicios desde que ella nació, exigiéndote que la reconozcas.

—¡Yo no conozco a ninguna Lourdes Osorio! —gimió Tudela, como si estuviera malherido, sangrando, y enseguida se puso de pie—. ¡Yo no conozco a ninguna Soraya Tudela! —exclamó, y de nuevo miró al techo, como si alguien estuviera dando fe de que él, Alcides Tudela, paladín de la democracia, defensor de los pobres, no podía estar mintiendo; él era Alcides Tudela, el favorito para ganar las elecciones presidenciales en cuatro semanas, y nadie iba a quemarle el pan en la puerta del horno.

—Pero Soraya dice que tiene los papeles que prueban que tú has sido enjuiciado por su mamá, Lourdes Osorio —objetó Balaguer, cruzando las piernas, observando con perplejidad el despliegue histriónico de su amigo.

—¡Nunca! —gritó Tudela, y apagó la sed con otro trago—. ¡Nunca en mi vida he sido enjuiciado por esa señora Lourdes no sé cuántos! ¡No la conozco ni en pelea de perros! ¡No sé quién es Lourdes Osorio, cómo mierda voy a tener una hija con ella si no la conozco!

Juan Balaguer se quedó en silencio, mirándolo con una media sonrisa, como diciéndole deja de hacer tanto melodrama, no estamos en televisión, estás en mi casa, soy tu amigo, estoy acá para defenderte, pero si sigues mintiendo tan descaradamente, te vas a joder.

—¿No me crees? —se impacientó Alcides Tudela—. ¿No me crees, carajo?

Balaguer respondió tranquilamente:

—No sé si creerte, Alcides.

—¿Crees que soy capaz de mentirte así, a sangre fría, sobre mi propia hija? ¿Crees que soy capaz de negar a mi propia sangre, de renegar de mi cachorra? ¿Crees que soy una mierda? ¿Eso crees de mí?

—No he dicho eso, Alcides, no te sulfures. Estoy tratando de creerte, pero hay algo en tu versión que no encaja.

—¿Qué no encaja? —gritó Alcides Tudela, un hombre bajo, corpulento, de piel morena, las piernas chuecas, el pelo negro azabache, las facciones chúcaras, la piel del rostro ajada, los ojos saltones como de pez recién pescado, revolviéndose por retornar al agua—. ¿Qué no encaja, carajo?

—No veo por qué la niña Soraya me llamaría a mi casa y mentiría —dijo Balaguer, haciéndole un gesto complaciente para calmarlo, como diciéndole siéntate, mentiroso, siéntate y no grites tanto, que van a escucharte los vecinos y nadie te va creer.

—¡Miente porque le han pagado! —tronó Tudela, rehusándose a tomar asiento con un gesto.

—¿Quién crees que le ha pagado? —preguntó Balaguer.

—¡La chucha angosta, lesbiana en el clóset de Lola Figari! —gritó Tudela—. ¡Estoy seguro por mi madre que está en el cielo que la machona de Lola le ha pagado a esa niña y a su madre, carajo! ¡No seas huevón, Juan Balaguer, abre los ojos!

—No creo que Lola sea capaz de pagarle a una niña de catorce años para que mienta. Lola Figari es incapaz de esa bajeza.

—Lola Figari es una foca malparida que hará cualquier cosa para ganarme la elección. ¡No seas tan huevón, Juan! ¡Lola Figari es una marimacha amargada porque no ha tenido un orgasmo en toda su puta vida de santurrona! ¡Que se la cache un burro en primavera! ¡Ella es la que ha montado toda esta tramoya, todo este andamiaje corrupto! —gritó Tudela, y al decir la palabra *corrupto* se le escapó un salivazo que cayó en la cara de Balaguer, que, sin disimular, haciendo un gesto de fastidio, no tuvo más remedio que limpiarse para quitarse el escupitajo.

—No sé, Alcides, no sé —dijo—. Tengo que reunirme con Soraya y con su madre, tengo que escucharlas, tengo que ver los papeles de los juicios que dicen tener y luego te contaré todo, te mantendré informado de todo al detalle. Ya conozco tu versión, ahora necesito escuchar la versión de ellas.

Alcides Tudela caminó por la sala, movió la cortina, se asomó a la ventana, miró hacia la calle. Luego tomó aire, recuperó la compostura y preguntó:

—¿Le has contado a Gustavo Parker?

—No —mintió Balaguer.

—¿A nadie?

—A nadie.

—Te pido por favor que esto quede entre tú y yo —le pidió Tudela—. Te ruego encarecidamente, Juanito, que no le cuentes esto a nadie, que no lo saques en «Panorama». Es una patraña de mis enemigos, no puedes prestarte a este juego inmundo.

—No te preocupes, Alcides, confía en mí, sabes que soy tu amigo, te lo he demostrado.

—Te ruego, hermano, que no me vayas a joder con esto. Ya gané, solo faltan cuatro semanas, si me sacas esto puedes joderme la elección, puedes hacer que gane la chucha seca de Lola Figari, y el Perú no merece eso, Juanito, el Perú necesita el cambio moral que yo represento, compadre.

—Entiendo tu punto, Alcides. No te preocupes, yo estoy contigo.

—¿Puedo estar en la reunión con Soraya y con su mamá? —preguntó Tudela.

—No creo que convenga —dijo Balaguer—. Se asustarían. Déjame solo con ellas, déjame reunir toda la información y luego nos juntamos nosotros. Tranquilo, yo te contaré todo.

—Pero ni cagando sales con eso en televisión, Juanito, ni cagando me puedes clavar así la puñalada artera. Júrame que no lo harás. ¡Júrame!

—Tranquilo, Alcides...

—¡Júrame, carajo!

—Te juro que voy a ser leal a ti.

Tudela se enfureció, levantó la voz:

—¡Júrame que nada de esto va a salir en tu programa y no me huevees, que me llamo Alcides Tudela y no he nacido ayer! ¡Soy doctor en Economía!

—Te juro que todo lo que salga en mi programa será con tu consentimiento, con tu explícita autorización, Alcides, y deja de gritar que los vecinos están escuchando todo.

Balaguer pensó *Este incendio nos va a quemar a los dos, estamos jodidos, este cabrón está mintiendo y no habrá manera de silenciar a la niña y a su madre, a no ser que el cholo piense sobornarlas, y seguro que es lo que está pensando.*

Alcides Tudela se sentó al lado de Balaguer y dijo, mirándolo a los ojos:

—Si me ayudas con este anticucho, Juan, después pídeme la embajada que quieras, pídeme Washington, pídeme Londres, pídeme Madrid, y la embajada es tuya, hermano.

—Gracias, Alcides —dijo Balaguer, pensando que Madrid no estaría mal.

—Juan Balaguer, embajador del Perú ante el Reino de España, ¿cómo te suena, compadre?

—Sería un honor servirte, Alcides.

—A mí no me servirías —lo corrigió Tudela—. Servirías a la democracia, lucharías en la trinchera de la democracia. Serías un embajador de tres pares de cojones. El rey de España es mi amigo, te lo voy a presentar, es un tipo del carajo, estará encantado de que seas mi embajador en Madrid, ya verás, Juanito.

—Muchas gracias, Alcides. La verdad es que me hace mucha ilusión.

—¿Tenemos un plan? —preguntó Tudela, con una sonrisa cínica, envolviendo a Balaguer en una vaharada de alcohol, salpicándolo con otro salivazo casual.

—Tenemos un plan. Yo hablo con Soraya y con su madre y te cuento todo; luego vemos cómo apagamos juntos el incendio.

—Y ni una palabra a Gustavo Parker.

—Ni una, tranquilo, nadie más sabe de esto.

Alcides Tudela se puso de pie, se rascó la entrepierna y sentenció:

—La embajada en Madrid es tuya, Juanito. Pero no me traiciones, te lo pido por mi santa madre que está en el cielo.

—Nunca, Alcides, nunca —prometió Balaguer, y de nuevo sintió que estaba mintiendo.

Alcides Tudela nació en el puerto de Chimbote, en una familia pobre, el menor de ocho hermanos. Su padre era pescador; su madre, costurera. Tudela fue a un colegio público y se destacó por su inteligencia y su habilidad para hablar en público. Empezó a trabajar como lustrabotas en la plaza principal de Chimbote cuando tenía ocho años. Asistía a clases por la mañana y, tan pronto como salía, todavía vestido con el uniforme gris, sacaba su caja de escobillas y betunes y ofrecía sus servicios de limpiador de zapatos. No podía volver a su casa si no había reunido al menos cinco soles, el pago de diez clientes, de diez personas a cuyos zapatos les había sacado brillo. Siendo lustrabotas, llamó la atención por su capacidad para conversar, para caerle bien a la gente y obtener buenas propinas. Era un niño despierto, alegre, curioso, siempre dispuesto a escuchar y aprender, y por eso se hizo conocido y ganó amigos y protectores en Chimbote. Cuando Tudela tenía quince años y aún no había terminado el colegio, una pareja de estadounidenses de paso por ese puerto improbable, se detuvo a lustrarse los zapatos en la plaza principal y eligió a un jovencito sonriente, que ofrecía sus servicios. Era Alcides Tudela. Los norteamericanos quedaron encantados con él, con su pujanza, su espíritu emprendedor y el modo jovial y hacendoso como los atendió. Notaron que era distinto, especial, que parecía entusiasmado por aprender palabras en inglés. Ellos hablaban un español rudimentario, lo bastante fluido como para dejarse entender por Tudela. Miembros del Cuerpo de Paz, espíritus caritativos, buenos samaritanos, volvieron al día siguiente a buscarlo y le preguntaron su historia; le pagaron no para que limpiase sus zapatos, sino para que les contase su vida sin atropellarse. Tudela les contó que era pobre, que pasaba hambre, que trabaja seis horas como mínimo después del colegio, que dos de sus ocho hermanos habían muerto de niños, uno de neumonía, el otro de tuberculosis, que a pesar de todo era el primero de su clase. Los estadounidenses Clifton y Penelope Miller, nacidos en San Diego y residentes en San Francisco, le pidieron a Tudela que los llevara a la casa de sus padres, y así conocieron a don Arquímedes y a doña Mercedes, quienes trataron con desconfianza y cierta hostilidad a esos extranjeros que manifestaban una desconcertante curiosidad por conocer los detalles de la vida de su hijo Alcides. «Deben de ser unos degenerados», comentó don Arquímedes Tudela, cuando se fueron. «Seguramente lo quieren endrogar y violar a nuestro Alcides», dijo doña Mercedes Menchaca. Pero los estadounidenses volvieron al día siguiente con regalos (zapatillas para los seis hijos de los Tudela Menchaca, trago para don Arquímedes, que era un buen bebedor de ron, y jabones y champú para doña Mercedes) y siguieron haciendo preguntas cándidas, ingenuas, queriendo conocer los pesares y las contrariedades de esa humilde familia de Chimbote. Poco a poco fueron venciendo la resistencia de los Tudela Menchaca y ganándose su aprecio y su confianza, sobre todo cuando, ya desde San Francisco, llamaban por teléfono, mandaban cartas amables con fotografías de su vida en la costa oeste de los Estados Unidos y enviaban dinero con algunos amigos y conocidos que viajaban hacia el Perú. Don Arquímedes y doña Mercedes comprendieron que los Miller de San Francisco eran buena gente, personas generosas, preocupadas por los pobres de América del Sur, practicantes de una de las formas del cristianismo, la religión protestante, y amantes de la naturaleza y la meditación. Medio año después de conocer a Alcides Tudela en la plaza principal de Chimbote, los Miller regresaron a ese puerto de olores rancios cargados de regalos y le preguntaron si quería irse a vivir con ellos a San Francisco. Alcides no sabía hablar inglés, pero no dudó en responder: «Sí, *happy, very happy*». Los Miller hablaron con sus padres y los convencieron de que podían cambiarle la vida al muchacho: habían conseguido que el mejor colegio público de San Francisco le diese una beca completa por un año, de modo que pudiese concluir la educación escolar, y que la Universidad de San Francisco lo aceptase, becado también, para estudiar un bachillerato, solo tenía que mejorar su inglés y, en lo posible, jugar al fútbol, deporte en el que Tudela descollaba en Chimbote.

No fue fácil para don Arquímedes y doña Mercedes dejar partir a Alcides. Tenían miedo de que los Miller lo corrompiesen o lo vendiesen, tenían miedo de que los Miller se lo llevasen y no lo devolviesen, tenían miedo de que Alcides se volviese protestante, materialista, pecador, pornógrafo y drogadicto, como los Tudela Menchaca pensaban que eran todos los gringos. «Nos lo van a malograr a nuestro Alcides», decía, preocupada, la madre, pero el padre la calmaba diciéndole «Al menos allá va a comer mejor que acá y va a poder estudiar tranquilo sin andar lustrando zapatos». Los hermanos de Alcides, cuatro hombres —Agapito, Álamo, Adalberto y Anatolio— y una mujer —Albina— protestaron, se amotinaron, cuestionaron la autoridad de sus padres y las buenas intenciones de los Miller, exigieron ser ellos y no el benjamín de la familia quienes se mudasen a San Francisco, becados. Pero los Miller les explicaron que solo habían conseguido beca completa para Alcides, y que si él tenía éxito, tal vez después podían llevarse a otro más, uno por uno, de otro modo era imposible, no era fácil conseguir la visa y pasar por todos los papeleos y los trámites. Clifton Miller le preguntó a Alcides Tudela, el día que partían de Chimbote, «¿Qué quieres ser cuando termines la universidad en San Francisco, Al?» (los Miller le decían Al a Alcides, y él les decía «*dad*» y «*mommy*», y ya mostraba una gran memoria para hacer suyas las palabras en inglés que escuchaba). «Voy a ser millonario», respondió Alcides Tudela. «Y me voy a casar con una gringa. Y cuando tenga mucha plata, voy a regresar al Perú y voy a ser presidente». Los Miller se rieron, festejaron la ambición del muchacho. No sabían que Alcides Tudela no estaba bromeando.

—Yo estaba en un café de Miraflores, el Haití, y Alcides Tudela se me acercó y me pidió permiso para sentarse conmigo y me invitó una cerveza —contó Lourdes Osorio.

Era una mujer delgada, de facciones aguileñas, que al hablar movía las manos con cierta crispación y que tenía la mirada de una persona terca, con sentido del honor. Estaba acompañada de su hija Soraya, que la escuchaba con atención, asentía en silencio y a veces completaba las frases que su madre decía delicadamente, sin atropellarse. Habían visitado a Juan Balaguer en su departamento para ponerlo al tanto de todos los detalles de su caso, llevándole voluminosos legajos judiciales que dejaban en evidencia, si no habían sido trucados o fraguados, que Lourdes Osorio había enjuiciado a Alcides Tudela seis meses después de que naciera Soraya, un pleito que tenía casi catorce años de antigüedad en los tribunales de Piura y que no había servido para esclarecer quién era el padre de Soraya, pues Alcides Tudela se había negado una y otra vez a comparecer ante los jueces que lo citaban y se había rehusado a hacerse una prueba genética que aclarase si era o no el padre de Soraya, como afirmaba enfáticamente Lourdes Osorio.

—Alcides se sentó a mi lado en el Haití y empezó a coquetearme, yo no lo conocía, no era un político famoso por ese tiempo, era profesor universitario, enseñaba Economía en la Universidad Alas y Buen Viento —continuó Lourdes, y bebió un vaso de limonada.

—¿Estabas sola en el Haití? —preguntó Balaguer.

—No, estaba con una amiga —se apresuró Soraya.

—Estaba con Pilar Luna, una compañera de trabajo —dijo Lourdes—. Pilar es testigo de cómo conocí a Alcides y cómo nos hicimos amigos y, bueno, después enamorados.

—¿Dónde está Pilar Luna? —preguntó Balaguer.

—En Maryland —dijo Soraya.

—Vive en los Estados Unidos, se casó allá con un peruano —precisó Lourdes.

—¿Estaría dispuesta a confirmar tu versión? —preguntó Balaguer.

—Sí, claro, por supuesto —contestó Lourdes—. Ella ha testificado en el juicio en Piura, es una mujer muy íntegra.

Balaguer examinó un momento los papeles que tenía a su lado. Ya los leería luego con calma. Había uno que llamaba su atención: una orden de un juez para que Alcides Tudela se hiciera una prueba de sangre para determinar si era el padre de Soraya.

—¿Se hizo esta prueba de sangre como le ordenó el juez? —preguntó.

—Sí, nos hicimos la prueba de sangre —dijo Lourdes.

—Ese fue el día que conocí a mi papá —señaló Soraya.

Balaguer se sorprendió por la naturalidad exenta de rencor con que Soraya dijo «papá». Parecía más inteligente que sus padres, parecía no odiar a Alcides Tudela, parecía, en cierto modo, tenerle lástima, sin que ello le provocase mayor angustia.

—Cuéntame cómo fue —indagó Balaguer—. ¿Tudela te trató con cariño?

—No, para nada —recordó Soraya, con una media sonrisa.

—Fue muy frío, ni siquiera le habló —dijo Lourdes, que parecía no perdonar a Tudela.

—No me quiso dar la mano ni abrazarme —contó Soraya, sin dejar de sonreír tímidamente, lo que sorprendía a Balaguer—. Yo me acerqué a él y quise darle un beso o darle la mano, pero él me miró feo, me dio la espalda y se hizo el loco —añadió.

—Se portó como lo que es: un patán —dijo Lourdes, furiosa—. Hay que ser malo para desairar así a una niña que, encima de todo, es tu hija.

—¿Qué edad tenías? —preguntó Balaguer.

—En ese entonces tenía ocho años —precisó Soraya, sin detenerse a hacer cálculos, se sabía la historia de memoria, mejor que su madre.

—¿No te dijo nada de nada? —siguió Balaguer.

—Ni una palabra —contestó Soraya.

—La ignoró por completo —reconfirmó Lourdes.

—¿Y qué salió en la prueba de sangre? —preguntó Balaguer.

Soraya mordió una galleta y lo miró como diciéndole no preguntes tonterías, obvio que es mi papá, qué más iba a salir.

—Que es el padre de Soraya al noventa y cinco por ciento —dijo Lourdes.

—¿Y por qué el juez no lo obligó entonces a reconocer a Soraya como su hija y darle plata?

—Porque Alcides sobornó al juez, como ha coimeado a todos los jueces que han visto el caso —continuó Lourdes—. Por eso nunca lo han obligado a reconocer a Soraya, por eso nunca le ha pasado un centavo.

—¿Nunca más has vuelto a ver a tu papá? —preguntó Balaguer.

—Nunca más —dijo Soraya—. Ni quiero verlo. No me interesa tener ninguna relación con él. Solo quiero que se haga justicia, que me reconozca y que le dé una pensión justa a mi mamá. Eso es todo lo que queremos: justicia.

—Que se haga justicia, sí —añadió Lourdes, y luego se quebró, llevándose las manos al rostro, sollozando de un modo avergonzado—. Ese hombre me ha arruinado la vida —dijo, con voz apagada—. No es justo lo que me ha hecho. Y no es justo que ahora quiera ser presidente. Los peruanos tienen que saber qué clase de hombre es Alcides Tudela.

Soraya levantó la voz, dirigiéndose a Balaguer:

—¿Nos vas a entrevistar en tu programa o te da miedo?

Balaguer se sorprendió por el tono conminatorio de Soraya y al mismo tiempo se sintió un cobarde al lado de esa adolescente que no parecía tener miedo a nada.

—No lo sé —respondió—. Necesito tiempo.

—¿Tiempo para qué? —insistió Soraya, irritada—. ¿Para pedirle permiso a tu jefe Alcides Tudela?

—No, no —dijo Balaguer, y pensó *Esta enana es una ladilla, ¿quién se cree para venir a mi casa y tratarme como si fuera un pobre y triste huevón?, qué modales, cómo sería esta chica si Tudela la reconociera, sería insoportable, si ya siendo una hija negada es tan arrogante*—. Necesito tiempo para estudiar el caso, para leer todos estos papeles.

—No tenemos tanto tiempo —dijo Lourdes.

—Las elecciones son en un mes —apuntó Soraya.

—Menos de un mes —la corrigió Balaguer.

—Da igual —dijo Soraya.

Balaguer se quedó pensativo. Era un hombre alto, de pelo lacio y frondoso y anteojos de carey. Tenía los ojos de gato y los labios voluptuosos, y se jactaba de ganar todos los años el concurso que hacía el diario *El Comercio* preguntando a sus miles de lectores quién era el mejor periodista de la televisión peruana. Incluso a veces había ganado en la categoría de hombre más *sexy* del año en el Perú, pero últimamente había engordado, y en esa categoría le ganaba ahora un actor de telenovelas al que detestaba porque le parecía un fanfarrón y un cabeza hueca y un artista de pacotilla.

—Si no las entrevisto en mi programa, ¿qué harán ustedes? —preguntó, y se respondió a sí mismo: *Menuda pregunta tonta, obviamente se irán a otro programa, al de Malena Delgado o al de Raúl Haza, a cualquiera de esos programas mediocres y apelmazados que tienen menos rating que el mío, pero igual será un escándalo del carajo, y tarde o temprano la gente sabrá que me cagué de miedo y me perdí la primicia y quedaré como un gran huevón y una zapatilla del cholo Tudela: estoy cagado, en esta no caigo parado.*

—No iremos a ningún otro programa, iremos al tuyo —dijo Soraya, con aire sabiondo—. Estamos seguras de que tú no nos vas a fallar.

—Confiamos en ti, Juanito Balaguer —precisó Lourdes, y lo miró con ojos de ternura, candor e infinita compasión, a pesar de todos los contratiempos que había tenido que aguantarse.

—Gracias —dijo Balaguer, y se rascó la cabeza y vio cómo le caían dos o tres pelos: *La puta que me parió, me voy a quedar calvo y me van a botar de la televisión; sin mi flequillo clásico estoy jodido*—. Yo quiero entrevistarlas pero...

—Tienes que pedirle permiso a Alcides Tudela, claro —lo interrumpió Soraya.

—No exactamente —aclaró Balaguer, fastidiado por el tono condescendiente que se permitía la adolescente: *Esta enana resabida no tiene ni puta idea del lío en que me ha metido, ¿cómo pretende que alegremente la ponga en televisión y destruya la candidatura del cholo Tudela y me pelee con mi jefe Gustavo Parker y me arriesgue a que me den una patada en el culo, solo por ser buena gente con ella y su mamá?, ¿cómo no se dan cuenta estas dos provincianas de que me están metiendo en un berenjenal del carajo del que ahora no sé cómo salir?*—. Tengo que pedirle permiso a mi jefe, al dueño del canal, a Gustavo Parker —añadió, y se sintió poca cosa, un cobarde, un tipejo, un sujeto ínfimo y vil que, por encima de los principios o la ética profesional, ponía sus intereses mezquinos, su angurria por aferrarse a su trabajo, a su sueldo, a los privilegios que le daba la televisión.

—¿Y si el señor Parker no te da permiso? —preguntó Soraya.

Balaguer se quedó en silencio y la miró mansamente, pensando *No sé, no sé qué haría, no creo que me peleara con Gustavo Parker, él me descubrió, él me contrató en su canal cuando yo era un chiquillo de apenas dieciocho años, somos amigos desde hace años y no quiero pelearme con él, es como mi padre, es el padre que no fue mi padre, es el padre que yo elegí, siempre ha sido bueno conmigo y ni cagando quiero pelearme con él y arriesgarme a perder mi programa de éxito en la televisión peruana.* Balaguer intentó decirle todo eso a Soraya, pero se encontró con una mirada fría, distante, que lo juzgaba y condenaba: *Qué poca cosa eres, Juanito Balaguer, no eres el periodista íntegro, independiente, que yo pensaba; eres solo un empleadito servil del señor Gustavo Parker.*

—No sé, no sé —se impacientó Balaguer—. Necesito tiempo, ya les dije.

—¿Cuánto tiempo? —preguntó Soraya.

—¿Tú crees que si el señor Parker te da su autorización podríamos salir en tu programa de este domingo? —preguntó Lourdes.

—Es posible —dijo Balaguer, y enseguida pensó *Es altamente improbable, no creo que Gustavo quiera pelearse con el cholo Tudela, cuando es obvio que Tudela ganará las elecciones y será el próximo presidente, no creo que Gustavo se compre un pleito de ese tamaño solo para contentarlas a ustedes.*

—Seguro ya le has contado todo a Alcides Tudela, ¿no? —dijo Soraya, mirando a Balaguer de un modo levemente irónico, como burlándose de lo débil que le parecía.

—No le he contado ni una palabra —mintió Balaguer, y pensó *Estoy en un callejón sin salida; este es el típico problema en el que todos van a terminar molestos conmigo, decepcionados.*

—¿Me juras? —arremetió Soraya, cruzando las piernas.

Vestía pantalones, zapatillas de moda y una camiseta amarilla, y su pelo negro, sus ojos de gaviota y sus labios inquietos configuraban el rostro de una mujer que a pesar de su corta edad ya sabía bien lo que quería, y sobre todo lo que no quería: quería joder a quien muy probablemente era su padre y no quería que ese señor que tanto la había humillado fuese elegido presidente, no al menos sin que los peruanos supiesen la clase de caradura que era, y si los peruanos lo sabían a tiempo, muy probablemente no votarían por él. No quería, pues, ganar a un padre, sino que su padre perdiera la presidencia y las cosas se igualasen un poco entre ella y él: ¿por qué a ella siempre le tocaba perder y él se salía con la suya?

—Te prometo —afirmó Balaguer—. Tudela no sabe nada de esto. Solo lo hablaré con Gustavo Parker. Si él me da permiso, si me da su visto bueno, entonces supongo que haremos el programa el domingo y arderá Troya.

Lourdes Osorio sonrió, no así su hija Soraya, que contemplaba todo con suspicacia.

—Pero si Gustavo no me da permiso, veo muy difícil la cosa —añadió Balaguer—. E incluso si me da permiso, si me da luz verde, si me dice «Bueno, tú haz lo que quieras», yo tendría que hablarlo antes con Alcides, como ustedes comprenderán.

—¿Por qué? —se encabritó Soraya, dando un respingo.

—Porque son amigos, pues, hijita —le enmendó la plana su madre, suavemente.

—Por una cuestión de lealtad con él —dijo Balaguer—. Yo no soy un traidor. Si le voy a reventar una bomba en la cara, al menos tengo que avisarle antes para que vaya preparándose.

—No le vas a reventar una bomba —lo corrigió Soraya, fastidiada—. Yo no soy una bomba, soy una mujer y tengo mis derechos, según la Convención del Niño.

Balaguer se quedó perplejo por la seguridad de la adolescente, que continuó en tono profesoral:

—Y uno de mis derechos es saber quién es mi papá y que mi papá me reconozca. Y eso no es reventar ninguna bomba, Juanito Balaguer —dijo, y Balaguer pensó *Qué concha tiene esta señorita para venir a mi casa a tratarme de Juanito, y así para abajo*—. Eso es hacer justicia. Yo no voy a desmayar hasta que se haga justicia. Mi madre y yo no desmayaremos —sentenció Soraya, y Balaguer pensó *No, claro, ustedes no van a desmayar, el que se va a desmayar es el cholo pendejo de Alcides Tudela cuando las vea en televisión conmigo.*

—Tranquilas, que yo conozco a Gustavo Parker y para él lo más sagrado es la independencia de un periodista y el respeto por el público televidente —dijo Balaguer.

Gustavo Parker nació en Lima, en el barrio de San Isidro, el mayor de tres hermanos, hijo de un próspero empresario radial, don Amado Parker, fundador de Radio América, la más escuchada de Lima. No fue un niño aplicado para los estudios ni distinguido por su obediencia; era rebelde, picapleitos, revoltoso, insolente con los profesores y con sus padres, matón con sus compañeros del colegio, a los que daba palizas y sometía a su autoridad. Sus hermanos menores, Hugo y Manolo, lo veían con respeto y admiración, principalmente porque no había nadie en el colegio, el Maristas de San Isidro, que pudiera pegarle a Gustavo, y era Gustavo quien salía airoso de las peleas más ásperas, incluso cuando se atrevía a desafiar a los chicos mayores, más grandes que él. Nadie sabía cómo Gustavo Parker había aprendido a pelear con esa ferocidad y esa sangre fría, parecía una cosa que estaba en sus genes. Su padre, don Amado, se alegraba cuando veía a Gustavito regresar a la casa con la cara magullada y el ojo morado, y escuchaba los cuentos de sus hermanos, Hugo y Manolo, impresionados por la fiereza de Gustavito para despachar a golpes, patadas y salivazos a sus contrincantes en el recreo o a la salida del colegio. No solo destacaba por su espíritu peleador, también era insólita su capacidad para vender cualquier cosa, para ganar dinero, para robar chucherías de sus compañeros y vendérselas a otros simulando que eran suyas, para conseguir préstamos o donaciones, para saquear las billeteras y las loncheras. Gustavo Parker era un imán para el dinero, llegaba sin plata al colegio y a la salida siempre la tenía para comprar helados para él y para invitar a sus hermanos, que lo adoraban por eso, y no entendían cómo ni de dónde sacaba la plata. Cuando terminó el colegio, Gustavo Parker se negó a entrar en la universidad. Dijo que no quería estudiar nada, que eso le aburría, que los profesores del colegio eran todos unos imbéciles, unos perdedores, unos muertos de hambre; dijo que él sabía muy bien lo que quería hacer. Su padre, don Amado, lo escuchó con perplejidad: «Quiero traer la televisión al Perú. Pero no puedes hacer televisión en un país en el que nadie tiene un televisor», le dijo, sonriendo. Gustavo Parker parecía tener todo planeado, seguro del futuro luminoso que le aguardaba, él era así, no era un muchacho de andar dudando o resignándose con poca cosa: «Voy a fundar el primer canal peruano y voy a vender televisores», dijo. Su padre movió la cabeza sin entusiasmo, intentó disuadirlo, le dijo que era más seguro dedicarse a la radio, podían abrir una señal más en FM y Gustavo la manejaría. «No quiero estar a tu sombra, papá. Yo quiero ser el fundador de la televisión en el Perú. Tú eres el número uno de la radio, yo voy a ser el número uno de la televisión». Sorprendido por la audacia de su hijo, Amado Parker dijo «No tienes la plata, muchacho. ¿De dónde vas a sacar la plata?». «Eso no es problema», respondió Gustavo. Y en efecto, no tener dinero no le impidió llevar a cabo sus sueños: viajó a Nueva York, compró los equipos a la Columbia Broadcasting System (CBS) para montar un canal de televisión en Lima (pero no pagó nada, todo lo consiguió a crédito, a cancelar tras dos años, para cuando ya calculaba estar ganando dinero con el canal), luego volvió a Lima y consiguió la licencia gracias a la amistad de su padre con el ministro de Transportes y Comunicaciones, se endeudó con el Banco Popular para montar la antena retransmisora y finalmente se reunió con el magnate peruano Ismael Linares, dueño de la Inca Kola, la bebida gaseosa más vendida del país, un líquido amarillento y dulzón que vendía aun más que la Coca-Cola. Gustavo Parker le propuso a don Ismael Linares que se asociaran con la casa de electrodomésticos Philips para traer televisores al Perú. «¿Pero quién va a querer comprar un televisor en este país, si no hay nada que ver?», objetó Linares. «Soy dueño de Canal 5 y comenzaremos a transmitir la señal de prueba en tres meses», respondió Parker. Linares fue rápidamente persuadido de que el negocio no podía fallar: la casa Philips estaba dispuesta a enviar por barco diez mil televisores en blanco y negro al Perú, de un modelo que ya no se vendía en los Estados Unidos porque había salido uno más moderno, y Parker y Linares no tenían que pagar por adelantado, solo comprometerse a venderlos en un año y pagar luego a la Philips. Parker estaba seguro de que no sería difícil vender los televisores, ya con su canal operando: a pesar de su corta edad, apenas veinte años, había viajado varias veces a Nueva York y Los Ángeles y visto con gran emoción cómo la televisión había desplazado a la radio como fuente de entretenimiento e información y cómo se había instalado en la sala de las familias de los Estados Unidos. «Lo que funciona en los Estados Unidos, funciona en el Perú», repetía como un obseso, y luego le decía a Ismael Linares que no podían perder, que venderían los diez mil televisores en menos de tres meses, que la ganancia sería triple: primero, por cada televisor vendido ganarían el doble de lo que terminarían pagándole a la Philips; segundo, ganarían en anuncios publicitarios aun antes de que el canal entrase en operaciones, lo que se conocía como «la preventa» (y Parker conocía a todos los grandes anunciantes, eran auspiciadores de Radio América, sabía que no dudarían en poner sus avisos en Canal 5, era un negocio seguro); y tercero, si Linares le daba a Parker el dinero que necesitaba para poner el canal en operaciones (cien mil soles), la bebida Inca Kola podría anunciarse gratuitamente por Canal 5 y sus ventas se dispararían, y entonces Linares ganaría por cada televisor vendido, por la publicidad que generase Canal 5 y por multiplicar las ventas de Inca Kola. Ismael Linares no lo dudó, le dio un cheque por cien mil soles a Gustavo Parker y así nació Canal 5 de Lima. Los equipos de la CBS funcionaron a la perfección. Con el dinero de Linares, Parker puso en marcha su canal en menos de tres meses, contratando a los animadores más famosos de Radio América. Dos meses después, los diez mil televisores Philips se habían vendido todos y Parker ordenó un embarque de diez mil más, aun antes de pagar los que ya había pedido. La Philips creyó en él y mandó otros diez mil televisores al Perú. Un año más tarde, Gustavo Parker le pagó a la Philips todo lo que le debía y devolvió a Ismael Linares los cien mil soles con intereses: había fundado la televisión peruana. Cuando Linares le pidió su parte de las ganancias por la operación del primer año, Parker le dijo «No hay ganancias, don Ismael, estamos a pérdida, el próximo año habrá ganancias». Pero eso mismo fue lo que le dijo año tras año, hasta que Ismael Linares se murió montándose a una prostituta de lujo en el Hotel Bolívar del Centro de Lima. Cuando Ismael Linares hijo tomó las riendas de la Inca Kola y mandó a sus vendedores a poner avisos gratuitos en Canal 5, Gustavo Parker los mandó al carajo y les dijo que ahora tenían que pagar por los avisos. «Pero somos socios», alegó Linares, quien lo llamó indignado por teléfono. «Era socio con tu padre, y tu padre ya se murió», replicó Parker. «Y si quieres poner avisos en mi canal, paga nomás, no te hagas el estrecho», añadió. Ismael Linares hijo juró que su bebida gaseosa nunca más pondría avisos en Canal 5. El juramento duró medio año. Canal 5 tenía el monopolio de la televisión peruana, Inca Kola tenía que pagar para anunciar sus refrescos. Con apenas veintiún años, Gustavo Parker era uno de los hombres más poderosos del Perú. «No voy a parar de hacer plata hasta comprarme todo el cerro de Casuarinas y hacerme una casa en su cima», le decía a don Amado, su padre.

—¡Primero me vas a tener que cortar los huevos antes de entrevistar a esas dos pendejas mentirosas! —gritó Gustavo Parker—. ¡Ni a cojones vas a entrevistarlas en «Panorama» ni van a salir en ningún programa de mi canal!

Juan Balaguer estaba sentado en la oficina de Gustavo Parker, en el piso más alto de una torre moderna en San Isidro, con vista al barrio financiero y a la vía expresa por la que circulaban unos autos viejos, grises, pequeños, cochambrosos. Balaguer observaba con admiración el modo imperioso con el cual se había conducido siempre ese empresario legendario, fundador de la televisión peruana, el mítico Gustavo Parker, que, además de ser el tipo más inteligente y astuto que él había conocido, era amigo de sus amigos, un gran tipo, un hombre que siempre había sido generoso con Balaguer, no solo al contratarlo y ascenderlo y darle el programa estelar de los domingos, sino al defenderlo cuando los vientos arreciaban en contra y los periódicos publicaban críticas mezquinas o envenenadas: Balaguer creía que era justo, solo justo, que Parker tuviera más plata, poder y éxito que él, puesto que, a sus ojos, Parker era en todo superior a él, mejor que él.

—¡Soy amigo de Alcides Tudela y yo no traiciono a mis amigos! —bramó Parker—. ¡Y menos por un lío de faldas! ¡No, ni cagando! ¿Me has oído bien? ¡Ni cagando! Olvídate de las dos piuranas, no las veas más, ¡que se vayan a la puta que las parió!

Balaguer sonrió, le gustaba que su jefe fuese un hombre enfático, que pareciera no dudar nunca, que tuviera la fuerza de un huracán, que arrollara todo lo que se pusiera en su camino.

—Pero, Gustavo, entiéndeme, si no las entrevisto, te aseguro que ellas se irán a un programa de la competencia —dijo Balaguer—. Perfecto, te hago caso, no les contesto el teléfono, no las llamo, las ignoro, les hago un desaire, tú ganas, el cholo Tudela se queda contento, quedamos bien con él. Perfecto. Pero te aseguro que en menos de una semana van a salir en el programa de la mal cogida de Malena Delgado o en el de Raúl Haza. Y cuando salgan en Canal 2 o en Canal 4 y digan que yo no quise defenderlas, que yo no quise siquiera entrevistarlas, ¿cómo vamos a quedar tú y yo? —preguntó Balaguer, y advirtió que su argumento parecía calar en su jefe, que se hurgaba la nariz con impudicia—. Vamos a quedar como el culo, Gustavo. ¡No podemos quedar como unos franeleros del cholo Tudela!

—¡Me chupa un huevo! —dijo Gustavo Parker—. ¡Me chupa un huevo y la mitad del otro cómo quedemos o no quedemos ante la opinión pública! ¿Quieres que te diga una cosa, Juanito Balaguer? ¿Quieres enterarte de algo, muchachito?

—Dime, Gustavo.

—¡La opinión pública es una puta! ¡La opinión pública es mi puta! ¡Yo me monto a la opinión pública y ella dice lo que yo le ordeno en mi canal!

Balaguer soltó una carcajada, celebrando el cinismo de su jefe, el hombre más poderoso de la televisión peruana, y tal vez del Perú, incluso más que el presidente o el cardenal o el banquero más rico, nadie jugaba con el poder mejor que el legendario Gustavo Parker, que a sus sesenta y tres años era todavía un hombre lleno de energía y vitalidad, un seductor consumado.

—¡Este canal lo fundé hace cuarenta años y acá se hace lo que yo digo! —dijo Parker, canoso, de corbata, impecablemente vestido, un traje negro, una camisa blanca, una corbata gris, como si fuera a un casamiento, prendas todas que compraba en Nueva York o París o Milán, nunca en Londres, a Londres no volvería más porque allí lo había atropellado un taxista: Gustavo Parker miró para el otro lado, olvidando que en Londres se maneja por el lado cambiado y por eso terminó machucado, los huesos rotos, en el hospital, y juró que nunca más volvería a esa ciudad—. Dile a esa putita piurana que se vaya a llorar a la playa. Dile a su hija que si quiere un papá que le rece al Espíritu Santo, que el Espíritu Santo acepta encantado ser su papá. Diles que yo soy amigo, y amigo del alma, de Alcides Tudela, que Alcides es como mi hermano, bueno, como mi hermano bastardo, como mi amigo cholón del colegio, como mi guardaespaldas o mi chofer, alguien a quien quiero y a quien ni cagando, entiéndeme bien, ni cagando, voy a traicionar.

—Como quieras, Gustavo, como quieras —dijo Balaguer, y se sintió cobarde, poca cosa, y supo que siempre sería un empleado, nunca un jefe, carecía del valor para mandar y ser un amigo leal—. Pero conste que creo que estás cometiendo un error, y te lo digo con todo el respeto que te mereces.

Gustavo Parker miró a su empleado con simpatía y preguntó:

—¿Tú qué harías en mi lugar?

Balaguer admiraba eso de Parker: que luego de estallar a gritos, era capaz de serenarse y ponerse en los zapatos del otro y escuchar un punto de vista discrepante, una opinión crítica.

—Yo negociaría con Alcides Tudela —dijo Balaguer, que ya había pensado la respuesta antes de pedirle una reunión para contarle la bomba de tiempo que se había activado cuando la niña Soraya lo había llamado por teléfono y le había dicho *Si eres un buen periodista, llévame a tu programa y hazme una entrevista.*

—Eres un pendejo, por eso te quiero como si fueras mi hijo —sonrió maliciosamente Parker, y enseguida preguntó—: ¿Cómo negociarías? ¿Qué le dirías al cholo?

—Le contaría todo el caso Soraya, le diría que estamos obligados ética y profesionalmente a entrevistar a Soraya y a su mamá, le explicaría que si no lo hacemos nosotros lo hará otro canal.

—¿Qué más?

—Le diría que nosotros tenemos que hacerlo, y que le daremos la oportunidad para que ejerza el derecho de réplica y se defienda, que le daremos tiempo para prepararse bien, y si él decide negar que es su hija...

—Por supuesto que es su hija —interrumpió Parker—. No me cabe la menor duda de que es su hija. Ese cholo pendejo debe de tener cien hijos no reconocidos en todo el Perú.

—...Y si él decide negarla, nosotros haremos como que le creemos, y si en cambio él decide aceptarla o hacerse la prueba de ADN, nosotros lo apoyaremos y lo aplaudiremos, y trataremos que el escándalo acabe favoreciéndolo políticamente.

—Pero lo apoyaremos, claro —dijo Parker, como pensando en voz alta.

—Exacto —se entusiasmó Balaguer—. Tenemos que convencerlo de que la bomba le va a reventar en la cara de todos modos, y por eso es mejor que él se prepare y que seamos nosotros quienes reventemos la bomba, no sus enemigos políticos.

—Entiendo, entiendo —dijo Parker, y encendió un cigarrillo, sabía que a Balaguer le molestaba que fumase, pero no le importaba, era su oficina, su canal, su torre de quince pisos y nadie iba a decirle si podía o no lanzar humos fastidiosos a los espíritus sensibles—. Entiendo tu punto. Pero hay algo que no estás viendo bien, Juan.

—Dime, Gustavo.

—Yo conozco al cholo Tudela como conozco a mis dos huevos, y, créeme, el cholo Tudela nos va a pedir de rodillas que no saquemos nada, que no digamos una palabra.

—Entonces saldrá en otro canal y lo tratarán con menos cariño que nosotros y estará igual de jodido, o más jodido.

—No, no creas —dijo Parker—. El cholo es un mafioso de la gran puta y hará todo lo que pueda para meterles miedo a los del 2 y a los del 4, les prometerá el oro y el moro si no sacan en televisión a las piuranas.

—Creo que te equivocas, Gustavo —dijo Balaguer, y le confortó ver que a Parker no le molestaba que él le dijera eso: «*Creo que te equivocas*»—. No hay manera de tapar este escándalo. ¿No quieres que traiga a tu oficina a Lourdes y a Soraya y así las conoces y ves si están mintiendo o diciendo la verdad?

—¿Para qué, si estoy seguro de que están diciendo la verdad? —se rio Parker.

Sonó el teléfono, lo levantó crispado y dijo:

—No me pase llamadas, ¿no he sido claro?, ¿hablo mandarín?, ¿no entiende español? —luego colgó y se quedó en silencio—. Tengo un plan —anunció.

Balaguer sonrió con admiración, con respeto, aceptando el plan aun antes de conocerlo, y no por miedo a perder su trabajo, sino por auténtico cariño a su jefe, Gustavo Parker, el hombre que le había cambiado la vida, que lo había hecho famoso, que le había permitido ahorrar, comprarse un auto, un departamento, ser alguien.

—Voy a ir a hablar con el cholo Tudela y luego te cuento.

—Genial —dijo Balaguer, y pensó *Seguro que el pendejo de Gustavo va a aprovechar esta crisis para sacar-*

le toda la plata que pueda al canalla de Tudela, por algo Gustavo ha hecho tanta plata, porque cuando los otros se asustan, él se queda tranquilo y luego pasa por caja y cobra lo que dejan los que huyen, acobardados.

Parker levantó el teléfono y ordenó a su secretaria:

—Llame a Alcides Tudela, dígale que es urgente —luego colgó y le preguntó a Balaguer—: ¿Qué tal está la cholita piurana?

—¿Quién? ¿La mamá de Soraya o Soraya?

—¿Qué edad me dijiste que tiene Soraya?

—Catorce.

—No, es una niña. ¿Cómo está su mamá? ¿Está buena?

—No es particularmente guapa.

—Pero si el cholo se la montó, tampoco estará tan mala.

—No, qué va, fea no es, tiene su encanto.

—Entonces tráela, dile que quiero conocerla.

—Lo que tú digas, Gustavo.

—Si está buena, le invito un champancito.

—Eres incorregible, Gustavo —dijo Balaguer, riéndose, pensando *La cagada, Lourdes no sabe lo que le espera, ahora va a tener un hijo con Gustavo Parker.*

Sonó el teléfono. Parker levantó, escuchó una voz familiar, sonrió y dijo:

—Alcides, ¿qué ha sido de tu vida, ilustre pendejo?

Luego soltó una risa discreta, comedida, la risa de un antiguo mafioso encantado de ser mafioso, la risa de un hombre que se sabe poderoso y sabe que sus bromas serán festejadas aun si son malas.

—Oye, Alcides, ¿tú cuántos hijos tienes? —preguntó, y le guiñó el ojo a Balaguer; luego se hizo un silencio y Parker sonrió con cinismo—. ¿Una hija nomás? —interrogó, haciéndose el tonto—. ¿Estás seguro, Alcides? ¿Estás haciendo bien las cuentas? —a continuación soltó una risotada y dijo—: Tenemos que vernos, Alcides. La cosa está jodida.

Lourdes Osorio Ormeño nació en Piura, hija única de un comerciante y una maestra de escuela. Su padre, Lucas, era empleado de una tienda de abarrotes en el Centro de Piura, con el tiempo supo ahorrar y compró la tienda y luego la amplió y expandió su negocio: llegó a tener tres bodegas en Piura. Su madre, Lucrecia, enseñaba religión en un colegio del Opus Dei, había sido reclutada por el Opus Dei cuando trabajaba en la cafetería de la Universidad de Piura, y luego le habían dado clases de religión y preparado para enseñar Religión según la visión estricta del Opus Dei en una colegio de niñas, el Salcantay. Lourdes tuvo una infancia tranquila, se sintió querida, mimada por sus padres, aprendió a rezar de rodillas antes de dormir, a rezar el rosario con su madre todos los días, se acostumbró a no faltar a la misa de los domingos, fue educada en el hábito de confesarse todas las semanas y comulgar habiendo ayunado. Era una niña retraída, ensimismada, de pocas palabras, taciturna, que no mostraba interés por los niños ni en otra cosa que no fuera la religión, tanto que le decía a su madre que quería ser monja, monja de clausura, dedicar su vida a Dios. No le vino la regla cuando sus amigas del Colegio Salcantay tuvieron la primera regla, a los doce, trece, catorce años; Lourdes cumplió diecisiete años, terminó el colegio y no le venía la regla. Estaba contenta, sentía que la menstruación era una impureza, una cosa fea, pecaminosa, concupiscente, algo que venía preñado de tentaciones malsanas, por eso creía que era la mano de Dios la que la había prevenido de enfermarse, de sangrar entre las piernas, y por eso, a pesar de que su madre se preocupaba, ella lo tomaba como una señal de que, si no tenía la regla, si no era mujer en el sentido más completo, tenía que ser monja, debía acatar la voz del Señor. En el colegio, algunas de sus compañeras se burlaban de ella porque no tenía la regla y ya estaba por cumplir dieciocho años, le decían La Monja, Monja Loca, La Novicia Rebelde, Sarita Colonia. Lourdes tomaba todo con resignación, aferrándose a su fe, sintiéndose moralmente superior a las que hacían escarnio de ella. Cuando terminó el colegio quiso alejarse de Piura, emprender su andadura como monja, y por eso viajó por tierra hasta Lima con su madre y entró como novicia al convento de las carmelitas, en el Centro. Su padre, Lucas, se opuso a que se metiera de monja, le dijo que debía estudiar algo en la universidad y luego ayudarlos en las bodegas, primero estaba la familia, luego Dios. No era un hombre creyente, tampoco era ateo, decía que no perdía el tiempo en esas supersticiones: «Mi única religión es servir a mi clientela y que mis bodegas ganen plata», refunfuñaba, pero Lucrecia apoyó a su hija, le dio ánimos para viajar a Lima, le prometió que le mandaría plata todos los meses, además de dulces norteños, como natilla y King Kong. Los primeros meses de Lourdes en el convento carmelita fueron muy sufridos: no había agua caliente, tenía que bañarse con agua fría, y no había camas ni colchones, la obligaban a dormir en el piso. Lourdes extrañaba las comodidades de la casa de sus padres en Piura, las duchas largas con agua tibia, el colchón mullido de su infancia, los desayunos abundantes de los domingos, y por las noches lloraba en silencio, arrepentida de haberse alejado de sus padres, no sabiendo qué hacer, pues le daba miedo y vergüenza salir del convento, interrumpir los votos de obediencia y castidad y volver a Piura como una monja renegada, frustrada. Ofrecía todos sus tormentos e infelicidades a Dios, le pedía consuelo, guía, templanza en la adversidad. Una noche, llorando a solas, echada en el piso helado del convento, escuchó que Sor Lupe de la Cruz, la madre superiora, una española ya mayor, de setenta años, pequeña y obesa, casi sin pelo (pero esto no se veía porque llevaba la cabeza siempre cubierta por un velo negro y una toca blanca que no se quitaba ni para dormir), entró en su minúsculo dormitorio, se echó a su lado y le dijo «No llores, Lourdes, el llanto es de los débiles y el Señor quiere que seas recia, que seas viril, de lo contrario nunca llegarás a ser monja como yo». Lourdes dejó de llorar. Sor Lupe le acarició el rostro con sus manos ajadas, curtidas, ásperas como la lija. «Cierra los ojos, hijita, piensa en Nuestro Señor, en la Divina Providencia», le dijo, y Lourdes obedeció. Luego Sor Lupe le metió la mano entre las piernas y la masajeó con rudeza, por debajo del calzón. Lourdes quiso interrumpirla, pero decidió acatar la autoridad de la superiora y abandonarse a ese cosquilleo insólito, bienhechor. Luego sintió que se abría toda ella y que un torrente incontenible le bajaba desde las entrañas y le humedecía la matriz, que algo se había roto allí adentro y estaba a punto de estallar. «Te ha venido la regla, me has manchado todita», se quejó Sor Lupe, y se marchó, furiosa. Fue así como Lourdes Osorio descubrió que le había venido la primera menstruación. Al día siguiente, llorando, pensó en llamar a su madre para contarle que le había venido la regla impura, horrible, y pedirle que fuera a rescatarla de ese convento lóbrego, insufrible. Pero no lo hizo. *Si Dios me ha mandado la sangre es porque no quiere que sea monja*, pensó Lourdes.

—Alcides Tudela me odia porque yo me negué a abortar a Soraya.

Lourdes Osorio dijo esas palabras sollozando, sentada en el bar del Hotel Country, pasada la medianoche, bebiendo una copa de champán. A su lado, Juan Balaguer se entretenía comiendo almendras y maní y tomando una limonada (no se permitía beber alcohol porque sentía que lo volvía blando, débil, distraído, y consideraba que si quería preservar su éxito en la televisión debía vigilar con celo su lucidez), y la escuchaba con atención.

—Fue un embarazo accidental, no planeado. Yo me alegré mucho, pensé que Alcides lo tomaría bien, pero él se volvió loco, se convirtió en otra persona, me dijo que tenía que abortar, que pensaba ser presidente y por eso no podía darse el lujo dc tener una hija conmigo.

Lourdes se limpió las lágrimas y echó una mirada para ver si alguien la había visto llorar, pero el bar estaba vacío y los camareros tenían la costumbre de no espiar las conversaciones de los parroquianos y se limitaban a hablar en voz baja sobre sus propios asuntos.

—Alcides estaba casado con la misma señora que ahora, la francesa, la gringa francesa, la señora Elsa, pero yo no sabía, él me mintió, me había dicho que estaba soltero y yo le creí. Ya cuando le conté que estaba embarazada, él me abandonó, y después me enteré que estaba casado con la señora Elsa Kohl, que con ella tenía una hija llamada Chantilly, y que bajo ningún concepto él podía tener una hija fuera de matrimonio con una cholita como yo.

—¿Eso te dijo? —se sorprendió Balaguer.

—Así mismo me dijo, que debía abortar, que él quería ser presidente y que si tenía una hija extramatrimonial con una chola como yo, su carrera política se iría al tacho.

Balaguer sonrió.

—Pero todos somos más o menos cholos en este país, y él parecería más cholo que tú —dijo.

—Sí, bueno —comentó Lourdes, sonriendo con delicadeza, replegándose en un mohín coqueto—. Yo me considero chola y a mucha honra, y él muy gringo tampoco es.

Luego soltó una risita comedida, cubriéndose la boca con las manos, y Balaguer pensó *No entiendo cómo esta señora tan refinada y pudorosa pudo haber sucumbido al mal gusto de irse a la cama con el borracho crapuloso de Alcides Tudela, debe de haber estado muy enamorada o muy pasada de tragos para permitirse semejante despiste.*

—¿No pensaste en abortar? —preguntó.

Lourdes apuró un trago y respondió:

—No, jamás. Yo soy una mujer sumamente católica, el aborto va contra mis principios morales, el aborto es matar a un bebé inocente, nunca se me pasó por la cabeza abortar a mi Soraya. En eso yo me puse muy firme y le dije a Tudela que ni loca iba a hacerlo.

—¿Y qué hizo Alcides cuando le dijiste que no abortarías?

—Trató de matarme —dijo Lourdes, bajando la voz, susurrando, clavando la mirada en los ojos inquietos de Balaguer, que, sin decirle nada, tenía una pequeña grabadora encendida en el bolsillo de su chaqueta.

—¿Cómo así?

—Se convirtió en un monstruo. Un día íbamos en su auto, discutimos, estaba obsesionado con que me hiciera el aborto, pero como yo me negaba, arrancó, avanzó a toda velocidad, abrió la puerta de mi lado y me empujó hacia la pista.

Balaguer arqueó las cejas, sorprendido:

—¿Te empujó a la pista con el auto en marcha?

—Me empujó y rodé como un costal de papas. El muy desgraciado quiso matarme así, que un auto me pisara, que perdiera a mi Soraya. Pero Diosito me protegió. Me di unos buenos golpes, pero aquí estoy. Ese desgraciado de Alcides no sabía que las provincianas somos tercas y tenemos valores morales, y conmigo no pudo, no pudo.

—¿Y qué pasó luego? —preguntó Balaguer.

—Nunca más lo vi —contestó Lourdes—. Desapareció. Cambió sus teléfonos.

—Es un canalla —dijo Balaguer, con gesto de disgusto, y pensó *Ni a cojones voy a votar por ese miserable, un cobarde que niega a su hija no merece ser presidente de este país ni de ninguno, merece un escarmiento y esta pobre mujer merece que alguien por fin la defienda en este país de pusilánimes y adulones.*

—Cuando nació Soraya, a los tres meses, fui a buscarlo con la bebé a su casa de Camacho, pero Alcides no nos abrió, se negó, dijo que no me conocía e hizo que su esposa, Elsa, nos botara a empujones —nuevamente se llevó las manos a los ojos, sollozando—. Me cansé de buscarlo para que conociera a su hijita. Yo tenía la ilusión de que si Alcides veía a Soraya, se ablandaría y la querría, pero él no me dio la oportunidad, se negó a verme y por eso no me quedó más remedio que abrirle un juicio para que asumiera su paternidad.

—Bien hecho, claro —dijo Balaguer, y se sorprendió de no dudar de la versión de Lourdes, simplemente le creía, le parecía evidente que ella no estaba mintiendo, y en cambio Alcides Tudela le había parecido siempre un embustero, un farsante, un sujeto impostado, de voz engolada, que fingía compadecerse de la suerte de los más pobres solo para llegar al gobierno y pavonearse por el mundo como un hombre de éxito, un cholo ganador, el jefe de la tribu, y luego hacerse amigo de reyes, millonarios, presidentes, y pasarse la vida borracho, diciendo naderías inflamadas y cortejando a escondidas a mujeres embobadas por su poder.

—Le puse un juicio en Piura, donde nosotras vivimos, cuando Soraya cumplió seis meses —continuó Lourdes—. Ya Soraya tiene catorce años y hasta ahora la justicia de este país me ha dado la espalda y siempre ha apañado a Alcides Tudela. ¿Por qué? Lógicamente porque Tudela tiene buenos abogados y coimea a los jueces o los amenaza; les dice que él va a ser presidente y que no se atrevan a fallar contra él, y tú sabes cómo son los jueces en el Perú, que por plata o por miedo se arrodillan.

Balaguer asintió, disgustado, y sin embargo pensó que, con todo lo malo que era el Perú, él quería seguir viviendo allí, tal vez porque presentía que carecía del coraje y el talento para salir adelante en un lugar más competitivo, suponía que solo en el Perú podía darse esa vida muelle, privilegiada, de estrella mimada de la televisión, una vida que lo obligaba a salir solo dos días de la semana en televisión y que a cambio le permitía ganar un sueldo apreciable y dedicarse a aquello que más le gustaba y hacía con pasión: el chisme, la intriga, el conventillo, buscar las miserias de la gente y esparcirlas entre sus amigos y enemigos.

—Pero hubo una prueba de sangre —dijo—. Soraya me contó que cuando se hicieron la prueba de sangre ella conoció a Alcides. ¿Fue así?

—Sí, así fue —confirmó Lourdes—. Pero eso fue cuando Soraya ya era una niña, tenía ocho años. Fue en la Clínica San Felipe. Un juez que al principio no se dejó coimear citó a Alcides para que se hiciera la prueba...

—¿Por qué no fue una prueba de ADN? —interrumpió Balaguer.

—Porque en esa época todavía no se hacían en el Perú esas pruebas, había que ir a los Estados Unidos o a Chile, por eso el juez ordenó la de sangre nomás.

—Entiendo. ¿Y en la prueba de sangre salió que Tudela era el papá de Soraya?

—Sí, al noventa y cinco por ciento.

—¿Y qué dijo el juez?

—El abogado de Tudela lo coimeó, y entonces dijo que como había un margen de error de cinco por ciento, no podía asegurar que Alcides fuera el papá de Soraya, así que se lavó las manos. Después mi hermano me contó que el abogado de Alcides le había pagado diez mil dólares a ese juez.

—Ya veo —dijo Balaguer, y pensó *Qué baratos son los jueces en este país, cómo se venden por un plato de lentejas, no tienen dignidad, y ni siquiera codicia o ambición para ser corruptos de alto vuelo.*

Lourdes Osorio no había cumplido cuarenta años y sin embargo tenía el aire de una mujer mayor, derrotada, envejecida, el aspecto resignado de alguien que ha recibido más palizas que las que merecía.

—Además, Tudela me difamó.

—¿Por qué? ¿Qué dijo?

—Dijo que yo era prostituta, que ejercía la prostitución en un burdel de Lima.

—¿Eso dijo? —se sorprendió Balaguer, porque la mujer no parecía una prostituta ni una exprostituta, era demasiado recatada, una provinciana a la antigua.

—Eso dijo el muy desgraciado: que me había visto ejerciendo la prostitución —se lamentó Lourdes, haciendo un gesto de repugnancia.

—¿Pero reconoció que tuvo sexo contigo? —se apresuró Balaguer.

—No, no, qué ocurrencia —dijo Lourdes—. Aseguró que nunca había tenido sexo conmigo, y como tú sabes, Juanito, mentirle a un juez bajo juramento es perjurio, un delito que se puede pagar con cárcel; pero estamos en el Perú, y el juez, bien coimeado, le creyó a Alcides y dijo que si yo era una prostituta, Soraya podía ser hija de cualquiera de mis clientes. Imagínate la humillación que tuve que sufrir.

—¿Nunca fuiste prostituta, verdad? —preguntó Balaguer.

Lourdes soltó una carcajada, sorprendida.

—Nunca, nunca —dijo—. ¿No me crees, Juanito?

—Claro que te creo. Al que no le creo una palabra es al mentiroso de Tudela.

—¿Tú sabes lo que hizo el desgraciado para convencer al juez de que yo era una puta? —preguntó Lourdes, y Balaguer pensó *Tiene mérito que esta pobre mujer recuerde estas cosas sin hacerse la víctima y sonriendo de vez en cuando; no es una teatrera como el ridículo de Tudela, se nota que no miente.*

—¿Qué?

—Coimeó a todo un equipo de fútbol de Piura, el Alianza Atlético de Sullana, para que todos los jugadores, todos, Juanito, fueran adonde el juez y dijeran que yo era una puta y que habían tenido sexo conmigo en un burdel de Piura.

Balaguer disimuló la sonrisa para no ofenderla.

—¿Y eso hicieron los futbolistas? —interrogó.

—Eso mismo hicieron. ¿Puedes creer, Juanito? —contestó Lourdes—. Quince muchachos del Alianza Atlético fueron adonde el juez y dijeron que se habían acostado conmigo en un burdel. Lógicamente, estaban coimeados, lo mismo que el juez, así que, aunque yo me defendí y lo negué todo, el juez absolvió a Alcides Tudela y dijo que si yo era prostituta, cosa que dio por hecho, mi hija Soraya era de padre desconocido, y punto final.

—¿Y ni siquiera conocías a los futbolistas? —preguntó Balaguer, y echó una mirada y comprobó que los mozos lo observaban como pidiéndole que pagase la cuenta y se fuese, ya estaban cansados, les dolían los pies seguramente, había sido un día largo, tenga compasión, señor Juanito, ya es la una de la mañana.

—No, claro que no; no conocía a ningún futbolista —dijo Lourdes.

Luego comió un pistacho que sacó con cuidado de un batiburrillo de nueces y frutas secas, y añadió, con el aire transgresor, atrevido, de una confesión que daña el honor pero que tal vez por eso mismo parece sincera:

—Si quieres que te diga la verdad, había un futbolista que me pareció bien churro.

Hizo un gesto curioso con la boca, frunciendo los labios, como si quisiera besar a un hombre ausente, y concluyó:

—Era tan guapo que con él creo que lo hubiera hecho gratis.

Luego se rio, cubriéndose la boca, y Balaguer pensó *Tan beatita tampoco es, por algo se acostó con Tudela después de todo; se hace la santurrona pero con dos tragos encima seguro que se acuerda de lo que es bueno.*

Juan Balaguer salió por primera vez en la televisión peruana como panelista del programa «Pulso», que había conducido todos los lunes Alfonso Téllez y que, muerto Téllez, ahora era dirigido por el periodista Gabino Longobardi, muy querido por todos los políticos porque era incapaz de hacer una pregunta agresiva, venenosa, con mala leche, y porque solía ir a comer con personajes políticos de todas las tendencias, y cuando le preguntaban por qué era neutral y afectuoso con todos, respondía «Yo soy como el dueño de un restaurante, atiendo bien a todo el mundo, piensen lo que piensen políticamente. Mi meta es que todos se vayan contentos de mi programa». El público extrañaba la agudeza y el espíritu aguafiestas de Téllez y, si bien veía con simpatía a Longobardi, pensaba que sus preguntas eran demasiado insulsas y predecibles. Por eso Gustavo Parker le encomendó al recién contratado Juan Balaguer que saliera los lunes como uno de los cinco panelistas de «Pulso». El consejo de Parker fue claro: «Mire, Balaguer, usted tiene que hacer lo contrario que el huevas tristes de Longobardi; usted no va a salir en "Pulso" para ganar amigos sino para ganar enemigos; usted tiene que lograr que sus preguntas sean un torpedo en el culo de los políticos que tenga enfrente, no se congracie con nadie, sea jodido y antipático y preguntón y caradura con todo el mundo. Ya verá que eso le va a gustar al público. La clave es no casarse con nadie, como hacía el viejo Téllez, y tener siempre una repregunta mejor que la pregunta. Hágame caso, Balaguer, "Pulso" no es un restaurante, es un *ring* de box, y aquí gana el que pega más fuerte y el más macho para pelear. No me falle. Haga preguntas con cojones y sáquele la mierda a todo el mundo». Balaguer sabía que Parker tenía razón, había visto a Téllez durante varios años y sabía que la clave de su éxito radicaba en ser, además de un hombre bien informado, un periodista insobornable, incisivo, dispuesto a incomodar a todos, nunca blando o complaciente, todo lo contrario de Longobardi. Balaguer había aprendido también que las mejores preguntas eran las más osadas, las que más riesgo entrañaban, las que el público quería escuchar pero no se atrevía a formular, esas preguntas kamikazes que podían valerle el odio del interrogado y que acaso podían costarle el puesto de trabajo, pero que la gente recordaría al día siguiente. Algo más había aprendido: las preguntas debían ser cortas, directas, ir al punto, no ser muy largas ni muy sesudas ni muy elaboradas o intelectuales; esas preguntas los televidentes no las entendían, lo que querían ver era el morbo de la confrontación, el espectáculo hechicero de la pelea despiadada y la sangre corriendo como ríos. *Juégate los huevos en cada pregunta, hazte respetar*, se dijo Balaguer antes de su debut en «Pulso». Y se esmeró en cumplir lo que Parker le había pedido: el primer lunes le preguntó al candidato presidencial Rómulo Raffo si era verdad que en su juventud había tenido una fuerte depresión y ataques de pánico y que por eso lo habían dormido clínicamente en una terapia conocida como «la cura del sueño» (a lo que Rómulo Raffo contestó que la pregunta era una infamia, un golpe bajo, una operación de descrédito y calumnia maquinada por sus enemigos políticos, es decir que no contestó y se fue por las ramas); el segundo lunes le preguntó al presidente Fernán Prado si era verdad que las manos le temblaban tanto porque estaba enfermo de Parkinson (a lo que Prado respondió que la pregunta era una invasión de su privacidad, un atropello contra la intimidad a la que como ciudadano tenía derecho, es decir que tampoco contestó y se hizo el ofendido, la mano trémula debajo de la mesa, para encubrirla de la mirada fisgona del público); el tercer lunes le preguntó al famoso escritor Alfonso Payet si, como se comentaba, era alcohólico y tomaba tres botellas de vodka cada día (a lo que Payet, con su celebrado sentido del humor, respondió que él prefería ser un borracho conocido que un alcohólico anónimo, y que no tomaba tres botellas de vodka cada día, esa cifra era inexacta, la verdad es que tomaba cuatro, lo que provocó las carcajadas del anfitrión y moderador Gabino Longobardi, que había estado tomando unos vodkas con Payet antes del programa); y el cuarto lunes de su primer mes en televisión le preguntó al ministro de Economía, Juan José Lerner, cuánto dinero ganaba como ministro y cuánto dinero tenía depositado en los bancos peruanos y si tenía cuentas bancarias en bancos extranjeros (a lo que el ministro Lerner respondió en tono crispado que esa información solo tenía que dársela a la oficina recaudadora de impuestos y no a un periodista «impertinente», así lo llamó con el gesto torcido y la mirada anunciando alguna forma de venganza). Preocupado por las preguntas insolentes del panelista principiante Balaguer, Gabino Longobardi le habló al final de la entrevista con el ministro Lerner: «Juanito, hermano, no te propases, estás siendo demasiado cáustico, estás ganando muchos anticuerpos, así como vas no vas a durar en la televisión; acuérdate que el programa "Pulso" es como un restaurante, hay que atender bien a nuestros clientes». Balaguer se puso tenso, se sintió injustamente criticado, le pareció que Longobardi era un tontorrón, y por eso le dijo «Pero nuestros clientes no son los invitados, nuestros clientes son el público, y al público le gusta que hagamos preguntas fuertes, Gabino».

Irritado, Balaguer le contó a Parker el entredicho que había tenido con Longobardi. Parker llamó a su despacho a Gabino Longobardi y le dijo «Estás despedido; ya puedes abrir tu restaurante en Barranco y servir tus tamales con una gran sonrisa, en mi canal ya no me sirves, eres pasadito por agua tibia y yo quiero gente con cojones como Juan Balaguer». Longobardi no tardó en abrir un restaurante de comida criolla llamado Panchita, donde todos los políticos se reunían y festejaban las dotes de buen anfitrión del experiodista devenido cocinero. Entretanto, Gustavo Parker convocó a su oficina a Balaguer y le dijo «Este lunes, tú conduces "Pulso". Felicitaciones».

—A mí no me hueveas, Alcides, no te hagas el pendejo conmigo, que yo tengo como cinco hijos no reconocidos. Esa niña Soraya es tu hija, acepta la verdad, no me vengas con poses moralistas, huevón.

Gustavo Parker no parecía tenerle miedo a Alcides Tudela; le hablaba como si fuera el jefe y Tudela, su empleado. Estaban a solas en la oficina de Tudela, tomando *whisky*.

—Gustavo, tú eres mi hermano, mi hermano del alma, a ti nunca te mentiría: ¡esa niña no es mi hija! ¡Yo nunca, nunca, he tenido sexo con esa señora que ni siquiera me acuerdo cómo se llama!

—Lourdes —dijo Parker, con una sonrisa pícara, los ojos como de buitre que merodea sobre la carroña, el olfato de viejo depredador que huele el miedo de su adversario—. Lourdes Osorio.

—¡Yo nunca he tocado a esa tal Lourdes Osorio, Gustavo! ¡Te lo juro por mi madrecita que está en el cielo y no me deja jurar en vano!

Gustavo Parker era un hombre memorioso, rencoroso, implacable con sus enemigos, magnánimo con sus amigos, sobre todo cuando sus amigos tenían poder, y no olvidaba que Tudela había declarado ante la prensa que había quedado huérfano de padre y madre cuando tenía seis años, que ambos habían muerto sepultados durante un terremoto, y luego la prensa había averiguado que tal cosa era mentira y que el papá de Tudela no murió en un terremoto y, en cambio, seguía vivo. Parker pensó *El problema con el cholo Tudela no es que sea mentiroso, todos los políticos son mentirosos, el problema es que es bruto para mentir, se ha metido mucha coca y mucho trago este cholo pendejo y cree que todos somos unos huevones.*

—Mira, Alcides, estás jodido, hermano. Esta mujer, Lourdes Osorio, no está dispuesta a quedarse callada, ella ya nos dijo bien claro que si no le damos una entrevista en el programa de Balaguer, se irá a otro programa, en otro canal, y te denunciará. Y tu problema, entiéndelo, Alcides, no seas tan terco, carajo, es que ella tiene los papeles de los juicios que te ha entablado desde que la niña Soraya nació, y estamos hablando de catorce años de juicios...

—...Que ella siempre ha perdido, te recuerdo —interrumpió Tudela, con aire condescendiente, como si el asunto no le rozara, no lo perturbara, no le hiciera daño.

—Habrá perdido todos los juicios, pero acá el juicio que importa es el de la opinión pública, Alcides —se impacientó Parker, levantando la voz—. ¿No te das cuenta, carajo? Si ella convence a la gente de que esa niña es tu hija, estás jodido, vas a perder a elección.

—No lo creo, no lo creo —se blindó Tudela, invulnerable a la idea de perder, altivo ante la menor crítica—. Estamos muy arriba en las encuestas. Diré que esa mujer ha sido coimeada por la chucha seca de Lola Figari y la gente me creerá; la gente está conmigo, Gustavo.

—¡Huevadas, hombre! —se enojó Parker—. Todo el mundo sabe que eres un mujeriego de campeonato, Alcides; todo el mundo sabe que te vas de putas al Melodías cada vez que puedes, todas las putas finas del Melodías han culeado contigo, huevón: ¡todas! Nadie va a creerte, todos van a creerle a Lourdes, y más cuando vean a la niña esa, a Soraya, que Juan Balaguer dice que es idéntica a ti.

—¡No me hables de Balaguer! —se crispó Tudela—. Era mi amigo y me ha traicionado. No se lo voy a perdonar.

—¿Por qué dices que te ha traicionado, huevón, si Juan está tratando de ayudarte? —se sorprendió Parker, y tomó otro trago de *whisky*.

—Porque Balaguer me juró que no le diría a nadie esto de Soraya y rapidito fue a contártelo a ti como una vieja chismosa, carajo —se quejó Alcides Tudela, frunciendo el ceño, arrugando la frente, dejando ver que la preocupación lo tenía estragado, mal dormido, abatido—. Yo pensé que Balaguer me apoyaba, pero ahora veo que está con la machona de Lola Figari.

—¡No digas huevadas, Alcides! —se rio Parker—. Juan y yo te apoyamos, hombre. ¿Qué querías? ¿Qué mi periodista de confianza y mi brazo derecho no me contara nada?

—Eso me prometió Balaguer y no cumplió —dijo Tudela, que no carecía de habilidad histriónica para ponerse en el papel de víctima.

—Hizo bien en contarme esta crisis, no seas huevón —insistió Parker—. No podía quedarse callado. Me ha contado todo para ver cómo podemos ayudarte, no para joderte, Alcides. Por eso estoy aquí: para ayudarte, para ver cómo apagamos este incendio juntos.

—No hay ningún incendio, carajo —terció Tudela—. Esta es una patraña, esto es un montaje de mis enemigos políticos.

—Puta madre, que eres terco, cholo —dijo Parker.

—¿A quién le cree Balaguer? —preguntó Tudela.

—A Lourdes.

—¿Y tú?

—También le creo a ella. Y todo el Perú le va a creer a ella, no a ti. No te engañes, Alcides, si la cagas, puedes perder la elección.

Tudela se puso de pie, metió las manos en los bolsillos, caminó nerviosamente y preguntó:

—¿Tú qué harías en mi lugar?

Parker no lo dudó:

—Le daría una entrevista a Balaguer y diría que me someteré a una prueba de ADN. Y si la niña es tuya, la reconoces, la abrazas, te haces la foto con ella, la subes al estrado y quedas como el mejor papá del mundo, así de fácil. Ganas en primera vuelta; te lo firmo.

—¡No, carajo, no! —rugió Tudela, con indignación, abriendo los brazos, como si estuviera suplicando clemencia—. ¡De ninguna manera! ¡Esa niña no es mi hija y no voy a caer en una trampa miserable de mis enemigos!

—¡No grites, huevón, que si tú gritas, yo grito más fuerte! —se envalentonó Parker—. No te olvides que te he dado ya más de tres millones para la campaña.

—No me los has dado a mí, Gustavo, has hecho una contribución a la democracia peruana —lo corrigió Tudela, desafiante.

—Sí, claro —dijo con cinismo Parker—. ¡Qué concha la tuya, carajo!

—No te equivoques conmigo, Gustavo: ¡yo no me hipoteco con nadie, carajo! La plata que tú donaste se ha gastado íntegramente en mi campaña y tú lo sabes bien; no vengas a atropellarme, que tú y yo sabemos cuánto le debe tu canal al Estado en impuestos: ¡una deuda millonaria, carajo, casi trescientos millones, porque no pagas impuestos desde hace como diez años!

Parker se puso de pie, furioso:

—¿Me estás amenazando, cholo? —dijo, dando dos pasos hacia el frente y mirando a Tudela con desprecio, como si fuera un insecto.

Pero Tudela no se intimidó y le devolvió una mirada turbia, rencorosa, llena de odio, y le contestó:

—No te estoy amenazando. Te estoy diciendo bien bonito que si me jodes con esto de Soraya, cuando sea presidente yo te voy a joder con los trescientos millones que le debes al Estado.

—Ah, carajo —sonrió displicente Parker.

—Sí: «Ah, carajo». Tú me jodes, yo te jodo. Tú me atacas con lo de Soraya, yo te voy a cobrar los putos trescientos millones que debes, Gustavo. Y si no me los pagas, te quito tu canal y te jodes bien jodido, ya sabes.

Ahora Tudela hablaba sin afectación o impostación, y la suya era una voz fría, filosa, que cortaba, la voz de un hombre acostumbrado a la amenaza, la intriga, la perfidia, la deslealtad y la trampa como formas de supervivencia. Parker, sin embargo, y para sorpresa de Tudela, lanzó una carcajada excesiva, teatral, y palmeó con desdén a Tudela:

—Eres más huevón de lo que pensaba, Alcides. Te equivocas, hermano. Primero, porque si yo decido apoyar a Soraya y a su mamá, te hago mierda, te hago papilla, y no ganas la elección ni cagando; te aplasto y te dejo como a una cucaracha bien pisada, huevón. Y segundo, porque ni tú ni nadie me va a quitar nunca mi canal; puedo tener algunas pequeñas deudas, pero el canal no es mío, es del Perú, del pueblo peruano, y ni se te ocurra quitarles a los peruanos su canal más querido y popular, que te sacan a patadas y terminas preso por burro, Alcides.

Tudela lo miró a los ojos, se replegó, sintió el golpe, tomó un par de tragos y cambió de tono:

—Hablemos como amigos, Gustavo, no dejemos que la sangre llegue al río. ¿Qué tengo que hacer para que no saques a esta niña y a la pendeja de su madre en tu canal? Dime con franqueza, dime tus condiciones.

Parker se sentó, resopló como una ballena varada en la orilla, se sintió de pronto fatigado, harto del lodazal de la política, y respondió:

—Para comenzar, devuélveme los tres millones que te regalé para la campaña.

—Ya me los gasté, ya se fueron en mítines y en publicidad —dijo Tudela, sentándose.

—No me mientas, huevón, yo sé perfectamente que has mandado dos millones a una de tus cuentas en las Bahamas —dijo Parker, mirándolo a los ojos.

—¡No es cierto, carajo! —se molestó Tudela.

—Tengo los papeles, Alcides —sonrió Parker.

—La plata que mandé a las Bahamas es la donación que me dieron los hermanos Bertello para salvar la democracia; lo tuyo se ha gastado todo en la campaña, Gustavo.

—¿Y por qué mierda mandas a las Bahamas lo que te dan para la campaña, se puede saber? —preguntó Parker.

—Es un fondo de contingencia, por si pierdo la elección —respondió Tudela, forzando una sonrisa.

—No te creo. Te estás tirando la plata, Alcides —dijo Parker, frío, imperturbable, disfrutando de ver cómo Tudela se desdibujaba, perdía la compostura, hacía muecas—. Devuélveme mis tres millones y me quedo callado y no digo un carajo sobre tu hija no reconocida.

—Trato hecho —se puso de pie Alcides Tudela—. Mañana te hago llegar a tu oficina los tres millones en efectivo dentro de un maletín, ¿de acuerdo?

—De acuerdo —dijo Parker—. ¿Tienes la plata o vas a pedir una donación a tus amigos los mineros?

—¡Yo siempre tengo plata, Gustavo! ¡Tengo más plata que tú! —sonrió Tudela.

Parker se puso de pie y le dijo en el tono cálido de un amigo:

—Solo te doy un consejo, Alcides: habla con esa mujer, acéitala, pásale un buen billete y déjala callada y contenta, porque yo solo te puedo asegurar que en mi canal no saldrá, pero si tú no te arreglas con ella rápido, va a salir en otro canal y ahí te vas a joder igual. Te lo digo como amigo, Alcides.

—No te preocupes, Gustavo, yo hablaré con la puta esa y veré cuál es su precio —dijo Tudela, y apuró un *whisky*.

Cuando Parker se dirigía hacia la puerta, Tudela remató:

—Dile al chismoso de Balaguer que se calle la boca.

—¿Qué tanto miedo tienes, si estás seguro de que no es tu hija? —preguntó Parker, sonriendo con malicia.

—¿No te das cuenta, huevón? —dijo Tudela—. Si mi esposa, Elsa, se entera, me corta las bolas. El problema no es que se entere la opinión pública, Gustavo: todos los peruanos machos tenemos una hija perdida por ahí, ¿no lo sabes? El problema es que se entere la gringa Elsa: si ella se entera, por lo menos me corta un huevo. Tú sabes que la gringa es loca, hermano.

—Tú sabrás cómo matas tus pulgas —dijo Parker, y movió la cabeza como diciendo esto va a terminar mal, no creo que esto se arregle tan fácilmente como crees, cholo cabrón, todos vamos a terminar quemados con este incendio, pero al menos devuélveme los tres millones que te di, por imbécil—. Hablamos mañana, no te olvides del maletín.

—¿Y si no te mando el maletín? —preguntó Tudela, con cara de pícaro.

—Si no llega el maletín, Soraya y Lourdes saldrán el domingo en el programa de Balaguer, y ahí te quiero ver, huevas tristes —dijo Parker, desde el umbral de la puerta, sin compasión.

—¿Me estás chantajeando? —preguntó irónicamente Tudela.

—No, Alcides, no te hagas el culo angosto —replicó Parker—. Te están chantajeando, sí, ¿pero sabes quién te está chantajeando?

—¿Quién?

—Tu pinga, huevón. Tu pinga te está chantajeando por andar dejando hijas regadas por ahí. La culpa no la tengo yo, la culpa la tienes tú, por pingaloca, Alcides.

Parker tiró la puerta. Tudela tomó un *whisky* y se dijo tranquilo *Cholo, tú vas a ganar las elecciones sí o sí, el pueblo te quiere, ningún gringuito con plata como Parker va a venir agredirte así a la mala, vas a caer parado como siempre, es solo cuestión de romperle bien la mano a la puta esa de Lourdes Osorio, tres millones a Gustavo Parker, un millón a la puta de Lourdes y asunto resuelto, nadie nunca se enterará de nada y en tres semanas serás el presidente electo del Perú, la puta madre que los parió a todos.*

Alcides Tudela se acostumbró a la vida en San Francisco más rápido de lo que los Miller hubieran sospechado. No tardó en dominar el inglés, en destacar en el colegio, en hacer amigos, en aprender a manejar el Ford Mustang de Clifton Miller y en convertirse en la estrella del equipo de fútbol de la Universidad de San Francisco, a la que entró gracias a una beca de ayuda para los jóvenes de países del Tercer Mundo. Tudela era muy hábil jugando al fútbol, era difícil quitarle la pelota. No mostraba interés en el juego colectivo, en pasar el balón; lo que a él le gustaba era bajar la cabeza, entrar en un trance hipnótico con la mirada fija en la pelota y en su pie izquierdo, que la mantenía controlada y que la rozaba como acariciándola, burlar a cuantos contrarios le saliesen en el camino y hacer jugadas vistosas que deslumbraban al entrenador y a menudo terminaban en goles. Cuando metía un gol, Tudela lo gritaba de un modo teatral, exagerado, diciendo obscenidades en español, como «Chúpenme la pinga, gringos concha de sus madres» o «Los dejé con el culo roto, gringuitos malparidos», y luego se ponía de rodillas, rezaba y rompía a llorar, como si hubiese ganado la copa del mundo, como si fuese el mejor jugador del planeta. Era, sin duda, el mejor jugador de la universidad, y tal vez de toda la bahía de San Francisco. Alcides solía mandarles cartas a sus padres, una por semana, acompañadas de fotos, algunas jugando fútbol, otras posando con autos llamativos que encontraba en sus paseos por la ciudad. Don Arquímedes y doña Mercedes vieron con preocupación que su hijo se había dejado el pelo largo, muy largo, y se había dejado crecer la barba. «Se ha vuelto *hippie*, se ha vuelto comunista, está endrogado», decía don Arquímedes, viendo esas fotos de su hijo, irreconocible, escondido tras un matorral de pelo resinoso y una barba rebelde, contestataria. Llamaron por teléfono a Clifton y Penelope Miller y les preguntaron si Alcides se había vuelto comunista. Clifton era un hombre que se jactaba de no mentir, de honrar siempre la verdad, y por eso respondió «No es comunista, Alcides no es comunista. Es socialista, como nosotros. Cree en la lucha de clases y en la revolución de las masas, pero repudia la lucha armada y cualquier forma de violencia. Es socialista pacifista». Don Arquímedes gritó, indignado, «¡Mi hijo es socialista, carajo! ¡Me lo han degenerado!». Doña Mercedes se echó a llorar y maldijo la hora en que dejaron irse de Chimbote a ese niño que era una promesa de las letras y los números y ahora, por lo visto, se había echado a perder. «¿Mi hijo se droga, amigo Clifton?», preguntó luego don Arquímedes, esperando lo peor. «En esta casa no usamos drogas duras», respondió Clifton, con afecto. «Pero comemos hongos alucinógenos y fumamos marihuana los fines de semana, marihuana casera, que Penelope y yo sembramos en el jardín». Don Arquímedes se exaltó: «¡La concha de la lora, mi hijo está endrogado!». Luego le dijo a su mujer: «Dice el gringo que fuman marihuana todo el día, por eso Alcides sale chino en las fotos». Doña Mercedes cogió el teléfono, furiosa, y gritó «Mire, amigo, usted me manda a mi hijo inmediatamente, tengo que salvarlo de las garras del vicio y la perdición». Clifton le contestó, muy tranquilo: «Aquí le paso con Alcides, él decidirá lo que es mejor para su futuro». Doña Mercedes le dijo «Hijito, ¿estás bien?». «Mejor que nunca, mamá», respondió Tudela. «Viviendo el sueño americano». «Alcides, papito, regresa a Chimbote ya mismo», lo instó doña Mercedes. «No, mami, eso es imposible. No volveré a Chimbote hasta que tenga mi título universitario y sea millonario», replicó Alcides. «Pero las drogas que te dan esos gringos te van a quemar la cabeza, hijito». «No, mamita linda, usted no se preocupe, yo sé cuidarme. Además, estoy entreteniendo la posibilidad de mandarle una plata todos los meses, ahora que me van a pagar por jugar al fútbol». «¿Qué estás entreteniendo, hijo?», se confundió doña Mercedes. «La posibilidad de mandarle plata, mamacita», repitió Tudela. «No entretengas nada y mándame todo lo que puedas», lo conminó la madre. «Soy un triunfador, un triunfador nato», dijo Tudela y se despidió.

Pero algo le faltaba a Alcides Tudela para sentirse un ganador en toda línea: tener una novia, una novia gringa, una novia que hablase en inglés y no supiese nada de español. En la universidad, Tudela se negaba a hablar español con algunos de sus compañeros de España y Latinoamérica. Cuando, guiados por su apariencia y sus modales avispados, algunos le hablaban en español, Tudela respondía en inglés, con un gesto condescendiente, burlón: «*I don't speak spanish. I'm so sorry, Jose*», y se marchaba, caminando deprisa. A las chicas que le hablaban en español les decía «*Looking good,* mamita». Tudela lo tenía muy claro, él quería seducir a una gringa, a una chica que dejase boquiabierto al puerto de Chimbote. Fue así como conoció a la estudiante francesa de Antropología, Elsa Kohl, de apenas dieciocho años, uno más que él. Coincidieron en un salón de clases. Elsa estaba tomando apuntes para un trabajo sobre el imperio incaico y de pronto vio entrar a una criatura que le pareció venida de tiempos inmemoriales, parida por las fuerzas telúricas de los Andes, a un emperador inca: altivo, pundonoroso, un rostro que parecía un huaco lleno de vida, las piernas chuecas, la lengua afuera, la mirada turbia, los ojos alunados de un testigo de la masacre que habían sufrido los incas cuando llegaron los españoles. *Es un inca*, pensó Elsa Kohl, asombrada. Aquel momento fue como una epifanía: Elsa supo que su futuro estaría ligado al de ese hombre improbable, que ella se dedicaría a estudiarlo, a observarlo, a cuidarlo como si fuese un antiguo tesoro. Elsa Kohl no dudó que ese hombre insólito había llegado a San Francisco para educarla en las grandezas incomprendidas del imperio incaico. No lo encontró físicamente atractivo: lo encontró arqueológicamente fascinante. Por eso se le acercó y le preguntó en inglés de dónde venía, dónde había nacido. Antes de responder, Tudela la miró a los ojos, luego le miró los pechos, las piernas, pensó *Qué buena está la gringa, y encima habla inglés como francesa*, y respondió que era del Perú. Elsa Kohl le preguntó «¿Es usted un inca?». «Cien por ciento. Mis antepasados fueron Pachacútec y Mama Ocllo por parte de padre». «¡Oh, Dios!», exclamó ella, sorprendida, y se llevó una mano a la boca, y Tudela pensó *A esta gringa tengo que darle los hongos de los Miller y luego le arrimo la rata*. «¿Y por parte de madre?», preguntó Elsa Kohl. «Por parte de madre soy descendiente de Sinchi Roca». Se miraron fijamente, como se descubren los amantes, y fueron hacia la cafetería para tomar algo.

Juan Balaguer estaba manejando su automóvil cuando sonó su celular. No reconoció el número. Contestó.

—Hola, soy Soraya Tudela —escuchó la voz de la adolescente levemente risueña, como si estuviera disfrutando de la crisis que había provocado con su determinación de salir en el programa de Balaguer para contarle al país que estaba segura de ser la hija de Alcides Tudela—. ¿Ya tomaste una decisión?

Balaguer pensó *¿Quién se cree esta niña revejida para venir a presionarme de esta manera, cuál es el apuro, por qué jode tanto?*

—No, Soraya, todavía no hemos decidido nada —respondió.

—Ya —dijo ella, secamente—. Pero no creas que voy a esperarte toda la vida, Juanito.

A Balaguer le molestó que una chica de catorce años lo llamase así, usando un diminutivo, como si ella fuese mayor que él, o más madura que él.

—¿Me estás poniendo un ultimátum, Soraya? —dijo, irritado.

—No, no —contestó ella, riéndose con aire de superioridad—. Solo te aviso, Juanito. Hoy es jueves. Si mañana viernes no me has confirmado nada y sigues haciéndote el loco, todo bien, no me molesto ni nada, simplemente llamaré a Malena Delgado y a Raúl Haza y te aseguro que le daré la entrevista a uno de ellos.

Balaguer odió a la niña por presumida.

—Esos programas son malísimos, Soraya. No te conviene salir allí. Pero haz lo que quieras.

—No son tan buenos como el tuyo, pero a veces te ganan en el *rating* —comentó ella, y él tuvo que quedarse callado porque era verdad: no siempre «Panorama» obtenía el primer lugar en los índices de audiencia de los domingos, a veces ganaba la señora Delgado con su estilo blando y complaciente, y a veces se imponía el señor Haza con sus preguntas retorcidas, malévolas, de inquisidor con oficio y mala entraña.

—Tampoco puedes estar tan segura de que Malena o Raúl te invitarán —dijo Balaguer—. Ellos son empleados, lo mismo que yo, y tendrán que pedir permiso a sus jefes; no te hagas ilusiones, Soraya.

—Ya sé, ya sé, todos se mueren de miedo —dijo ella, y resopló en el teléfono.

Balaguer se había detenido para hablar con más calma. Nadie podía reconocerlo porque usaba un auto con vidrios polarizados.

—Yo no me muero de miedo —interpuso—. Simplemente tengo que ser responsable, no puedo hacer lo que me dé la gana, no es mi canal, es de Gustavo Parker, y él toma las decisiones importantes.

Se sintió una criatura minúscula, un hombrecillo sin coraje, muy menor, prescindible, y detestó que Soraya le recordase su destino chato, mediocre, gris, una vida que parecía refulgir cuando salía en la televisión con su sonrisa profesional, pero que, a sus ojos, y a los de esa niña implacable, estaba lastrada por el miedo, el miedo a lo que dijera o no dijera su jefe, Gustavo Parker, el miedo a quedarse sin trabajo, sin un buen sueldo, sin las gollerías y prebendas de la televisión, ese auto nuevo con lunas negras por ejemplo, o los centenares de corbatas de seda que colgaban en su clóset.

—¿Y qué te ha dicho Parker? —preguntó a quemarropa Soraya.

—Que lo está pensando —respondió secamente Balaguer.

—Seguro que ya fue a contarle todo a mi papá —señaló la niña, y de nuevo Balaguer se sorprendió de que llamase «papá» con tanta naturalidad al hombre que casi seguramente sería el próximo presidente del país.

—No lo sé —dudó Balaguer—. Con suerte, mañana viernes me dice algo y de inmediato te llamo y te cuento, ¿te parece bien?

Soraya se quedó un momento en silencio. Luego dijo:

—Tú ya conoces mi plan, Juanito. Si me fallas, me voy al programa de Malena o al de Raúl, pero el domingo salgo de todas maneras en televisión, contigo o con alguno de ellos. Y tú sabes que no me voy a tirar para atrás; yo estoy curtida en estas peleas y no me asusta enfrentar a los poderosos.

Niña rebuscada, niña vieja, niña envalentonada, qué ganas de romperme los cojones, pensó Balaguer, y luego se dijo, con cinismo, *sin duda es la hija de Alcides Tudela, porque es tan arrogante e insoportable como él.*

—Y si Gustavo Parker no me da permiso y te vas a un programa de la competencia, ¿contarás que me buscaste y que no quise entrevistarte? —preguntó Balaguer, asustado de que su reputación como periodista valiente, insobornable, aguerrido, se fuera al traste y la gente se enterase de que, antes que dar caza a una primicia de alto vuelo, había preferido asegurarse su pequeño programa, su sueldo opulento, el afecto mandón de su jefe, Gustavo Parker.

Soraya se permitió una risa impregnada de superioridad moral e intelectual, una risa que delataba cierta lástima por Balaguer.

—No te preocupes, Juanito, no soy rencorosa —dijo, disfrutando de la fragilidad de su interlocutor—. Pero tampoco te voy a mentir: si me preguntan, diré la verdad; si alguien me pregunta a quién busqué primero para que defendiera mis derechos, diré que te busqué a ti.

—Obviamente te lo van a preguntar, y si no te lo preguntan, tú lo dirás igual, Soraya —se resignó Balaguer.

—No, Juanito, no te asustes —lo calmó Soraya—. Si no me lo preguntan, me quedaré callada nomás, ¿para qué te voy a quemar el quiosco?

—Gracias —dijo Balaguer, fríamente.

—Pero si me lo preguntan, piña, Juanito, no voy a mentir, yo no miento, no soy como mi papá —precisó Soraya.

—Me queda claro que no eres como Alcides —comentó Balaguer, y luego añadió solo para fastidiarla—: Pero físicamente eres idéntica a él.

Soraya no pareció sentir el golpe, se rio, y dijo con voz juguetona:

—Yo sé, Juanito, yo sé que me parezco mucho a mi papá, pero solo en lo físico; de carácter somos como agua y aceite.

—Ya, claro.

—Ese es el castigo de mi papá: por negarme, he salido idéntica a él.

—Idéntica, en efecto —dijo Balaguer, pensando *¿A qué hora se calla esta niña lora, no tiene tareas que hacer para el colegio?*

—Entonces, espero tu llamada mañana viernes —dijo Soraya.

—Tranquila, mañana te llamaré sin falta.

Antes de que ella se despidiera y colgara, Balaguer interpuso:

—Soraya, ¿puedo hacerte una pregunta?

—Sí, claro, dime —respondió ella, siempre con aplomo, con pleno dominio de las circunstancias, o fingiéndolo, lo que, siendo tan joven, no carecía de mérito, consideró Balaguer.

—¿Tienes ganas de ver a tu papá?

Soraya se quedó un momento en silencio, como pensando.

—Tengo ganas de verlo perder la presidencia —contestó, y se rio de su ocurrencia—. No tengo ganas de verlo personalmente.

—¿No? —se sorprendió Balaguer—. ¿No te gustaría reunirte con él y con tu mamá y hacer las paces en privado, sin escándalos públicos ni grandes denuncias en la televisión?

Balaguer pensaba que la bomba de tiempo todavía podía desactivarse si Alcides Tudela llamaba a Lourdes Osorio, le pedía disculpas, le daba un dinero y prometía cumplir sus obligaciones como padre y trataba con cariño, real o histriónico pero cariño al fin, a la niña Soraya, fuese o no su hija, eso ya daba igual, lo importante era evitar el escándalo y ahorrarse el daño político, y apagar el incendio ahora que todavía tenían un par de días para no salir todos chamuscados.

—Yo no tengo nada que hablar con mi papá —dijo Soraya, con una frialdad que sorprendió a Balaguer—. Ese señor es muy malo. Nos ha humillado a mi mamá y a mí toda la vida y no lo voy a perdonar nunca.

Balaguer pensó *El cholo Tudela está jodido, está niña lo va a destruir.*

—Mi deber es que el Perú entero conozca quién es Alcides Tudela, y eso lo haré en tu programa o en otro programa —sentenció Soraya.

—Espero que sea en mi programa.

—Yo también.

Luego se despidieron y colgaron. Balaguer marcó el teléfono de Tudela, pidió hablar urgente con él y anunció:

—Alcides, estamos jodidos.

—Habla, Juanito —saludó Tudela, bajando la voz.

—Acabo de hablar con Soraya. Te lo dije, Alcides, esa niña no va a parar hasta destruirte.

—¿Por qué crees eso? —preguntó Tudela, con voz engolada.

—Porque si no la entrevisto este domingo, saldrá en el programa de Malena Delgado o en el de Raúl Haza, pero te va a tirar la bomba igual.

Tudela se quedó callado, la respiración agitada, como jadeando, como si hubiera llegado de correr un tramo largo, pero eran los nervios y la mala noche y la abrumadora sensación de que, a toda costa, tenía que ganar las elecciones y coronar el sueño de toda su vida.

—Tranquilo, Juan, no desesperes, hermano. Ya hablé con Gustavo, todo está bajo control, me ha dado su palabra de honor de que la niña esa no saldrá en su canal.

—Entonces saldrá en otro canal y será peor —dijo Balaguer.

—No, no —lo interrumpió Tudela—. Ahora voy saliendo a reunirme con el amigo Idiáquez de Canal 2 y con Alejo Miramar de Canal 4 y les voy a romper la mano a ambos, voy a darles lo que me pidan para que no me jodan con ese tema, ya verás que yo lo arreglo.

Balaguer pensó *Por algo este cholo taimado e inescrupuloso va a ser presidente, sabe cómo se mueven las cosas en el Perú, sabe que con plata uno consigue lo que quiere y que en el mundo de la televisión todo es más fácil repartiendo coimas, aceitando, lubricando, suavizando las tensiones y disipando las dudas con un maletín de dinero en efectivo.*

—Alcides, quiero darte un consejo —dijo.

—Dime, hermano, soy todo oídos. Yo a ti te considero como al hijo que nunca tuve.

¿Que no tuviste o que tuviste en algún caserío y no has querido reconocer, cholo colibrí, cholo picaflor?, pensó Balaguer.

—Llama a la mamá de Soraya, llama a Lourdes Osorio...

—¡Ni cagando! —lo interrumpió Tudela—. ¡Ni cagando hablo con la mafia, carajo!

—Llámala, Alcides, reúnete con ella y dale plata para que se quede callada.

—¡No! —rugió Tudela—. Yo soy un hombre ético, un hombre moral, ¡no voy a pactar con el andamiaje de la corrupción!

—No seas intransigente, Alcides —se impacientó Balaguer—. Esa mujer solo quiere que reconozcas a la niña y que les des dinero y dejes de humillarlas. Sé razonable. Con una llamada y una reunión y con un millón de dólares en la mano de Lourdes, te aseguro que apagas el incendio y ganas la presidencia, hombre.

—¡Esa niña no es mi hija! —insistió Tudela, sin replegarse—. ¡No voy a prestarme a un circo montado por mis enemigos!

—Bueno, Alcides, haz lo que quieras —se resignó Balaguer—. Yo, en tus zapatos, llamaría a Lourdes y negociaría con ella, solo te digo eso.

—¡Pero no estás en mis zapatos! —se enfureció Tudela—. ¡No estás en mis zapatos y por eso eres un empleado de Parker y yo soy el próximo presidente del Perú! ¡Acá el que manda soy yo! ¡Yo hablo con los dueños del circo, no con los monos!

—Como quieras, Alcides, es tu campaña, es tu candidatura —dijo Balaguer, y pensó *Este cholo necio va a perder por terco, por huevón, por hacerse la damisela impoluta cuando es un mañoso de campeonato.*

—Dile a esa mujercita Lourdes No Sé Cuántos que yo no la conozco, que no la he visto en mi puta vida, que no me voy a reunir con ella ni ahora ni nunca y que no se haga ilusiones: ¡jamás le daré un centavo! —tronó Tudela, como si él fuera la víctima.

—No le voy a decir nada de eso, Alcides —se plantó con firmeza Balaguer—. Porque si te va mal con

Idiáquez y con Miramar, estamos jodidos igual y vas a tener que reunirte con Lourdes aunque no quieras.

Tudela se quedó callado, soltando algunas palabras en quechua, una lengua que hablaba desde niño y que Balaguer no era capaz de descifrar. Balaguer supuso, por el tono avinagrado, amargo, que estaba maldiciendo.

—¿Tú crees que si le doy un millón a la puta de Lourdes, deje de joderme? —preguntó.

—No creo, estoy seguro —dijo Balaguer.

—Te llamo por la noche y nos juntamos —prometió Tudela, y colgó.

Cuando Hugo y Manolo Parker terminaron el colegio, no dudaron en seguir los pasos de su hermano Gustavo. Se negaron a estudiar en la universidad, alegando que era una pérdida de tiempo, y entraron a trabajar en Canal 5. Hugo fue nombrado gerente de ventas; Manolo, gerente de producción. Gustavo Parker les prometió un sueldo que sobrepasaba sus expectativas y un porcentaje de las ganancias a fin de año, el diez por ciento para cada uno. Hugo era más alto, refinado y seductor que Gustavo, tenía el don de la palabra, era un soñador, un visionario, un formidable vendedor que embrujaba a sus clientes con sus modales suaves y su verbo encendido, apasionado, y por eso triplicó las ventas del canal, principalmente gracias a la atracción que ejercía sobre las mujeres empresarias o publicistas o esposas de los hombres de negocios de la ciudad, quienes lo encontraban irresistible, muy parecido a un famoso cantante español. Manolo era muy trabajador, disciplinado, metódico, entraba a trabajar a las ocho de la mañana y se marchaba a las nueve de la noche, no era mujeriego como Gustavo o Hugo, era fiel a su novia, Cayetana, y no se atrevía a contrariar las órdenes generalmente dictadas a gritos por su hermano mayor. Manolo Parker producía los programas que Canal 5 emitía de cuatro de la tarde a once de la noche; el resto del día, la señal se convertía en unas barras de colores, interrumpida la programación. Toda la televisión de entonces, a finales de los años cincuenta, era en directo, en blanco y negro, transmitida desde los dos estudios que poseía Canal 5, colindantes con el edificio de Radio América, en la esquina de la avenida Arequipa y la calle Mariano Carranza, en Santa Beatriz. Los principales animadores de la televisión eran tres conocidas personalidades de Radio América: Alberto Sensini, Palomo Ibarguren y Johnny Legario. Los tres habían tenido miedo de dar el salto de la radio a la televisión, pensaban que el público podía desencantarse al ver sus rostros, que los oyentes de la radio podían imaginar que ellos tenían tales o cuales caras y la televisión los obligaría a aceptar una sola cara, que acaso no era como la habían imaginado, pero el dinero que Manolo Parker les ofreció era mucho más de lo que les pagaban en Radio América. Sensini fue el primero en aceptar, y fue conocido como «El Caballero de la Televisión Peruana» por su capacidad de hablar educadamente durante diez minutos sin decir nada importante y sin que nadie le entendiese gran cosa. Ibarguren, que tenía problemas con la bebida, que solía leer los teleteatros de Radio América en estado de embriaguez, fue contratado para decir las publicidades en directo, mostrando los productos (los principales eran la bebida Inca Kola, los chocolates Sublime, el champú Johnson's para bebés, el detergente Ña Pancha y el fijador Glostora, además de la cerveza Cristal, que era el comercial favorito de Ibarguren, pues le exigía tomar un trago y otro y otro más de la cerveza, y con dos comerciales por hora, ya Ibarguren se sentía entonado, chispeante, y todo le resultaba más fluido y ameno, y decía los anuncios de la cerveza Cristal incluso cuando no correspondían, solo para tomar más y estirar la juerga). Legario tenía fama de loco, de extravagante, de usar tres relojes y medias de diferentes colores, tenía quince hijos con la misma mujer, era un comediante muy celebrado de la radio, por eso se convenció de que podía tener un futuro en la televisión y no se equivocó, pues lo suyo era pararse frente a un micrófono y hablar durante una hora, solo interrumpido cada diez minutos por los comerciales de un ya alcoholizado Ibarguren, una hora en la que Legario improvisaba, contaba bromas, hacía chistes familiares, se abandonaba a imitaciones muy jocosas de los personajes del momento, ponía caras desquiciadas y hacía reír como nadie al público de Canal 5. Las cosas no podían ir mejor en el floreciente negocio de la televisión privada en el Perú y por eso, a fines del primer año trabajando juntos, los hermanos Hugo y Manolo Parker le pidieron a Gustavo el porcentaje de las ganancias que les había prometido. «No hay ganancias», respondió secamente Parker. «No hay un carajo de ganancias, hemos perdido». «Eso no es posible, Gustavo, yo te he aumento las ventas casi cuatro veces», replicó Hugo. «Sí, pero todo ese dinero se ha ido a pagarle a la CBS, a la Philips y a don Ismael Linares», mintió Parker. Como vio apesadumbrados a sus hermanos, se compadeció y les dijo que a partir de entonces eran dueños, cada uno, del diez por ciento del canal, y sacó una servilleta del restaurante en el que estaban comiendo y escribió brevemente el traspaso de las acciones a sus hermanos menores y firmó el papel arrugado. Cuando, medio año después, Hugo y Manolo le pidieron un adelanto de sus dividendos anuales, Gustavo Parker puso cara de sorpresa y les dijo «No sé de qué carajo me están hablando, ustedes ganan sus sueldos de gerentes y no me jodan más». Hugo y Manolo le mostraron la servilleta firmada, y Gustavo Parker la cogió, escupió sobre ella, la rompió en pedazos y dijo «Ese día estaba borracho, esto no tiene valor legal, no sean huevones y vayan a trabajar». Humillados, Hugo y Manolo Parker decidieron que fundarían otro canal de televisión, Canal 4 de Lima, para competir con el de su hermano, a quien acusaban de ladrón y déspota y de traicionar los ideales familiares. Fue así como comenzó la guerra entre los hermanos Parker.

—Tres millones —dijo Gustavo Parker, tocando con delicadeza los fajos de dinero en efectivo—. Qué rico huele la plata nueva.

Alcides Tudela había cumplido lo pactado: le había hecho llegar un maletín con tres millones de dólares, el dinero que Parker le había dado para financiar su campaña. Parker había llamado a su oficina a Juan Balaguer para celebrar la recuperación de su dinero a cambio de prometerle silencio a Tudela en el caso Soraya.

—Huele, Juan, huele —dijo, alcanzándole a Balaguer un fajo de billetes de cien dólares que parecían recién salidos de la imprenta.

Balaguer olió los billetes, los tocó como acariciándolos, los miró con codicia y dijo:

—¿De dónde habrá sacado el cholo esta plata?

Parker se rio, arrellanado en un sofá de cuero reclinable, alisándose el cabello canoso, peinado hacia atrás, fijado con gomina.

—Según mis fuentes, esta plata viene del Banco de Fomento —dijo—. El cholo estuvo temprano por la mañana con Fernando Benavides y le pidió estos tres palos para su campaña, y el huevas de Benavides se los dio sin saber que el cholo mañoso le estaba metiendo la mano y que la plata vendría derechito a mí.

—Esperemos que Benavides no se entere de que el cholo le mintió para pagarte —dijo Balaguer.

—Nadie sabe para quién trabaja —sentenció Parker, y tomó un poco de *whisky* sin agua ni hielo, y Balaguer pensó *Gustavo toma whisky desde la mañana, todo el día, sin parar, fácil se baja una botella o botella y media, y sin embargo nunca pierde la lucidez, siempre está atento a la jugada, nunca lo he visto borracho, baboseando, haciendo el ridículo, debe de tener la mejor cabeza que he visto en mi vida, el hombre sin duda sabe tomar.*

—¿Y ahora qué hacemos? —preguntó.

Parker eructó sin disimulo y respondió:

—Nada, ni un carajo. Nos sentamos con los brazos cruzados y esperamos a que el cholo gane las elecciones.

—¿Y que se joda la niña Soraya?

—Que se joda nomás —se burló Parker, con sonrisa despiadada—. Que busque a su papá en otro lado, que haga una teletón para encontrar a su papito, pero que no cuente con nosotros.

—No sé si estamos haciendo lo correcto, Gustavo —dijo Balaguer, y de inmediato se arrepintió de haber expuesto ante su jefe sus dudas, sus temores, su debilidad.

—¿Lo correcto?, ¿qué chucha es lo correcto? —preguntó retóricamente Parker, y se puso de pie, al parecer fastidiado—. ¿Lo correcto?, ¿quieres que te diga qué es lo correcto? —caminaba con las manos en los bolsillos, mirando hacia su terraza, decorada con muebles confortables, cuadros de pintores renombrados y plantas bien cuidadas—. Lo correcto es llevarme bien con el próximo presidente para que no me cobre toda la plata que le debo en impuestos. Lo correcto es estar siempre bien con el gobierno de turno, no vaya a ser que, si nos peleamos, nos quiten la licencia o nos quiten la publicidad oficial, que son cien millones al año, y nos joden. Lo correcto, mi estimado Juan Balaguer, es ganar plata, o recuperar la plata que le di para su campaña al ladrón de Tudela. Eso es lo correcto.

Balaguer comprendió que no debía volver a mencionar la palabra *correcto*, pues su jefe parecía irritarse, ponerse a la defensiva, y no convenía contrariarlo.

—Lo correcto —prosiguió Parker— es que este canal sea rentable, me deje una buena ganancia anual, siga siendo líder en el *rating* y en las ventas, que sea el número uno. Eso es lo correcto —observaba a Balaguer con una mirada fulminante, que no toleraba la menor crítica—. Lo que haga el cholo de mierda con su vida privada no es asunto que nos concierna ni a ti ni a mí, Juan —sentenció—. Si el cholo Tudela reconoce a sus hijos o los niega, es su problema, es su vida privada, su intimidad familiar. Yo no lo voy a juzgar, que lo juzguen Dios o el cardenal.

Balaguer asintió, sumiso:

—Claro, Gustavo, tienes toda la razón. No debemos meternos en la vida privada de nadie.

Pero enseguida pensó *¿Es realmente un asunto de vida privada? No, no lo es. Es una historia que está en los tribunales, es una antigua querella aún en pie, no del todo zanjada, un litigio que está esperando el fallo de otro juez, que seguramente será sobornado por Alcides Tudela y su gentuza, y en la medida en que es un caso judicial, que está en los tribunales de Piura, es una noticia, y dado que el juicio afecta al candidato favorito para ganar la presidencia del Perú, es una noticia que afecta al interés público y que es legítimo propalar, de modo que* *los ciudadanos, antes de votar, al menos sepan que el candidato Alcides Tudela está siendo acusado de negar a una niña que bien podría ser su hija, y que esa acusación no se originó vengativamente durante esta campaña electoral, sino que fue planteada poco después de que la niña naciera, hace catorce años ya, cuando Tudela no era un candidato ni un político conocido. Por consiguiente, no es ni a cojones un caso confinado al ámbito de la vida privada de los Tudela o los Osorio, es una noticia de primera plana, y si Parker no quiere sacarla en mi programa ni en ningún programa de su canal, no es por respeto a la intimidad familiar de nadie, sino porque para él primero está el dinero, luego la ética periodística o el respeto hacia la audiencia y su derecho a saber la verdad sobre los candidatos presidenciales.*

—De todos modos, no podemos estar seguros de que Soraya y su mamá no saldrán en otro canal —dijo Balaguer.

Parker lo miró, disgustado, y replicó:

—No saldrán en ningún canal, no seas miedoso. He hablado con Pepe Idiáquez y con Alejo Miramar y me han asegurado que ya arreglaron con Tudela y que no van a sacar nada sobre el caso Soraya.

Balaguer pensó que quizá Idiáquez y Miramar le habían mentido a Parker. ¿Cómo podía estar Parker tan seguro de que sus competidores, que por otra parte lo detestaban, le dirían siempre la verdad, y más en un caso tan espinoso como el de Soraya?

—¿Y si sale en algún periódico? —preguntó.

—Los periódicos no los lee nadie —se burló Parker, y se sentó, levantó varios periódicos del día y los exhibió ante la mirada asustadiza de Balaguer—. Estos periódicos, todos juntos, venden cien mil ejemplares, no más. Es una mierda, no es nada. ¿Qué son cien mil votos? Mi canal lo ven millones de personas, es el canal número uno en el *rating*, las elecciones se ganan o se pierden en la televisión, no en los periódicos.

—Igual sería un escándalo si sale en *El Comercio* o en *La Prensa* o en *Correo*, y no podemos estar seguros de que no saldrá —dijo Balaguer.

—Si sale algo, me cago de risa, me chupa un huevo partido por la mitad —dijo Parker, displicente—. Me limpio el culo con esos periódicos.

Balaguer se quedó en silencio.

—Y si sale algo, lo ignoramos, y lo mismo harán los canales de Idiáquez y Miramar, y si nuestros tres canales no dicen que esa niña ladilla existe, entonces la niña ladilla no existe, ¿comprendes? —emplazó Parker a su periodista estrella.

—Comprendo, claro —meditó Balaguer; luego se arriesgó—: Sigo pensando que el cholo debería llamar a Lourdes, bajarle una plata y quedarse tranquilo.

Parker lo miró, pensativo. Balaguer continuó:

—No hay nada más peligroso que una mujer despechada.

Parker asintió en silencio, luego dijo:

—Es cierto. El cholo debe reunirse con esa mujer. ¿Qué carajo espera? ¿Se lo has dicho?

—Por supuesto —afirmó Balaguer, y se alegró de que su jefe le diera un poco de razón—. Pero el cholo es terco como una mula y no quiere ver a Lourdes, dice que a Lourdes le están pagando sus enemigos, que Lourdes representa a la mafia, a la corrupción.

—Cojudeces —dijo Parker—. Ese cholo es una bestia. Tiene que juntarse con Lourdes y apagar el incendio de una vez.

—Obviamente —comentó Balaguer—. Pero no lo hará, ya sabes cómo es el cholo.

—Entonces hazlo tú —dijo Parker, con una sonrisa maliciosa.

—No entiendo —murmuró Balaguer, simulando confusión, pero en realidad entendía perfectamente lo que estaba a punto de decirle su jefe, el hombre que le había cambiado la vida, el mítico millonario al que sentía que debía lealtad absoluta.

—Es bien simple —dijo Parker, y sacó un par de fajos de billetes del maletín—. Le llevas estos cien mil dólares a tu amiga Lourdes, le dices que Tudela te ha enviado a darle la plata, le haces firmar un papel diciendo que la niña no es hija de Tudela y que ella afirma bajo juramento que nunca en su vida ha conocido a Tudela y sanseacabó, incendio apagado.

Parker le extendió los dos fajos a Balaguer, que los recibió, los miró, los olió, y dijo:

—Como quieras, Gustavo. Haré el intento. Nada se pierde.

Parker se rio, ganador, acostumbrado a salir airoso de los lances más complicados. Hecho a la idea de que toda crisis traía consigo una oportunidad para ganar dinero, sacar ventaja a la competencia y congraciarse con el poder de turno, esta crisis no podía ser la excepción: ahora tenía a Tudela en su bolsillo y no solo había recuperado los tres millones que le donó, sino que se había asegurado la publicidad oficial cuando Tudela fuese presidente y que no le cobrasen los impuestos que debía y no pensaba pagar nunca, porque Parker siempre repetía con cinismo, festejando su descaro, «Las deudas nuevas hay que dejarlas envejecer y las deudas viejas, no se pagan».

—No estoy tan seguro de que Lourdes acepte la plata —dijo Balaguer—. Ella es una mujer honorable, no sé si estará dispuesta a venderse, Gustavo, pero ya mismo voy a su casa y le ofrezco el dinero.

Parker soltó una carcajada:

—Esa putita barata no ha visto cien mil dólares en su vida —dijo, y luego añadió, mordiendo un palito de dientes—: Ya verás que coge la plata feliz y se queda tranquilita.

Balaguer sonrió.

—Y si le damos cien mil dólares más, la sacamos en tu programa diciendo que es la amante de la marimacho de Lola Figari —especuló Parker.

—No la creo capaz —dijo Balaguer.

—Porque no conoces a las mujeres —dijo Parker—. Todas las mujeres son putas, todas tienen un precio, solo que unas lo saben y otras no lo han descubierto —soltó una risotada de chacal, hizo un gesto de estrés, de ansiedad, se frotó la mandíbula con las manos y continuó—: Llévale la plata al toque y no te olvides de hacerle firmar un papel, así le mandamos luego el papel al cholo Tudela y nos queda debiendo un favor de la gran puta.

Balaguer se rio, se puso de pie y guardó los fajos de billetes en los bolsillos de su pantalón.

—Si quieres, saca diez mil dólares y dale solo noventa mil a tu amiguita Osorio —dijo Parker—. No te preocupes, no los va a contar, y cuando los cuente, piña, ya será tarde, ya habrá firmado y ya tendrá la yuca adentro.

—Gracias, Gustavo, prefiero darle los cien mil limpios —contestó Balaguer, pensando *Qué bien me vendrían esos cien mil a mí, carajo, alguien debería pagarme por quedarme callado, acá todos ganan menos yo.*

—Tú haz lo que quieras con esa plata —dijo Parker—. Si prefieres, dale ochenta y te quedas con veinte o dale noventa y te quedas con diez. Lo importante es que firme un papel asegurando que Soraya no es hija de Tudela y aceptando que recibió la plata para callarse.

—Comprendo, Gustavo, así será —afirmó Balaguer.

Parker sonrió a sus anchas:

—Eres el mejor periodista de la televisión peruana, carajo —sentenció, orgulloso, y vio salir a Balaguer de su despacho, mientras olía un fajo de dólares.

Lourdes Osorio se arrepintió de haber escapado del convento carmelita. Avergonzada, no quiso llamar a sus padres a Piura y contarles que ya no quería ser novicia, ni luego monja, y mucho menos que le había venido la regla. Sin saber adónde ir y con poco dinero, se paseó por el Centro de Lima, buscando trabajo. Dormía en una pensión del Parque Universitario, comía al paso en carretillas ambulantes, veía con resquemor cómo el dinero se le escurría de las manos y pensaba que, si no encontraba un empleo, no le quedaría más remedio que volver a Piura con la cabeza gacha y el honor por los suelos. Pero tuvo suerte. Una tarde, yendo por el jirón de la Unión, el piso con baldosas blancas y negras, vio un cartel que decía «Se necesita cajera». Era un local de comida rápida, de venta de salchichas y papas fritas entreveradas en un mejunje conocido como «salchipapas», y allí fue contratada para trabajar, con uniforme rojo y amarillo, como cajera, de ocho de la mañana a seis de la tarde, todo el día de pie, atendiendo a los clientes, guardando el dinero en la caja registradora. Le estaba permitido comer todas las salchipapas que quisiera y por eso engordó el primer mes, pero no podía quejarse: tenía un trabajo, dormía en una cama con colchón, se bañaba con agua caliente, podía ir a los cines del Centro de Lima en función de noche o trasnoche para mitigar la soledad, y a veces le alcanzaba la plata para llamar a sus padres a Piura y mentirles, contarles que le iba muy bien en el convento (y ellos sabían que ya no estaba en el convento, pero se hacían los tontos, no querían que volviera a Piura, les preocupaba que sus amigos, familiares y clientes se burlasen porque la monja de la familia había abandonado el monasterio y los votos de obediencia y castidad, lo que les parecía un oprobio, una vergüenza que debían preservar en secreto). Como cajera del local de salchipapas, Lourdes Osorio conoció al jefe de la página editorial de *La Prensa*, el congresista y hombre de letras Enrico Botto Ugarteche, quien, cada mañana, a eso de las diez y media, mientras leía los diarios del día, bajaba del vetusto local del periódico y comía una porción triple de salchipapas, al tiempo que hacía preguntas curiosas a esa cajera que encontraba tan guapa, tan simpática y deseable. Cuando Botto supo que la cajera de las salchipapas había sido novicia del convento carmelita, se erizó, dio un respingo y dijo «Esto es un milagro, la concha de su hermana». Pocos días después, le propuso a Lourdes Osorio que dejara su trabajo como cajera y fuese al periódico para trabajar con él como secretaria, investigadora y asistenta privada. «Pero yo no sé nada sobre periodismo», dijo ella. «Yo tampoco, santita, yo tampoco, pero escribo los editoriales de *La Prensa* desde hace veinte años y me tumbo a un gabinete cuando me sale de los cojones», respondió Botto. «¿Cuánto ganaría?», preguntó Lourdes, ilusionada. «El doble de lo que ganas en este antro de mal vivir», prometió Botto, famoso por su fealdad y su vasta cultura. Al día siguiente, Lourdes Osorio entró a trabajar en *La Prensa* como secretaria privada del jefe de la página editorial, Enrico Botto Ugarteche. Ese día, cuando ella le sirvió el café, Botto le preguntó a quemarropa, con una sonrisa llena de intenciones: «Dime, santita, ¿eres virgen?».

Juan Balaguer tocó el timbre y esperó. Lourdes Osorio vivía en un edificio modesto en el barrio de San Borja, en un segundo piso con vista a un parque. Balaguer sintió el olor a comida que despedían los departamentos contiguos. Lourdes abrió, sonrió, le dio un beso en la mejilla y lo sorprendió con un abrazo inesperado.

—Qué lindo recibirte en mi casa —dijo, y Balaguer pensó *Espero que no sienta los fajos de dólares en mis bolsillos; no sé si tendré la cara para intentar sobornarla; esta señora provinciana no tiene pinta de coger la plata tan tranquila y quedarse callada.*

—Muchas gracias, Lourdes. ¿Y Soraya?

—Está haciendo sus tareas —dijo, y luego levantó la voz—: ¡Soraya! ¡Ven a saludar a Juanito Balaguer!

—¡Ya, mamá, no grites!

Lourdes y Balaguer se sentaron en unos sofás de tela gastada, color amarillo tirando a marrón, mostaza o polvo rancio de Lima, un tono conveniente para escamotear las manchas y la suciedad. Balaguer advirtió que la sala estaba llena de imágenes religiosas, cuadros de la Virgen y de Jesús, una *Biblia* sobre la mesa de centro, fotos del Papa y del cardenal. *Estamos jodidos*, pensó, *hay muchos testigos del soborno, no creo que proceda.* Mientras observaba aquello, Lourdes fue a la cocina a traer unos refrescos y Soraya apareció, vistiendo un buzo holgado, los pies descalzos, el pelo negro, frondoso, revuelto, la mirada desconfiada, suspicaz.

—¿Ya decidiste qué hacer? —le preguntó a Balaguer, de pie, sin acercarse para darle un beso de saludo, con cierta brusquedad.

—Sí —dijo Balaguer—. Bueno, más o menos, tampoco tanto —matizó.

Soraya soltó una risa condescendiente, como si no esperase nada bueno, como si ya estuviera resignada a perder siempre en los forcejeos con quienes tenían más poder que ella.

—¿Qué has decidido? —preguntó.

—¡Hijita, no seas fastidiosa! —gritó desde la cocina Lourdes—. ¡Deja tranquilo a Juanito!

Balaguer la miró a los ojos y le dio la mala noticia:

—No me dan permiso.

Soraya lo observó con lástima, forzó una sonrisa que pareció un acto de caridad, y luego dijo:

—Ya sabía. ¿Quién no te da permiso, Tudela?

—No me da permiso Gustavo Parker, el dueño del canal —se defendió débilmente Balaguer.

Soraya se sentó lo más lejos que pudo de Balaguer. Lourdes trajo refrescos y bocaditos, se acomodó, puso cara de distraída, de yo no sé nada, no he escuchado nada, hasta que Soraya habló:

—Juanito se asustó. Dice que no le dan permiso para entrevistarnos.

Balaguer odió a la niña por tratarlo de esa manera burlona, desdeñosa, por llamarlo con un diminutivo, como si fuera una cosa pequeña, ridícula, prescindible, un monigote, una marioneta, una mascota amaestrada de Gustavo Parker; sintió que esa niña era una engreída, una caprichosa, que no entendía lo jodida que era la vida de un periodista de televisión, que no podía contentar a nadie y a menudo acababa decepcionando a todos.

—Qué pena —dijo Lourdes, y lo miró sin rabia o rencor, con ojos compasivos que hacían honor a la decoración que imperaba en la sala—. No te sientas mal, Juanito, son cosas de la vida, nosotras ya estamos curtidas, ya estamos acostumbradas a que nos den la espalda.

—Yo no les doy la espalda —dijo Balaguer, cruzando las piernas, tomando Coca-Cola de un vaso de plástico.

—Sí, claro —ironizó Soraya, torciendo la boca, frunciendo el ceño—. No nos das la espalda, mucho nos apoyas, pero no nos va a entrevistar en tu programa. Qué gran apoyo el que nos das, me emocionas —se burló, y su madre la miró con una sonrisa orgullosa, como diciendo esta es mi hijita, que no se achica ante nadie, que se aleona con los más peligrosos, ella habla por mí, ella se atreve a decir las cosas que yo me callo por cortesía o por ser buena católica.

—No es mi decisión —dijo Balaguer—. Yo quería entrevistarlas, pero Parker no me da permiso. ¿Qué quieres que haga, Soraya, qué desobedezca a mi jefe y las entreviste porque me da la gana y que luego me boten del canal y me quede sin trabajo?

—Claro que no, Juanito, claro que no; tú tienes que cuidar tu trabajo —dijo Lourdes, pero Balaguer notó que se forzaba para ser atenta y que sus palabras no revelaban lo que de veras pensaba.

—No te preocupes, ya sabía que nos fallarías —dijo Soraya, previsora, jactándose de su astucia, de su conocimiento de la miseria humana—. Ya quedamos con la señora Malena Delgado, ella nos va a entrevistar mañana sábado y va a pasar la grabación en su programa este domingo.

Balaguer se quedó sorprendido: ¿no se había comprometido Alcides Tudela a hablar con Idiáquez, jefe de Malena Delgado, para que no saliera nada del caso Soraya en Canal 2? Balaguer pensó *¿Soraya está fanfarroneando, está tratando de asustarme, de intimidarme, de forzarme a tomar una decisión desesperada para ganarle la primicia a Malena Delgado?* Y se dijo *Saliendo de acá tengo que hablar con Gustavo Parker; si Malena sale con la entrevista el domingo, estamos jodidos.*

—¿Eso les ha prometido Malena? —preguntó.

—Sí —respondió Lourdes—. Nos ha dado su palabra. Nos ha dicho que ella, como madre soltera, nos apoya cien por ciento.

—Las mujeres somos más valientes —sentenció con aspavientos Soraya.

—No creo que cumpla su promesa —terció Balaguer—. Hasta donde yo sé, el dueño de ese canal, Pepe Idiáquez, apoya la candidatura de Alcides Tudela, de modo que no creo que le dé permiso a Malena para que ustedes salgan en su programa.

—Te equivocas, Juanito —dijo Soraya, como si fuera una veterana periodista, como si conociera las intrigas y las conspiraciones en el sórdido mundo del poder—. Malena ya habló con el señor Idiáquez y él le ha dado luz verde. No estés tan seguro de que el señor Idiáquez apoya a Tudela; a nosotras, Malena nos ha dicho «Somos un canal objetivo, imparcial, y como buenos periodistas, defendemos siempre la verdad, le duela a quien le duela».

—Me encanta Malena Delgado —dijo Lourdes, ilusionada con su inminente aparición en las pantallas de Canal 2, para dinamitar la candidatura de Alcides Tudela—. Es una señora muy culta, muy elegante, no se casa con nadie.

—No se casa con nadie porque nadie le propone matrimonio —dijo Balaguer, y sonrió, pero el comentario no fue celebrado por Lourdes ni por Soraya, que lo miraron como diciéndole eres un patán, un picón, un mal perdedor, ahora hablas mal de Malena porque ella es valiente y tú no y porque ella tendrá la primicia y tú no.

—Prepárate, porque con nosotras en su programa, Malena va a arrasar en el *rating* —dijo Soraya, mirando a Balaguer con ese aire de superioridad que a él le resultaba cargante, insoportable—. Qué pena me das, Juanito. Yo pensé que eras un periodista independiente, pero eres solo un adulón de Tudela y de Parker; eres lo que me decían: un franelero de los que tienen poder.

—No estés tan segura de que van a salir el domingo con Malena —se puso firme Balaguer—. Yo conozco a Malena Delgado mejor que ustedes, y al final del día ella hace lo que le dice Idiáquez, su jefe.

—Pero Idiáquez ya le dio permiso —insistió Lourdes.

—Le habrá dado permiso, o eso dice Malena, pero de aquí al domingo veremos qué pasa —dijo Balaguer—. Fuentes confiables me aseguran que Idiáquez apoya plenamente a Alcides Tudela y no creo que lo traicione de esta manera.

—¡No es una traición! —se levantó indignada Soraya—. ¡No es traición! ¡Traición es la tuya, Balaguer! ¡Traición es quedarte callado cuando sabes que defendemos una causa justa! ¡Traición es hacerte el loco cuando sabes que tengo derecho a que mi papá me reconozca! ¡No vengas a esta casa a hablarnos de traiciones, por favor!

Con los ojos desorbitados, y agitando los brazos como si quisiera volar, Soraya miraba a Balaguer aparentemente dispuesta a despellejarlo, a arrancarle las uñas y a verlo morir morosamente; lo miraba como si fuera su padre, como si se negara a reconocerla, como si él tuviese la culpa de todas las humillaciones que ella y su madre habían debido soportar.

—Cálmate, hijita —medió Lourdes, que, sin embargo, miró a Soraya con indisimulado orgullo.

—Tengo una propuesta que hacerles —se arriesgó Balaguer, recordando el encargo que le había dado su jefe, Gustavo Parker.

Soraya se sentó, tomó Coca-Cola, comió una galleta de soda con queso cremoso. Lourdes miró a Balaguer con ojos impacientes, ansiosos, presagiando quizá que se echaría para atrás, temeroso de perder la primicia con Malena Delgado, y las llevaría finalmente a su programa.

—¿Nos vas a entrevistar? —se ilusionó.

—¿Qué propuesta? —preguntó secamente Soraya—. ¿Cuál es tu propuesta?

Balaguer demoró sus palabras. Sabía que, en un sentido o en otro, las tomasen bien o mal, harían reventar una bomba, una bomba pestilente y fragorosa, en esa sala tan correcta, tan honorable, tan teñida de pundonor provinciano e impregnada de un sentido religioso de la vida. Luego se dijo a sí mismo, dándose valor: *Tranquilo, no tienes nada que perder, ya están molestas contigo, si se molestan un poco más, da igual, qué carajo, acá lo importante es quedar bien con Gustavo Parker, no con ellas.*

—Habla, Juanito —insistió Soraya.

Balaguer sacó los fajos de dólares, nuevos, olorosos, y los puso sobre la mesa, al lado de la bandeja donde estaban los vasos y las galletas de soda. Lourdes miró con asombro, con estupor, con ojos no tanto de reprobación sino de codicia, como si quisiera saber cuánto dinero había allí sobre esa mesa. Soraya miró los fajos de dólares con mala cara, como si Balaguer hubiese expuesto dos ratas muertas.

—Aquí hay cien mil dólares —dijo Balaguer, y acercó taimadamente uno de los fajos hacia Lourdes y el otro hacia Soraya—. Son billetes nuevos, recién salidos del banco, pueden olerlos si quieren; huelen a plata nueva.

Soraya lo miró con repugnancia, ofendida, pero Lourdes no vaciló en coger el fajo de dólares y acercarlo a su rostro bien maquillado y acicalado y olerlo con expresión de regocijo.

—Ay, qué rico —murmuró, y volvió a oler el dinero, embobada.

—¿De quién es esa plata? —preguntó Soraya—. ¿Por qué la has traído?

Balaguer la miró con una sonrisa, como diciéndole no te hagas la angosta, niña ladilla, no te hagas la virtuosa o la justiciera cuando bien que te provoca meterte ese fajo al bolsillo, déjate de huevadas, por favor.

—Esa plata es para ustedes —respondió—. Esa plata es de ustedes.

—¿Quién te la ha dado? —se sobresaltó Soraya, levantando la voz—. ¿De dónde la has sacado?

Balaguer jugó sus cartas como lo había previsto, tratando de ser delicado y caballeroso, de no lastimar el sentido del honor de Lourdes:

—Es mía. La he sacado de mi cuenta bancaria. Es un regalo que quiero hacerles, a manera de disculpa, por no poder entrevistarlas.

Lourdes abrió los ojos con exageración, al parecer encantada, sin soltar el fajo de dólares, y Soraya lo miró con desconfianza y preocupación, turbios los ojos oscuros, arrugada la frente, llevándose la mano al rostro y mordisqueándose las uñas, ya devastadas por unos dientes nerviosos.

—¿Un regalo? —inquirió Soraya—. ¿Un regalo tuyo? ¿Tanto te sobra la plata para regalarnos cien mil dólares?

—No me sobra —dijo Balaguer—. Pero me siento fatal por no poder cumplir con ustedes, por eso quiero darles esta platita.

Lourdes sonrió extasiada:

—Ay, Juanito, eres todo un caballero.

—¡De ninguna manera podemos aceptar! —protestó Soraya, airada.

—¡Pero qué dices, hijita! —la amonestó, furiosa, su madre—. A caballo regalado no se le mira el diente.

—¿Qué se supone que debemos hacer si recibimos tu coima? —se puso de pie Soraya.

—No es una coima —dijo Balaguer—. Es un regalo.

—Sí, claro —se burló Soraya, y Balaguer pensó *Estoy jodido, esta niña es muy lista, se las sabe todas, ha salido al pilluelo de su padre, huele el peligro enseguida, sabe por dónde vienen las balas, es una pendeja esta niña vieja*—. Si recibimos la plata, ¿qué se supone que debemos hacer? Habla claro, por favor.

Balaguer carraspeó, demoró en encontrar las palabras exactas:

—Solo les pido que firmen un recibo —balbuceó.

—¡Ni hablar! —dijo Soraya—. ¡No firmamos nada! ¡Métete tu plata al poto!

—Un recibo, claro, ningún problema. ¿Dónde debo firmar? —preguntó, sumisa, Lourdes.

—¡Tú no firmas nada, mamá!

—¡Hijita, no seas estúpida, son cien mil dólares! ¡Es para asegurar tu futuro!

—Es un regalo con todo cariño —dijo Balaguer, y se sintió un mal bicho, un sujeto tramposo, un coimero fino, el sicario moral de Gustavo Parker y del crápula de Alcides Tudela: *A esto has llegado, a este nivel de indignidad te has rebajado, puta madre, Juanito, qué bajo has caído.*

—¡No queremos tu plata! —gritó Soraya—. ¡Vamos a salir este domingo con Malena Delgado y vamos a denunciar que trataste de coimearnos para callarnos la boca! ¡Ya te jodiste, Juanito, ahora sí te jodiste!

Lourdes se puso de pie, tratando de quedar bien con su hija, con Balaguer y con sus ganas crecientes por coger el dinero y ponerlo a buen recaudo:

—Pero si es un regalo, hijita. Juanito no nos pide que nos quedemos calladas, él acepta que salgamos el domingo con Malena Delgado, pero igual nos quiere dar este regalito tan delicado por todos los malos ratos que hemos pasado. Es como una indemnización, ¿no es verdad, Juanito?

Balaguer pensó *Si será huevona esta tía.*

—Bueno, sí, claro, es un regalo. Pero si ustedes lo aceptan y me firman un recibo, yo les pediría por favor, les suplicaría de rodillas que no den ninguna entrevista.

—¡Ya ves! —saltó Soraya—. ¡Es lo que te dije, mamá! ¡Si agarramos la plata, tenemos que quedarnos calladas!

Lourdes miró con sorpresa a Balaguer, como decepcionada, pero luego vio los dos fajos de dólares y pareció dudar, pareció dispuesta a seguir decepcionada de la vida, de la prensa, de los políticos, de todos, pero al menos ya con cien mil dólares, más plata de la que nunca había visto.

—¿O sea que si aceptamos la plata, no podemos darle la entrevista a Malena Delgado? —preguntó Lourdes.

—Así es —contestó Balaguer, y tras un silencio incómodo, continuó—: Entiéndanme: si salen en el programa de Malena, sería el final de mi carrera, todos se enterarían de que Parker no me dio permiso y quedaría como un renacuajo de Parker y Tudela. No pueden hacerme ese daño.

Soraya lo miró iracunda. Lourdes se replegó, dudando. Balaguer continuó:

—Solo les pido que esperen un mes a que terminen las elecciones y ya tengamos presidente electo. Luego es seguro que les haré la entrevista, pero ahora no pueden salir con Malena Delgado ni en ningún otro canal. Solo los pido un poco de paciencia, solo les pido cuatro semanas. ¿Qué son cuatro semanas más de espera si ya llevan catorce años esperando? Luego salimos en el programa y destrozamos al canalla de Tudela.

—¡Lárgate! —bramó Soraya—. ¡Lárgate de esta casa ahora mismo, coimero!

Luego cogió los fajos de dólares y se los acercó bruscamente a Balaguer.

—Hijita, más modales —la recriminó Lourdes—. No es manera de tratar a un invitado, este es un hogar cristiano.

Balaguer se quedó inmóvil, sin saber qué hacer. Soraya le espetó:

—No aceptamos tu coima. Vamos a salir con Malena Delgado y lo vamos a contar todo, ya te jodiste por coimero, por faltarnos el respeto.

Balaguer supo que estaba en aprietos.

—Por favor, piénsenlo —rogó—. Por favor, reconsidérenlo. Solo les pido cuatro semanas de silencio.

—Lo que quieres es que elijan a Tudela, no te importa que se haga justicia —se enfureció aun más Soraya—. ¡Eres un descarado, Juanito Balaguer!

—Muy bien, me voy.

—Llévate tu plata cochina —insistió Soraya.

Balaguer se negó a recibirla:

—Quédense con la plata, por si cambian de opinión.

Lourdes sonrió, encantada.

—Gracias, Juanito, eres todo un caballero —y luego añadió—: No te preocupes, vamos a pensar tu propuesta, tan gentil, y mañana te avisamos.

—No tenemos nada que pensar. Mañana vamos a grabar la entrevista con Malena Delgado, así que llévate tu plata de una vez.

—No, hijita, no; mejor lo pensamos —interpuso

Lourdes—. Es mucha plata para desairar así a nuestro amigo Juanito.

Balaguer le dio un beso en la mejilla a Lourdes.

—Muchas gracias —se despidió.

Luego intentó dar un beso a Soraya, pero ella lo rechazó con cara de espanto y le señaló la puerta, furiosa.

—Lárgate, cochino —dijo—. No quiero verte más.

Lourdes cogió los fajos de dólares, los olió, sonrió embelesada y le guiñó el ojo a Balaguer.

—Hablamos mañana, papito —finalizó.

Balaguer salió, cerró la puerta y pensó *Bueno, al menos lo intenté. Con suerte, Lourdes lo piensa bien, se queda con la plata y cancela la entrevista con Malena, y si Lourdes no está en la entrevista, Soraya no podrá dar la entrevista por ser menor de edad. Es cuestión de que Lourdes se pase la noche oliendo los dólares, que ella decida y que Soraya se vaya al carajo, qué niña más ladilla, la puta que la parió; pobre Alcides Tudela, ahora entiendo por qué no reconoce a esa niña presuntuosa y gritona, qué cosa tan jodida ser su padre.* Luego llamó a Gustavo Parker y le anunció sin rodeos:

—Estamos jodidos, Gustavo. Han quedado en grabar mañana con Malena Delgado. Por favor, llama a Idiáquez y averigua qué está pasando.

—¿Aceptaron la plata? —preguntó Parker.

—Sí —dijo Balaguer, y sintió que había mentido.

—¡Eres el tigre de la Malasia, carajo! —se alegró Parker—. Ya las tenemos, ya son nuestras: si aceptaron la plata, no van a hablar.

—Por favor, habla con Idiáquez. Si salen con Malena Delgado el domingo, estoy jodido.

—Me juego un huevo a que no van a salir con Malena. Quédate tranquilo.

—Me han asegurado que ya quedaron con Malena y que Idiáquez dio luz verde al asunto, Gustavo.

—Pendejadas, hombre. No puedes creerle a una puta piurana, Juanito, no seas huevón.

Colgaron. Balaguer bajó deprisa las escaleras y pensó *Soy un huevón, me olvidé de sacar diez mil dólares para mí. Si salen el domingo con Malena Delgado y cuentan que las he coimeado, me voy a tener que ir del Perú; mejor voy comprando un pasaje a Buenos Aires ahora mismo, por las dudas.*

Con solo aparecer todos los lunes como conductor de «Pulso», Juan Balaguer adquirió considerable notoriedad en el Perú. Se hizo famoso por sus preguntas atrevidas, su buen castellano, su estilo tieso y estirado, su cara seria, desusadamente seria para un muchacho de su edad, apenas diecinueve años. La gente lo reconocía en la calle, le pedía autógrafos, se confundía en abrazos con él, le sugería que se metiera en política, que fuese candidato a algo. Tanta fama impensada le trajo, sin embargo, algunos problemas. En la universidad sintió que muchos de sus compañeros lo miraban con recelo, con hostilidad, que no llevaban bien que el estudiante de Letras, futuro abogado, se hubiese convertido en un hablantín famoso de la televisión, en un periodista cuyas preguntas estaban en boca de todos. No solo eran alumnos los que torcían el gesto cuando lo veían pasar, también muchos profesores le mostraban su antipatía en clases o fuera de ellas, y hasta advirtió que, desde que salía en televisión, lo trataban más severamente, le hacían comentarios incómodos procurando pillarlo en falta, lo calificaban con peores notas, con seguridad lo hostigaban. Balaguer atribuyó aquello al hecho de que esos profesores solían tener ideas políticas de izquierdas y lo veían con alergia en tanto él no era de izquierdas, aunque tampoco necesariamente de derechas; se consideraba un liberal, un enemigo de los curas y los militares y de la intromisión del Estado en el ámbito de la libertad individual, pero ante todo se creía un enemigo del poder. Pensaba que si quería tener éxito como periodista debía ser una piedra en el zapato de todos los políticos, los de izquierda y los de derecha, y servir a los intereses del público, que mudaba sus lealtades y sus afectos con gran veleidad. También en casa de sus padres empezó a tener problemas por culpa de la fama que adquirió con «Pulso». Su padre, Juan, gerente del Banco Popular, un hombre en extremo cuidadoso de acatar las convenciones sociales, de llevarse bien con los poderosos, un encopetado caballero que detestaba toda forma de notoriedad y hacía cuanto podía para evitar salir en los periódicos o en las páginas sociales de las revistas, un señor conservador, formal, chapado a la antigua, que asociaba la vida pública, y en particular la televisión, con la vulgaridad, con lo chabacano, lucía crecientemente irritado con el hecho de tener un hijo famoso, controvertido, que salía en la televisión llevando su nombre y que estaba en la comidilla, en el chisme, en boca de las secretarias y los empleados del banco y los mozos del café, con el hecho, en suma, de que todo el mundo hablase de Juan Balaguer, el periodista, y no de Juan Balaguer, el gerente del Banco Popular. No le gustó nada ese rápido ascenso de su hijo en las curvas erráticas de la popularidad, no supo digerir ese trago amargo. Por eso hizo dos cosas que fastidiaron profundamente a su hijo: mandó una carta a Gustavo Parker diciéndole que Juan Balaguer era él, un economista de prestigio, un gerente respetado de uno de los bancos más poderosos del país —banco al que Parker debía más de diez millones de dólares que no pensaba pagar—, y que, por tanto, si su hijo salía en televisión, en Canal 5, se debía consignar en la pantalla que no se trataba de Juan Balaguer a secas, porque tal nombre conducía a equívocos y malentendidos, sino que se trataba de su hijo, Juan Balaguer Lleras, dejando constancia de su apellido materno. La carta le pareció muy apropiada a la señora Dora Lleras, que, cuando su marido se la leyó, dijo «Juan es mi hijo, yo lo he parido, ahora que está haciéndose famoso no me parece justo que niegue mi apellido, es Balaguer Lleras y así será siempre». En cambio, Gustavo Parker llamó a su periodista más popular, le dio a leer la carta y le dijo «Que se joda tu viejo. Juan Balaguer eres tú. Ahora ya no eres el hijo de Juan Balaguer; ahora él es el papá de Juan Balaguer. Que se vaya acostumbrando». Balaguer asintió: «Que se joda mi viejo». Fingió que el asunto no le había molestado, pero en realidad se sintió traicionado por su padre. No se lo dijo. Evitó discutir con él, simuló que no sabía nada sobre la carta. Entonces le pidió a Parker un aumento de sueldo y le dio la razón: «Tengo que irme de casa de mis padres, quiero alquilar un departamento en Miraflores». Parker saludó la rebeldía y el ánimo emprendedor de Balaguer, le prometió que ganaría el doble, le entregó un adelanto y se ofreció a firmar como garante o aval en el contrato de alquiler. Sin decir nada a sus padres, Balaguer alquiló un departamento en la avenida Pardo, frente a la embajada de Brasil, piso ocho, hizo sus maletas —apenas llevó consigo algo de ropa, dejó sus libros y recuerdos del colegio— y se mudó, no sin antes escribir una nota para su padre: «Papá: gracias por todo. Necesito vivir solo. Si quieres verme, sintoniza "Pulso" los lunes. Abrazos, Juan Balaguer». Una vez que se instaló en el departamento de Miraflores, se acostumbró a dormir hasta el mediodía, se le hizo odioso ir a la universidad en transporte público (ya no contaba con el auto prestado de su madre, y le resultaba humillante subirse a un autobús y ser reconocido por los usuarios como el precoz periodista de la televisión, y se le hacía pesado trasladarse en taxi hasta el campus de la Universidad Católica, lejos de Miraflores, soportando la cháchara de los conductores que lo reconocían), y por eso empezó a faltar a clases con frecuencia, pensó que no tenía futuro como abogado en un país donde las leyes valían poco o nada y las cambiaba cada cierto tiempo el matón o el espadón de turno, se dijo que mejor futuro tenía como periodista, como estrella de la televisión. Además, en la universidad le quedaban muy pocos amigos; la fama de la televisión lo había hecho odioso, impopular, resistido por casi todos, y le resultaba ingrato ir a clases, someterse a los desaires y desplantes de los alumnos resentidos o envidiosos y de los profesores que desaprobaban su ambición, su codicia, sus ganas de ser alguien, de tener dinero, de hacerse famoso. Fue así como dejó de ir a la universidad y dejó de vivir en casa de sus padres, dejó de verlos, se propuso evitarlos, lo mismo que evitar la universidad; fue así como, por pereza, por comodidad, porque le pareció que su vida estaba en la televisión, decidió que le resultaba un lastre estudiar para abogado y comportarse como un hijo obediente, ejemplar. *Si quiero ser una estrella de televisión, tengo que ser egoísta, tengo que ser orgulloso, tengo que mandar al carajo a todos los que me compliquen la vida*, pensó. Y eso fue exactamente lo que hizo, tirando por la borda sus estudios de Leyes y la relación con sus padres, quienes, por otra parte, no hicieron grandes esfuerzos para verlo, lo dejaron solo, tal vez sintieron alivio por no tenerlo más en casa. Semanas después, esperando un taxi para ir al canal, Balaguer fue saludado por su tío Francisco, hermano de su padre, que conducía un automóvil de lujo.

«Ahora eres famoso, ¿y no tienes auto?», preguntó su tío, sonriente, sin bajarse. «No, me muevo en taxi», respondió Balaguer. «Ven a verme a mi oficina, yo te presto la plata para que te compres un buen carro», le dijo su tío. Al día siguiente, le dio un cheque por diez mil dólares, y con ese dinero Balaguer se compró un Fiat usado. «Te pagaré mil dólares por mes», le prometió a su tío. No cumplió. Pasaron seis meses y no le había pagado ni uno. Gustavo Parker le aconsejó «Las deudas nuevas hay que dejarlas envejecer y las deudas viejas no se pagan».

Alcides Tudela había convocado a Gustavo Parker y a Juan Balaguer a su oficina privada de emergencia. Parker lo había alertado de que Malena Delgado pensaba grabar una entrevista al día siguiente con Lourdes Osorio y su hija Soraya. Estaban los tres sentados alrededor de una mesa circular, tomando *whisky*, aunque Balaguer apenas remojaba sus labios y procuraba no beberlo, le caía mal, pero sí disfrutaba de ver cómo Tudela se emborrachaba y así acentuaba sus aptitudes histriónicas, su talante embustero. Parker veía con temor a su competidor Pepe Idiáquez, dueño de Canal 2: *Si saca la primicia de Soraya en su canal, jode al cholo Tudela y de paso me jode a mí*, pensaba. Balaguer estaba aterrado de que su competidora Malena Delgado, a la que despreciaba y consideraba una oportunista, una vil trepadora, una mujercita sin talento, saliera el domingo entrevistando a Lourdes y Soraya: *Conociendo como conozco a Malena, hará todo lo posible por joderme, y es un hecho que Soraya no se morderá la lengua y dirá que traté de coimearla. Será el fin de mi carrera*. Desvergonzado, cínico, acostumbrado a mantener la calma en medio de las tormentas más feroces, hombre con piel de elefante, Tudela confiaba en que Idiáquez le había dado su palabra de que no haría nada en su canal sobre el caso Soraya, pero tenía miedo cuando pensaba en que su esposa, Elsa Kohl, podía enterarse del chisme, que ya recorría las redacciones periodísticas y se instalaba en los salones de Lima: *Si la gringa se entera de que hay una cholita piurana que dice tener una hija conmigo, me corta los huevos; me jodí, no me va a creer a mí, le va a creer a la piurana.* Parker no podía tolerar que destruyeran el triunfo inminente de su protegido Tudela; Balaguer sabía que su carrera como periodista estrella no sobreviviría a la denuncia de que intentó coimear a Lourdes Osorio y a su hija Soraya; Alcides Tudela quería y respetaba a Elsa Kohl, lo que ciertamente no le impedía estar con otras mujeres a escondidas, y tenía que hacer cuanto estuviera a su alcance para impedir que ella se enterase de la existencia de Soraya Tudela.

—Gustavo, llama a Idiáquez —dijo Tudela, en tono imperioso, no sugiriéndolo sino dando una orden—. Pregúntale si tiene controlada a Malena Delgado. Avísale que la piurana de mierda le ha dicho a Juan que va a grabar con ella mañana.

—Mi temor es que Malena no le haya dicho nada a Idiáquez y saque sorpresivamente la entrevista el domingo —comentó Balaguer.

—Eso es imposible —dijo Parker, con sonrisa confiada—. Malena es amante de Idiáquez; el viejo Idiáquez se la monta.

—¡No jodas! —se alegró Tudela—. ¿Cómo mierda sabes eso, Gustavo? ¡No seas mentiroso!

—No estoy inventando —aseguró Parker—. Me lo ha contado el general Frejolito Bardales, el jefe de la policía.

—¿Y cómo chucha lo sabe Bardales? —preguntó Tudela—. ¿O hace un trío con ellos?

Parker y Balaguer se rieron. Tudela se rio con más estrépito; le gustaba comprobar que sus bromas tenían éxito, se sentía muy listo, un ganador, el primero de la clase, el más vivaracho.

—Una noche, la policía intervino Las Suites de Barranco en busca de un narcotraficante mexicano, y lo que encontró en una habitación fue a Idiáquez tirando con Malena —dijo Parker—. Así me lo contó Bardales.

—¿Hay video? —se impacientó Tudela, y apuró un trago de *whisky*.

—No, lamentablemente no hay video —respondió Parker—. Hablé con Alan Wilson, el dueño de Las Suites de Barranco; parece que, para mala suerte, en el cuarto donde tiraban Idiáquez y Malena, la cámara se había malogrado y no grabó.

—¡La concha de su madre, qué mala suerte! —lamentó Tudela.

—No estaría de más llamar al señor Idiáquez —recordó Balaguer.

—Ahora mismo llamo a ese tacaño de Idiáquez —anunció Parker.

Sacó su celular, apretó una sola tecla y esperó. Habló con voz seca, desprovista de afecto:

—Pepe, soy Gustavo.

Luego pasaron unos segundos, en los que Balaguer y Tudela escucharon la voz ronca, agitada, de Idiáquez. Parker continuó:

—Estoy acá con el cholo Tudela y con mi periodista estrella, Juan Balaguer —hizo una pausa, y siguió—: Estamos muy preocupados, porque tu amiguita Malena Delgado está diciendo que va a salir este domingo entrevistando a una tal Lourdes Osorio y a su hija Soraya para joder al cholo Tudela —se detuvo para tomar *whisky*—: Eso es lo que le ha dicho Malena a Juan Balaguer.

Balaguer hizo una señal nerviosa, para corregirlo, y en voz baja, para que Idiáquez no lo escuchara, precisó:

—No ha sido Malena; me lo ha dicho Lourdes.

Parker hizo un gesto, como diciendo no importa, da igual, lo que debemos hacer ahora es asustar al gordo Idiáquez para que mande a callar a su amiguita Malena.

—Gordo, no seas huevón, habla de una vez con Malena y apaga ese incendio —dijo Parker.

Tudela pidió el teléfono.

—Acá te paso con el cholo —anunció Parker.

—Gordito lindo, mi hermano del alma, ¿qué ha sido de tu vida? —empezó Tudela, luego sonrió, como diciendo lo tengo todo bajo control, estos millonarios de la televisión me la maman todos en fila india, soy el rey del mambo y no se me escapa una—. Oye, gordo, ¿me juras que no va a salir nada de esa mierda de mi hija falsa en tu canal, no? —preguntó, con voz compungida, como si fuera la víctima de una conspiración.

Balaguer le guiñó el ojo a Tudela como diciéndole eso, cholo, asegúrate bien, no dejes cabos sueltos, no podemos confiar en la perra de Malena, que hará lo que pueda para destruirme, esa arribista me odia porque casi siempre le gano en el *rating* y me pagan el doble que ella, maldita Malena de los cojones, solo está allí porque se la mama al gordo Idiáquez.

—¿Qué dices, gordo? —se sorprendió Tudela, luego atacó—: ¡Pendejadas, hombre! ¡Pendejadas! ¿Cómo vas a permitir que Malena haga lo que le da la gana en tu canal? ¡Es tu canal, gordo, no jodas!

Parker y Balaguer escucharon a Idiáquez bramando:

—¡Yo tengo que respetar a mis periodistas, carajo!

Parker dijo en voz baja:

—Está enamorado de Malena. Está enchuchado. Por eso la que manda es Malena.

Tudela rugió:

—¡Mira, gordo concha de tu madre, escúchame bien! ¡Si sale una palabra del caso Soraya en tu canal, una sola palabra, voy a soltar unos videos que tengo en los que sales culeando con Malena Delgado en Las Suites de Barranco! ¿Me escuchas bien, gordo pingaloca? Tú me jodes con la niña que no es mi hija, y yo hago que Gustavo Parker, que está acá a mi lado, pase tu video con Malena, ¿qué te parece?

Luego Tudela le pasó el teléfono a Parker y le indicó con la mirada que corroborase su amenaza. Parker entendió enseguida y se dirigió a Idiáquez con voz afable y cordial, como conversar distendido con un amigo:

—Gordito mañoso, qué bien te culeas a Malena, pendejo, hemos visto tu video acá con Alcides, qué suerte la tuya, huevón, está bien rica Malena. Provecho, gordito —escuchó con una sonrisa cómo Idiáquez se deshacía en disculpas, promesas y explicaciones, y siguió—. Tranquilo, gordo, no te pongas sulfuroso, que te va a dar un infarto. Habla nomás con Malena y dile que se meta su entrevista con las piuranas en el culo. Tú apaga rapidito ese incendio y nosotros guardamos tu videíto, y todos tranquilos, gordito —dijo, disfrutando de la vulnerabilidad de su competidor, prolongándole ese momento de agonía—. ¿O por quedar bien con tu amiguita Malena vas a pelearte con el próximo presidente del Perú y encima vas a permitir que todo el país vea en mi canal cómo te montas a Malena en Las Suites de Barranco?

Tudela se puso de pie y habló eufórico:

—¡Lo tenemos cogido de las pelotas! ¡Lo tenemos!

Parker escuchó y dijo:

—Habla con Malena, controla la cosa ya mismo, y nos llamas para confirmar que tienes todo bajo control. Un abrazo, gordo. Espero tu aviso. Y cuando quieras te mando copia de tu video, gordo —sentenció sarcástico y colgó; luego le dijo con admiración a Tudela—: Eres un gran jugador de póquer, cholo.

—El gordo huevón mordió el anzuelo —comentó Tudela, jactándose, inflando el pecho, pavoneándose de su astucia—. Se creyó el cuento del video. Cuando gane, voy a ascender a Bardales.

—Qué alivio —comentó Balaguer—. No creo que Malena se salga con la suya.

—Ni cagando —dijo Parker—. Idiáquez tiene los huevos de corbata, le va a prohibir que grabe la entrevista.

—Puede que Malena renuncie —aventuró Balaguer.

—¡Qué va a renunciar esa mamona, con lo que le gusta la plata! —dijo Parker.

—Tenemos todo bajo control —comentó Tudela, y tomó *whisky*, caminando con las piernas chuecas de veterano futbolista lesionado.

Elsa Kohl irrumpió en ese momento, abriendo bruscamente la puerta, dejando atrás a una secretaria que intentó interponerse y que quedó afuera con un portazo. Elsa Kohl tenía fama de mujer malgeniada, malhumorada, y con enorme influencia sobre Alcides Tudela, y se sabía que a menudo gritaba, se enojaba, decía palabras obscenas y se peleaba con medio mundo. Lucía tensa, los ojos desorbitados, el pelo rubio y despeinado, el rostro sin maquillaje, como si hubiera saltado de la cama y salido sin mirarse en el espejo. Era flaca, huesuda, pero tenía buen cuerpo a pesar de que ya pasaba los cincuenta años; se había operado la cara, los pechos y la barriga, y presumía de ponerse bikini los veranos.

—Elsita, mi amor, qué sorpresa —dijo Tudela, y se acercó a ella con los brazos abiertos, anunciando un beso teatral.

Ella caminó hacia él con el rostro desfigurado.

—¡Cholo de mierda, tienes una hija no reconocida! —gritó, y luego zarandeó el rostro de Tudela con una sonora bofetada.

Parker y Balaguer contemplaron la escena con estupor, paralizados, Parker pensando *Ahora sí nos jodimos*, Balaguer preguntándose *¿Y cómo mierda se enteró la gringa Kohl?*

—¡Pero qué dices, Elsita! —se hizo el sorprendido Tudela, con voz dulzona.

—¡Hay una chola que anda diciendo por todo Lima que tiene una cachorrita contigo, cholo cachero, borracho, pingaloca! —gritó Elsa Kohl, y estampó otra cachetada en los mofletes ahora enrojecidos de Alcides Tudela.

—¡Esa es una patraña, Elsita! —se defendió Tudela, gimoteando, abriendo los brazos como si fuera un mártir, un soldado herido a punto de desfallecer en el campo de batalla—. ¡Esa es una mentira que anda diciendo la chucha seca de Lola Figari para ganarme la elección!

—¡No me mientas, Alcides! —chilló Elsa Kohl, y luego dirigió una mirada flamígera a Gustavo Parker y Juan Balaguer—. ¡No soy ninguna estúpida! ¡Estoy al tanto de todo lo del caso Soraya!

Parker y Balaguer comprendieron que debían quedarse callados, Elsa Kohl en un ataque de rabia era una criatura altamente peligrosa, no había quién pudiera domarla, y su marido no parecía dar la talla para sosegarla.

—¿Quién te ha contado esa calumnia pestilente? —bramó Tudela—. ¿Quién te ha envenenado con ese chisme, mi amor? —preguntó, mirando al techo, como pidiendo compasión, clemencia, respeto a su condición de hombre incomprendido, vilmente difamado por la tropa de envidiosos al servicio de Lola Figari. Parecía preguntarse *¿Por qué a mí, Dios mío, por qué tanta saña conmigo?*

Elsa Kohl cogió la botella de *whisky*, tomó un trago directamente de ella, eructó sin disimulo y dijo, mirándolo a los ojos:

—¡Malena Delgado me lo ha contado todo, cholo apestoso! ¡Malena me ha dicho que mañana va a grabar la entrevista con esa chola que te cachabas y a la que le hiciste una hija!

Alcides Tudela farfulló, como hablando consigo mismo:

—Ya te jodiste por traidora, Malena Delgado. No voy a parar hasta que te despidan.

Gustavo Parker se puso de pie y trató de controlar la situación:

—Cálmate, Elsa, por favor.

—¡No me calmo, carajo! —gritó la señora Kohl—. ¡No me calmo, Gustavo! ¿Cómo quieres que me calme si todo el país se va a enterar de que mi marido me saca la vuelta y eso nos va a costar la elección? ¿Eres estúpido o qué, Gustavo Parker?

Alcides Tudela se había alejado de su esposa, tal vez para ahorrarse otra bofetada. Juan Balaguer observaba con pavor, pensaba que Malena Delgado no desmayaría hasta liquidarlo, arruinarlo, hundirlo en el fango del escándalo.

—¡Todo es mentira! —se disculpó Tudela—. ¡Malena Delgado está mintiendo!

Elsa Kohl se acercó a él y trató de darle una nueva bofetada, pero como Tudela le sujetó fuertemente el brazo, impidiendo el golpe, ella atinó a darle una patada en la bolsa testicular con su zapato de taco. Tudela se agachó, adolorido.

—¡En los huevos no, Elsita! —exclamó.

—¡El que miente eres tú, cholo cachero!

Parker hizo un esfuerzo por conciliar:

—Ya hablamos con Idiáquez, Elsa. Nos ha prometido que no va a salir nada en su canal.

Elsa Kohl miró con desprecio a Parker, y sin embargo, lo escuchó:

—Idiáquez es amante de Malena, así que tranquila, no va a salir nada en Canal 2 ni en mi canal, ni en Canal 4, que ya hablamos con Alejo Miramar. Tranquila, Elsita, esto queda entre nosotros, nadie más se va a enterar.

—¡Y esa niña no es mi hija! —rugió Tudela, sobreponiéndose, haciendo su mejor esfuerzo persuasivo—. ¡No conozco a esa señora piurana! ¡No sé quién es, Elsita! ¡Nunca he tenido relaciones sexuales con esa puta mentirosa, te lo juro por mi santa madre que está en el cielo!

Luego se sobó la entrepierna para aliviarse el dolor que le había provocado el puntapié de su esposa.

—¡No te creo nada, cholo de mierda! —gritó Elsa Kohl, y camino hacia la puerta, antes de salir, rugió—: ¡Quiero el divorcio, carajo!

Enseguida tiró la puerta. Parker improvisó una mirada de aplomo, de aquí no pasa nada, una mirada de viejo zorro que no se asusta con nadie, y dijo:

—Eso te pasa por pingaloca, mi querido Alcides.

—¡Les juro que esa niña no es mi hija! —dijo Tudela, arrodillándose, suplicando que le creyeran.

Balaguer sonrió a medias y pensó *No te creo nada, cholo timador, teatrero, este escándalo va a terminar mal, tú vas a perder la elección y yo mi programa, y la gringa Kohl se va a largar a Francia. Esto huele demasiado mal para que termine bien.*

Parker le habló a Tudela, como si se dirigiese a un empleado:

—Ya, levántate, no seas pesado.

Pero Tudela siguió arrodillado, los ojos saltones de pescado, la nariz de gancho, el rostro ajado, el pelo muy negro peinado hacia atrás, una cara de boxeador retirado, o de secuestrador, de hombre sin escrúpulos, una cara de bribón a todas luces, de pilluelo entrenado y sin culpa. Parker le preguntó, mirándolo así, de rodillas:

—¿No habrás ido a culear a Las Suites de Barranco, cholo? ¿No tendrás un video tú también?

—¡Nunca! —exclamó Tudela, ofendido—. ¡Nunca he pisado ese burdel de pitucos, carajo!

El romance con Elsa Kohl le trajo muchas cosas buenas a Alcides Tudela: mejoró rápidamente su dominio del inglés, ganó confianza en sí mismo, impresionó a sus familiares y amigos en Chimbote enviándoles fotos de ella y diciéndoles que había sido Miss Francia, lo que no era verdad, y se hizo más popular entre sus compañeros del fútbol, ahora que Elsa asistía a los partidos y aplaudía desde la tribuna. Los Miller, Clifton y Penelope, aceptaron de buen grado la presencia de Elsa Kohl en su casa. Sin embargo, el enamoramiento de esa mujer guapa e inteligente también le trajo problemas de índole religiosa. Elsa Kohl era judía y no veía con buenos ojos que Tudela fuese católico. Elsa no era judía practicante, no asistía a la sinagoga, pero los sábados descansaba y fumaba marihuana con Tudela. Uno de esos sábados, relajados por los efectos de la marihuana de los Miller, Elsa le dijo a Alcides «¿No te da vergüenza ser católico?». Sorprendido, Tudela respondió «No, Elsita, es la fe de mis padres y de mis abuelos, soy católico a mucha honra». «Pero nunca vas a misa, nunca te veo rezar», dijo Elsa Kohl, los cabellos rubios ensortijados, el cuerpo delineado por ropa ajustada, los ojos saltones, desorbitados, enrojecidos por la hierba. «Es porque estudio mucho», se disculpó Tudela, «no me queda tiempo para la religión». Elsa Kohl no se anduvo con rodeos: «Es bueno que sepas que si quieres seguir de novio conmigo, tenemos que practicar la misma religión». Tudela lo tomó a la broma: «Mi religión es el sexo, Elsita. En esa religión por suerte estamos de acuerdo». Kohl se encolerizó: «No digas sandeces, bruto. Tu religión está equivocada. Mi religión es la correcta». Tudela miró con gesto risueño a Elsa y preguntó «¿Por qué estamos equivocados los católicos?». «Porque te lo digo yo: tu religión católica es una mierda», dijo, crispada, Elsa Kohl. Tudela se quedó en silencio y ella prosiguió, enardecida: «Ustedes, los católicos, creen en el Espíritu Santo y eso es una estupidez, Alcides, una reverenda estupidez. ¿Cómo carajo Dios va a ser el Padre, el Hijo y el Espíritu Santo?». Tudela hizo un gesto de pasmo o de confusión: «Sí, pues, suena a ensalada eso». «Un sancochado, una idiotez», se enfureció Elsa Kohl. «Y ustedes, los católicos, creen que Jesucristo es Hijo de Dios. ¡Pendejadas! ¡Tonterías, Alcides! Jesucristo no fue Hijo de Dios. ¡Dios no tiene hijos, es único e indivisible!». Tudela se sintió tocado en sus convicciones religiosas: «No te metas con mi Jesusito, Elsa, no te lo permito, carajo». «Jesús fue judío, un judío más, no fue el Mesías, el Mesías aún no ha llegado», siguió Elsa, y Tudela la escuchó con atención: «Ustedes, los católicos, creen en el Papa. Pues te diré algo, Alcides: el Papa es un viejo pervertido. El Papa siempre ha sido enemigo del pueblo judío. Durante el holocausto, el Papa era simpatizante de los nazis y no dijo una puta palabra para condenar el genocidio del pueblo judío. ¡El Papa es un inmoral, un concha de su madre!». Tudela dijo «Yo no conozco al Papa, pero he leído del tiempo de los Borgia y esos papas eran unos tremendos hijos de la gran puta, andaban culeando con la familia y hacían tremendas orgías». Elsa Kohl se puso de pie y gritó «¡Muera el Papa, muera el Espíritu Santo, muera tu Jesusito de los cojones!». Tudela también se puso de pie y le dijo «Ya, Elsa, no te sulfures, fuma más hierba, carajo». Pero Elsa Kohl no pareció escucharlo y siguió predicando: «Ustedes, los católicos, creen en Satanás, en el Diablo, en el Infierno, y todo eso es mentira; no existen Satanás ni el Infierno». «Sí existe el Infierno: es Chimbote en verano», la interrumpió Tudela. Elsa Kohl dijo, muy seria, «Si quieres casarte conmigo algún día, tienes que convertirte al judaísmo, Alcides». «No puedo», dijo Tudela, con voz compungida. «No hay cholo judío, es un imposible», se lamentó. «Pendejadas, carajo», contestó Elsa Kohl. «Yo te voy a convertir en judío, yo te voy a hacer el baño de inmersión». Tudela sonrió: «Inmersión quiero hacerte, pero a ti, mamita». Elsa Kohl se hizo la ofendida: «¿Estás dispuesto a ser judío, Alcides?». Tudela respondió «Por ti, me hago ateo, Elsita, lo que tú digas». Kohl lo miró con picardía y dijo «Entonces vas a tener que hacerte la circuncisión».

Juan Balaguer despertó sobresaltado y miró el reloj. Era pasado el mediodía, cogió su celular, lo encendió y escuchó sus mensajes.

—Llámame, es urgente —decía secamente Gustavo Parker.

—Juanito, soy Lourdes, Lourdes Osorio, si puedes dame una llamadita, son las ocho de la mañana, seguro estás descansando, tienes fama de dormilón. Bueno, llámame, quiero contarte las novedades.

Esta chola pendeja ya se quedó con la plata, ni la menciona, es una ladronzuela, debe creer que soy tonto; si le da la entrevista a Malena, tiene que devolverme la plata o Gustavo me romperá la cara y me botará de su canal, pensó Balaguer.

—Juan, hermano mío, la cosa está bastante jodida, tenemos que hacer algo, llámame cuando escuches este mensaje —decía Alcides Tudela, con voz afligida, pedregosa, como si hablase desde un túnel subterráneo o desde una caverna.

Debe tener problemas con la loca de Elsa, seguro que no ha dormido con ella y se ha ido de putas, pensó Balaguer.

De inmediato llamó a Gustavo Parker.

—¿Dónde estabas? —preguntó con brusquedad Parker, nada más contestar—. Te he estado llamando toda la mañana.

—Perdón, Gustavo, estaba durmiendo.

—¡Todo el día duermes, carajo! ¿Ya sabes lo de Malena?

—No, no sé nada. ¿Qué pasó?

Parker resopló:

—La hija de puta de Malena no le quiere hacer caso al gordo Idiáquez y ha dicho que esta tarde, a las cinco, va a grabar la entrevista con la puta piurana esa, ¿cómo es que se llama?

—Lourdes. Lourdes Osorio.

—Con esa. Malena está empecinada.

—¿Pero Idiáquez no puede ordenarle que no la haga? —preguntó Balaguer, sorprendido pero no tanto, porque sabía que Malena Delgado era testaruda y obstinada, y que Idiáquez estaba enamorado de ella, y además pensaba que Idiáquez era un pusilánime, un tontorrón.

—Ya hablé con el gordo, ya lo puteé, ya le dije vela verde —se lamentó Parker—. El gordo huevón dice que Malena decide lo que sale en su programa, que él no puede prohibirle nada.

—¡Claro que puede prohibirle! —se irritó Balaguer—. ¡Es su canal! ¡Que no se haga el tonto el gordo pendejo, Gustavo! ¡Lo que quiere es robarnos la primicia!

—¡Ya sé, ya sé, no me grites! —dijo, enfureciéndose, Parker—. ¡Ya le dije a Idiáquez que no le creo nada, que si Malena graba estamos jodidos!

—¿Y él qué dice?

—¡Ya te dije! Que Malena es libre, que ella decide, que él no puede censurarla, que él es muy respetuoso de la libertad de expresión, la puta que lo parió al gordo, está enchuchado nomás, es un pisado, un sacolargo, hace lo que su Malenita le ordena.

Balaguer pensó *Estoy frito, estoy quemado, si sale esa entrevista en el programa de Malena voy a quedar como un apocado, como un adulón de Tudela y, lo que es más grave, como un coimero que trató de amordazar a Lourdes Osorio y su hija.*

—No podemos permitir que Malena grabe con Lourdes —dijo.

—¡Para eso te di los cien mil dólares! —gritó Parker—. ¡Se suponía que les dabas esa plata y se quedaban calladas! ¿Qué carajo hiciste con la plata?

Balaguer se sintió herido al notar que su jefe insinuaba que no había hecho bien su trabajo. *Hice todo lo que pude*, pensó, *tampoco era tan fácil coimear a la estirada de Lourdes, a ver inténtalo tú, Gustavo, en vez de ladrarme por teléfono, carajo.*

—¡Le di la plata a Lourdes! —protestó.

—¿Y entonces por qué mierda dice que va a grabar a las cinco de la tarde con Malena? —chilló Parker.

—No sé, no entiendo un carajo —se defendió Balaguer, y no quiso decirle a su jefe que Lourdes se había quedado con la plata y le había dicho que lo pensaría.

¿Es capaz, la muy pendeja, de haberme estafado, de haberse hecho la estrecha para quedarse con los cien mil y luego clavarme la puñalada artera grabando con Malena?, pensó.

—¡Haz algo, huevón! —dijo Parker—. ¡Habla ahora mismo con Lourdes y haz lo que sea para impedir que grabe con Malena!

—La llamo ya mismo —prometió Balaguer.

—Si es necesario, júrale que mañana saldrá en vivo contigo, gana tiempo, ya después mañana vemos cómo apagamos el incendio —insistió Parker.

—Eso haré —dijo Balaguer.

—Y si la puta esa quiere quedarse con mi dinero, ¡tiene que quedarse callada! —bramó Parker.

—Tranquilo, Gustavo, ya mismo arreglo esto —aseguró Balaguer.

Apenas cortó, marcó con desesperación el número de Lourdes Osorio.

—Lourdes, hola, soy Juan Balaguer —dijo, y pensó *Ten cuidado, puede estar grabándote, la marimacha de Lola Figari tiene gente grabando los teléfonos de Alcides Tudela y los de nosotros, sus amigos.*

—¡Juanito, qué linda sorpresa me das! —exclamó Lourdes, con voz suave, afable.

Esta asaltante de caminos cree que se va a quedar con la plata y para colmo nos va a traicionar con Malena Delgado, ¿quién chucha te crees, piurana pérfida, enana codiciosa? ¿Crees que Gustavo Parker y yo somos un par de huevones a los que vas a estafar tan alegremente?

—Lourdes, ¿se puede saber que está pasando? —preguntó enojado.

—Todo está tranquilo, Juanito —respondió ella, con voz desentendida.

—No es lo que me cuenta el señor Parker —dijo Balaguer—. Me dice el señor Parker que vas a grabar esta tarde con Malena. ¿Es así? —instó, sin hacer un esfuerzo para evitar un tono áspero, contrariado.

—Sí, Juanito, tú siempre tan informado —dijo

Lourdes, con una vocecita de yo no mato ni a una mosca, como si estuviera rezando el rosario—. A las cinco viene la señora Malena a mi casa y vamos a grabar.

—¿Con Soraya? —se asustó Balaguer.

—Sí, claro, con mi Soraya, con mi tesorito —contestó Lourdes.

Balaguer se quedó callado, meditando sus opciones, calculando cómo mover sus fichas, cómo neutralizar a Malena Delgado, cómo salir del jaque en que se hallaba.

—¿Y la plata que te di? —preguntó.

Lourdes se rio con aire distraído, como si cien mil dólares fuesen un asunto sin importancia.

—Ay, la plata, qué volada —dijo—. Mañana te la devuelvo, Juanito, pierde cuidado, soy una mujer honrada y muy ética, muy moral.

—Sí, claro, ya veo —comentó Balaguer, cínicamente.

Lourdes guardó silencio, como si le hubiera ya notificado un hecho consumado, una decisión inapelable, que no podía torcer. Balaguer continuó:

—¿Y vas a decirle a Malena que te he dado esa plata? ¿Me vas a acusar de haber intentado sobornarte?

—No, qué ocurrencia —se hizo la sorprendida Lourdes, y Balaguer suspiró, aliviado—. A ti nunca te haría eso, Juanito, yo te respeto mucho como profesional y como ser humano.

—¿Pero vas a decirle que me diste la oportunidad de entrevistarte a mí primero? —insistió Balaguer.

—Bueno, si la señora Malena me lo pregunta, le tengo que decir la verdad —dijo Lourdes—. Pero de la plata no voy a decirle nada, despreocúpate, Juanito lindo.

—Gracias, Lourdes —dijo Balaguer, y pensó *Estoy perdido, ya me jodí, no debí hacerle caso al miserable de*

Tudela y al patán de Gustavo Parker, entre ambos me van a joder la carrera.

—Bueno, Juanito, ya hablamos por la noche y te cuento cómo salió todo con la señora Malena —dijo Lourdes.

—No, espera —urgió Balaguer.

—Dime, Juanito, soy toda oídos.

Gana tiempo, gana tiempo, gana tiempo, se repetía como un mantra Balaguer. *Detén la entrevista con Malena como sea.*

—Te propongo lo siguiente: te regalo cincuenta mil dólares y mañana te hago la entrevista en vivo y en directo en mi programa —dijo.

—Ay, Juanito, qué buena noticia me das —se alegró Lourdes.

—¿Trato hecho?

—Trato hecho, Juanito. Me quedo con cincuenta mil dólares y mañana estoy puntualita en tu programa, mi amor. Te dejo porque tengo que prepararme para la entrevista con la señora Malena; mi hija Soraya me está entrenando, ella me hace las preguntas como si fuera la señora Malena, no sabes cómo me hace sufrir, es demasiado inteligente mi Soraya.

—Creo que no me has entendido, Lourdes —se enfureció Balaguer, y no hizo nada por disimularlo, quiso que su voz se sintiera enfadada—. Mi oferta solo tiene sentido si cancelas la entrevista con Malena. Si grabas, me devuelves la plata y no hay programa conmigo mañana, ¿entiendes?

Lourdes se quedó en silencio.

—O Malena o yo —presionó Balaguer; luego se arriesgó—: ¿Malena te está pagando algo por la entrevista?

—No, nada. Me va a invitar a comer tamales y humitas en el restaurante de Gastón después de la entrevista, pero de plata no hemos hablado.

—Entonces elige, Lourdes. Si quieres salir conmigo en el programa mañana, paso por tu casa ahora mismo, me devuelves cincuenta mil, te quedas con cincuenta y cancelas de inmediato la cosa con Malena Delgado y nos vamos a comer tamales donde Gastón.

—¿Pero me prometes que mañana no te vas a tirar atrás? —preguntó.

—Te doy mi palabra de honor. Te lo juro por mi madre y por mi padre, que están en el cielo.

—Que Dios los bendiga a tus papitos, Juanito. ¿Y el señor Parker te va a dar permiso para que me entrevistes mañana?

—Por supuesto. Ya me dio permiso. Parker me ha autorizado a hacerte esta oferta.

Lourdes se demoró unos segundos antes de contestar:

—Déjame consultarlo con Soraya y te llamo.

—¡No! —protestó Balaguer—. ¡Tú decides, Lourdes, no Soraya!

—Pero no me grites, Juanito —se ofendió Lourdes.

—No te grito, Lourdes, perdona —se replegó Balaguer—. Solo te pido que me des la entrevista a mí; nadie te va a tratar mejor que yo y además te ganas cincuenta mil dólares, ¿no es poca cosa, verdad?

—Bueno, ya.

—¿Trato hecho?

—Trato hecho. Voy a llamar a la señora Malena para cancelar la entrevista con ella. Pobrecita, se va a poner furiosa conmigo.

—¡No, no la llames! —interpuso Balaguer, preocupado, sabiendo que Malena haría todo lo que estuviera a su alcance para persuadir a Lourdes de grabar con ella—. ¡No llames a Malena ni a nadie! ¡Espérame en tu casa, paso en quince minutos y nos vamos a comer tamales donde Gastón!

Lourdes carraspeó, incómoda:

—Pero no puedo dejar plantada así a la señora Malena Delgado —se quejó.

—Lourdes, escúchame bien: ¿quieres ganarte cincuenta mil dólares, sí o no?

—Claro, Juanito, claro que quiero.

—Entonces no llames a nadie y no te muevas de tu casa. En quince minutos estoy allí y planeamos todo, ¿de acuerdo?

Colgaron. Balaguer se vistió deprisa, bajó por el ascensor, subió a su automóvil y salió manejando raudo. *¿Y ahora cómo mierda salgo de este enredo?*, pensó. *Tranquilo, improvisa*, se dijo, pasándose un semáforo en rojo. *Ahora lo importante es llevarte a Lourdes y Soraya y que no graben un carajo con Malena, mañana será otro día, mañana ya verás cómo apagas el incendio, ahora tienes que impedir como sea que Malena Delgado se reúna con esta piurana estreñida.* Aceleró, siguió pasándose semáforos en rojo, llamó a Gustavo Parker y le dijo:

—Todo bajo control, Gustavo. En quince minutos voy a estar con Lourdes y Soraya y te llamo.

—¿No han grabado con Malena?

—No. Y no van a grabar nada. Les he prometido que mañana saldrán conmigo.

—Bien jugado, carajo —se alegró Parker—. Súbelas a tu carro y tráelas a mi casa de La Planicie.

—Eso haré.

—Y que no hablen con nadie, quítales los celulares, tenlas incomunicadas.

—Eso haré.

Luego se dio un respiró y atacó, no podía ser timorato a esas alturas, había que encontrar una salida al embrollo:

—¿Gustavo?

—Habla.

—Llama a Alcides Tudela y cítalo en tu casa. No le digas que iré con Lourdes y Soraya.

—¿Te parece? —se sorprendió Parker.

—Sí. No tenemos otra salida.

—Lo llamo ya mismo.

Para fundar Canal 4, los hermanos Hugo y Manolo Parker se asociaron con el magnate peruano Nicolás Gutiérrez y el influyente empresario mexicano afincado en el Perú Eudocio Azcueta. No fue fácil obtener el permiso del gobierno: Gustavo Parker era amigo del presidente Odriozola y de su ministro de Transportes, Cayo Merino, y no vaciló en ejercer sus influencias para evitar que les dieran la licencia a sus hermanos. Sin embargo, Odriozola dispuso finalmente que se la otorgasen porque no estaba satisfecho con el modo como el noticiero de Canal 5 trataba a su gobierno: «Solo ven lo malo, solo saben criticar, me hacen leña», le dijo Odriozola a su ministro Cayo Merino, «necesitamos un canal amigo». Canal 4 se montó con equipos traídos de Argentina y de Cuba, equipos más modestos que los de Canal 5, y no hubo que preocuparse de los televisores, pues ya Gustavo Parker había vendido decenas de miles gracias a su alianza con la Philips, y también se conseguían en Lima otras marcas, como Sony y Rca. Los hermanos Hugo y Manolo, dispuestos a destronar el monopolio de Gustavo Parker, se aliaron con la National Broadcasting Company (Nbc), asegurándose la programación doblada al español de ese canal estadounidense, y decidieron anunciar con gran fanfarria, durante una conferencia de prensa en el Hotel Country de San Isidro, que Johnny Legario, el famoso y celebrado comediante, abandonaba Canal 5, fichado por el naciente Canal 4. Las cosas, sin embargo, salieron mal, peor de lo que hubieran imaginado. El día de la conferencia de prensa en el Country, Johnny Legario apareció pasado de tragos, con aliento a alcohol, vistiendo seis relojes —cuatro en el brazo derecho, dos en el izquierdo— y haciendo gala de sus calcetines de colores chillones, unos amarillos, otros colorados. Era un hombre inquieto, de risa fácil, rostro pecoso y calvicie incipiente, anchas las espaldas de nadador pertinaz, siempre dispuesto a divertir a los señores periodistas con sus chanzas, disparates y chirigotas. Johnny Legario era querido porque, no siendo tonto, se hacía el tonto, y porque no le preocupaba tener la razón o estar bien informado sino soltar bromas que hicieran reír a todos, a los que estuvieran de acuerdo o en desacuerdo con él. Atento y servicial con los periodistas, posó de todas las formas como le pidieron, y cuando le rogaron que se subiera a la araña de cristal que colgaba del techo, no dudó en pedir una escalera y colgarse del candelabro poniendo cara de loco. Luego bajó, se paró de cabeza e hizo otras contorsiones y acrobacias que los fotógrafos retrataron, encantados. Luego alguien le gritó «¡Johnny, súbete al balcón!». Legario echó una mirada y no se dejó intimidar: trepó a la angosta baranda, calculó bien el lugar donde debía colocar sus zapatos y empezó a caminar, sonriendo, sin mirar hacia abajo, pues estaban en el cuarto piso y podía darle vértigo y perder el equilibrio. «¡Johhny, apoyado en un pie, por favor!», le gritó un fotógrafo. Legario no quería parecer miedoso, era un humorista con fama de intrépido, audaz, de acometer las empresas más insólitas, y por eso levantó el pie izquierdo, mostrando sus medias rojas, y quedó apoyado en su pierna derecha. «Sonríe, Johnny», le reprochó otro fotógrafo. «Estás muy serio, hermano. Y abre bien los brazos. Así, así», le daba órdenes

Leandro Temoche, fotógrafo conocido por su afición a la bebida y las apuestas hípicas. Johnny Legario desplegó su mejor sonrisa, abrió los brazos y preservó el equilibrio, no en vano nadaba todas las mañanas, corría cinco kilómetros diarios por la pendiente del barrio de Los Cóndores y hacía pesas en el gimnasio de su casa. En ese momento, unas señoritas que entraban al hotel vieron a Legario de espaldas, trepado en la baranda del balcón de la *suite* presidencial, y le gritaron «¡Johnny, Johnny, somos tus fans!». Legario no quiso mirar hacia abajo, no pudo saludar a sus admiradoras, tuvo que ignorarlas, contrariando una de sus políticas más rigurosas: sonreírle siempre a la gente, contestar los saludos. Pero no podía voltearse y hacerles adiós a las mujeres que le reclamaban que hiciera eso mismo, tenía que mantener el equilibrio en esa delgada faja horizontal sobre la que se sostenía de pie. «¡Eres un sobrado, un atorrante, Johnny Legario, ya no vamos a ver tu programa!», gritaron ellas, furiosas, sintiéndose desairadas. Entonces Legario comprendió que no podía perder a un puñado de leales televidentes, volteó, se apoyó en ambos pies, miró hacia abajo, contó a las mujeres vociferantes —eran tres, y las tres le parecieron bastante feas— y las saludó con toda su magia seductora, con su famosa sonrisa que ejercía un poder hipnótico sobre las multitudes. Al agitar los brazos, echar al aire besos volados y mirar hacia abajo, sufrió un vértigo, perdió el equilibrio y alcanzó a decir, mientras era retratado por los fotógrafos, «Me caigo, me caigo». En efecto, Legario se desplomó desde el cuarto piso, cayó de cabeza y quedó postrado, inmóvil, una pierna temblándole, un charco de sangre originándose en su cabeza herida. Desde arriba, los fotógrafos se asomaban al balcón y disparaban sin piedad. Entretanto, las tres mujeres gritaron, consternadas, «¡Mi Johnny, mi Johnny!», y corrieron a rescatarlo o intentar reanimarlo. Arrodilladas frente a él, lo abanicaron y empezaron a llorar, y una de ellas, discretamente, metió su mano en el bolsillo del saco de Legario, sacó la billetera y la guardó en su cartera diciendo «Ya está frío, con esto nos tomamos un champancito en su memoria». Así murió el comediante Johnny Legario, echando una sombra de infortunios y malos presagios sobre Canal 4, al que la opinión pública, indignada, culpó de su muerte: «Si se hubiese quedado en Canal 5, seguiría vivo; el 4 lo mató, lo obligó a subir al balcón», decía la gente, que, por respeto al humorista caído, juraba no ver nunca la programación del canal por salir. Y la salida oficial de Canal 4 tuvo que postergarse indefinidamente porque, tres días antes de su lanzamiento, Gustavo Parker contrató a un grupo de matones para que subiera al Morro Solar y destruyera la antena retransmisora que, con dinero prestado por el magnate mexicano Azcueta, habían colocado Hugo y Manolo Parker. La antena quedó reducida a fierros retorcidos, que fueron luego arrojados desde las alturas del morro por los vándalos asalariados de Gustavo Parker, quienes, entrevistados por un reportero de Canal 5, dijeron que habían destruido esa antena porque eran vecinos sensibles de la ciudad y se encontraban disgustados «porque la antena afeaba el ornato». Curiosamente, la antena de Canal 5, que era más grande y estaba plantada al lado de la que se habían traído abajo, no parecía molestarles la vista.

Alcides Tudela entró caminando a la casa de Gustavo Parker mientras hablaba por su celular y hacía gestos enfáticos, contrariados. Era una casa grande, lujosa, en los cerros de Casuarinas, con una vista neblinosa a la ciudad. Parker, Balaguer, Lourdes Osorio y su hija Soraya estaban sentados ante una mesa del jardín. Delicadamente, Balaguer había apagado los celulares de Lourdes y Soraya para que no hablasen con Malena Delgado. Antes, ambos teléfonos no cesaban de sonar: era Malena Delgado llamando sin tregua, desesperada, para grabar la entrevista convenida; no sabía que Balaguer le había ganado la partida, al menos de momento. Lourdes parecía satisfecha con el acuerdo, confiada en que al día siguiente saldrían en el programa de Balaguer, así se lo había confirmado Gustavo Parker, mientras bebían unos refrescos —Parker tomaba *whisky*, como de costumbre— y comían yucas fritas con queso fresco. Acompañado por uno de los hombres de seguridad de Parker, Tudela cruzó los salones de la casa y se asomó al jardín. Cuando vio a Lourdes y Soraya, se detuvo, colgó su llamada y su rostro mostró el estupor del que se sabe pillado en falta y comprende que ya es tarde para escapar.

—¡Adelante, Alcides! —se levantó Parker, con una gran sonrisa—. ¡Estábamos esperándote!

Tudela quedó paralizado, miró vacilante a Lourdes y Soraya, fijó sus ojos acuosos en Parker y exclamó con indignación:

—¿Quiénes son estas damas?

Balaguer se puso de pie y se acercó a Tudela, para darle una explicación y convencerlo de que se sentase y conversase con ellas, y tratase de llegar a un acuerdo amigable que impidiera que fuesen a la televisión para denunciarlo en tono acerbo, rencoroso.

—Tú las conoces, Alcides, no te hagas el huevón —intervino Parker, y se adelantó hacia Tudela, lo palmeó en la espalda y le hizo una seña hospitalaria para que procediera a saludarlas y sentarse a la mesa con ellas.

—¡Yo no conozco a esa señora ni a esa señorita! —se enfureció exageradamente Tudela, y Balaguer lo miró y pensó *Este cholo es tan mentiroso y tan teatral que él mismo ya no sabe cuándo miente*—. ¡No las he visto ni en pelea de perros!

Lourdes hizo un gesto de irritación, no de sorpresa, como si ya estuviera acostumbrada a los desplantes y las humillaciones de ese hombre que, según ella, le había hecho una hija y luego se había dedicado a ignorarla durante catorce largos años.

—Por favor, Alcides, ten un poquito de modales y saluda a tu hija Soraya —dijo, y fijó su mirada en Tudela, quien de inmediato miró hacia otra parte, abochornado.

—No sé quién es usted, señora —contestó, y se negó a caminar en dirección a la mesa, a pesar de que Parker lo apuraba—. Y no sé quién le ha dado permiso para tutearme con esa confianza.

Lourdes se puso de pie, furiosa. Llevaba pantalones holgados y una blusa blanca que dejaba ver un collar del que colgaba un crucifijo, y su cara era de tensión pero también de abatimiento, o de resignación: ya nada parecía sorprenderle de Alcides Tudela.

—Soy la madre de tu hija. No me niegues, Alcides. No hagas este papelón delante de tu hija —dijo, y luego se dirigió a Soraya—: Hija, anda saluda a tu papi.

Soraya caminó resueltamente hacia Alcides Tudela, quien la esperaba lívido, y extendió su mano graciosa, delicada, y le dijo:

—Hola, Alcides. Soy Soraya Tudela, tu hija. Nos conocimos hace años en la Clínica San Felipe, ¿te acuerdas?

Tudela se quedó estupefacto, incapaz de reaccionar, de balbucear alguna palabra amable. Parker quiso romper el hielo:

—Dale un abrazo a tu hija, Alcides, no seas mezquino.

Balaguer sabía que su carrera estaba en juego, que Tudela tenía que reconciliarse con Lourdes y Soraya esa tarde y así evitar que ambas mujeres quisieran salir en tono crispado al día siguiente en la televisión; sabía que le había tendido una emboscada a Tudela, pero era por su bien, por el bien del país, por buscar una salida tranquila y armoniosa y alejada del escándalo para esa familia disfuncional. Considerando que a Tudela no le quedaba más remedio que reconocer a su hija en los jardines de Gustavo Parker, aferrado a la certeza de que Lourdes Osorio no quería el escándalo sino algún gesto afectuoso de Alcides Tudela, Balaguer dijo:

—Soraya es igualita a ti, Alcides. No hace falta ninguna prueba genética para darse cuenta de que es tu hija.

Soraya permanecía con el brazo extendido frente a Tudela, que se negó finalmente a darle la mano, la miró con frialdad y dijo:

—No sé quién eres. No sé qué mentiras te habrá contado la loca de tu mamá. Perdona que te rompa el corazón, pero yo a tu mamá no la he visto nunca en mi vida. Yo no soy tu papá.

—¡No seas terco, Alcides! —se enfureció Parker—. ¡Reconoce a tu hija, carajo!

—No tenemos tiempo para estas hipocresías —se impacientó Balaguer.

—Alcides es así, un descarado —sonrió Lourdes, y tomó temblorosamente agua de piña.

Soraya se metió las manos en los bolsillos del pantalón, se quedó mirando a Tudela en actitud desafiante, sonrió al ver que Tudela le esquivaba la mirada, que evitaba mirarla a los ojos, que se replegaba en una actitud hostil, y comentó, como si nada la afectara, como si estuviera muy por encima del candidato presidencial, del magnate de televisión y del periodista estrella:

—Qué pena me das, papá. Eres un pobre diablo.

Tudela la miró con rabia, no estaba acostumbrado a que le hablaran así.

—Eres más feo en persona que en televisión. Mala suerte la mía ser tu hija.

—Ya, chiquita, no seas insolente con tu papá —terció Parker, al tiempo que empujó levemente a Tudela hacia Soraya, insistiendo en que estrecharan las manos, en que quizá se dieran un abrazo.

Soraya continuó, altiva, firme, en pleno dominio de las circunstancias, disfrutando del espectáculo del candidato presidencial que de pronto había quedado mudo, pálido, sin respuesta frente a una adolescente que no le tenía miedo:

—Ya te jodiste, Tudela, vas a perder las elecciones. Mañana vamos a salir en el programa de Balaguer y te vamos a denunciar y nadie te va a creer, nadie va a votar por ti.

Tudela miró con pavor a Balaguer, quien intentó calmarlo haciéndole un guiño cómplice, como diciéndole tranquilo, cholo, aquí no pasa nada, estamos contigo, no le creas a tu cachorra.

—Ya, hijita, anda a sentarte, no seas malcriada con tu papá —dijo Parker.

—¡No soy su papá! —rugió Tudela—. ¡Yo solo tengo una hija con mi esposa, Elsa Kohl, y nuestra hija se llama Chantilly! ¡Esta señorita no es mi hija! ¡Es un torpedo dirigido a la línea de flotación de mi candidatura! ¡Es una patraña!

—¡No soy ningún torpedo, imbécil! —se envalentonó Soraya—. ¡Soy tu hija, tu hija Soraya Tudela, aunque te moleste!

—Sentémonos, por favor —dijo Balaguer, señalando la mesa, pero ya era tarde, ya todos estaban de pie, vociferando, y no había en el ambiente una disposición al diálogo tranquilo, apacible, sin reproches—. Hablando se entiende la gente —insistió—. ¿Qué quieres tomar, Alcides?

Tudela no respondió, se alejó, abrió los brazos, miró al cielo y se quejó:

—¡Me han tendido una trampa! ¡Me han traído a esta casa con engaños! ¡Esto es una emboscada! —luego miró a Parker y a Balaguer y les espetó—: ¡Traidores! ¡Miserables! ¿Están grabando todo esto para sacarlo en la televisión?

Parker se rio con cinismo, se acercó a Tudela como quien se acerca a una mascota díscola, bulliciosa, lo rodeó con sus brazos de oso y le dijo al oído:

—¡Ese es mi cholo, carajo! ¡Eres un gran actor! Tú debiste ser galán de telenovelas, huevón.

Tudela lo miró, halagado, ignorando a la adolescente y a su madre, que le dirigían miradas de reprobación.

—¿Tengo pinta de galán? —preguntó, acomodándose el pelo con su mano ajada, temblorosa.

—Estás perdiendo plata, cholo —le dijo Parker—. Lo tuyo es la actuación, hermano.

Tudela sonrió, orgulloso. Balaguer dijo:

—Alcides, deja de engañarte, estás jodido.

Tudela lo miró con mala cara, no le gustaba que le hablasen en ese tono, le parecía confianzudo, irrespetuoso, y menos que lo hicieran frente a esas dos mujeres, a las que él seguía tratando como perfectas desconocidas. Balaguer prosiguió:

—Aprovecha esta oportunidad, acepta que Soraya es tu hija, dale un abrazo, arregla los temas de plata con Lourdes, y asunto acabado. Es más: si reconoces a Soraya ahora mismo, los tres pueden venir mañana a la televisión para darle un final feliz a esta telenovela, quedas como una buena persona, babeas en mi programa porque tienes una hija brillante, y subes varios puntos en las encuestas y arrasas en las elecciones.

Soraya miró a Balaguer con antipatía, como diciéndole eres un cínico, un desalmado, solo piensas en el poder, en las encuestas, en lo que le conviene a Tudela, no en lo que nos conviene a mi mamá y a mí. Balaguer la ignoró y continuó:

—Pero si insistes en negarlas, mañana van a salir en mi programa y van a mostrar todos los papeles de los juicios de paternidad que te han hecho y te van a exigir una prueba de ADN, y ahí sí que estarás jodido, Alcides, porque te aseguro que la gente les va a creer a ellas y no a ti, y que el juez va a terminar obligándote a que te hagas esa prueba, y si eso ocurre antes de las elecciones y resulta que es tu hija y que mentiste, anda despidiéndote de ser presidente; perderás las elecciones y te habrás jodido.

Parker miró a su periodista con aire amigable, condescendiente, como diciendo este es mi perro de pelea, mi mastín, así me gusta que muerdas, cachorro.

—Yo no te pido dinero, Alcides —dijo Lourdes, quebrándose, la voz traspasada por la emoción—. Solo te pido que cumplas tus deberes como padre, que no sigas haciéndole daño a nuestra Soraya, que le pagues su colegio y sus cosas, nada más.

Disgustado, Tudela hizo un sonido cavernoso, gutural, como buscando una flema, y lanzó un salivazo hacia el césped con la naturalidad con la que escupen los futbolistas en el campo de juego. Luego dijo:

—¡Esto es un chantaje moral, una vil extorsión! ¡A mí no me amenaza nadie, carajo! ¡Esta señorita no es mi hija, más respeto, que soy el próximo presidente del Perú y un demócrata a carta cabal!

—La concha de tu hermana, Alcides —se rio Parker—. Deja de hablar como candidato, estamos entre amigos, ¿no te das cuenta de que queremos ayudarte?

Lourdes amonestó a Parker con un gesto de firmeza:

—Señor Parker, por favor, no hable así, como camionero, delante de mi hija, que es menor de edad.

—¡Menor de edad pero no idiota! —se encolerizó Soraya—. ¡Está bien: niégame, cholo borracho, estúpido! ¡Niégame, ya nos verás mañana en televisión! ¡Quiero verte la cara el día en que pierdas las elecciones! ¡Allí quiero verte, cholo mentiroso!

—¡Hija, no cholees a tu padre, tú también eres chola! —gritó Lourdes.

—¡Yo no soy chola! —chilló furiosa Soraya—. ¡Soy provinciana, pero no soy chola! ¡Tengo educación y tengo moral, no soy como mi papá, que es un delincuente!

—¡No me llames «delincuente», mamita! ¡Yo soy un hombre de honor, he combatido a la dictadura, he luchado siempre en la trinchera de la democracia! —rugió Tudela.

—Acá todos somos cholos —intentó conciliar Balaguer.

—¡Cholos serán ustedes! —se rio Parker—. ¡Yo no soy cholo ni cagando, yo soy hijo de ingleses! —luego pasó al ataque—: Entonces tenemos un acuerdo, mi querido Alcides: tú reconoces a esta niña, que es tu hija, y ella y su mamá no salen mañana en mi canal, y todos contentos, ¿estamos?

Tudela lo miró perplejo, incomprendido:

—¿Y qué le digo a mi Elsita?

Lourdes sonrió, irónicamente.

—Eres un pisado, Alcides —dijo.

—Esa gringa es una bruja —dijo Soraya, mirando a Tudela siempre con aire de superioridad, como si Tudela fuese su hijo, un hijo desobediente, caprichoso, malcriado, al que ella debía hacer entrar en razón.

—A Elsita le dices que se la monte un burro en primavera —dijo Parker, y soltó una carcajada que fue secundada por Lourdes y Soraya pero no por Balaguer, que sabía que Tudela no cedería tan fácilmente porque le tenía pánico a su esposa, Elsa Kohl.

—Necesito tiempo —se disculpó Tudela—. Tengo que hablar de todo esto con Elsita. Ella es mi mejor consejera.

—No hay problema, tenemos hasta mañana —dijo Balaguer, con ánimo conciliador.

—No seas huevón, Alcides —terció Parker—. Haz lo que te conviene políticamente, no lo que te diga la loca de Elsita.

Soraya miró a Tudela con desdén y dijo:

—¿Y así quieres ser presidente? No tienes valor para enfrentarte a tu esposa, ¿y quieres ser presidente del Perú? —luego añadió—: Si yo pudiera votar, jamás votaría por ti, papá. Votaría por Lola Figari; esa mujer es muy ética, muy moral, no como tú.

Alcides Tudela estalló:

—¡Lola Figari es una machona reprimida! ¡Lola Figari le come la chucha a Bertha Manizales! ¡Lola Figari tiene una pinga más grande que la mía, carajo!

—¡Alcides, más respeto, estás delante de tu hija! —gritó Lourdes.

—¡No es mi hija y yo a usted no la conozco, señora! —se mantuvo terco Tudela.

—¿No te acuerdas cuando íbamos al Hotel Los Delfines y me chancabas bien rico? —preguntó Lourdes.

Tudela siguió haciéndose el desentendido:

—Yo a usted nunca la he chancado, señora. Lo juro por mi madre difunta, y mi madrecita que está en el cielo no me deja mentir —luego se dio media vuelta y farfulló, como hablando consigo mismo—: Me voy a seguir luchando por la democracia, carajo.

Lourdes le gritó:

—¡Ya te jodiste, Alcides! ¡Mañana salimos en el programa de Juanito Balaguer! ¡Vamos a destruirte, vas a perder las elecciones por mentiroso y por sobrado!

Tudela volteó hacia Balaguer con ojos flamígeros, despiadados.

—Judas, me has traicionado —le dijo, y enseguida se retiró caminando, las piernas torcidas de exfutbolista lesionado.

No fue difícil para Lourdes Osorio acostumbrarse a las tareas de secretaria que le impuso su nuevo jefe, Enrico Botto Ugarteche, el editorialista más temido de *La Prensa* de Lima. Tenía que llegar a la oficina a las nueve de la mañana, comprar un café y un pan con chicharrón en La Boulangerie del jirón de la Unión, asegurarse de que Botto tuviera un paquete de cigarrillos sin abrir en su escritorio y colocar un rollo de papel higiénico y un jabón nuevo en el baño (el que solo usaba Botto, a ella le estaba vedado, tenía que usar el de la redacción, donde frecuentemente no encontraba papel higiénico). También tenía que comprar tres revistas que Botto leía con voracidad: *Time*, *The National Geographic* y *Hola!* Botto se lo había dicho así, hombre de no andarse con rodeos: «El *Time* es para saber lo que pasa en el imperio americano; *The National Geographic*, para ver buenas tetas africanas; y *Hola!* para recordar que en una de mis vidas anteriores fui monarca europeo, probablemente de la Casa de los Windsor o de los Orleans, Borbón o Habsburgo». Botto decía que la lectura de esas tres revistas lo llenaba de inspiración y de prosa vibrante y musical para acometer la escritura de sus editoriales del día sobre la actualidad política peruana. Llegaba a eso de las diez y media u once de la mañana, impecablemente vestido, con traje cruzado y chaleco, pañuelo de seda en el bolsillo superior del saco, zapatos relucientes, recién lustrados en la Plaza San Martín, y saludaba a Lourdes Osorio besándola recatadamente en la mejilla e informándole que, siendo aún de mañana, ya se había tomado unos tragos, por lo general *whisky* puro, en el Club Nacional, al tiempo que le pellizcaba el trasero, lo que al comienzo la incomodaba pero ya luego le fue pareciendo normal. La principal tarea que ella debía cumplir era servirle *whisky* con hielo a Botto cada media hora y recordarle rezar el ángelus a mediodía. Lo rezaban juntos, de rodillas en la oficina de la página editorial, Botto los ojos cerrados, el cuerpo tembloroso, como si estuviera en trance, Lourdes observándolo, no fuera a caerse. Botto rezaba el ángelus en latín, «Dios no entiende castellano», decía, y luego rezaba un padrenuestro también en latín y el credo: «*Credo in unum Deum, Patrem omnipotentem, factorem caeli et terrae, visibilium omnium et invisibilium...*». Terminadas las oraciones de mediodía, Botto tomaba un *whisky* más y se metía al baño con la revista *Hola!* Sin querer, Lourdes escuchaba los gritos de su jefe, sus exclamaciones encendidas, ardientes, sus jadeos y ronroneos de placer. Ya ella sabía que, de todas las reinas y princesas del mundo que aparecían en *Hola!*, la que Enrico Botto Ugarteche prefería era Carolina de Mónaco. «Estoy perdidamente enamorado de Carolina», le confesó cierta vez que Lourdes lo encontró contemplando sus fotos en *Hola!*, con un hilillo de baba que partía de la comisura de sus labios y caía entrecortadamente sobre las páginas de la revista. Sentada en un escritorio cercano al de Botto, Lourdes se veía forzada a escuchar los ruidos guturales que hacía su jefe, y no sabía si era que él estaba defecando o frotándose los genitales, la puerta del baño cerrada con pestillo. Los gritos de Botto eran estentóreos: «Carola, mi Carola, soy tu más devoto súbdito; ábrete, mi princesa», decía sin pudor Botto, que no parecía preocupado de que lo escucharan. Cuando salía del baño, Lourdes ya sabía que tenía que limpiar: por lo general se veía obligada a ponerse de rodillas y secar las manchas de semen que su jefe había dejado desperdigadas en el piso y la pared, pero a veces solo tenía que jalar el inodoro (Botto nunca tiraba de la cadena luego de evacuar el vientre, decía que se olvidaba: «Mi cabeza está en otra parte, en la crisis económica global y el sufrimiento de los más pobres», se excusaba con su secretaria) y echar un aerosol perfumado que mitigase el mal olor que dejaba su jefe tras aliviarse en el baño. Mientras Lourdes limpiaba el baño, que podía oler a caca o a restos seminales, Botto se entregaba, moviendo la cabeza como el jefe de una orquesta, inspirado, en trance, a escribir los editoriales del día, a la vez que despedía sonoras flatulencias. «La prosa me fluye mejor después de una paja», le decía a Lourdes, cuando terminaba de escribir, extasiado.

Gustavo Parker se sentó, apuró un *whisky* y sentenció:

—Bueno, que se joda el cholo por terco —luego se dirigió a Lourdes y Soraya—: Mañana salen en mi canal, yo las apoyo.

Balaguer suspiró, aliviado. Pensó *Tudela es un huevón, le dimos la oportunidad de arreglar esto de manera civilizada pero pateó el tablero, ahora tengo que cumplir con estas mujeres y quedar bien con mi conciencia y mi público; que se joda Tudela, que se hunda, que pierda, se lo merece, es un crápula, un facineroso, un cachafaz; ¿cómo puede tener la concha de negar a su hija delante de nosotros, cuando es obvio que esta niña es su hija, la puta que lo parió?*

—Me parece un buen plan —dijo—. Malena Delgado se va a poner verde de envidia.

—Y el gordo Idiáquez se va a morir de un infarto —dijo Parker, y soltó una risa depredadora de chacal.

—Me siento tan mal con la señora Malena —murmuró Lourdes, con gesto condolido—. Ni siquiera me he disculpado con ella.

—La oferta del señor Parker fue mejor, mamá —dijo Soraya.

Balaguer pensó *Todavía no me han devuelto los cincuenta mil dólares, tramposas.*

—Voy a llamar a Malena para que se vaya enterando de que no pudo robarme la primicia —anunció.

Mientras marcaba en su celular el número de Malena Delgado, escuchó que Gustavo Parker le decía a Lourdes:

—¿No sería mejor que se quedaran con toda la plata que les mandé y se regresen a Piura y no hagan el escándalo de la gran puta que harán si salen mañana en mi canal?

Lourdes miró a Soraya, dubitativa. Soraya le dijo que no con una mirada incendiaria, de ninguna manera debían ceder, acobardarse, sucumbir al miedo, ella quería sangre derramada, la sangre de Tudela, quería humillarlo, verlo pedir disculpas, verlo perder las elecciones, pensaba *Es lo menos que me merezco después de todas las perradas que me ha hecho ese miserable.*

—No, señor Parker —se plantó firme Lourdes—. No es un asunto de dinero. Es una cuestión de honor.

—De honor y de principios —corroboró Soraya.

—Comprendo —dijo Parker—. Yo también soy un hombre de honor. El honor no tiene precio.

—Malena —se alegró Balaguer de escuchar al otro lado del teléfono la voz de su competidora, y añadió con tono sarcástico—: Estoy acá en casa de Gustavo Parker con Lourdes Osorio y su hija Soraya. Te mandan saludos. Una pena que no hayas podido grabar con ellas, me da pena por ti, Malena, pero hay que saber perder. No, no quieren verte, no quieren hablar contigo, lo siento. Me mandan decirte que mil disculpas, pero prefieren salir mañana en mi programa. ¿Por qué? ¿Por qué crees, Malena? ¿Por qué supones que ellas prefieren salir en mi programa y no en el tuyo? —hizo una pausa, disfrutando del momento, sintiendo a su adversaria en un trance bochornoso, sabiéndola derrotada, al borde de un ataque de nervios, *Ya irá donde su amante Idiáquez a insultarlo, ahora que se joda, que se chupe esta mandarina amarga*, pensó, y añadió—: Porque mi programa tiene más *rating*, Malena, por eso quieren salir en mi programa. Te gano todos los domingos. Bueno, sí, casi todos, como quieras. Pero te gano, más gente me ve a mí, y eso es porque mi programa es mejor y tengo más credibilidad que tú, Malena. Sí, credibilidad, eso mismo, credibilidad, escuchaste bien. Yo tengo credibilidad porque nunca he sido un mamón de la dictadura como tú y porque no me acuesto con el dueño de mi canal como tú. No grites, Malena, sosiégate, hijita, tómate un té. Piña, pues, hay que saber perder. El que se pica, pierde, Malena. Chau, no dejes de ver mi programa mañana. Lourdes y Soraya te mandan saludos —miró a Gustavo Parker, le hizo un guiño cómplice y finalizó—: Por cierto, me dice Gustavo que sales estupenda en el video con el gordo Idiáquez. Provecho, Malena. Qué tal estómago tienes para cogerte a esa ballena, por el amor de Dios. Chau, Malena, chau, no grites, mamita, que fácil nos están grabando y queda feo que una dama como tú hable así. Chau, chau.

Colgó. Se sentó. *Es una victoria en toda línea*, pensó, *mañana será el mejor programa de mi vida, haré un rating histórico, fácil llego a treinta puntos.*

—¿Cómo es el video de Malena con el señor Idiáquez? —preguntó Soraya, curiosa.

Gustavo Parker soltó una risotada y dijo:

—Puro sexo, hijita. No apto para menores.

El éxito que Juan Balaguer alcanzó precozmente en la televisión peruana, lejos de ganarle amigos, lo convirtió en una persona solitaria, desconfiada, recelosa. Ya no le gustaba salir a la calle, ir al cine en matiné, sabía que exponerse a la mirada de los demás era correr riesgos, no siempre la gente le decía cosas amables, a veces se encontraba con personas enfurecidas que le decían groserías. Ahora Balaguer no solo salía los lunes en «Pulso», también aparecía en Canal 5 los domingos, haciendo las entrevistas políticas de «Panorama». Eso le permitió ganar más dinero y también hacerse más conocido entre la gente: «Panorama» era un programa con más audiencia que «Pulso». Si bien tenía una pequeña oficina en Canal 5, rara vez estaba allí, solo iba a la televisión los domingos por la tarde para salir en «Panorama» y los lunes por la noche para conducir «Pulso». El resto del tiempo lo pasaba en su departamento de Miraflores, encerrado, leyendo, viendo televisión. Vivía solo, le gustaba vivir solo, se imaginaba viviendo solo el resto de su vida. No quería enredarse en los problemas del amor, sabía que no había nacido para tener hijos, y le gustaban las mujeres pero no sexualmente. Lo ponía nervioso y angustiado la idea de acostarse con una mujer, nunca lo había hecho y no quería hacerlo, sabía que eso no era lo suyo, el sexo de las mujeres no le resultaba apetecible, turbador ni agradable de mirar siquiera. Le gustaban los hombres, le habían gustado desde el colegio. La idea de tener sexo con un hombre le daba, a un tiempo, culpa y placer, un oscuro regocijo secreto, un secreto que había preservado celosamente. Por eso estaba la mayor parte del tiempo solo, por eso y porque no era bueno para tolerar las críticas: le dolían, lo enfurecían, se sentía humillado, con ganas de responder, y en la calle siempre había gente que no lo quería por sus preguntas agresivas, por su espíritu de francotirador, y en la prensa también había quienes lo detestaban y siempre hacían escarnio de él. De todos los críticos, el que más lo odiaba era un señor que publicaba en *El Comercio* llamado Alfredo Kawasaki, que tenía una columna diaria dedicada a la televisión, *El Mirador*, en la que nunca escribía algo bueno sobre Balaguer, solo mezquindades: que era demasiado joven para salir en televisión, que corría con fuerza el rumor de que era drogadicto y amante de las prostitutas de lujo —Balaguer nunca había probado drogas ilegales ni había estado con una prostituta, le daba pavor—, que era un mal ejemplo para la juventud por haber dejado sus estudios de Derecho, que no tenía amigos, solo enemigos. Era cierto, cuanto más salía en televisión y más dinero ganaba y más famoso se hacía, menos amigos tenía. Pero él pensaba que perdía a sus amigos no porque ellos ya no tuviesen ganas de verlo, sino porque de pronto les veía defectos, le parecía que no eran todo lo leales y generosos que debían ser, los encontraba oportunistas, sospechaba que solo querían estar con él por su fama y su dinero. Por eso Balaguer fue convirtiéndose en una persona más famosa y al mismo tiempo más sola. Tampoco veía a sus padres, ellos no lo buscaban, él no hacía nada para verlos, sentía que tenían celos de que tuviese éxito en televisión, sentía que le tenían envidia. A la única persona a la que admiraba sin reservas era a Gustavo Parker, pero a Parker lo veía una vez a la semana, los lunes, cuando almorzaban juntos en La Pizzería de Miraflores para comentar el programa

«Panorama» de la noche anterior y para planear las preguntas de «Pulso» de esa noche. Parker invitaba pero no pagaba: tenía un canje publicitario con La Pizzería, simplemente firmaba la cuenta. Balaguer pensaba que Parker era el hombre más inteligente que había conocido, lo comparaba con su padre y pensaba que su padre era un perdedor y un tonto al lado de Parker. Cuando se sentía confundido, abatido, descorazonado, le pedía consejo a Parker, y siempre escuchaba algo alentador, un mensaje inspirado en la fortaleza que le parecía indestructible de su jefe, unas palabras que le recordaban que la tristeza y la complacencia con uno mismo son un lujo de perdedores y mediocres, que si quería ser un ganador como Parker tenía que ser duro, feroz, implacable, despiadado, no aspirar a ser querido ni popular, aspirar a ser temido, respetado, poderoso. Parker se lo decía sin ambages: «Si quieres ser el periodista número uno de la televisión peruana, tienes que aprender a vivir con un montón de enemigos. Esto no es un concurso de popularidad. A mí me odia casi todo el Perú y sin embargo nadie se atreve a decirme en mi cara que me odia. No tengas miedo al éxito, Juan. La humildad es un pésimo negocio. Para triunfar en la vida como he triunfado yo, tienes que echarte el alma a la espalda». Y Balaguer quería eso mismo: triunfar de un modo tan inequívoco como había triunfado Parker, aun si el precio a pagar fuese que no le quedasen más amigos que el dueño de Canal 5.

—Si sales esta noche con la denuncia de Soraya, te voy a destruir por traidor.

La voz de Alcides Tudela sonó turbia, enfática, una amenaza que parecía ir en serio, de alguien que estaba acostumbrado a machucar a sus enemigos y pisotearlos hasta que comprendieran quién era más fuerte, más ruin, más cruel, a quién había que respetar en la disputa sórdida por el poder. Juan Balaguer se quedó perplejo. Había sonado el timbre de su departamento, era Tudela, lo había hecho pasar y ahora lo tenía enfrente, acercándose a él como si quisiera pegarle, vociferando, despidiendo un aliento espeso a alcohol, cebolla y mala noche.

—No te atrevas a atacarme, que lo vas a lamentar toda tu vida —bajó la voz Tudela y miró a Balaguer con ojos vidriosos, y Balaguer pensó *Está borracho y probablemente drogado, este es el verdadero Alcides Tudela, la versión más exacta de él aparece cuando está mamado y duro de tanta coca, este es el sinvergüenza que quiere ser presidente, qué concha venir a mi casa a meterme miedo como un mafioso de pacotilla, quién carajo se cree que es.*

—¿Me estás amenazando, Alcides? —preguntó, fijando la mirada en los ojos ebrios de Tudela, desafiándolo.

—Sí, te estoy amenazando porque tú me estás amenazando a mí. Tú has inventado toda esta tramoya de Soraya y su mamá, ¿y qué chucha quieres que haga?, ¿que me quede cruzado de brazos y te aplauda por venir a sabotear como un traidor mi candidatura?

Tudela tenía mal aspecto, el pantalón caído, la camisa sucia, con el cuello manchado de maquillaje, los zapatos polvorientos, como si viniese de jugar un partido de fútbol, sudoroso, exhausto, acezante, desaliñado, sin intenciones de acicalarse, de arreglarse un poco.

—No he inventado nada. Soraya me buscó sola —dijo Balaguer—. No tengo alternativa, Alcides, mi deber como periodista es darles tribuna y que puedan contar su versión; ya luego tú puedes defenderte como mejor quieras.

Tudela caminó, se sentó en un sofá, cruzó las piernas dejando ver sus pantorrillas, estiró los brazos, como relajándose, y miró a Balaguer con sonrisa maliciosa.

—No vas a salir esta noche en tu programa con Soraya y su mamá —sentenció.

Balaguer se sintió herido en su orgullo.

—Sí voy a salir, Alcides —replicó—. Es un hecho.

—Te equivocas, amiguito —dijo Tudela—. Ya verás que no sales.

—Hablamos a la noche después del programa y vemos quién tenía razón —desafió Balaguer, de pronto pensando *¿Qué carajo se trae este cholo malvado?, ¿por qué sonríe con esa cara retorcida?, ¿qué carta me esconde?*

—No, no, mejor hablemos ahora —insistió Tudela; luego chasqueó sus labios resecos, la lengua inquieta, estragada, y pidió—: ¿Me invitas un trago, hermano?

—Sí, claro —dijo Balaguer, y se apuró en servir un *whisky* con hielo, uno solo, él no tomaba, no le gustaba perder el control, volverse blando, soso, lerdo, sentir que menguaba su lucidez y que entonces se volvía más vulnerable a sus enemigos; no le gustaba levantarse con resaca y arrastrarse, ya bastante le costaba hacerlo sin tomar alcohol, ya la vida le parecía una cosa gris, un callejón sin salida.

—Yo no quiero joderte la vida, Juanito —dijo Tudela, después de probar el *whisky*—. Yo te estimo, hermano. Yo te quiero mucho, carajo. Por eso te pido que no saques lo de Soraya esta noche. Si lo haces, mañana vas a tener que renunciar a la televisión, vas a tener que irte del país, tu carrera periodística se va a ir a la mierda, Juanito, y yo no quiero hacerte daño, créeme, yo te estimo un culo... un culo.

Balaguer se sentó, miró a Tudela a los ojos, comprendió que algo malo estaba tramando, y preguntó débilmente:

—¿Por qué me dices eso, Alcides?

Tudela habló con voz pastosa, seseando, como dopado:

—Conozco tus secretos, Juanito.

Luego se abandonó a una sonrisa cínica, malvada, como diciéndole yo seré un canalla y un miserable, pero tú no lo eres menos, periodista envanecido, hablantín de plazuela, intrigante de alcantarilla; yo seré un mal padre pero tú eres un mal bicho, cabrón.

—¿De qué me hablas, Alcides? —se replegó, asustado, Balaguer, como escondiendo algún secreto que lo avergonzaba.

—Yo sé que eres maricón —atacó Tudela, y enseguida hizo un sonido áspero con la garganta, torció la boca, buscó una flema esquiva, la aprehendió con gesto de iguana, de reptil, y, inclinándose hacia un lado, escupió hacia una maceta: el salivazo voló y cayó sobre la tierra húmeda de la palmera a medio crecer.

Balaguer permaneció en silencio, se sentía pillado en falta, con la guardia baja, no quiso decir nada que pudiera incriminarlo o dejarlo como un farsante, un embustero.

—Yo sé que eres una loca pasiva —continuó Tudela—. Sé que te gustan los negros. Sé positivamente que te gusta que te rompan el culo.

De pronto, Tudela no parecía alcoholizado, hablaba despacio, demorándose, disfrutando del poder de sus palabras, unas palabras envenenadas que hincaba como cuchillos afilados sobre el orgullo del periodista que antes lo amenazaba y ahora callaba, manso, temeroso.

—Tengo pruebas —prosiguió, y tomó otro trago de *whisky*.

Nada dijo Balaguer, prefirió esperar en silencio todo ese vómito que le salpicaba, le repugnaba y lo hundía, lo hacía sentirse perdido, derrotado.

—Mis agentes de inteligencia te han grabado en el Hotel Los Delfines dándole el culo a un moreno de Chincha conocido como Mamanchura —continuó Tudela, y Balaguer sintió que una llamarada de vergüenza le ardía en el estómago, supo, al escuchar ese nombre familiar y clandestino que evocaba unos placeres encubiertos, que Tudela lo había arrinconado contra la pared—. Tengo el video en mi poder. Dura quince minutos. Se ve todo, Juanito, es realmente muy revelador. Se ve que Mamanchura te da duro y parejo, se ve que te gusta la pinga del negro.

Balaguer sintió que despreciaba a Tudela. Se armó de valor y balbuceó:

—Es mentira. Todo eso es mentira. No tienes ningún video. Estás fanfarroneando.

Tudela lanzó una carcajada displicente y replicó:

—¡Claro que tengo el video, huevón! ¿Quieres venir a mi casa y te lo enseño?

Balaguer quedó en silencio.

—Lo hemos visto Elsita y yo —contraatacó Tudela—. Nos hemos llevado una gran sorpresa, hermano. Sabíamos que no tenías novia, corría la voz de que eras del otro equipo, pero Elsita y yo no sabíamos que tenías una debilidad tan marcada por los negros —volvió a reírse y añadió—: Mis fuentes de inteligencia me dicen que Mamanchura es músico del grupo tropical Imanes. Lo tenemos ubicado y le hemos dado un billete. Está dispuesto a salir mañana y contar en televisión que es tu amante, tu machucante, que te rompe el culo en Los Delfines a cambio de un poco de coca y cien dólares.

Balaguer se sintió destruido, fue incapaz de articular una respuesta, una defensa, no quiso desafiar a Tudela, retarlo a ver juntos tal video, si existía, todo le parecía demasiada humillación.

—No sé de quién me hablas —dijo, cuando por fin recuperó el aliento—. No conozco al tal Mamanchura. No voy a ceder al chantaje moral.

Tudela se puso de pie, se impacientó:

—¡Deja de hacerte el huevón, carajo! —rugió—. ¡Deja de tratarme como si fuera un imbécil! ¡No estoy mintiendo! ¡Tengo el video! ¡Se ve clarito que eres un maricón y que te desvives por Mamanchura!

Balaguer se levantó y habló en voz baja, temeroso de que los vecinos lo escuchasen:

—Mira, Alcides, si crees que me vas a meter miedo, te equivocas —pero su voz estaba lastrada por el temor y las rodillas le flaqueaban y un miedo invencible lo delataba—. No voy a ceder —trató de hablar con más firmeza, pero de todos modos se sintió débil, poca cosa; sintió que no podía ganarle a Tudela en la competencia desalmada por ver quién era más hijo de puta—. No daré un paso atrás. Voy a salir esta noche con Soraya y con Lourdes, te voy a denunciar por mal padre y por coimero, voy a decir que les creo a ellas, no a ti, te voy a exigir que te hagas la prueba de ADN.

—Perfecto, perfecto. Atácame, tú pega el primer golpe, maricón. Ya mañana yo te hago mierda y te dejo hecho papilla.

—Puedes sacar lo que quieras de mí. Pero recuerda una cosa, Alcides: si fuera verdad que tienes ese video, no hay ningún delito, seríamos dos personas adultas haciendo privadamente algo que no es ilegal. En cambio, lo que tú has hecho sí es un delito, mentir a los jueces sobre Soraya es un delito, negar a tu hija durante catorce años es un delito inmundo.

Tudela lanzó una risa exenta de toda compasión o sentido de la rectitud, una risa de sinvergüenza carente de culpa, de pícaro que sabe que la trampa funciona, que el crimen paga, cuyo hábitat natural es el lado oscuro, el lugar donde se mueve como pez en el agua. Luego dijo:

—Me voy a mi casa. En una hora vendrá mi gente a dejarte una copia del video con Mamanchura —y caminando hacia el ascensor, añadió—: Cuando lo veas, seguro que cambias de opinión y cancelas la entrevista con Lourdes y Soraya —luego miró a Balaguer como si fuera su mejor amigo y le aconsejó, en tono cordial—: Sería lo mejor para todos, hermano. No comiences la guerra, Juanito. Tú no me jodes, yo no te jodo, todos quedamos como amigos y cuando gane las elecciones, te doy una embajada donde quieras, yo soy un hombre que cumple sus promesas —entró en el ascensor, se sobó la entrepierna y, antes de que se cerrasen las puertas, finalizó—: Llámeme cuando veas el video. Y dale mis saludos al negro Mamanchura.

Alcides Tudela decidió que para tener más éxito en San Francisco debía prohibirse hablar en español. Aunque Elsa Kohl era capaz de entender el español y hablarlo, aunque con dificultad, Tudela le dijo que entre ellos solo se comunicarían en inglés, lo que a Elsa le resultó más cómodo. «Solo quiero hablar en inglés, me siento una mejor persona en inglés», decía Tudela, que hablaba en inglés con los Miller, con su novia, con sus compañeros de clases o del equipo de fútbol, y que sentía con orgullo que su dominio de ese idioma era cada vez mejor. En ocasiones, alguien le hablaba en español, algún estudiante peruano o latinoamericano, algún cocinero o mesero de las cafeterías de la universidad, pero Tudela respondía desdeñoso, torciendo el gesto: «No hablando *spanish. No way*, Jose», y se alejaba, como si fuera una ofensa para él. A sus padres dejó de llamarlos por teléfono, sentía que se contaminaba cuando conversaba con ellos, que Chimbote era el pasado, el recuerdo del atraso y la barbarie y la infelicidad, procuraba no saber ya nada del puerto en el que había nacido y crecido. Como su nombre, Alcides, era difícil de pronunciar en inglés, acudió a los registros de la ciudad y se inscribió como Alvin Aaron Tudela; Alvin porque se sentía un amigo noble, y Aaron porque se sentía judío y estaba dispuesto a ser un judío creyente, practicante, en toda línea. Clifton y Penelope Miller le decían Alvin, o simplemente Al; su novia, Elsa Kohl, le decía Aaron, nombre que ella le había sugerido y que ahora salía impreso en su licencia de conducir y en su carné de la Universidad de San Francisco. A tal punto llegó la aversión de Alcides Tudela a usar su lengua materna que empezó a escribirles largas cartas a sus padres ya no en español, como antes, cuando recién había llegado a los Estados Unidos, sino en inglés. A su padre dejó de llamarlo Arquímedes para decirle Archie, y a su madre, Mercedes, le decía Mercy o Lady Mercy. Los Tudela Menchaca recibían esas largas cartas en inglés y no entendía nada, tenían que llevarlas adonde un amigo, gerente de una empresa pesquera de Chimbote, para que se las tradujera. Don Arquímedes decía, contrariado, «A nuestro Alcides le han quemado el cerebro, se ha vuelto un gringo estúpido. ¿Quién carajo se cree para llamarme Archie?». Alarmados porque Alcides ya no los llamaba ni les contestaba las llamadas y porque los Miller les decían, en su español trabado, que Alcides se había propuesto no hablar más en español, los Tudela Menchaca le mandaron un telegrama a su hijo: «Regresa inmediatamente. No eres gringo. No eres Alvin Aaron. Déjate de huachaferías y regresa a tu Chimbote natal». Pero Alcides Tudela los desobedeció, se enfureció con sus padres por negarse a tratarlo como Alvin Aaron y decidió que ya no les escribiría más cartas. Respondió con un telegrama: «Ustedes pertenecen al Tercer Mundo. Yo soy del Primer Mundo. El Tercer Mundo no es solamente un atraso económico, es principalmente un atraso mental. Adiós, padres queridos, los dejo en su Tercer Mundo, debo seguir escalando la pirámide que es la vida. Cuando aprendan a hablar en inglés, podremos comunicarnos como personas civilizadas. *Best regards*, Alvin Aaron Tudela». Con el tiempo, incluso el apellido Tudela le molestó, le parecía algo que remitía al Perú, a Chimbote, al pasado que ahora quería purgar, suprimir. Por eso se apresuró en pedirle matrimonio a Elsa Kohl. Ella le preguntó por qué estaba tan apurado por casarse, él le respondió «Porque te amo y quiero ser totalmente gringo». Apenas se casaron, en una discreta ceremonia, Tudela aplicó a la ciudadanía de los Estados Unidos, que obtuvo seis meses después, dado que Elsa Kohl era francesa por parte de padre y norteamericana por parte de madre. Alcides Tudela exigió entonces que su pasaporte norteamericano saliese con el nombre de casado que él quería usar, y gastó no poco dinero en abogados para obtener lo que quería: en su pasaporte azul de los Estados Unidos figuró como Alvin Aaron Kohl-Tudela. Por eso firmaba como Aaron Kohl. Contrariando los consejos de sus amigos y benefactores Clifton y Penelope Miller, que veían con cierto resquemor la alergia que había desarrollado por el Perú y por el idioma español, Tudela pagó ochenta dólares en la peluquería más cara de San Francisco para que le tiñeran el pelo de rubio.

El portero del edificio, un joven discreto y tartamudo llamado Pablo Ramírez, tocó el timbre del departamento y esperó a que Juan Balaguer abriera para darle un sobre amarillo que alguien, a nombre del candidato Tudela, acababa de dejar. En el sobre se leía «Urgente. Confidencial. Entregar en sus manos a D. Juan Balaguer de Canal 5». Balaguer le agradeció, le dio una propina, cerró la puerta y se apresuró en abrir el sobre. No había ninguna nota o mensaje para él, o siquiera una inscripción en el papel adherido a la cinta de video: solo encontró el video. A pasos rápidos se dirigió hacia su cuarto, encendió el televisor, metió el video, se sentó en la cama con el control remoto y esperó. No le sorprendió lo que vio, le sorprendió lo nítidas que eran las imágenes, la calidad de la grabación furtiva, la claridad con la que se escuchaban las voces. Reconoció de inmediato la habitación del Hotel Los Delfines, las cortinas de tonos pastel, la alfombra marrón, la cama con sábanas finas y abundantes cojines, la penumbra regulada, apenas una luz débil que salía del baño y otra que se filtraba desde el clóset. Era de noche, sin duda, y ese hombre que se quitaba la ropa era él, sin duda, y ese otro hombre espigado y fornido, de tez morena, que se dejaba besar y exhibía con jactancia sus genitales y farfullaba órdenes lujuriosas era Radamiel Mamanchura, sin duda. ¿Cómo no se había dado cuenta de que una cámara espía grababa todas las refriegas eróticas desde una esquina superior de la pared? ¿Cómo no lo había sospechado, teniendo tantos enemigos? ¿Cómo no fue prudente y revisó lo que había detrás de los cuadros y los espejos? ¿Cómo no se le ocurrió que tener citas sexuales en un hotel de San Isidro, y tenerlas una vez por semana, siempre el mismo día y a la misma hora y con el mismo señor, lo hacía vulnerable al ojo fisgón, chantajista de sus adversarios y detractores? ¿Cómo pudo ser tan estúpido de exponerse así? La vergüenza, la culpa y el pudor abatían a Juan Balaguer, devastado al ver aquellas imágenes donde se podía advertir, sin asomo de duda, cómo él, desnudo, con gestos suaves, delicados, se ponía de rodillas y le procuraba sexo oral a su fornido acompañante, quien lo jalaba del pelo y le decía groserías, y luego cómo se echaban en la cama y Radamiel Mamanchura le exigía que se pusiera de tal manera y Balaguer obedecía sin chistar, al parecer disfrutándolo, y luego aquel se montaba sobre este y durante unos minutos, que, al contemplarlos, se le hicieron largos, infinitos, espeluznantes, un recuerdo de la miseria animal que movía sus instintos sexuales y le permitía gozar de esos secretos ásperos, sucios, que su público televidente ignoraba por completo, ambos se movían sobre la cama, Balaguer bocabajo, quejándose del dolor y pidiendo que su acompañante no cesara de embestirlo por detrás, Radamiel Mamanchura de rodillas, haciendo su trabajo con seriedad profesional, no se sabe si encontrando placer en ello o abocándose a la tarea como quien carga unos sacos en el puerto o limpia baños públicos: deseando que el tiempo pasara rápido y concentrándose en el dinero que ganaría por ese esfuerzo. Lo que más humilló a Balaguer fue verse por primera vez en esas posturas sumisas, suplicantes; recordar cuánto le gustaba someterse de ese modo a un hombre musculoso y sin remilgos higiénicos o morales, escuchar las palabras calenturientas, vacías de amor o de ternura, que le decía; comprobar lo que ya sabía bien pero nunca había visto con esa distancia, como espectador, como testigo: que, en las cosas del sexo, nada le gustaba más que sentirse una mujer y entregarse a un hombre bien dotado como Radamiel Mamanchura. *Estoy jodido*, pensó, *qué vergüenza que Tudela y su gente hayan visto este video, ya todos saben que soy maricón, cuántas personas me habrán visto así, mamándosela como una loca a Mamanchura, como una loca pasiva que pide que se la enculen, qué vergüenza, por Dios, qué pensarán de mí Tudela y Elsa Kohl y todos sus amigos, qué decepción tan grande se habrán llevado, yo que fui muy cuidadoso de hacer una carrera como un hombre serio y un periodista culto y bien informado y con una sólida credibilidad, ahora todo se irá al carajo; si este video sale a la luz pública, mi prestigio se verá destruido de un modo irreparable, quedaré como un putito en el clóset, el público que antes me respetaba ahora se reirá de mí, tendré que irme del país, esconderme el resto de mi vida en Argentina, olvidarme del periodismo, todo se habrá acabado para mí si Tudela saca este video en algún canal de la competencia o si lo sube a YouTube mediante un anónimo ganapán y me arruina la vida.* Caminaba nerviosamente por su habitación, la imagen del video sexual congelada, el reloj recordándole que era ya pasado el mediodía y que esa misma noche debía salir en televisión entrevistando a Lourdes Osorio y a su hija Soraya Tudela: *¿Qué pensarán ellas cuando vean este video?, ¿qué pensará el señor Parker? Tengo que hacer todo lo posible para que Tudela no pase este video y nadie más lo vea, me importan tres carajos la ladilla de Soraya y sus derechos fundamentales, me importa un carajo partido por la mitad la lucha justiciera de la espesa de su madre, ahora tengo que elegir entre la ética y mi carrera, tengo que elegir entre el sentido de la justicia y el sentido de la supervivencia. Estoy jodido, soy un hombre a punto de ser incinerado, canibalizado, devorado por sus enemigos, y también por sus amigos, que van a traicionarlo. Estoy perdido, el Perú no puede enterarse de esta manera soez, obscena, de lo que me gusta hacer en la cama. Tengo que arreglarme con Tudela y detener la difusión de este video bochornoso, tengo que hablar con Mamanchura ya mismo y asegurarme de que no me traicione.* Balaguer marcó un número que tenía almacenado en la memoria del celular.

—Soy yo —dijo secamente, con voz grave, cuando Mamanchura contestó.

—No puedo verte más —dijo Mamanchura, asustado—. No puedo seguir atendiéndote, Juanito —añadió, y Balaguer agradeció que su amigo o conocido fuese delicado con las palabras y dijera «atendiéndote» en lugar de «montándote», «tirándote», «culeándote»: *Ten cuidado con lo que digas, que seguramente los amigos de Tudela o de Lola Figari están grabando esta conversación*, pensó, y luego preguntó:

—¿Has visto el video?

—No —respondió Mamanchura—. Pero sé que Tudela lo tiene. Nos cagamos, Juanito. Quiero irme del país. ¿Puedes ayudarme con el pasaje?

—Tranquilo, yo te saco el pasaje ya mismo. ¿Adónde quieres viajar?

—A Buenos Aires, si fueras tan amable. Me dicen que los argentinos pagan bien por un moreno como yo.

—Y es una ciudad preciosa.

—¿Tú has visto el video? —preguntó Mamanchura, y la suya era una voz agitada, nerviosa, la voz del que sabe que su vida tal como la conocía está a punto de llegar a su final y que lo que venga a continuación será peor, mucho peor, vivir escondiéndose, tratando de olvidar, negando ser el del video.

—Sí, acabo de verlo —admitió Balaguer—. Me lo mandó Tudela. Me está chantajeando.

—¿Cómo salgo yo? —preguntó Mamanchura, con una curiosidad envanecida que a Balaguer le pareció risible, pueril.

—Sales muy guapo. Se te ve muy bien.

—¿Se me ve aventajado?

—Extremadamente —quiso complacerlo Balaguer, que sentía afecto por su amigo, pues eran ya dos o tres años de verse en el Hotel Los Delfines—. Tu cuerpo luce espectacular, no te preocupes por eso. El que queda fatal soy yo.

—¿Por qué?

—Porque se me ve bastante maricón en el video, ¿qué quieres que te diga? Se me ve de rodillas, chupándotela, y se me ve en cuatro, pidiéndote que me la metas.

Luego pensó *No debí decir todo esto, pueden estar grabándonos. Una raya más al tigre.*

—Quiero ver ese video, Juanito, ya me estás poniendo calentón —bromeó Mamanchura.

Balaguer se puso serio. Preguntó:

—¿Has hablado de todo esto con Tudela?

—No te pases. Con Tudela no.

—Entonces, ¿cómo sabías del video?

—Porque me llamó su esposa, la señora Elsita Kohl.

—¿Elsita? ¿Elsita te llamó?

—Ella misma, Juanito.

—¿Cuándo te llamó?

—Ayer, anteayer, no recuerdo bien. Muy centrada la señora Elsita, muy educada, una dama la gringa.

Radamiel Mamanchura hablaba con respeto de la esposa de Alcides Tudela, lo que desconcertó a Balaguer, que pensaba que Elsa Kohl era una arpía, una bruja, una mujer fría y calculadora, capaz de las peores bajezas y traiciones con tal de llegar al poder y cobrarse la revancha.

—¿Y qué te dijo Elsita? —indagó.

—Me dijo que tienen un video en el que se nos ve cachando como conejos —respondió Mamanchura, y se permitió una risa corta, desenfadada.

—¿Así dijo?

—Así mismo dijo: «Cachando como conejos» —confirmó Mamanchura, y volvió a reírse; luego añadió—: Me dijo que hoy a la medianoche van a sacar el video porque tú los has traicionado.

Balaguer se quedó sorprendido.

—¿Te dijo dónde, en qué canal, cómo van a sacar el video? —preguntó.

—No lo precisó la señora Elsita —contestó Mamanchura—. Pero me ha pedido que esté disponible mañana para que dé algunas entrevistas si la prensa me solicita.

—¿Entrevistas? —se molestó Balaguer—. ¿Entrevistas hablando de qué?

Mamanchura se rio, como si la pregunta fuese una obviedad.

—¿De qué crees? —replicó, desafiante—. De lo nuestro, pues, Juanito. De lo que se ve en el video. De cómo te clavaba.

Está feliz con esto de ser famoso y no le importa quemarme malamente, va a salir mañana lunes en la televisión y él feliz de hacerse conocido como mi macho en la sombra, como mi amante mercenario, de cien dólares el polvo semanal, pensó Balaguer: *Estoy jodido, tengo que mandarlo a Buenos Aires cuanto antes, esta misma noche.*

—¿Pero en qué han quedado? —preguntó.

—Dice la señora Elsita, tan correcta y educada, que mañana lunes pasarán a recogerme al amanecer, a las seis, y que voy a tener una agenda muy recargada de entrevistas, que me llevarán a los noticieros matutinos, al de Francisco Linares y al de Pepe Vértiz, y creo que después voy a estar en el programa del mediodía, el de Eva Huamán, y a la noche soy fijo en el de Amarilis; qué miedo me da esa Amarilis.

—¡Ni cagando puedes salir en todos esos programas! —estalló Balaguer—. ¡Ni cagando puedes salir con Amarilis!

—No te sulfures, Juanito, serénate —interpuso Mamanchura—. Ya estás con la yuca adentro, muévete nomás y gózala, flaco. El video lo van a sacar sí o sí hoy a medianoche, todo el mundo lo va a ver y voy a ser famoso, tengo que dar la cara mañana y contarle al mundo mi verdad.

—¿Qué verdad, huevón? —gritó Balaguer, indignado, pensando *Este traidor solo piensa en él, en lo que le conviene, le vale madre que mi carrera se vaya al carajo*—. ¿Qué verdad? —repitió.

—Bueno, que soy tu jinete oficial —dijo Mamanchura, sin malicia—. Que soy tu marido, pues, Juanito. Esa es mi verdad.

Balaguer trató de recuperar la compostura, y habló con fingido aplomo:

—¿Te han ofrecido plata? —preguntó.

—Claro, la señora Elsita es muy legal, no es racista, se ve que le gusta el morenaje —respondió Mamanchura.

—¿Ya cobraste? —se inquietó Balaguer.

—La mitad nomás —pareció abochornado Mamanchura.

—¿Cuánto te han dado?

—Mil dolaritos. Una bicoca. No alcanza para nada con eso. ¿Qué son mil cocos, Juanito? Nada, hermano, nada. Tú me pagas cien por sesión en Los Delfines: son diez polvos contigo, flaco.

—¿Y cuánto te van a dar mañana lunes si sales a hablar sobre lo nuestro? —preguntó aterrado Balaguer, nunca había estado en una situación tan angustiante como aquella y no sabía cómo escapar, cómo evitar el escándalo, cómo caer parado.

—Otros mil dólares —dijo Mamanchura—. Y un pasaje a Buenos Aires en primera clase, porque mañana ya voy a ser famoso, no puedo viajar atrás como ganado, ya voy a ser de la farándula —añadió y se rio de su ocurrencia. Balaguer no lo acompañó en la risa, y en cambio le espetó:

—¿Por dos mil dólares me traicionas?

—Por dos mil dólares y un pasaje a Buenos Aires, efectivamente. Pero no es traición, Juanito, yo no les di el video, ellos lo tienen no sé cómo, lo van a sacar sí o sí, por eso solo me queda dar la cara como los hombres y no negar que soy tu marido.

—¡No eres mi marido! —se indignó Balaguer—. ¡No estoy casado, nunca me voy a casar!

—Bueno, no soy tu marido, pero tampoco me niegues así, Juanito —se hizo el dolido Mamanchura—. Bien que te gusta comer tu caramelo, papito —añadió, burlón.

—Yo te pago cinco mil dólares si te vas esta misma noche a Buenos Aires —propuso Balaguer, desesperado—. Cinco mil dólares y un pasaje en primera clase, a cambio de que te pierdas y no digas una palabra de lo nuestro, ni ahora ni nunca.

Mamanchura se quedó pensativo.

—¿Tanto miedo tienes de que se sepa lo nuestro? —preguntó, afligido.

—Pues sí —respondió Balaguer—. La verdad es que sí. No tengo miedo, tengo pánico, ¿qué quieres que te diga?

—Es porque soy negro, negro de Chincha —se lamentó Mamanchura—. Te da vergüenza que se sepa que te gusta un negro. Si fuera gringuito, bien orgulloso estarías.

Balaguer guardó silencio.

—Bien racista eres, Juanito —lo increpó Mamanchura.

—¿Cómo me llamas «racista» si sabes que me gustas tanto, huevón? —se molestó Balaguer, y pensó *Nadie mejor que tú conoce mis debilidades, nadie conoce mis secretos y mis gemidos y mis angustias de mujer, solo tú, solo a ti me he entregado plenamente, huevón, y ahora vienes a decirme que soy racista, cómo podría ser racista si te he lamido y sabes que me desvivo por ti y pago lo que sea por estar contigo.*

—¿Cinco mil dólares y el pasaje a Buenos Aires, Juanito?

—Eso mismo.

—Trato hecho, palabra de negro de Chincha, Juanito, como que me llamo Radamiel Mamanchura.

—Entonces te espero en mi casa. Ven ahora mismo. No te demores.

—Voy para allá, flaquito. ¿Quieres que te haga un último servicio?

Balaguer se rio. *Qué descarado*, pensó, *siempre dispuesto a bajarse los pantalones.*

—No, gracias —contestó—. Estoy muy tenso. Pasa por acá, te doy tu plata y te arrancas hacia Buenos Aires.

—Oye, Juanito.

—Dime, negro.

—¿Me darías una copia del video?

—¿Para qué carajo quieres una copia, si ya te vas a Buenos Aires?

—Para presentarla al programa «Bailando por un Sueño», de Raúl Pirelli, por ahí se animan a contratarme como bailarín, lo mío siempre ha sido el baile, Juanito; quiero hacer carrera como bailarín en Argentina; si el señor Pirelli me da una oportunidad, te aseguro que la rompo, flaco.

—No hables huevadas y no te demores.

Balaguer colgó el teléfono y pensó *Tengo que hablar con Tudela, tengo que hablar con Gustavo Parker, tengo que hablar con Lourdes Osorio, tengo que parar como sea este video, tengo que mandar a Mamanchura a Buenos Aires, tengo que desactivar esta bomba, la puta que me parió, tengo las horas contadas.* Luego se sirvió un *whisky*.

Cuando finalmente Canal 4 de Lima pudo salir al aire, ocurrió lo que Gustavo Parker había deseado con ferocidad: fue un fracaso estrepitoso. Los hermanos Hugo y Manolo Parker no lograron buenos niveles de audiencia a pesar de que solo competían con Canal 5, pues el público los culpaba de la muerte del humorista Johnny Legario. Tampoco consiguieron atraer a grandes anunciantes, quienes, intimidados por Gustavo Parker —«Si se van al 4, no regresan más, los pongo en mi lista negra y los hago quebrar»—, decidieron mantenerse leales al canal largamente más visto del Perú, el 5. Para agravar las cosas, uno de los dueños de Canal 4, Nicolás Gutiérrez, murió en un restaurante del Centro de Lima, atragantado con un pedazo de carne, y el magnate mexicano Eudocio Azcueta, al ver que Canal 4 era un fiasco y el público lo repudiaba asociándolo con la muerte, vendió sus acciones, la cuarta parte de la compañía, a Gustavo Parker, que pasó de ese modo a ser socio de sus hermanos en las operaciones de Canal 4, a pesar de que la ley prohibía expresamente que una persona natural o jurídica tuviese propiedad en más de un medio de comunicación, pero Parker había burlado esa ley inscribiendo las acciones compradas a Azcueta a nombre de su hijo mayor, que aún no había terminado el colegio. Lo demás, para Gustavo Parker, fue esperar. Diez meses después de fundar Canal 4, los hermanos Hugo y Manolo se quedaron sin dinero para pagar la planilla y financiar las operaciones de la televisora, no consiguieron un préstamo de ningún banco y no tuvieron más remedio que acudir a su hermano mayor para pedirle un crédito. Gustavo Parker los recibió con un abrazo, desconcertándolos, y los invitó a comer en el salón del directorio de su canal, dándoles abundante licor con el propósito de achisparlos, ablandarlos y hacerlos más vulnerables. Aunque les guardaba rencor y quería sacarlos del negocio, lo disimulaba bien y fingía que, a pesar de todo, seguían siendo grandes amigos. «¿Cómo puedo colaborar con ustedes, caballeros?», les preguntó. «Préstanos un millón de dólares y te daremos doce por ciento de interés anual y en tres años te habremos pagamos todo, capital e intereses», le dijo Hugo. «No, no, yo no soy un banco», dijo Gustavo, lamentándose. «Pero puedo comprarles el canal», sugirió. Entonces negociaron el precio, discutieron acaloradamente, Hugo y Manolo pedían tres millones, Gustavo ofrecía medio millón, al final pactaron que Gustavo les pagaría un millón a cada uno, pero no a la fecha de la venta, sino al cabo de un año, promesa que les firmó en unos papeles manuscritos por él mismo. Esa misma noche, en una ceremonia transmitida en vivo por los canales 4 y 5, Gustavo Parker asumió el control de Canal 4, dio un vibrante discurso ante los empleados, prometió pagarles todo lo que se les adeudaba y agradeció a sus hermanos menores por cederle el control de la compañía. Al día siguiente, dio la orden de que sus técnicos sacasen del aire a Canal 4 y pusieran una plaqueta que decía «Estamos guardando un minuto de silencio en homenaje al gran Johnny Legario». Pero el minuto se hizo horas, días, semanas, el minuto más largo que nadie recordase en el Perú, y al cabo de un mes, la señal de Canal 4 desapareció del aire y Gustavo Parker emitió unas declaraciones para el noticiero de Canal 5: «El canal que me vendieron mis hermanos estaba quebrado, no había manera de levantar ese muerto, y por respeto al público televidente, lo hemos sacado del aire. Lo que mal comienza, mal acaba». Hugo y Manolo llamaron a su hermano mayor para protestar airadamente, pero

Gustavo les comunicó que no les contestaría más el teléfono ni los dejaría entrar a su canal y que tenían tres meses para irse del Perú o deberían atenerse a las consecuencias. «¿Qué consecuencias?», preguntó Manolo. «¿Nos estás amenazando?», se indignó Hugo. «Si no se largan de este país, les van a pasar cosas muy malas», pronosticó Gustavo con tono sombrío. Furiosos con su hermano mayor, lo enjuiciaron, exigiéndole el pago inmediato por sus acciones en el desaparecido Canal 4. Antes de que el juez fallara, Hugo Parker fue atropellado por un auto que se dio a la fuga, dejándolo malherido, la cadera fracturada, y el hijo mayor de Manolo Parker, Miguelito, fue secuestrado a la salida del Colegio Santa María, estuvo una semana en cautiverio y fue liberado luego de que su padre pagase cien mil dólares en efectivo, dinero que Gustavo Parker, que había ordenado ambos crímenes, usó para sobornar al juez del litigio que le habían entablado sus hermanos, quien dictaminó que los papeles manuscritos que Parker había firmado por la compra de Canal 4 a sus hermanos menores eran írritos, carecían de validez legal y, por tanto, no les debía un centavo. Asustados, Hugo y Manolo Parker se fueron a vivir a Argentina y se dedicaron a organizar peleas de *catch-as-can*, negocio que les resultó rentable y les permitió olvidar el fracaso de su emprendimiento televisivo en el Perú. Entretanto, Canal 5 se consolidó como el gran canal de la televisión peruana, arrojando millones de dólares en utilidades anuales. Los antiguos trabajadores del fenecido Canal 4 hacían marchas y plantones frente al local de Canal 5 en la avenida Arequipa, exigiendo al magnate Gustavo Parker que les pagase lo adeudado, pero nunca consiguieron que nadie les pagase nada y se fueron cansando, retirando, muriendo, y a veces, cuando veían a Parker entrando o saliendo de su canal, los más revoltosos le tiraban huevos y lo insultaban, y luego los guardaespaldas de Parker les daban una paliza para escarmentarlos. En ocasiones, el propio Gustavo Parker se liaba a golpes con ellos y recordaba sus tiempos de matón y buscapleitos en el colegio, y se hacía respetar a base de cabezazos, escupitajos e insultos de grueso calibre. En venganza por las humillaciones que su hermano mayor les había infligido, Hugo y Manolo Parker bautizaron como Gustavo, La Tarántula del Perú, o Gustavo, La Rata Blanca del Perú, e incluso El Crápula Gustavo del Perú y El Despreciable Truhán Gustavo del Perú, al villano más odiado de su floreciente negocio de *catch-as-can*. Enterado de eso, Gustavo Parker ordenó que dos personajes de su programa cómico más popular, «La Peluquería del Barrio», fuesen dos estilistas afeminados, groseros, chismosos, travestidos, llamados Hugo y Manolo.

Juan Balaguer llamó por teléfono a Alcides Tudela:

—He visto el video. Te pido mil disculpas. Estaba borracho y perdí el control.

—No te preocupes, todos somos humanos —dijo Alcides, con tono compasivo.

—No voy a salir esta noche con Soraya —adelantó Balaguer—. Ya cancelé la entrevista.

—Es lo mejor para tu carrera —dijo Tudela, amigable—. Si tu público ve el video, despídete de la televisión, y del periodismo.

—Lo sé, Alcides, no tienes que recordármelo —se enojó Balaguer—. ¿Qué vas a hacer con el video? —preguntó, preocupado.

—Nada, lo voy a guardar nomás. Si no me jodes, yo sigo siendo tu amigo y el video se queda en mi caja fuerte, por si cambiaras de opinión —añadió, y se rio, acostumbrado a las intimidaciones y los forcejeos para subir en la escalera del poder.

—Es peligroso que ese video dé vueltas, Alcides —interpuso Balaguer.

—Más peligroso es que esa niña Soraya y su mamá sigan dando vueltas por Lima, hablando con medio mundo —replicó Tudela, con tono de víctima—. Tienes que convencerlas de que se vuelvan a Piura y dejen de joder. Tú las inventaste, ahora ocúpate de mantenerlas a raya.

—¡No puedo hacer nada con ellas, Alcides! —se quejó Balaguer—. ¡No soy su *manager*! ¡Si ellas salen en otro canal, ya no es mi culpa, no te pases!

—¡Sí es tu culpa, carajo! —se enfureció Tudela, y Balaguer escuchó la voz de Elsa Kohl azuzándolo, instigándolo a ponerse duro, a no hacer concesiones y usar todo su fuego retórico y su procacidad para amedrentarlo—. ¡Si ellas salen contigo o en otro programa, te quemo igual y saco tu video, degenerado!

Balaguer se replegó, sintió que no podía ganarle el pulso, que llevaba las de perder, que era mejor dar un paso atrás.

—¿Gustavo Parker sabe de mi video? —preguntó.

—No —dijo Tudela—. Todavía no. Solo te lo he mandado a ti.

—¿Quién más lo ha visto? —inquirió Balaguer, y pensó que nunca más podría mirar a los ojos a Elsa Kohl y a los amigos íntimos de Tudela.

—Solo Elsa y yo —contestó Tudela, y a Balaguer le pareció que estaba mintiéndole, que de seguro todo su comité de campaña se había refocilado con el video íntimo—. Bueno, y lógicamente nuestro buen amigo Lucas Sabella, el dueño del Hotel Los Delfines; él ordenó que te grabasen y él nos pasó una copia.

—¿Estás seguro de que Gustavo no ha visto nada? —insistió Balaguer.

—Yo no le he pasado tu video —se mantuvo firme Tudela—. Tendrías que preguntarle a Lucas Sabella, pero no creo que él lo haya hecho; es buena gente, me apoya cien por ciento y admira mucho tu talento como periodista, no veo por qué trataría de joderte.

—Sí, claro —dijo con tono cínico Balaguer, y pensó *Esa rata de Lucas Sabella no admira mi trabajo, lo que ha hecho es violar mi intimidad y pasarte un video para que me chantajees, para que lo uses contra mí, ¿cómo carajo podría confiar en él?*

—¿Entonces tenemos un trato? —tomó la iniciativa Tudela—. ¿No sales esta noche con las piuranas?

—Tenemos un trato. Ya les di de baja.

—¿Qué vas a hacer en tu programa hoy?

—Todavía no sé. Improvisaré algo.

—¿Por qué no me invitas y hablamos de mi plan de gobierno? Quiero contarte mi idea de regalarle una computadora a cada familia pobre del Perú, así las conectamos con la modernidad y la globalización y la puta que las parió.

—Gran idea, Alcides. Pero muchas familias pobres no tienen luz eléctrica, no sé si van a poder usar esas computadoras.

—¡A caballo regalado no se le mira el diente! —bramó Tudela—. ¡Si no tienen luz, que la vendan! ¡O que le pongan pilas, carajo!

—No hay computadoras a pilas, Alcides.

—¡Sí hay! ¡Ahora hay de todo! ¡Yo soy amigo de Bill Gates y de su esposa! ¡Bill me va a dar un millón de computadoras que le han salido falladas y yo se las voy a regalar a todos los pobres del Perú!

—Bueno, Alcides, te dejo, me ha llamado Gustavo Parker.

—Ya, papito, anda nomás. Entonces, ¿nos vemos esta noche en tu programa?

—Confirmado, Alcides. Te espero a las nueve y media. Salimos a las diez en punto, en directo.

—¿Voy solo toda la hora, no?

—Obvio, Alcides. Tú solo y hablamos sobre tu plan de gobierno y sobre lo que quieras.

—Y ni una pregunta acerca de la niña Soraya, ¿estamos claros?

—Ni una, eso está clarísimo.

—Muy bien, muy bien, allí estaremos con Elsita. Muchas gracias por la invitación.

—De nada, Alcides, siempre es muy estimulante conversar contigo.

—Nos vemos por la noche, hermano. No nos para nadie, carajo. Vamos a hacer treinta puntos de *rating*.

Balaguer escuchó que Tudela gritaba:

—¡Elsa, llama a Coqui Lobatón y dile que necesito que me haga un laciado para esta noche! ¡Y también a Marita Díaz Ufano y avísale que tiene que maquillarme a las ocho!

—¡Marita no puede! —gritó Elsa, para que Balaguer escuchase todo.

—¿Por qué? —se sorprendió Tudela.

—Porque tiene que maquillar al negro Mamanchura —respondió Elsa, y ambos soltaron una carcajada que resultó humillante para Balaguer.

—Nos vemos por la noche —dijo Tudela al teléfono, y colgó.

Balaguer pensó *Me tienen cogido de los huevos, y no solo ahora: el resto de mi vida voy a tener que ser un mamón de Alcides y Elsita, me van a tener chantajeado hasta el final de mi carrera este par de hijos de la gran puta*. Luego llamó a Gustavo Parker.

—¿Todo bien, Gustavo?

—Todo bien. Todo bajo control.

—¿Qué quieres que hagamos en la noche?

Parker se tomó su tiempo, resopló, habló con voz cansada, resignada, como si hubiese perdido una batalla:

—No conviene atacar al cholo —dijo.

—Entiendo —dijo Balaguer—. ¿No salimos con el caso Soraya, entonces? —preguntó, sumiso, con un tono de voz blando, como para dejar en claro que haría lo que ordenase Parker.

—Me parece que no —contestó Parker, sin atropellarse—. No conviene. El cholo me puede joder si gana, y hasta ahora va primero en las encuestas y todo indica que ganará.

Balaguer se quedó pensativo.

—No me conviene pelearme con él —prosiguió Parker—. Si gana la presidencia, necesito que me haga algunos favorcitos. Tú sabes que el canal debe mucho dinero por impuestos atrasados, y como te imaginarás, no tengo la menor intención de pagar un carajo, el cholo me ha prometido que si no lo atacamos con el caso de la niña, me va a refinanciar esa deuda a treinta años, y en treinta años lo más probable es que yo ya esté frío y enterrado, y si estoy vivo, entonces encontraré a otro presidente huevas tristes que me vuelva a refinanciar la deuda y así patearemos los pagos a veinte o treinta años más —Parker se rio de su conocida sangre fría para ignorar deudas, deshonrar compromisos y maltratar acreedores.

—Pero hay algo que estás perdiendo de vista, Gustavo.

—Ya sé que estoy perdiendo la vista —dijo Parker, con tono pícaro.

—Te olvidas de esto: si salimos esta noche con el caso Soraya, destruiremos a Tudela —precisó Balaguer—. Y si lo destruimos, no ganará las elecciones, no será presidente.

—¿Tú crees? —dudó Parker—. ¿Tú crees que si demostramos que el cholo no ha reconocido a su hija haremos que pierda la elección?

—No creo, estoy seguro.

—Yo tengo mis dudas. En este país, ¿quién no tiene un hijo negado por ahí? Si te descubren un hijo no firmado, una bala perdida, no pasa nada, eres uno más, eres un buen peruano.

—¿Entonces cancelo a Lourdes y a Soraya?

—Sí, pero suave con ellas, diles que mejor las entrevistas el próximo domingo. Huevéalas, toréalas, y no las pierdas de vista, nos conviene tenerlas a mano para que el cholo sepa que lo podemos joder en cualquier momento.

—¿Y si se molestan y me dicen que van a salir en otro canal?

—Si salen en otro canal, no es problema nuestro, ya es problema del cholo, nosotros no lo habremos traicionado.

—Las llamo ya mismo y cancelo con ellas —se avino mansamente Balaguer a las órdenes de su jefe.

—Oye, Juan.

—Dime, Gustavo.

—Andan diciendo que tienen un video contra ti. ¿Sabes algo?

—No sé nada —mintió Balaguer, y pensó *Estoy jodido, el cholo es un traidor, es cuestión de horas para que Parker vea el video y me despida*.

—Cuídate. Me huele mal. Me ha llamado la gringa Elsa Kohl y me ha dicho que tienen un video tuyo, que me lo va a mandar mañana lunes.

—Esa gringa es una loca peligrosa —dijo Balaguer, haciendo acopio de todo el cinismo del que era capaz para salir del embrollo o ganar unas horas—. Está mintiendo. No tiene nada. Lo dice para meternos miedo, para que no salgamos esta noche con el caso Soraya.

—¿Estás seguro de que no tienen un video?

—Segurísimo, Gustavo.

—¿No has ido nunca a Las Suites de Barranco?

—Nunca.

—Igual, no te preocupes. Si te han grabando culeando con una rusa o una polaca en Las Suites, ¡bienvenido al club!

Parker soltó una risotada y Balaguer se rio de un modo impostado solo para halagarlo. Pensó *Si me ve culeando con Mamanchura, no creo que le resulte tan gracioso*. Colgaron.

Balaguer llamó enseguida a Lourdes Osorio, tenía que darle la mala noticia, cancelar la entrevista pactada para esa noche. No tenía más remedio, no podía arriesgarse a que Tudela y Elsa Kohl sacasen su video esa medianoche ni a que se lo enviasen al día siguiente a Gustavo Parker.

—¿A qué hora pasan a recogernos, Juanito? —se apresuró a preguntar Lourdes—. Ya estamos bien arregladas para salir por la noche contigo. Soraya se ha comprado un vestido bien lindo para la ocasión.

—Qué bueno, qué emoción —contestó Balaguer, y pensó *No puedo, no soy capaz, esto es mucho para mí, no tengo cara para desairarlas, para humillarlas, tampoco para seguir saliendo en televisión si sacan mi video con Mamanchura; tal vez lo mejor sea irme por la noche a Buenos Aires y olvidarme de la locura peruana*.

—¿Estás bien, Juanito? Te siento un poco triste.

En mala hora me metí a la televisión, pensó Balaguer. *Debí ser abogado, profesor, crítico de cine, debí ser algo discreto y no una jodida estrella de televisión, esto es demasiada presión para mí*.

—Lourdes, no sé si voy a poder entrevistarte por la noche —dijo, en tono de disculpa.

—¿De nuevo te acobardas, Juanito? —lo increpó Lourdes, en tono desafiante; luego gritó—: ¡Soraya, tenías razón, parece que Juanito Balaguer arruga al final!

—¡Llama ahora mismo al programa de Raúl Haza y confírmale que vamos para allá! —respondió a lo lejos Soraya—. ¡Te dije que en Juanito no podíamos confiar, es un chupamedias de mi papá!

Balaguer odió a la niña, sintió que era una engreída, que no entendía nada de lo que le estaba pasando. Luego dijo:

—Lo siento, Lourdes. El señor Parker no me da permiso.

—Ay, Juanito, eres una falla, prometes y prometes y luego nos dejas plantadas. No te preocupes, amigo, sabíamos que esto podía pasar, por eso ya habíamos hablado con el señor Raúl Haza de Canal 4, y ahora saldremos en «Pasa la Noche con Raúl».

—Oh, Dios, va a ser el caos —comentó Balaguer—. ¿Y qué van a decirle a Raúl?

—Todo —sentenció Lourdes—. Todo. Absolutamente todo.

—¡Que eres un pisado de Alcides Tudela y de Gustavo Parker! —amenazó Soraya, que había levantado otro auricular y escuchaba la conversación.

—Y que te ofrecimos la primicia pero tú trataste de coimearnos —añadió Lourdes.

—¡Eso no es verdad! —protestó Balaguer.

—¡Sí es verdad! —gritó Soraya.

—¡Entonces devuélvanme los cincuenta mil dólares que les pagué por la exclusiva! —se quejó Balaguer—. ¡No pueden quedarse con la plata y salir en el programa de Raúl Haza!

—¡No te devolvemos nada! —chilló Soraya.

—Vamos a llevarle la plata al señor Raúl Haza y

vamos a enseñarla como prueba de que trataste de coimearnos —dijo Lourdes, sin exaltarse.

Balaguer pensó *Estoy jodido en cualquier caso. Si las entrevisto, todo el Perú me verá culeando con Mamanchura. Si no las entrevisto, todo el Perú las verá denunciándome por coimero ante Raúl Haza. Elige, huevón*, se instó, *¿prefieres quedar como maricón o como coimero?*

—Bueno, ya, paso a buscarlas a las ocho de la noche y salimos en el programa —cedió.

—Si no vienes y nos dan las ocho y cuarto, nos vamos al programa del señor Raúl Haza —anunció Lourdes.

—Estaré allí a las ocho —prometió Balaguer.

Luego pensó *El video con Mamanchura va a salir tarde o temprano, y mañana se lo mandarán a Gustavo Parker, eso es inevitable, es cuestión de horas, ya estás frito, estás chamuscado, y si te vas a quemar, será mejor morir como los valientes, morir matando, matando al cholo concha de su madre, así por lo menos la gente sabrá que el video con Mamanchura es una venganza baja, rastrera, por haber tenido el coraje de defender a una niña negada por su padre y a una provinciana honorable que se ha pasado media vida peleando en los tribunales para que se haga justicia. Tienes un plan*, se dijo, *haces la entrevista esta noche, le sacas la mierda a Tudela sin contemplaciones, y luego esperas a ver si difunden o no el video, tal vez los golpeas tan fuerte que quedan aturdidos y se desaniman de darte una puñalada y al final todo queda en una bravuconada y quizá ni siquiera Parker vea el video finalmente. La mejor defensa es el ataque*, se dio ánimos, *los voy a hacer papilla esta noche y luego a esperar lo que sea el destino, y si el video sale, te escapas a Buenos Aires, ya veremos mañana, esta noche destruyes al cholo miserable y te haces respetar por él, por la gringa loca de Elsa Kohl y por el pendejo de Gustavo Parker, para que sepan quién es Juan Balaguer, carajo, para que sepan que no están tratando con un títere o un monigote o un fantoche más de la mugrienta televisión peruana. Vamos a ver quién es más fuerte.*

Lo que Lourdes Osorio se temía ocurrió una tarde en que su jefe, Enrico Botto Ugarteche, regresó de un almuerzo opíparo en el Club Nacional. La llamó a su oficina, se arrojó sobre ella, abrazándola con virulencia y besándola en la boca, y recitó, beodo, un poema de Baudelaire, «El vino de los amantes»: «¡Hoy el espacio es fabuloso! / Sin freno, espuelas o brida / partamos a lomos de vino / ¡a un cielo divino y mágico!». Luego Botto se bajó los pantalones y le dijo: «Bebe de mi botella añeja, mamita». Lourdes se negó, apartándose: «No puedo, señor Botto, soy virgen, soy una mujer religiosa, tengo moral». «¡Yo también tengo moral!», rugió Botto, acariciándose la verga. «¡No soy un inmoral! ¡Pero tengo una pinga que tiene su propia moral!», explicó, tambaleante. «Arrodíllate, hijita, láctala mientras yo rezo el credo en latín», apuró. «No puedo, soy virgen», musitó, afligida, Lourdes, que nunca antes había visto un colgajo viril y sintió arcadas ante la dotación genital de su jefe, que le pareció más bien pequeña, diminuta y flácida. «Pues si eres virgen, es menester que un caballero te desvirgue y ese caballero seré yo, a mucha honra», dijo Botto, y se lanzó de nuevo a besarla, mientras Lourdes se resistía a trompicones. «Bájate el calzón, déjame verte las flores del mal», le dijo, con una mirada lujuriosa, llena de intenciones. «Es usted un degenerado», se armó de valor Lourdes. «¡Renuncio!», gritó, y estalló en lágrimas. «No hay problema, si quieres renuncia, pero antes dame una chupadita», insistió Botto, con ternura. «Te lo pido encarecidamente, te lo ruego». Lourdes siguió firme, empujándolo, haciendo gestos de disgusto y repugnancia. Botto la tiró en el sillón, se dejó caer sobre ella y, como no consiguió sacarle el calzón a pesar de los forcejeos, se frotó sobre su vestido, besándola en la boca, y, mientras friccionaba su miembro contra el vestido ya arrugado de Lourdes, se acordó de Baudelaire: «Cual dos torturados ángeles / por calentura implacable / en el cristal matutino / sigamos el espejismo». Luego estalló en un orgasmo escandaloso, dando gritos, convulsionándose, los ojos desorbitados, en blanco, un hilillo de baba cayendo por la comisura de sus labios trémulos. «Renuncio, señor Botto, es usted un asqueroso», espetó Lourdes, poniéndose de pie. «Ya, mamita, no seas rencorosa, anda a limpiarte el vestido y mañana te subo el sueldo», le contestó Botto, desparramado sobre el sillón, rascándose los testículos. Pero Lourdes Osorio salió presurosa, ofuscada, el vestido impregnado del líquido seminal de su jefe, dispuesta a no regresar más, aunque tuviese que morirse de hambre o volver al convento o regresar a Piura.

Juan Balaguer se echó sobre su cama. Tenía media hora antes de darse una ducha y ponerse un traje para ir a la televisión. Supo que el programa de esa noche tendría consecuencias devastadoras, sintió que no había manera de salir airoso del enredo en que se había metido, que su vida confortable y perezosa de estrella de televisión que trabajaba dos noches por semana (y ni siquiera las noches entera, apenas unas horas) y que descansaba o intrigaba los días restantes estaba seriamente amenazada de estallar en un escándalo y quedar reducida a la nada misma. Meditó serenamente sus opciones. Si se negaba a entrevistar esa noche a Alcides Tudela y a darle todo el programa como el candidato quería y a hacerle preguntas sumisas y complacientes, era virtualmente seguro que, en represalia, al día siguiente Tudela y sus esbirros harían circular el video sexual con Mamanchura. *De todos modos*, pensó, *aun si lo entrevisto esta noche y no digo una palabra sobre el caso Soraya y me porto bien con él y le demuestro que me tiene pisado y que soy un pusilánime asustado, es muy probable que el video sexual termine saliendo a la luz tarde o temprano, y cuando eso ocurra, Tudela me dirá que él no tuvo la culpa, que él no lo soltó, que fue una filtración, un descuido, un exabrupto de la loca de Elsa Kohl, y por lo demás es también probable que mañana mismo alguna mano insidiosa le haga llegar el video a Gustavo Parker y, aunque lograse ganar tiempo y aplazar el escándalo, no tendría cara para mirar a Gustavo y mentirle, cómo podría mentirle si las imágenes me incriminan de un modo irrebatible y no permiten la menor duda, y si Gustavo termina viendo el video mañana o en unos días, tendré que renunciar, sé lo mucho que él desprecia a los maricones, sé que no toleraría la idea de que su periodista estrella sea un maricón en el clóset, él me odiaría y yo me odiaría por ser un maricón agazapado, a escondidas, y él me botaría, o mejor yo mismo renunciaría, porque me sentiría incapaz de mirarlo a los ojos o de mirar a la cámara con el aplomo con que siempre la he mirado, y un hombre con miedo en televisión es un hombre al que el público no respeta, al que el público desdeña y menosprecia, es como el torero asustado que encoleriza a las gradas, que se sienten burladas por ese sujeto que debería derrochar coraje y de pronto exhibe un temor que lo paraliza y lo desluce. Esta es una primera conclusión que parece sólida*, pensó, resignado a lo peor: *haga lo que haga esta noche, debo asumir que el video sexual se hará público en los próximos días o en las próximas semanas; tal vez a estas alturas ya esté en poder de algún periodista de la competencia, como Malena Delgado o Raúl Haza, o tal vez ya esté en un sobre cerrado en la oficina de Gustavo Parker. Lo razonable es prepararme para el mayor escándalo de mi carrera. Está claro que cuando el video sea difundido y la gente se solace viendo mis miserias, mis debilidades en una cama de un hotel con un moreno corpulento y bien dotado, será el final de mi carrera como periodista, no podré salir más en televisión, y está claro que eso ocurrirá incluso si la suerte me es propicia y el video no se propala públicamente y solo llega a las manos de Gustavo Parker, en cuyo caso me salvaré de un escándalo brutal y despiadado, pero de cualquier manera será el final de mi carrera como periodista de televisión, como busto parlante, como hablantín a sueldo, que hace pasar por sinceras sus sonrisas impostadas. Esta es una primera conclusión,* siguió calibrando, *estamos llegando al final del camino, luego se abre un despeñadero por el cual habré de caer al vacío, mientras el público que antes me alababa ahora aplaudirá con frenesí morboso mi caída. Tengo, entonces, que tomar una decisión complementaria, no ya si he de morir como estrella de televisión, porque la muerte está anunciada, está escrita en el destino, es cosa de horas o de días, sino de cómo prefiero morir, en qué circunstancias quiero rodar por el abismo. Una opción es no pasar a buscar a Lourdes Osorio y a Soraya Tudela, no llevarlas a mi programa, no entrevistarlas esta noche, hacerles un desaire más, y salir con Tudela todo el programa. La consecuencia directa y previsible de esa decisión será que Lourdes y Soraya saldrán esta misma noche en el programa de Raúl Haza, o en otro, y si no ocurre esta noche, entonces será mañana o pasado mañana, pero bien pronto, porque, humilladas, estarían consumidas por el rencor y la sed de venganza, y lógicamente urdirían sin demora una aparición en algún programa de la competencia, y una vez que Lourdes y Soraya estén en la televisión, no solo se propondrán destruir a Alcides Tudela, denunciándolo por cobarde y corrupto y probando que durante catorce años ese hombre que aspira a ser presidente del Perú se ha negado una y otra vez, y pagando sobornos, a reconocer a su hija biológica, sino que también acometerán con entusiasmo la tarea de destruirme a mí, y dirán indignadas que yo no quise entrevistarlas, que prometí hacerlo esta noche pero que las dejé plantadas, y añadirán que intenté sobornarlas por orden de Tudela y de Parker, que les di dinero para que se callaran la boca y no boicotearan la elección de Tudela, me acusarán de haberles entregado una coima de cien mil dólares cumpliendo órdenes de mis jefes, dirán que soy un rastrero, un adulón, un vendido, un mercenario, un sujeto sin moral ni escrúpulos que no tiene respeto alguno por perseguir la verdad, por informar correctamente, un periodista de alcantarilla que solo busca acomodarse con el poder de turno y obtener pingües beneficios monetarios, y por supuesto cuando me acusen de todo eso no habrá quién no les crea, como no habrá quién no les crea cuando acusen a Tudela de negar a su hija, que es idéntica a él y por eso cuando salga en televisión pulverizará toda duda al respecto. En caso de que no entreviste esta noche a Lourdes y Soraya, debo estar preparado no ya para un escándalo devastador, sino para dos escándalos malhadados, sañudos, encarnizados, que me dejarán reducido a escombros, a la sombra pálida y borrosa de lo que fui, a un fugitivo perseguido por la vergüenza pública: en cosa de pocos días, el público sabrá que soy maricón, y maricón entregado y gozoso, maricón que pierde el aliento por un negro aventajado, maricón taimado que finge ser viril en televisión y que en la cama es una dama, y ni siquiera una dama, una puta, una puta barata y suplicante, y además que soy un miserable coimero que cumple las órdenes desalmadas de Gustavo Parker y Alcides Tudela, que más que un periodista soy un intrigante y un conspirador, y un sujeto abyecto y repugnante que no tiene pudor para humillar a una adoles-*

cente y a su madre. Un escándalo, el del video sexual, parece inevitable; el otro puedo impedirlo esta noche si entrevisto a Lourdes y a Soraya. Esa es la otra opción, que por supuesto no está exenta de riesgos, pero a estas alturas ya soy carne muerta en cualquier caso, solo debo elegir cómo quiero morir, cómo quiero que me recuerde el público, mi público, que alguna vez me tuvo en alta estima y pensó incluso que podía postularme con éxito a un cargo político de importancia. Si, incumpliendo las instrucciones de Gustavo Parker, y contrariando las amenazas de Alcides Tudela, decido sorprenderlos y siento en mi programa a Lourdes y a Soraya y me arriesgo a entrevistarlas pase lo que pase (aun si Gustavo decidiera cortar el programa en el aire, cosa que dudo porque quedaría como un censor y un matón y dañaría su reputación de gran defensor de la libertad de prensa), habré conseguido un par de cosas que no parecen desdeñables a estas alturas en las que ya estoy perdido de todos modos: primero, neutralizaré la amenaza de que Soraya y su madre salgan en otro programa denunciándome por tramposo y medroso y coimero, y segundo, quedaré ante la opinión pública como un periodista que tuvo valores y principios y un mínimo sentido de la ética y la rectitud profesionales y no se arredró ante los poderosos y salió a denunciarlos. Ambas cosas, evitar la denuncia de coimero y fijar ante la opinión pública la idea de que, a pesar de mis debilidades y miserias (de las que se encontrará amplia información en el video sexual), supe ser un periodista cabal en el momento más quemante y aciago, cuando otros se hubieran empequeñecido, parecen logros indudables, ventajas que debo perseguir, minúsculos triunfos que harán menos bochornosa y despreciable mi caída. Mi caída habrá de ocurrir, ya estoy cayendo, solo falta que la gente se asome a presenciar este descenso patético, el final de mi errabunda carrera, pero depende de mí, de la decisión que tome esta noche, que esa caída sea completamente repudiable o tenga al menos un punto de dignidad, un gesto último de coraje o de nobleza que pueda inspirar compasión en algunos. Y está claro que ya no puedo impedir que el público se entere de que soy un maricón camuflado, está claro que ya no puedo impedir que se sepa que amo a un negro que no me ama y que simula amarme a cambio de dinero, está claro que ya nadie podrá seguir viéndome como periodista serio y creíble porque la otra imagen, la del maricón mamón que ruega que le den por el culo, será más poderosa y habrá de superponerse sobre todas las demás y la que prevalezca en el recuerdo del público cuando aparezca en televisión o cuando camine o cada vez que se evoque mis días de gloria y esplendor, jugando a ser poderoso; está claro que ya no puedo impedir nada de eso, pero sí que la gente me recuerde además como un coimero y un lameculos de su jefe y un renacuajo angurriento. Ahora bien, si decido no entrevistar esta noche a Soraya y a su mamá, ¿aumentan las probabilidades de que Tudela y su esposa Elsa Kohl se apiaden de mí y no suelten el video con Mamanchura? A primera vista se diría que sí, pero algo conozco a Tudela y a la gentuza que lo secunda, algo conozco a la bruja rencorosa y mala sangre de Elsa Kohl, los conozco bastante para saber que, desesperados porque Lourdes y Soraya los habrán denunciado de todos modos, ya no en mi programa sino en el de Haza u otro, y culpándome injustamente por haberles dado deseos de justicia a ambas piuranas, decidirán (si no lo han decidido ya, si el video no está ya en manos de Parker o de alguno de mis enemigos en la prensa) que deben soltar el video para escarmentarme, para castigarme, y de paso, porque así de cínicos son, para desviar la atención pública, para darle circo barato a la gente, para que el pueblo no esté ya hablando solo de la hija negada de Tudela, sino principalmente del tal Mamanchura que me pone a gozar en un cuarto del Hotel Los Delfines, de las cosas infla-

madas y lujuriosas que le grito cuando me acomoda en cuatro y me da por el culo. De modo que sería ingenuo presumir que si no entrevisto a las piuranas entonces no saldrá el video; no es tan fácil, bueno fuera. Si no las entrevisto, ellas saldrán en el programa de Haza en Canal 4, o en cualquier otro, y quemarán vivo a Tudela y de paso me quemarán vivo a mí también, y cuando eso pase, Tudela y su esposa querrán mi cabeza y soltarán el video y no habrá manera de pararlos, los conozco, sé que me lincharán en un caso o en el otro, sé que se excitarán con la idea morbosa de ver mi linchamiento. De manera que llegamos a la misma conclusión: el video de Mamanchura será visto por todo el país y tendrá resonancias y repercusiones incluso en otros países, eso está claro, a eso tengo que atenerme, a ese hecho crudo debo resignarme. Así las cosas, parece una ventaja morir dignamente antes que morir con absoluta indignidad y descrédito, hay algo de postrera dignidad en poner el pecho y recibir las balas defendiendo la causa noble de dos mujeres provincianas, de una señora piurana tantas veces escarnecida y una adolescente que reclama con justicia ser reconocida por su padre, parece conveniente tener ese último gesto de valor, no porque tenga valor, desde luego me tiemblan las piernas y soy un cobarde, sino porque debo fingirlo, debo presentarme en la televisión como si fuera un valiente y desafiar al dueño del canal y al candidato favorito y quedar como lo que no soy, como un hombre corajudo, al menos tengo algunas aptitudes histriónicas para actuar esta noche con el valor que en realidad no poseo, será la mejor actuación de mi vida, la de un actor interpretando el papel de periodista insobornable, pero solo soy un actor y en este momento aciago debo recordarlo y entregar la última y más persuasiva de mis interpretaciones. Lo que venga luego parece inevitable: la difusión del video sexual, que me despidan o que renuncie, que la prensa se cebe en mis secretos de alcoba, que mi amante se esconda en Buenos Aires esperándome, la burla y el escarnio de mis adversarios, comenzando por Lola Figari, que será la primera moralista en poner el grito en el cielo y rasgarse las vestiduras y decir que soy un mal ejemplo para la juventud y la niñez, que soy un hombrecillo gobernado por sus bajos instintos, corrompido por la voracidad de su entrepierna, entregado a unos placeres innombrables, reñidos con la pureza cristiana. Podrán decir todo eso de mí, que los engañé, que no tuve entereza ni agallas para confesar que me gustan los hombres y que hice una carrera pública fundada en la simulación y la jactancia de unas virtudes inexistentes, podrán decir que soy maricón y que me retuerzo de placer cuando mi amante me da por el culo, podrán decir todo eso, pero nadie podrá decir nunca que cedí al chantaje de un candidato canallesco y envanecido, que me acobardé cuando silbaban las balas, que no hice lo que, siendo maricón y bien maricón, me dictaba el sentido de la ética y del respeto al público. Podrán decir que me pillaron como maricón en el armario, pero nadie podrá decir nunca que soy un coimero que intentó amordazar a dos honorables provincianas; nadie podrá decir nunca que soy un arrastrado ante mi jefe, el señor Gustavo Parker; nadie podrá decir que me hinqué de rodillas, trémulo, ante la presencia intimidante del matón Alcides Tudela; nadie podrá decir que escupí sobre la honra de Soraya y de su madre. Dirán que soy un maricón tan maricón que no se atrevió a ser maricón en público, que solo ejercía su sexualidad a escondidas sin saber que lo estaban grabando, pero no podrán decir que, puesto a escoger entre defender a una adolescente y a su madre y traicionarlas para defender a un candidato ruin, fui también un maricón en lo moral, no podrán decir que me mariconeé cuando me tocó ser un hombre y morir como tal. Dirán que soy un maricón y que me gustan los negros y un negro en particular, pero esta noche demostraré en mi programa que se pue-

de ser un maricón privadamente y un hombre valiente públicamente, es eso lo que haré esta noche, ahora solo tengo que ir a buscar a Lourdes y a Soraya y luego morir con toda la dignidad que sea posible, y simular ante cámaras, ya maquillado, mi papel de predicador o de joven promesa o de virtuoso incomprendido.

Ciertas circunstancias aparentemente dictadas por el azar dispusieron que Juan Balaguer asumiera la conducción del programa dominical «Panorama». Quien era fundador, director y conductor del programa, Raúl Ciccia, fue invitado a postular al Congreso por un partido conservador. A pesar de que el sueldo como congresista era inferior al que ganaba en «Panorama» y el trabajo prometía ser más arduo y menos recompensado por la gente, Ciccia no dudó en renunciar a la televisión, una medida que sorprendió a Gustavo Parker, a Juan Balaguer y a todo el público, pues, de pronto, al aire, sin previo aviso, Ciccia rompió a llorar y dijo que se sentía llamado a entrar en política «Para servir a los más pobres y para iniciar la gran transformación que el Perú necesita». Balaguer pensó que Ciccia había cometido un error y así se lo dijo: «El periodista tiene más poder que el político y vive mucho mejor que el político». Pero Ciccia se mantuvo en sus trece, y como guardaba unos ahorros y la gente lo tenía por una persona decente e idealista, pensó ver si la suerte le sonreía: podían elegirlo congresista, lo que supondría dedicarse a la política al menos cinco años, o podían no elegirlo, en cuyo caso daba por seguro que Parker lo restituiría como conductor del programa que él había fundado (tras copiarse uno idéntico de la televisión argentina). Tras la renuncia de Ciccia, asumió la dirección de «Panorama» un periodista joven, nervioso, enjuto, de cara afilada y gesto agrio, un muchacho que hablaba con el celo de un predicador y a menudo levantaba la voz para imponer sus opiniones. Se llamaba Fausto Peña. Con cálculo maquiavélico, Peña votó por Ciccia para el Congreso, lo que hacía menos probable el regreso de Ciccia a la televisión: «Toda mi vida he soñado con conducir "Panorama" y de acá no me saca nadie», le dijo Peña a Juan Balaguer. Se equivocó solo en parte. Ciccia fue elegido congresista (el día en que juró como tal dijo sollozando lo que le pareció una frase genial y que conmovió a sus antiguos televidentes: «No descansaré hasta que los desarrapados y los desheredados tengan un mejor panorama»), pero él mismo no duró mucho como conductor del programa dominical, pues enfermó de sida y fue inmediatamente despedido por Gustavo Parker: «No puedes ser la cara de mi canal si eres un sidoso». Peña dio varias entrevistas tras su despido asegurando que había contraído el sida en una transfusión de sangre y que no era homosexual, pero Balaguer sospechaba que era mentira: Peña era conocido por visitar las discotecas *gays* y por contratar muchachos para que le prestasen servicios sexuales. Fue entonces cuando Gustavo Parker le pidió a Balaguer que asumiera la conducción de «Panorama»: «Estamos sufriendo una crisis de credibilidad. Primero renuncia el pelotudo de Ciccia para meterse en política, luego el marica de Peña anuncia que tiene sida y pretende que yo le suba el sueldo y lo felicite. Tienes que ayudarme, Juan, tienes que levantar este programa que se nos está cayendo en el *rating*». Balaguer no dudó en aceptar el desafío, no pidió más dinero, intuyó que el dinero llegaría solo, primero tenía que demostrar que era capaz de subir los niveles de audiencia del programa. Antes de firmar los nuevos contratos, Parker le habló: «Dime una cosa, ¿tú no tienes novia o enamorada?». Balaguer se puso nervioso, sabía que su jefe veía con hostilidad a los homosexuales, más aun desde que Peña había enfermado de sida, y por eso contestó «Sí, tengo una enamorada. Se llama Diana, Diana García». Era mentira, no tenía novia, no tenía vida amatoria de ningún tipo con las mujeres. «¿No serás tú también mariquita como Fausto Peña, no?», preguntó Parker, con sonrisa cínica, maliciosa. «No, en lo absoluto», respondió Balaguer, muy serio. Luego añadió «A mí me gustan las mujeres, me gustan mucho, pero no he nacido para casarme y tener hijos. Mi pasión es el periodismo y por eso prefiero vivir solo». Parker lo miró con aire desconfiado y se limitó a decir «Ya, ya».

Buenas noches, soy Juan Balaguer, bienvenidos al programa. (Aplausos del público, unas cuarenta o cincuenta personas apiñadas en sillas plegables, sin que las cámaras las muestren en pantalla. Aplauden azuzadas por una señorita a la que el canal le paga justamente para instigar al público a aplaudir, tenga ganas o no). Este es el último programa de mi carrera, hoy me voy a despedir de la televisión peruana. (Silencio opresivo en el público, miradas de perplejidad y desconcierto entre los técnicos y camarógrafos, la risa nerviosa de Julia, la productora del programa, íntima amiga de Balaguer, que no sabe si el periodista está bromeando o qué). Cuando termine este programa, doy por hecho que el dueño de este canal, mi buen amigo Gustavo Parker, a quien quiero como si fuese mi padre, me habrá despedido. (Ahora Julia no se ríe porque advierte que Balaguer está hablando en serio, ahora intuye que Balaguer le mintió cuando le aseguró, un momento antes de empezar el programa, al presentarle a Soraya y a Lourdes, que Parker le había dado su visto bueno para entrevistarlas, que todo estaba bien, que no habría gritos ni represalias después de «Panorama»). Gustavo Parker me habrá despedido o yo tendré que renunciar, no me quedará más remedio, porque hoy voy a desobedecer las órdenes expresas de mi jefe y amigo, hoy voy a hacer lo que me dicta mi conciencia y no lo que me ha dictado cordialmente el jefe del canal. (Silencio sepulcral entre el público, que si bien es despistado y espera de Balaguer una cuota de entretenimiento liviano, sabe también que a veces el famoso periodista se pone serio, enloquece y se lanza en una cruzada quijotesca contra alguien, y tal parece ser el caso del programa de esta noche. Entretanto, Julia mira la escena con ojos de pavor y crece un murmullo entre los técnicos, que al parecer reciben una orden del control maestro y no saben qué hacer. Balaguer advierte todo eso y sabe que debe ir al grano, no perder tiempo, en cualquier momento pueden cortar el programa por orden de Gustavo Parker, solo hace falta que llame por teléfono al control maestro y diga «Sáquenlo del aire, carajo», y nadie osaría contradecirlo). Esta noche voy a entrevistar aquí, en directo, y ya están conmigo en el estudio, en unos segundos van a pasar a sentarse conmigo, voy a entrevistar, decía, a una mujer piurana, Lourdes Osorio, que dice haber sido amante del candidato a la presidencia Alcides Tudela hace catorce años y que dice tener una hija con él, una hija que él no ha querido reconocer durante catorce años, una señorita muy lista y muy simpática llamada Soraya Tudela, que asegura ser la hija negada del candidato y que, como su madre, solo le pide que se haga una prueba genética para saber si es o no su padre. Adelante, por favor, Lourdes Osorio y Soraya Tudela, bienvenidas al programa. (Ahora el público aplaude tibiamente, porque la señorita encargada de acicatearlos para que aplaudan se ha quedado helada, no reacciona. Julia aplaude por compromiso, sin entusiasmo, mira a Balaguer como diciéndole estás loco, qué carajo estás haciendo, si Gustavo te dijo que no lo hicieras nos van a despedir cuando termine el programa, si logramos terminar el programa antes de que nos saquen del aire. Entretanto, Lourdes y Soraya se levantan de los asientos instalados en la primera fila, caminan resueltamente, le dan la mano y luego un beso en la mejilla a Balaguer y se sientan, ya maquilladas y con los micrófonos instalados y al parecer tranquilas o menos nerviosas que el anfitrión). Bienvenida, Lourdes, bienvenida Soraya, es un honor recibirlas en el programa. (Balaguer piensa *No creo que Alcides haya llegado al canal, debe de estar en camino, y ya deben de haberlo llamado y es obvio que no vendrá, se irá a su casa o a otro programa esta misma noche para ensayar una defensa persuasiva, o, quién sabe, me sorprende y se aparece acá y se sienta con Lourdes y Soraya y las abraza con más cariño que yo y las llena de besos y decide reconocer a su hija y sube diez o quince puntos en las encuestas*). Lourdes, ¿tú conoces a Alcides Tudela? Sí, señor Juanito, lo conozco. ¿Has sido amante de Tudela? Sí, Juanito, he sido su amante, de eso hace tiempo, casi quince años. ¿Cómo lo conociste? En un café de Miraflores, el Haití; Alcides se me acercó y me invitó una cerveza. ¿Qué pasó luego? Bueno, nos hicimos amigos. ¿Quedaste embarazada de él? Sí, Juanito, así mismo fue, no fue un embarazo planeado, fue accidental, tú sabes, pero Alcides y yo nos queríamos mucho. ¿Y qué pasó cuando quedaste embarazada? Bueno, Alcides se molestó bastante, estaba furioso conmigo, me pidió que abortara. ¿Y tú qué hiciste? No, Juanito, yo me negué a abortar, yo soy una dama provinciana, soy muy católica, estoy en contra del aborto, gracias a Dios fui firme, por eso está aquí mi linda hija Soraya. (El público aplaude espontáneamente, Julia aplaude, algunos camarógrafos aplauden, Balaguer piensa *Ya está, ya gané, ya es muy tarde para que Parker me saque del aire, ya lo jodí*). ¿Soraya es hija de Alcides Tudela? Sí, Juanito, lo juro por Dios. ¿Cómo puedes probarlo? Bueno, Juanito, hace catorce años vengo pidiéndole ante la justicia de Piura al señor Alcides Tudela que se haga la prueba de ADN para demostrar que él es el padre de Soraya, pero el señor Tudela no quiere, se niega. ¿Por qué crees que se niega a hacerse la prueba de ADN? Bueno, porque sabe que es el papá de Soraya; por eso tiene pánico, por eso ha coimeado a muchos jueces; es un hombre muy malo el señor Tudela. (Un murmullo creciente de desaprobación recorre el estudio; un gesto de solidaridad con ellas, las pundonorosas piuranas, es fácilmente perceptible en los rostros de los asistentes al programa. *Sin duda le han creído*, piensa Balaguer, *sin duda están con nosotros*). ¿Alcides Tudela conoce a Soraya? Sí, Juanito, yo se la llevé cuando era bebita, pero no quiso saludarla; después la ha visto en la Clínica San Felipe, cuando lo citaron para el examen de sangre, pero no quiso saludarla, le dio la espalda. (La gente abuchea espontáneamente a Tudela, Julia mira a Balaguer como diciéndole eres un genio, te admiro, quizá Parker te felicite al final del programa y no nos despida). ¿Y qué salió en la prueba de sangre? Obviamente, que el señor Alcides Tudela es el papá de Soraya. ¿Al cien por ciento? No, al noventa y cinco por ciento, Juanito, pero si queremos estar seguros al cien por ciento, Tudela tiene que hacerse la prueba de ADN, es bien fácil, demora un máximo de tres días y allí se probará que es el papá de mi hija Soraya. Y conste, Juanito, que yo no busco sacarle plata, yo soy una señora provinciana que tiene sus recursos y su dignidad, yo no quiero plata, yo solo quiero que respeten a mi hija, que mi hija sepa quién es su papá, que no sea una hija negada como ha sido toda su vida, eso me parece muy cruel, Juanito, muy injusto con ella. (La gente aplaude a Lourdes Osorio; Balaguer la aplaude también). Soraya, buenas noches. Buenas noches, señor Balaguer, gracias por invitarnos a su programa; hoy me ha demostrado usted que es un periodista de verdad, lo felicito por eso. (El público aplaude, no se sabe si a Soraya, que habla con aplomo y fluidez, como si ella fuera la madre y Lourdes la hija, como si no estuviera para nada nerviosa o intimidada, o si a Balaguer por haber tenido el valor de llevar a esas dos mujeres al programa, sabiendo el público, como sin duda sabe, que Gustavo Parker, el dueño del canal, apoya a Tudela, y que Balaguer mismo apoya o apoyaba a Tudela, y que, como es obvio, Balaguer se está jugando el programa y la carrera por esas dos mujeres, lo que parece un gesto de honor que la gente aplaude de un modo sincero y entusiasta, y ya la señorita instigadora de los aplausos aplaude también, persuadida por el público). ¿Alcides Tudela es tu papá? Sí, es mi papá. ¿Cómo lo sabes? Estoy segura; mi mamá no me mentiría. ¿Quieres conocerlo? Ya lo conozco, lo conocí en la Clínica San Felipe. ¿Te gustaría ser su amiga, tener una relación cordial con él? No, no quiero ser su amiga, quiero que me reconozca como hija, eso es todo. Para amigas, tengo de sobra a mis amigas del colegio en Piura. (Ahora la gente aplaude; Lourdes mira a su hija embobada y aplaude también). ¿Qué le pedirías al señor Alcides Tudela? Que se haga la prueba de ADN y que cuando salga que es mi papá, que le pida disculpas a mi mamá, que me reconozca, que me firme como su hija y que le dé un dinero mensual a mi mamá, lo que ordene la justicia; nada más, solo eso. ¿No le pedirías también que trate de verte cada tanto y que tenga una relación cariñosa contigo? No, eso no me interesa, señor Balaguer. Soraya, ¿tú odias a Alcides Tudela? No, no lo odio. ¿Qué sientes por él? Me da pena, me da mucha lástima. ¿Te gustaría tener otro padre? No, señor Balaguer, me gustaría tener un padre, y mi padre no es otro que Alcides Tudela, y creo que es justo que los peruanos lo sepan antes de elegirlo su presidente. ¿Tú votarías por él, Soraya? No, yo no voto, soy menor de edad. Pero si pudieras, ¿votarías por él? No, no votaría por él, no podría votar por un hombre que niega a su hija biológica, por un hombre que, como mi papá, ha coimeado a los jueces para no hacerse la prueba de ADN y ha dicho a los jueces de Piura que mi mamá es una prostituta. No, señor Balaguer, no podría votar por el señor Alcides Tudela, que dice que es el candidato del cambio, de la moralidad, pero es un inmoral, porque me niega como su hija. Por eso estamos acá en su programa, señor Balaguer, para decirle al pueblo peruano que el señor Alcides Tudela es un mentiroso y no merece ser elegido presidente. (El público aplaude, Lourdes asiente, Soraya mira fijamente a Balaguer como retándolo, Balaguer piensa *Esta niña es de otro planeta, qué dominio de cámaras, qué seguridad, qué aplomo, no me cabe duda de que ha convencido a casi todos, ¿qué estará haciendo ahora mismo Tudela?*). Vamos a una pausa comercial y regresamos con Lourdes Osorio, que dice haber sido amante de Alcides Tudela, y con la brillante y encantadora niña Soraya Tudela, que sin duda es idéntica a Alcides Tudela, aunque, claro, mucho más valiente e inteligente que él (risas del público, aplausos), y que afirma, y yo por supuesto le creo, y creo que ustedes en sus hogares también le están creyendo, que es la hija negada, escondida, oculta, no reconocida de Alcides Tudela. Señor Tudela, por el amor de Dios, déjese ya de trampas y cobardías, por respeto a Soraya y a su madre y a los ciudadanos del Perú, ¡hágase la prueba de ADN! (Aplausos rendidos del público, Julia aplaude, todos los camarógrafos aplauden, Balaguer piensa *Este es un momento de gloria, ya mañana me verán culeando con Mamanchura, pero ahora estoy quedando como un tipo decente, con cojones, y esto es sin duda lo que debía hacer, pase lo que pase mañana, ya veremos luego cómo bajamos esa ola*). Y antes de la publicidad, quiero decir algo más: mi querido amigo el señor Gustavo Parker, dueño de este canal, y yo tratamos de que Alcides Tudela llegara a un acuerdo privado y amigable con estas dos admirables mujeres, pero el señor Tudela, en la casa del señor Parker, no quiso reconocer a Soraya como su hija y siguió negándola, fue realmente terco e insensible, humilló una vez más a esta señorita, que no me cabe la menor duda de que es su hija, humilló a la mamá de Soraya, a la que, me consta porque he visto los expedientes judiciales, ha acusado de ejercer la prostitución, de haberse acostado con todo un equipo de fútbol, el Alianza Atlético de Sullana (murmullos de escándalo y repudio entre el público, un gesto de contrariedad en Lourdes, como diciéndole a Balaguer tal vez podrías haberte ahorrado ese detalle, Juanito, me has hecho quedar como una puta, ahora la gente en Piura pensará que soy una cualquiera), y por eso esta noche no me ha quedado otra alternativa, habiéndole ofrecido a Tudela la oportunidad de resolver este asunto en privado y como un caballero, y habiéndome encontrado con la negativa fría y desalmada del señor Tudela, no me ha quedado otra alternativa, decía, que hacer público este caso y salir en defensa de estas dos mujeres que piden algo sin duda esencialmente digno y justo: que Alcides Tudela se haga la prueba de ADN, y si resulta que es el padre de Soraya Tudela, como consta en la inscripción de esta niña en los registros públicos de Piura, entonces que reconozca a su hija y que deje de patearla como si fuera una pelota de fútbol (aplausos del público). Y si mi amigo Gustavo Parker decide despedirme al final del programa o si mi amigo Gustavo Parker decide cortar esta emisión del programa, sentiré que he terminado mi carrera de un modo digno, respetando al público y jugándomelo todo por la verdad, la decencia y la justicia (gran ovación). Regresamos después de la pausa, si regresamos, claro. (Risas nerviosas del público. Julia se acerca a Balaguer, le pasa un celular, Balaguer contesta, escucha la voz de Gustavo Parker que le dice a gritos «¡¿Qué estás haciendo, carajo?! ¡Te dije que no lo hicieras!, ¡ya me jodiste!, ¡si gana Tudela me va a cobrar todo lo que debo por impuestos atrasados! ¡En mi canal se hace lo que yo mando, no lo que te da la gana, carajo!, ¿o tú me vas a pagar la deuda cuando el cholo hijo de puta venga con un cuchillo a cobrármela?»).

Alcides Tudela tenía veinticuatro años cuando un terremoto de 7,8 grados en la Escala de Richter destruyó varias ciudades del norte del Perú. La catástrofe dejó aproximadamente cien mil muertos. La ciudad de Yungay y los pueblos vecinos del distrito de Ranrahirca quedaron sepultados bajo un gigantesco alud que se desprendió de la cordillera como consecuencia del terremoto, y murieron aplastadas por el fango y las piedras unas veinticinco mil personas. En Yungay solo se salvaron los que corrieron hacia el cementerio, que ocupaba un cerro; los que habían asistido al estadio a ver un partido de fútbol a las tres de la tarde, media hora antes de la desgracia; y unos centenares de niños con sus padres que habían asistido a un circo que visitaba la ciudad y se exhibía en una gran carpa a pocos kilómetros, el circo Ventolino, de unos payasos italianos. El puerto de Chimbote también sufrió daños considerables. Muchas personas perdieron la vida, entre ellas la madre de Alcides Tudela, Mercedes Menchaca de Tudela, que murió cuando su casa se vino abajo y el techo le partió la cabeza. Tudela se enteró del terremoto en el Perú escuchando la radio en su Ford Mustang, a la salida de clases, pasado el mediodía. Trató de llamar por teléfono pero las líneas estaban averiadas, era imposible comunicarse con Lima o con las ciudades de provincias, no tenía noticias de su familia en Chimbote, presentía que algo terrible había ocurrido, se desesperó, entró en una crisis de nervios, en tal estado de crispación y ansiedad que volvió a hablar en español, sobre todo a rezar en español, le prometió a Dios que si sus padres y hermanos en Chimbote habían salvado la vida, volvería a asistir a misa los domingos y dejaría los tragos y la marihuana y los hongos alucinógenos de los Miller. Tres días después del terremoto, don Arquímedes Tudela pudo hablar por teléfono con su hijo Alcides y le dio la triste noticia: «Diosito se llevó a tu viejita». Alcides preguntó, las piernas temblándole, un pitido agudo chillando en sus oídos como si fuera a desmayarse, «¿Cómo murió?». «Le cayó el techo encima. Yo había salido a caminar después de la siesta, ella se quedó en la cama. Demoramos como tres horas en encontrarla». «¿La encontraron con vida?». «Sí, estaba viva cuando la sacamos de los escombros, nos reconoció, nos sonrió». «¿Qué dijo?, ¿qué dijo?», se desesperó Tudela. «Solo rezaba avemarías. Tenía las piernas rotas, lloraba de dolor. Y antes de morirse se acordó de ti». Alcides Tudela sintió una llamarada de angustia que lo abrasaba, pensó que cuando su madre estaba muriéndose él había estado lejos, distraído, pasándola bien, mirando a las chicas guapas de la universidad: le había fallado a su madre, la había abandonado, nunca se repondría de esa miseria, se dijo, desolado, y preguntó «¿Qué dijo la viejita?». «Dijo "Díganle a Alcides que regrese al Perú y que se meta en política, él va a ser presidente del Perú"».

Tudela rompió a llorar. «¿Eso dijo?», volvió a preguntar. «Eso mismo dijo», respondió don Arquímedes. «Lo juro por tu madre difunta». «¿Qué más dijo?», insistió Tudela. «Nada más. Ya luego se murió. Antes de morirse se molestó con nosotros». «¿Por qué?». «Porque queríamos cargarla y le dolía peor». «¿Dijo algo más?». «Sí. Dijo "Déjenme morir tranquila, carajo", y se murió con los ojos bien abiertos». Tudela lanzó un alarido de dolor: «¡No, carajo, no! ¡Mi viejita no!». Don Arquímedes quedó en silencio, sollozando. «Viajaré al Perú ahora mismo. Espérenme para el entierro», avisó Alcides. «No vale la pena, hijito, ya la hemos enterrado esta mañana». Alcides se enfureció: «¡No, carajo, no! ¡Cómo la han enterrado sin mi presencia! ¡Cómo me han traicionado!». La respuesta de su padre estuvo impregnada de una antigua tristeza que parecía un modo digno y resignado de sufrir y aceptar las desgracias: «Es que ya apestaba, hijito». «Igual viajaré al Perú, aunque tenga que ir en barco o nadando», aseguró Tudela. Se dirigió al aeropuerto de San Francisco y quiso comprar un boleto aéreo al Perú, pero le dijeron que los vuelos hacia Lima habían sido cancelados, que el Aeropuerto Jorge Chávez había quedado dañado y los aviones no podían aterrizar allí. Luego fue al puerto y quiso tomar un barco, pero le dijeron que demoraría varias semanas en llegar y además recordó que viajar en barco le daba mareos y lo hacía vomitar. Resignado, pensó *Si me voy a marear, mejor me emborracho.* Estuvo tres días bebiendo, intoxicándose con todo el alcohol que encontró a mano, llorando sin que nadie pudiera consolarlo, hablando solo, rezándole de rodillas a su madre muerta, durmiendo en las bancas de la Plaza Sydney, a una cuadra del mar, y en las de la calle Embarcadero. Elsa Kohl y los Miller lo buscaban en vano por todos los bares de la ciudad, hasta que por fin lo encontraron en el bar Wine.

Les sorprendió verlo tan tranquilo. Era porque Tudela ya había llorado todo lo que tenía que llorar y se le había ocurrido una idea para ayudar a los peruanos que habían sufrido las consecuencias devastadoras del terremoto. Sin perder tiempo, Tudela les contó la idea y, con la ayuda de los Miller, la puso en práctica: creó la fundación Help Peru Earthquake, abrió cuentas en los principales bancos de la ciudad, distribuyó afiches y panfletos en la universidad y visitó todas las radios en español de San Francisco, contando cómo había perdido a su madre y rogando que los espíritus sensibles donasen dinero para aliviar el sufrimiento de los peruanos que habían padecido el terremoto. Todos los días improvisaba charlas, conferencias, mítines, y contaba en fluido inglés la desgracia que se había ensañado con él, y terminaba llorando desconsolado y genuino a su madre. La gente se conmovía y no tardaba en dar dinero a la fundación de Tudela, quien, ya puesto a contar el terremoto, de pronto se encontraba fabulando y decía que su madre seguía enterrada y podía estar con vida y que por eso era urgente recibir dinero para intentar hallarla, o que todos sus hermanos habían muerto en la escuela, aplastados por las paredes que se desplomaron, o que su madre se le aparecía todas las noches y le cantaba en quechua unas canciones muy tristes, canciones que él entonaba sollozando, tomando con disimulo un vaso de vodka con naranja. El espíritu de solidaridad y compasión de los vecinos de San Francisco permitió que la fundación Help Peru Earthquake recaudase un millón trescientos mil dólares. Enterada de que habían logrado reunir ese dinero y Alcides Tudela pensaba enviarlo a un instituto de caridad del departamento de Áncash, Elsa Kohl montó en cólera y le dijo «Ni loca voy a permitir que les regales esa plata a los ladrones de tu país. Se la van a robar toda, ¿no te das cuenta? Tendrías que ser muy imbécil para mandar la plata al Perú». Tudela se quedó sorprendido. Preguntó: «¿Entonces qué propones, Elsita». Elsa Kohl no lo dudó: «Podemos donar cincuenta mil dólares, no más, a los muertos de hambre de tu familia, y el resto nos lo quedamos nosotros para asegurar nuestro futuro». A pesar de la tristeza, Alcides Tudela sintió que lo invadía una sensación de aliento. «Buena idea, Elsita», dijo, sonriendo.

Amigos televidentes, hace un momento se fueron del canal la señora Lourdes Osorio y su hija Soraya Tudela, que han hecho una denuncia explosiva, estremecedora, contra el candidato presidencial Alcides Tudela. Me cuenta Julia, mi productora, que el señor Alcides Tudela ha llegado intempestivamente y exige derecho de réplica, así que, por favor, recibamos con un aplauso a Alcides Tudela. Adelante, Alcides, por favor. (El público aplaude tibiamente, Tudela saluda con aspavientos, sonríe, es un gesto impostado, forzado por las circunstancias, la sonrisa de un político veterano, entrenado en el oficio de seducir a los incautos, a los cándidos. Balaguer se pone de pie, estrecha la mano de Tudela, Tudela lo mira con frialdad, con bien disimulado rencor, como diciéndole ya te jodiste, traidor, mañana todo el país sabrá la clase de alimaña que eres, mañana veremos quién sobrevive y quién se quema para siempre). Buenas noches, Alcides, qué gusto recibirte en el programa. Buenas noches, señor Balaguer, he venido porque usted me invitó, yo soy un hombre de palabra, soy un hombre serio, soy un provinciano educado en las mejores universidades del mundo, yo no me corro, señor, no tengo rabo de paja, el que no la debe no la teme, aquí estoy, dando el pecho por la democracia y la justicia social, porque téngalo muy claro, señor Balaguer, ¡a mí el Perú me duele, me duele! (Algunos partidarios de Tudela, que han llegado al estudio acompañándolo, estallan en aplausos, gritan vivas a su candidato. Julia los mira disgustada y les pide que se callen, que no interrumpan. «Esto no es un mitin, un poco de respeto, por favor», les dice, susurrando, para que no se escuche en la televisión). Alcides, como seguramente te habrán informado, hace un momento estuvieron en el programa la señora Lourdes Osorio y su hija Soraya Tudela y afirmaron que... ¡No las conozco, señor! ¡No sé quiénes son! ¡Nunca en mi vida las he visto! ¡Es falso de toda falsedad lo que esas dos féminas de la acogedora provincia de Piura (vayan de paso mis saludos al noble pueblo piurano) han dicho en su programa! ¡Es una patraña, una calumnia, un golpe bajo! (De nuevo los veinte o treinta allegados de Tudela rompen en aplausos vigorosos y gritan a coro «¡Tudela presidente, Tudela presidente! ¡Tudela, amigo, el pueblo está contigo!»). Pero, Alcides, el público televidente no es tonto, ¿por qué Lourdes y Soraya estarían mintiendo? Muy simple, muy simple, señor Balaguer: ¡porque están pagadas por la campaña de Lola Figari! ¡Han recibido dinero sucio de los operadores de mi adversaria Lola Figari! ¡Tengo pruebas de que estas dos mujeres que me han difamado de una manera inmunda, nauseabunda (y con su complicidad, señor Balaguer, ¡con su complicidad!) han sido pagadas por Lola Figari! ¡Denuncio al Perú y al mundo que esto es una burda maniobra de mis enemigos políticos! ¡Mañana lunes voy a dar entrevistas a la CNN y a la BBC mostrando las pruebas de que la señora Lola Figari, en su desesperación por estar rezagada en las encuestas, ha contratado a estas féminas para que salgan a atacarme tirándome una tonelada de basura! (Julia mira con rostro adusto, preocupado, a Balaguer, como diciéndole no será que Lourdes es una tramposa y te ha sorprendido y ha venido a lloriquear mentiras. Balaguer le devuelve una mirada tranquila, intenta decirle no pasa nada, Julia, ya no importa quién tiene la razón, acá lo que importa es que estamos haciendo buena televisión, estamos haciendo treinta puntos de *rating* por lo menos, cómo le va a quedar la cara de atropellada mañana a Malena Delgado, la cagamos, la hicimos puré, Julia). Pero, Alcides, no es cuestión de gritar, es cuestión de ser razonables. Nuestro público televidente es muy inteligente y se merece un respeto: la señora Lourdes Osorio ha traído un gran volumen de papeles que demuestran que ella te viene enjuiciando por la paternidad de Soraya desde hace catorce años. ¡Catorce años de juicios y más juicios, Alcides! ¡Todo eso es falsificado, señor Balaguer! ¡No se deje sorprender por los cantos de sirena! ¡No sea un tonto útil de los agentes de la corrupción! ¡Nunca he sido enjuiciado por esa señora, nunca, jamás! ¡Niego tajantemente, repito, tajantemente, que yo tenga un juicio abierto por esa señora contra mí! ¡Lo niego! (El público se mira desconcertado, no sabe a quién creer, Balaguer siente que es Lourdes y no Tudela quien inspira más credibilidad o alguna credibilidad, siente que Tudela está mintiendo, tal vez porque levanta mucho la voz, la engola, se retuerce actuando un dolor que le parece exagerado, teatral, mueve los brazos y las manos ampulosamente, como quejándose, a diferencia de Lourdes y Soraya, que hablaron con serenidad, con aplomo, sin abandonarse a los recursos histriónicos de los que, piensa Balaguer, Tudela abusa un poco, quizá pensando que los televidentes, sus votantes potenciales, son vulnerables a esas poses y a esos latigazos retóricos). Alcides, la pregunta es bien simple: ¿Soraya es tu hija? ¡No! ¡No es mi hija! ¡Nunca ha sido mi hija, nunca será mi hija! ¡Yo no tengo ninguna hija negada, yo soy un hombre íntegro, jamás he negado a una hija de mi propia sangre, oiga usted! (Aplausos para Tudela, que los recibe sonriendo, saludando al público, moviendo los brazos como si quisiera abrazar a toda esa gente). Entonces, Alcides, ¿cuántas hijas tienes? ¡Una, pues! ¡Solo una! Mi hija Chantilly, Dios la bendiga, es la luz que me ilumina, el faro que guía mis pasos, es un ángel mi Chantilly, ahora está estudiando Filosofía en la Universidad de La Sorbona, es la primera de su clase, la primera de su promoción, además ha ganado la competencia de ajedrez en las olimpiadas de La Sorbona, es un cerebro mi hija. Chantilly, mamita, si me estás viendo allá en París (seguro que esto lo van a subir a YouTube y lo verás mañana), te mando un saludo y te pido disculpas por este barro asqueroso, inmundo, que me han arrojado en la cara hoy en el programa del señor Juan Balaguer. Tú me conoces Chantilly, tú sabes de qué madera noble está hecho este cholo que no se rinde nunca, tú bien sabes, mi Chanti, que yo jamás haría las cosas tan feas de las que me han acusado esta noche. Chantilly, te llevo en el corazón, hijita querida, perdónalos, porque no saben lo que hacen, ¡no saben, Chantilly! ¡No saben que aunque me ataquen con calumnias vamos a ganar las elecciones, nadie nos va a detener! (Otra vez el público simpatizante de Tudela grita consignas en favor de su candidato). Pero, Alcides, si estás tan seguro de que Soraya no es tu hija como has afirmado esta noche, si estás tan seguro de que Lourdes está difamándote para ayudar políticamente a Lola Figari, entonces es muy simple: hazte la prueba de ADN y demuestra que no estás mintiendo, demuestra de un modo científico, irrefutable, que es Lourdes Osorio la que miente y que Soraya no es tu hija. ¿Por qué no te haces la prueba de ADN y zanjas el asunto de una vez y para siempre? (Ahora Julia y la señorita instigadora de los aplausos hacen señas conminatorias para que el público bata palmas por la pregunta y, en efecto, algunos, más bien pocos, se dignan aplaudir, aunque sin mayor entusiasmo, la pregunta. Tudela mira a

Balaguer con un fulgor vengativo, espera a que se acallen los aplausos). Anuncio humildemente a todo el país que no, ¡no me haré ninguna prueba de ADN! ¡No caeré en la trampa de mis enemigos, no me voy a prestar al juego sucio de la señora Lola Figari! ¡No voy a perder mi tiempo dignificando los ataques innobles, el juego repugnante de los payasos y los bufones al servicio de la corrupción y la mafia! ¡Todo mi tiempo seguirá dedicado a luchar contra la pobreza y la injusticia social, y a robustecer, a consolidar la democracia todavía endeble que tenemos! ¡Alcides Tudela no es un tonto útil de Lola Figari! ¡Alcides Tudela es un luchador incansable, indesmayable, un cholo terco, un cholo honrado, un cholo que no se casa con nadie! ¡Y nada ni nadie nos va a detener en nuestra marcha segura y victoriosa hacia el poder, para iniciar el gran cambio moral que este país reclama con urgencia! (Grandes aplausos, Tudela se siente ganador, se levanta, saluda, hace una venia, mira hacia arriba, se le humedecen los ojos, simula abrazar a quienes lo aplauden, mira a la cámara, levanta el dedo pulgar en señal de victoria. Balaguer piensa *Este cholo es más falso que billete de tres soles, este cholo es un camaleón, un actor de circo de provincia. ¿Quién carajo le va a creer que Soraya no es su hija? Es obvio que es su hija, es idéntica a él. Hazte el pendejo, cholo mañoso, pero no creo que puedas ganar la elección, ya te jodiste; mañana estaré jodido yo con el escándalo de Mamanchura, pero yo no soy candidato, el que va a perder las elecciones por mentiroso y tramposo eres tú, necio*). ¿O sea que niegas que Soraya sea tu hija? ¡Lo niego, señor, lo niego enfáticamente, rotundamente! ¿Y no vas a hacerte la prueba de ADN? ¡Ya se lo dije, señor Balaguer, no se haga el sordo, por favor, ya todo el país sabe que usted va a votar por la señora Lola Figari y que está tratando de enlodarme! ¡No me haré ninguna prueba de ADN porque yo no caigo en el juego de mis enemigos, que están desesperados porque saben que van a perder las elecciones! Muy bien, Alcides, muy bien, pero déjame aclararte un par de cosas. Primero, no es verdad que yo vaya a votar por Lola Figari, yo pensaba votar por ti, quiero votar por ti, sabes que siempre te he apoyado, pero no puedo votar por ti si no demuestras claramente, con la prueba de ADN, no con palabras inflamadas y gritos cantineros, que no eres el papá de Soraya. ¡No me llame, «cantinero», oiga usted! ¡No me falte el respeto! No te he llamado «cantinero», Alcides; he dicho que estás gritando como si esta fuera una cantina, y no lo es, a lo mejor tú estás pasado de tragos pero este es un programa serio de televisión, un programa netamente periodístico, el programa número uno de la televisión peruana. ¡No estoy pasado de tragos! ¡He tomado unos vinitos, lo normal, lo que cualquier padre de familia toma un domingo por la noche! Y si hace falta, ¡me someto a un dosaje etílico, me pongo a disposición de la honorable Policía Nacional! ¡Yo solo bebo licor socialmente, nunca lo hago a solas, bebo en ocasiones sociales o de camaradería política! (Tudela mira a la cámara, se remanga la camisa blanca, enseña el brazo descubierto, como si fueran a pincharlo con una jeringa, como si estuviera listo para que le saquen sangre. Balaguer piensa *Este cholo es una peste, qué manera de faltarle el respeto a la gente, creerá que todos somos unos huevones y que con sus alaridos histriónicos nos va a convencer*). Alcides, te digo esto como amigo, te lo aconsejo cordialmente, con la mejor de las intenciones: hazte la prueba de ADN si quieres ganar las elecciones; es la única manera de despejar esta duda que se cierne sobre tu carácter moral, este nubarrón que de pronto echa sombras sobre tu carrera política y tus aptitudes para representarnos a los peruanos. ¡Ya le dije que no caeré en ese juego tramposo y asqueroso de mis enemigos, de la rata de Lola Figari, que ha orquestado toda esta tramoya! ¡No insista, señor Balaguer, no caeré en su juego sucio, inmundo! ¡No caeré con esta zancadilla de la señora Lola Figari, a quien denuncio ante la prensa nacional e internacional por ser la mano negra detrás de esta conspiración contra mí! ¡Hay una mano negra, señores! ¡Denuncio esa mano negra! (Balaguer pensó, avergonzado, *La mano negra es la que verán mañana si sueltas mi video sexual, la mano negra de Mamanchura golpeándome las nalgas mientras me cabalga, rabioso*). ¿Qué pierdes haciéndote la prueba de ADN, Alcides? ¿Qué pierdes? ¿Por qué te pones tan terco, tan intransigente? ¡Pierdo credibilidad, pierdo mi palabra, pierdo mi sentido del honor! ¡Mi honor no se negocia, señor! ¡Mi palabra de caballero vale más que ninguna prueba trucada de ADN! Te equivocas, Alcides, y gravemente, y puede que pierdas la elección debido a este error; en cambio, si te haces la prueba de ADN y es tu hija, la reconoces como un buen padre, la abrazas y le das un beso, quedas bien con el país y con tu conciencia, y sobre todo con ella, con Soraya. (Julia estalla en aplausos, pero solo aplaude ella, nadie más, y Balaguer la mira como diciéndole no exageres, Julia, no te pases, todo el mundo sabe que aplaudes porque te pago, ahórrate el esfuerzo, cuida tus manos, tan lindas). Y si sale en la prueba de ADN que Soraya no es tu hija, entonces habrás demostrado que podemos creer en ti, y la mamá de Soraya, la señora Osorio, quedará completamente desacreditada, Alcides, y ya nadie podrá dudar de que alguien le ha pagado para hacerte un daño político, para boicotear tu triunfo electoral. En nombre de los peruanos decentes, de bien, que queremos que ganes sin pisar en el camino a ninguna adolescente que merece saber quién es su padre, te pido por favor, Alcides, que te hagas la prueba de ADN. ¿Y si se la hace usted, señor Balaguer? ¿Por qué no se hace usted la prueba de ADN y se deja de majaderías conmigo? Tanto quiere una bendita prueba de ADN, entonces hágasela usted, ¡y basta ya de tanta cochinada, oiga! No, pues, Alcides, esa salida es infantil, Lourdes no me está acusando a mí de haber sido su amante y de que Soraya sea mi hija. Si me estuviera acusando, con el mayor de los gustos me haría la prueba de ADN, y no una, sino tres veces, para no dejar duda alguna sobre quién es o quién no es el padre de la encantadora niña Soraya Tudela. ¡No se lo permito, señor Balaguer! ¡No le permito que se haga usted el perfecto, el virtuoso, el ejemplo de la juventud peruana! ¡No nos tome por tontos, oiga usted! ¡Algunos conocemos bien la inmoralidad que es su vida privada! ¡Algunos sabemos que usted recurre a la prostitución para dar rienda suelta a sus bajos instintos, señor Balaguer! ¡Yo denuncio ante el país y el mundo, y mañana en CNN mostraré las pruebas, que es usted un degenerado, un inmoral, un consumidor de drogas, un corruptor de la juventud estudiosa de este país! ¡Yo lo denuncio por doble cara, por falso y por hipócrita, señor Balaguer! (Tudela se pone de pie, agitado, blande el dedo acusador, sube la voz, trepidante, quebrada por un rictus de emoción). ¡Yo denuncio aquí y ahora que el señor Juan Balaguer es un practicante del vicio nefando, del sexo contra natura, un sodomita encubierto y un pagador de prostitución masculina! (Balaguer enrojece, Julia queda demudada, el público guarda silencio, incrédulo. De pronto los papeles han cambiado y Tudela es el acusador y Balaguer, el acusado; y el tono inflamado, flamígero de Tudela, así como el rostro culposo y ensombrecido de Balaguer, parecen sugerir que algo hay de verdad en la acusación, pues el periodista, normalmente tan fluido con las palabras, tan articulado para defenderse y poner en aprietos a sus interlocutores, se ha quedado con la lengua tiesa, enredada, la mirada vacía, delatando que algo encubre, que algo sórdido lleva escondido, algo que Tudela ha visto y acaso el país entero verá en unas horas. Tudela sigue de pie, no ya mirando a Balaguer, sino mirando a la cámara, cuya luz roja encendida le indica que es la cámara que lo enfoca, que a esa cámara debe dirigirse). Pueblo peruano, hombres y mujeres de esta noble nación que aspiro humildemente a representar, yo, Alcides Tudela, el abanderado del cambio moral, de la justicia y la limpieza, de la lucha infatigable por los pobres, les digo esta noche que el señor Juan Balaguer está al servicio de la candidatura de Lola Figari, que el señor Juan Balaguer es un mercenario y un vendido que ha recibido plata sucia para bajarle la llanta a mi candidatura; denuncio que Juan Balaguer ha montado esta burda patraña para favorecer a Lola Figari, y es más, amigos y amigas, ¡denuncio que Juan Balaguer es un proxeneta! ¡Denuncio que Juan Balaguer es un sodomita! ¡Denuncio al mundo entero que Juan Balaguer financia una red de prostitución masculina con sede en el Hotel Los Delfines! ¡Mañana presentaré las pruebas en CNN, porque en este programa ya no se puede confiar! ¡Qué vergüenza, señor Balaguer, qué vergüenza la que he sentido viendo cómo usted paga con su dinero mal habido a jóvenes pundonorosos para que le presten servicios sexuales que van a dejar bien en claro qué clase de rata es usted, señor! ¡Me retiro! ¡Me niego a seguir hablando con un mercenario y un inmoral! (Tudela se retira con gesto airado del estudio, lo acompaña su séquito de adulones, Julia le hace señas a Balaguer para que diga algo, para que salga de su silencio. Balaguer dice secamente «Mil disculpas por este incidente tan bochornoso. Vamos a la publicidad y luego daré una explicación. Ya regresamos». Luego piensa *Casi mejor si Gustavo Parker levanta el programa del aire y no regresamos nunca y corro hasta el aeropuerto y tomo el primer vuelo a Buenos Aires*).

Un año después del terremoto que costó la vida de alrededor de cien mil personas, el gobierno militar del general Juan Velásquez ordenó la confiscación de Canal 5 de Gustavo Parker. No fue un plan largamente tramado o una decisión meditada por el dictador, fue un exabrupto, porque una tarde vio a un comediante imitándolo en Canal 5, haciendo escarnio de él, presentándolo como a un borracho y un bruto, burlándose de su cojera, y entonces el Chino Velásquez, que ya estaba furioso con Gustavo Parker porque le parecía que en las noticias de Canal 5 pasaban muchas críticas contra la junta militar, encuestas en la calle de gente que expresaba airadamente su descontento con el gobierno, llamó a sus asesores y les dijo a gritos «¡Me cierran Canal 5! ¡Y al concha de su madre que me ha imitado dejándome como un borracho, me lo deportan hoy mismo!». «Sí, mi general», respondió, asustado, el asesor de prensa Artemio Zimmer. Luego preguntó «¿Quién es el maldito que lo ha imitado?». Velásquez, que estaba ebrio, respondió «Es Ibarguren, Palomo Ibarguren». El dictador se había equivocado, no era Ibarguren quien lo había imitado, Ibarguren se encontraba en ese momento tomando un *whisky* en la barra del Hotel Bolívar. Quien lo había imitado era un comediante hasta entonces desconocido, llamado Carlos Saldívar, apodado El Cojo porque era rengo, lo era desde niño, había enfermado de polio, a diferencia del Chino Velásquez, que era cojo porque le habían amputado la pierna izquierda a consecuencia de un accidente sufrido en la instrucción militar, cuando un cartucho de dinamita casi le costó la vida y sumó al agravio de ser corto de estatura el de vivir con una pierna falsa, una pierna de plástico, soportando las risas de sus detractores y el apelativo humillante de Otra Cumbia. Los esbirros de la dictadura detuvieron a Palomo Ibarguren en el bar del

Bolívar, le dieron una paliza y le comunicaron que sería deportado de inmediato por dedicarse a la contrarrevolución. «Esto es un error, yo soy un revolucionario», gimoteó Ibarguren, pero ya era tarde, ya luego en el avión se enteró de que lo acusaban por una parodia injuriante que él no había perpetrado. «¿Adónde me van a deportar?», preguntó, esposado, antes de subir la nave. «No sabemos, Palomo», le contestó el piloto, con voz afligida. «Nos han dicho que te aventemos del avión, pero yo me niego, mi mamá es fanática de tu programa», añadió. Entretanto, cuando el asesor Artemio Zimmer fue informado de que no era Ibarguren sino Saldívar quien se había mofado del alcoholismo y la cojera del dictador, ordenó que Saldívar fuese arrestado y deportado a Salta, Argentina. «¿Por qué a Salta?», le preguntaron. «Porque es como irte a Bolivia pero peor, porque hay un montón de bolivianos hablándote como argentinos: es el infierno», contestó Zimmer. Palomo Ibarguren terminó en Buenos Aires y Carlos Saldívar, en Salta.

Indignado por esos atropellos contra dos celebridades de su canal, Gustavo Parker llamó al dictador Velásquez y le exigió explicaciones a gritos. Velásquez, de un humor sombrío, avinagrado por tantos tragos y tantas malas noches y tantos sujetos adulones y apocados rodeándolo y diciéndole zalamerías, lo citó en Palacio de Gobierno. Cuando Parker llegó, Velásquez le sirvió un trago y le preguntó «¿Cuánta plata cuesta tu canal?». Parker repuso, sorprendido, «No lo sé, Chino, ¿por qué me lo preguntas?». Velásquez se molestó, no le gustaba que un hijo de la oligarquía, como él veía a Parker, lo tratase de Chino, de *tú*, le parecía una falta de respeto. «Me tratas de *mi general*, nada de Chino, no seas confianzudo», le dijo, y Parker soltó una carcajada y le replicó: «No seas huevón, Chino, a mí no me impresionas, yo tengo más poder que tú; tú estás arriba porque es tu momento, pero luego vendrá otro y te dará una patada en el culo; a mí, en cambio, no me saca nadie». Velásquez lo interrumpió, furioso, embutido en su uniforme militar, una ropa verde, tiesa, llena de medallas y condecoraciones: «¿Cuánto cuesta tu canal, Parker?». «No está a la venta», respondió, desafiante, el dueño de Canal 5. «Véndemelo», insistió Velásquez. «Ni cagando. Ni por toda la plata del mundo», dijo Parker. «Entonces te lo quito», amenazó el dictador. «No puedes, Chino, no seas huevón, sería un robo, irías preso», le explicó Parker, riéndose, condescendiente. «¿No puedo? ¿Me dices que no puedo?», levantó la voz Velásquez. «Vas a ver que mañana tu canal es mío, Parker», sentenció.

Al día siguiente, la dictadura militar publicó un decreto en el diario oficial *El Peruano* anunciando la expropiación de Canal 5 y la creación de Telecentro, que, bajo el mando de Artemio Zimmer, regularía los contenidos «revolucionarios y patrióticos» de esa televisora, que ahora pasaba «al servicio de la revolución». Todos los locutores, humoristas, técnicos y gerentes del canal saludaron la medida, participaron de una marcha a través de la avenida Arequipa en solidaridad con la confiscación del canal y firmaron un comunicado en el que dejaban constancia de que aplaudían el despojo sufrido por Gustavo Parker. Impedido por la soldadesca de ingresar a su canal, Parker fue arrestado, aporreado y llevado a la fuerza en un vehículo militar hasta el Aeropuerto Jorge Chávez, en el Callao, donde se le comunicó que sería deportado a Argentina por dedicarse a la contrarrevolución. Antes de que lo subieran a empellones a un avión, Parker dio patadas y puñetes a sus captores, los cubrió de salivazos y cantó gallardamente el Himno del Perú. Y al llegar a Buenos Aires, tomó un avión rumbo a Salta, buscó al comediante Carlos Saldívar, que ya planeaba ganarse la vida repartiendo empanadas en una moto, y cuando lo encontró, le dijo «Por tu culpa me ha quitado mi canal Otra Cumbia». Luego le dio una paliza que obligó a Saldívar a pasar el resto de su vida en una silla de ruedas.

Bienvenidos de vuelta, soy Juan Balaguer y este es «Panorama», su programa favorito de los domingos. (Aplausos del público, azuzado por la señorita instigadora, un público todavía en conmoción por las denuncias que ha escuchado, las virulentas acusaciones que han hecho palidecer al usualmente sonriente periodista Balaguer). Siento que debo decir unas palabras antes de terminar el programa. El señor Alcides Tudela, molesto porque hemos cumplido con nuestro deber como periodistas insobornables, irritado porque ha sido acusado de negar a una niña que a todas luces parece su hija (y perdónenme la franqueza, amables televidentes, pero yo elijo creerle a la señora Lourdes Osorio, yo creo que Soraya Tudela es hija de Alcides Tudela, yo no creo ni por un segundo que Lourdes y Soraya han venido esta noche a decir mentiras, pagadas por mi buena amiga, la candidata Lola Figari), el señor Tudela, decía, ha protagonizado un espectáculo bochornoso, negándose a hacerse una prueba de ADN, una prueba que todo hombre mínimamente decente se haría sin pérdida de tiempo para aclarar la verdad, y peor aun, me ha acusado de asuntos falsos, injuriosos, agraviantes, que rechazo con indignación y absoluta entereza moral. El señor Tudela, a quien consideraba mi amigo, me ha traicionado esta noche solo para salvar su pellejo, para escapar del escándalo del caso Soraya y para desviar la atención sobre su paternidad al parecer negada. El señor Tudela (qué pena me das, Alcides, qué bajo has caído, nunca pensé que llegarías a estos niveles solo para ganar una elección) me ha acusado de mercenario, de corrupto, de hipócrita, de sodomita, y de proxeneta, de dirigir una red de prostitución en el Hotel Los Delfines de Lima. ¡Sodomita, mercenario, proxeneta: caramba, qué vida tan divertida y novelesca la que me atribuye el señor Tudela! (Risas espontáneas del público, risas de Julia, la productora, que mira con cariño a Balaguer, como diciéndole dale, dale duro, no te calles nada, hazlo papilla a ese cholo miserable, anuncia de una vez que vas a votar por mi candidata Lola Figari, por el amor de Dios). Pues debo decirles a ustedes, amigos televidentes, que todo eso es mentira. No soy mercenario, nadie me paga para defender intereses subalternos, yo digo lo que pienso, y si bien este canal me paga, jamás su dueño, mi querido y admirado Gustavo Parker, me ha indicado lo que debo decir o no; el señor Parker es respetuoso de la libertad de expresión y seguramente ni siquiera está sintonizando este programa; él es un demócrata probado y un amante de la libertad de prensa, y por eso yo trabajo en este canal y dirijo este programa, siempre al servicio de la verdad. Tampoco soy corrupto, corruptos son los que niegan a sus hijos, los que coimean jueces para negar a sus hijos, los que acusan falsamente de prostitutas a las madres de sus hijos negados; esos son los verdaderos corruptos. Tampoco soy hipócrita, qué ocurrencia; el público peruano me conoce desde hace años, llevo quince años ejerciendo limpia y apasionadamente el periodismo y siempre digo lo que pienso y me meto en líos por no callarme nada, y no es mi costumbre decir una cosa cuando hipócritamente pienso otra muy distinta: no, señores, ustedes saben que yo me debo a mi público, y mi público merece la verdad y solo la verdad. (Aplausos atronadores de la gente en el estudio, gritos espontáneos de «¡Juan presidente, Juan presidente!», gritos azuzados por Julia y la señorita instigadora de los aplausos, coreando ellas y luego el público «¡Tudela a la cárcel, Tudela a la cárcel!»). He sido acusado esta noche por mi examigo Alcides Tudela de ser un sodomita, un proxeneta. Primero que nada, aclaremos, para evitar confusiones y malentendidos, que, como ustedes saben, sodomita es el que practica la sodomía, el que comete sodomía, y la sodomía es el sexo entre varones. He sido acusado esta noche, y pido disculpas por tan penoso incidente, por la conducta realmente ignominiosa del señor Alcides Tudela, de tener sexo con varones y, lo que es peor, de pagar a varones menores de edad, o en cualquier caso jóvenes, jóvenes y estudiosos al decir de Alcides Tudela, para que me presten servicios sexuales, para que se avengan a tener sexo conmigo. Nunca en mi vida le he pagado a nadie para tener sexo conmigo. Y aclaro que nunca me han pagado a mí para tener sexo tampoco. (Risas del público, risas exageradas de Julia, que ríe de un modo altisonante precisamente para que sus risas se escuchen en la televisión, en los hogares que están sintonizando «Panorama»). No soy sodomita porque nunca en mi vida he tenido relaciones sexuales con varones. Mírenme a los ojos, les digo la verdad: nunca he tenido sexo homosexual, soy un hombre heterosexual. Claro que no tengo novia por el momento porque no he encontrado a la mujer de mi vida, a lo mejor es una de estas guapas señoritas presentes hoy en el estudio (risas y aplausos del público), y no tengo novia ni me he casado todavía porque estoy casado con el periodismo libre e independiente, estoy casado con la verdad. Y no soy proxeneta, desde luego. Proxeneta, como ustedes saben, queridos televidentes, es quien obtiene ganancias ilícitas por comercios sexuales de otros. Yo no pago por favores sexuales, ni mucho menos obtengo ningún beneficio ilícito por actividades sexuales de nadie. Así que rechazo con firmeza y con indignación las graves calumnias que ha vertido contra mí el señor Alcides Tudela. ¡No soy sodomita, no soy proxeneta, no soy corruptor de la juventud estudiosa del Perú! ¡Soy un hombre digno! ¡Y anuncio que llevaré a los tribunales al señor Alcides Tudela y lo enjuiciaré por difamación, por manchar mi honra y poner en tela de juicio, sin prueba alguna, mi buen nombre y mi virilidad! Por último, y aquí termino, quiero advertirles que es muy probable que mañana, o ahora mismo, al filo ya de la medianoche, el señor Tudela y sus sicarios y esbirros distribuyan un video clandestino, acusándome de tener relaciones sexuales con un señor en un cuarto del Hotel Los Delfines, y acusándome de haberle pagado a ese señor por tener sexo conmigo. Sepan ustedes, amigos televidentes, que ese video es un fraude, está trucado, se han usado técnicas digitales muy avanzadas para insertar mi imagen, y lo digo porque he podido verlo y es un asco lo que han hecho, van a tratar de sorprender la buena fe de los incautos, dando a entender que un señor a quien no conozco, a quien desconozco, a quien desconozco mayormente, se ha reunido conmigo en el Hotel Los Delfines y ha practicado sexo sodomita conmigo. Señores, créanme, ese video es un burdo montaje, ¡un montaje financiado y perpetrado por el señor Alcides Tudela, que ha tratando de chantajearme esta noche para que no salga defendiendo a su hija Soraya y para que me calle la boca! Pues no, señor Tudela, los peruanos no nos chupamos el dedo y la gente sabrá reconocer quién miente y quién dice la verdad, y yo afirmo esta noche que no soy mercenario ni sodomita ni proxeneta, que el video sexual que tiene en su poder Alcides Tudela ha sido fabricado con ayuda de computadoras para enlodarme y silenciarme, y afirmo que el señor Alcides Tudela está negando a su hija Soraya, y por tanto no merece ir a Palacio de Gobierno elegido por los peruanos, ¡lo que merece es ir a la cárcel! (El público en el estudio, de pie, crispado, contagiado por la retórica vibrante de Balaguer, por su tono sereno y al mismo tiempo persuasivo, grita «¡Tudela a la cárcel, Tudela a la cárcel!». Alguien grita a solas, con indignación, «¡Tudela proxeneta!»). Eso fue todo por hoy, amigos televidentes. Les reitero mi súplica más encarecida: si Tudela saca un video sexual incriminándome, créanme, es un truco, un montaje, un fraude cibernético; en estos tiempos con ayuda de las computadoras todo es posible, y ese video ha sido hecho por Tudela y sus operarios solo para distraer la atención del caso Soraya y para amordazarme, para silenciarme, para extorsionarme vilmente. Buenas noches y buena suerte, y si Dios quiere, hasta el próximo domingo. (Balaguer hace el clásico saludo militar. Piensa *Mañana nadie me va a creer, pero esta noche he cortado oreja y rabo, ha sido una faena magistral*. Julia espera a que terminen de correr los créditos, se acerca presurosa y le alcanza un celular con ojos aterrados. Balaguer escucha, es la voz filuda, cortante de Gustavo Parker: «Estoy viendo tu video. A mí no me mientes. Esto no es ningún montaje. O mejor dicho, el montaje es que ese negro te está montando. Puta madre, Balaguer, nunca había visto algo tan asqueroso. Entiendo que seas marica, ya me habían contado mis amigos, eso lo entiendo y lo puedo perdonar. Lo que no entiendo es que te gusten los negros, ¡qué tal estómago tienes! Y no se te ocurra decirme que es un montaje, a mí no me tomes por imbécil. Ven inmediatamente a mi oficina. Esto es muy grave, Balaguer, le has mentido al público esta noche, me has desobedecido, has hecho lo que te ha dado la gana y has dejado una gran cagada. Y mañana todo el Perú va a saber que eres un maricón que le paga a un cocodrilo para que le entierre la rata. Ven a mi oficina, Balaguer, tenemos que hablar». Parker cortó. Balaguer pensó *Estoy jodido, me va a despedir, cuando me trata de «Balaguer» es que me desprecia profundamente.* Luego sonrió y se acercó al público y firmó autógrafos, como si todo estuviera bien).

Sin trabajo, con poco dinero, sin ganas de regresar al convento carmelita del que había escapado y desilusionada de la vida en Lima, que le parecía desalmada y cruel, Lourdes Osorio subió a un autobús con destino a Piura, recorrió sin comer nada y casi siempre durmiendo los más de mil kilómetros que separaban a Lima de esa ciudad y se presentó llorando en la casa de sus padres, quienes la acogieron con cariño. No les contó el asalto sexual que había sufrido en el diario *La Prensa*, no encontró valor para relatar las humillaciones que le habían infligido la madre superiora carmelita, Sor Lupe de la Cruz, y el jefe de la página editorial de *La Prensa*, Enrico Botto Ugarteche, solo les dijo «No quiero irme nunca más de Piura, este es mi lugar en el mundo». Sus padres, Lucas y Lucrecia, la recibieron con alegría, aunque con los días se tornaron menos amables con ella. La señora Lucrecia no le perdonaba que hubiese interrumpido la vocación religiosa («Dios debe estar llorando porque lo has abandonado, tú has nacido para ser monja»). Don Lucas pensaba que su hija debía haberse quedado en *La Prensa* y hacer carrera como periodista («Ese Botto Ugarteche es una lumbrera, un sabio, un erudito, tendrías que haberte quedado con él, tremendo maestro te había tocado»). Lourdes no podía contarles la verdad: que tanto Sor Lupe como Botto Ugarteche la habían manoseado, y tampoco quería decirles que ya le había venido la regla, tenía que esconder sus menstruaciones ante su propia madre, le mentía, le decía que todavía no le venía la regla, lo que la señora Lucrecia entendía como una señal de que Dios la quería de vuelta en el convento. Lourdes pensó con amargura que sus padres eran tontos, que no la entendían, que la juzgaban desde la ignorancia y los prejuicios, que Botto podía ser muy culto pero era un sátiro, un depravado, y que Sor Lupe era una sádica y una mañosa que no la dejaba dormir en paz. Lourdes no quería trabajar, no quería estudiar, no salía nunca, se había vuelto huraña, retraída, desconfiada, y solo cuando su padre se negó a seguir dándole propinas y su madre descubrió que compraba toallas higiénicas Mimosa, se resignó a trabajar, aceptó a regañadientes un empleo en una de las bodegas de su padre, de ocho de la mañana a ocho de la noche. Fue allí donde comenzó a engordar: comía a escondidas chocolates, galletas de soda, turrones, helados, todo lo que podía, y nadie se daba cuenta, nadie la pillaba, y era más lo que comía que lo que vendía; por suerte su padre era un comerciante próspero y no le pedía cuentas, solo su madre advertía que Lourdes estaba cada vez más gorda. En casa, Lourdes casi no comía, rechazaba el arroz con huevo frito, el bistec apanado, el ají de gallina, ya no le quedaba apetito después de todos los dulces que había tragado furtivamente en la bodega, los Sublimes, las Doña Pepas, los helados D'Onofrio, las Coronitas, todas esas golosinas que eran su perdición, su vicio, algo a lo que no podía resistirse. Pero Lourdes comía de ese modo desesperado y culposo porque, muy a su pesar, echaba de menos a Enrico Botto, pensaba de él, recordaba su voluminosa silueta, su boca pastosa, su afilada inteligencia, sus editoriales rabiosos, despedidos con furia, tecleando frenéticamente la máquina de escribir Olivetti. No podía dejar de recordarlo cuando leía el diario *La Prensa* o cuando hojeaba la revista *Hola!* y veía, tan guapa, a la princesa Carolina de Mónaco. *No puede ser, estoy enamorada de ese hombre tan feo y mañoso*, pensaba, confundida, detrás del mostrador de la bodega La Poderosa, comiendo un chocolate tras otro. Para agravar las cosas, Botto se enteró, gracias a las pesquisas del corresponsal de *La Prensa* en Piura, que Lourdes Osorio trabajaba ahora como dependienta de la bodega La Poderosa, en la calle Huancavelica, al lado del Parque Cortés, y, todavía afiebrado por ella, empezó a mandarle largas cartas manuscritas en las que le decía cuánto la echaba de menos, cuánto la extrañaba, cuán abrasadora era la pasión que lo consumía. Botto solía terminar esas cartas con unos poemas de su autoría, dedicados todos a «mi musa esquiva». Lourdes leía las cartas, no entendía ninguno de esos poemas llenos de palabras rebuscadas y metáforas grandilocuentes, y lloraba, no sabía si de amor por Botto o de rabia por las cosas sucias, mañosas, que él le había hecho. De paso, aprendía palabras, palabras como *ósculo*, *nefelibata*, *feérico*, palabras como *silabear*, *farfullar*, *musitar*, palabras como *seísmo*, *pretoriana*, *nívea*, con las que Botto adornaba sus versos y le declaraba su amor. Lourdes Osorio, de todos los poemas que le llegaban por correo, no podía olvidar uno en particular: «Mi musa esquiva, / ausente doncella, / ósculo imposible, feérica criatura, / mi guardia pretoriana: / soy un hombre roto, roído, / por el amor poseído, / no hago sino buscar en el lavabo / el olor a frutas de tu pescuezo, / no hago sino pensar desolado / que algún día te empujaré la sin hueso».

—Me dice el cholo Tudela que mañana van a repartir tu video en todos lados —dijo Gustavo Parker, sentado en un sillón de su oficina, las piernas cruzadas, la corbata anudada nerviosamente por sus dedos inquietos, un vaso de *whisky* apoyado en la mesa baja—. Estás jodido.

Juan Balaguer escuchaba con vergüenza, como si lo hubieran acusado de un crimen abyecto y no tuviera defensa. Parker había dejado la televisión encendida, la imagen del video sexual congelada, Mamanchura recibiendo sexo oral de Balaguer. Cada tanto, Parker observaba la pantalla y hacía un gesto de estupor y repugnancia, y Balaguer desviaba la mirada, no podía verse en esa postura indecorosa, se arrepentía profundamente de haber sucumbido al deseo que le inspiraba su amigo Mamanchura, y tampoco podía mirar a los ojos a Parker.

—Yo voy a seguir diciendo que es un video falso, que el cholo lo ha trucado para joderme en venganza por defender a su hija Soraya —comentó Balaguer, armándose de valor.

—Nadie te va a creer —replicó Parker—. La gente no es estúpida. Ya todo el mundo sabía que eres maricón, nadie se va a sorprender de eso. Lo que te va a destruir es que te vean así, como una loca brava, mamándosela a un negro. Vas a perder toda tu credibilidad.

Balaguer pensó que debía mantenerse firme y no hacer concesiones:

—Pues, precisamente, si tengo credibilidad, quizá la gente me crea cuando diga que no es mi video, que ese no soy yo, que es un truco.

Parker lo miró irritado, bebió un poco de *whisky*, echó una mirada a su reloj, era la medianoche, el lunes prometía ser un día agitado, y luego habló:

—Puedes decir lo que quieras, pero tú y yo sabemos que el cholo miente cuando niega a su hija y qué tú mientes cuando niegas a tu amante negro. Y yo no voy a consentir que uses mi canal para tus guerras personales, para decir mentiras y engañar a la opinión pública. Yo tengo mucho respeto por el público televidente, Balaguer, y no puedo permitir que tú salgas a timarlo.

—¿Y si tanto respetas al televidente, por qué me pediste que no entrevistara a Soraya? —se impacientó Balaguer, que intuía que la batalla estaba perdida, que nada podía hacer para recuperar la lealtad y la confianza de su jefe, pero estaba dispuesto a dar la pelea hasta el final, aunque el final le parecía inminente, el final era probablemente esa reunión, en ese lunes nefasto que ya comenzaba.

—Porque ese es un caso de vida privada, de vida familiar —dijo Parker, muy serio, todavía disgustado con Balaguer, quien había contrariado sus expresas indicaciones de no tocar el caso Soraya en la emisión de «Panorama» de esa noche—. ¿Porque en qué nos afecta que el cholo Tudela reconozca o no a esa hija, en qué afecta su capacidad de ser un buen presidente? En nada, en nada. Es un caso de vida privada y la prensa no debería meterse en la vida privada de los políticos, y lo que has hecho esta noche es una vergüenza, una bajeza.

—¡Y mi video también pertenece a la vida privada! —se puso de pie Balaguer, levantando la voz—. ¡Y nadie tiene derecho a meterse en mi vida privada, en mi vida sexual o sentimental! —gritó, y le salió una voz que le pareció un poco aguda o afeminada, pero estaba fuera de sus cabales, no podía fingir quien no era, y además ya Parker lo había visto todo, no había nada que ocultar o disimular—. ¡Y es una bajeza que el cholo miserable saque un video de mi vida privada solo para destruir mi credibilidad y vengarse de mi posición en el caso Soraya!

—¡No me vengas con huevadas, hombre! —se levantó, también exaltado, Parker—. ¡Una cosa es tener una hija y otra muy distinta es culear con un negro y pagarle para que te haga anticucho! ¡El caso Soraya es la vida privada del cholo, tu video es un caso no de vida privada, sino de perversión privada, de una vida privada degenerada!

—Dices eso porque tienes un prejuicio contra los homosexuales y los negros —se lamentó Balaguer, bajando la voz.

—Pendejadas —sonrió con malicia Parker—. Lo digo porque conozco a la opinión pública. Cuando los espectadores ven a Soraya, ¿qué sienten? Sienten ternura, simpatía por esa niña. Cuando vean tu video sexual, ¿qué van a sentir? Van a sentir asco, les va a dar vergüenza y ganas de vomitar.

—¡Pues entonces no pases el video en tu canal! —gritó Balaguer, y caminó hacia el televisor y lo apagó, no soportaba más esa imagen que le resultaba una afrenta, una ignominia, un atropello a su pudor.

—¡Claro que no lo voy a pasar! —dijo Parker—. ¿Crees que soy un imbécil? ¡Por supuesto que no lo voy a pasar! Pero el cholo lo va a repartir por todo Lima, alguien lo va a subir a YouTube y lo van a pasar en otros canales, todo el mundo va a verlo, ¿no te das cuenta? ¿Y tú qué piensas decir? ¿Piensas repetir la idiotez que dijiste esta noche? ¿Piensas seguir mintiendo con la cara muy dura, como si fueras un político más? Pues te equivocas, huevón, ¡te equivocas! Lo que debes hacer es reconocer que eres maricón, aceptar que ese video es real, pedir disculpas y luego renunciar y largarte del Perú, a ver si el público olvida ese video asqueroso y te perdona.

Balaguer se quedó en silencio, mirando a Parker con el cariño de siempre, que aun en esta circunstancia aciaga sentía que no debía quebrarse, y, a la vez, con cierto dolor, como si Parker lo hubiera traicionado. *Pensé que eras mi padre, que me querías como si fuera tu hijo, y ahora que sabes que soy maricón, me das la espalda, me humillas, me pides que renuncie y me vaya del país como un apestado. Esperaba que tuvieras más agallas, Gustavo, pero al final de cuentas eres solo un empresario más, no tienes principios, no tienes lealtades, te interesa el dinero y nada más que el dinero, no tienes compasión y me cortas la cabeza para quedar bien con tus auspiciadores,* pensó.

—Muy bien: renuncio —aceptó Balaguer, abatido—. Renuncio. Y me voy en unas horas fuera del Perú. Y no diré nada más, me quedaré callado. Pero si la prensa me encuentra, mantendré mi versión: que ese video es un montaje y que no tuve sexo con ese señor.

Parker caminó y palmoteó a Balaguer en la espalda con gesto paternal.

—Haces bien en renunciar. Pero deberías aceptar que eres maricón y que te gustan los negros y que estás enamorado de ese negro en particular.

—Nunca —se negó Balaguer—. No puedo hacer eso. Se me cae la cara de vergüenza.

—Solo si aceptas la verdad y pides perdón, la gente, con el tiempo, quizá acabe perdonándote y puedas volver a la televisión —anunció Parker—. Pero si mientes, quedarás como un maricón y un cobarde, y todo el mundo sabrá que eres maricón, pero nadie te respetará por ser cobarde y mentiroso.

—Gracias por tu consejo, Gustavo —dijo Balaguer, mirándolo con gesto contrariado, decepcionado, con el rostro sombrío de quien sabe que ha perdido a un amigo, de quien sabe que ha perdido simplemente y tiene que escapar y esconderse e inventarse una nueva vida, una vida anónima y vagarosa—. Ya veré lo que digo más adelante. Lo único seguro es que esta madrugada me voy del Perú y no regresaré en mucho tiempo.

—¿Adónde te vas? —preguntó Parker, con tono afectuoso.

—No lo sé todavía —mintió Balaguer, que no quería decirle dónde pensaba esconderse, ya no confiaba en Parker, ya no confiaba en nadie, ni siquiera en Mamanchura, a quien no quería ver más.

—Cuando estés instalado en algún lugar, escríbeme —insistió Parker—. Si necesitas algo, cuenta conmigo.

—Gracias, Gustavo —contestó Balaguer, y tuvo que hacer un esfuerzo para no abandonarse al llanto y suplicarle a su jefe otra oportunidad.

—Ven acá —le habló Parker, y caminó hacia él y lo abrazó breve y afectuosamente—. Lamento mucho este incidente tan desagradable, Juan. Debiste ser más prudente, no debiste atacar al cholo en tu programa.

—Igual iba a sacarme el video, ya estaba jodido —se lamentó Balaguer.

—Puede ser, ese cholo es una mierda. No digas nada, quédate callado, yo voy a defenderte mañana cuando salga el video, voy a decir que es un golpe bajo de Tudela, voy a decir que has salido de vacaciones, no digamos que has renunciado, de repente en un tiempo baja la marea y puedes volver.

—Gracias, Gustavo.

—De nada, Juan. Tú sabes que eres como un hijo para mí.

Balaguer se quedó en silencio. Su carrera como periodista influyente de la televisión peruana había terminado. Nunca pensó que el final podía ser tan abrupto y bochornoso, sin tener siquiera la posibilidad de despedirse, de dar una explicación, de agradecer al público por su cariño y su lealtad.

—Si gana el cholo Tudela, no puedes volver en cinco años —le aconsejó Parker.

—Ya lo sé —respondió Balaguer—. Pero no creo que gane.

—En el Perú nunca se sabe —señaló Parker—. En el Perú ganan siempre los más brutos, los corruptos, los mentirosos. En el Perú tener una hija negada no te jode la carrera política, y puede que incluso te dé prestigio. El cholo está vivito y coleando, el que está jodido eres tú. En el Perú, si eres un pingaloca y tienes hijos como balas perdidas, la gente vota por ti, porque eres lo que todo el mundo es, y hasta lo que todo el mundo quisiera ser. Pero si eres maricón, y si encima te culea un negro, estás jodido, Balaguer, estás jodido: nadie te va a querer, ni siquiera los maricones; con suerte los negros te mirarán con simpatía, pero ni siquiera, porque encontrar un negro marica es más difícil que dar con un borracho que sepa cuántos hijos tiene.

Las relaciones entre Juan Balaguer y sus padres se hicieron más frías y distantes después de un encuentro casual en el restaurante del Hotel Country. A pesar de que era renuente a exhibirse en lugares públicos, porque la gente solía reconocerlo y acercársele y decirle cosas que le resultaban molestas, Balaguer solía comprar comida en algunos restaurantes, pues vivía solo y no cocinaba, y uno de sus preferidos era el del Country. Su padre, Juan, y su madre, Dora, estaban celebrando su aniversario de bodas, una fecha que Balaguer había olvidado. Llevaban un tiempo largo sin hablarse, sin comunicarse siquiera para los cumpleaños o para la navidad, Juan no había devuelto las llamadas de su madre y ella se había cansado de buscarlo. Balaguer pensaba que sus padres le hacían daño, que le resultaban tóxicos, y que por eso le convenía evitarlos. Fue Juan Balaguer padre quien vio a su hijo en el vestíbulo del hotel, esperando a que le trajeran la comida que había ordenado por teléfono. Se acercó a él, le dio un abrazo, le recordó que estaban de aniversario y le pidió que fuese a saludar a Dora. Sin encontrar fuerzas para oponerse y marcharse, Balaguer terminó sentado a la mesa de sus padres, hablando con ellos cordialmente, como si la comunicación no se hubiese interrumpido tanto tiempo, desde que él había dejado los estudios en la universidad y se había dedicado por completo a la televisión. Su padre era un hombre alto, distinguido, de espaldas anchas (nadaba dos horas todas las mañanas) y prominente calvicie. No era risueño, no parecía feliz, tenía el gesto torcido, la expresión fatigada, como si las circunstancias no fuesen de su agrado, como si su vida no fuese la que hubiera escogido, sino a la que se había resignado. Tenía dinero, suficiente como para no trabajar el resto de su vida, pero siempre sentía que era poco, en comparación con el de los hombres más ricos del país, de modo que su dinero le parecía insuficiente y quería más, aunque no le quedase tiempo para gastarlo. Sus grandes pasiones eran el ajedrez y los libros de guerra. Era un hombre desadaptado, lo suyo no eran las fiestas ni las reuniones con amigos, había ido perdiendo amigos con el tiempo, y le gustaba, en cambio, tomar un par de tragos a solas, en silencio. Tenía tres amigos —un general retirado, un embajador en retiro, un hacendado— con quienes se reunía para jugar ajedrez y tomar unos tragos. Le molestaba que le hablasen sobre su hijo, prefería cambiar de tema, le irritaba que su hijo fuese famoso y hubiese abandonado la universidad. Dora, la madre de Balaguer, era una mujer muy delgada, casi huesuda, el pelo pintado de un negro retinto, azabache, el rostro arrugado. Por razones religiosas, no usaba nunca pantalones, solo vestidos, y prefería no maquillarse ni hacerse operaciones estéticas. Dormía en una habitación separada de la de su marido, hacía años que no tenían ninguna clase de intimidad erótica, no le hacía confidencias a su esposo, solo se las hacía a su guía espiritual, el padre Martín Añorga de los Santos, del Opus Dei, a quien veía dos veces por semana, sin falta. Juan y Dora Balaguer parecían una pareja tranquila, no se advertía que se mirasen con crispación o rencor, un aire apacible y exento de reproches los unía. Se querían, ninguno podía imaginar la vida sin el otro, pero no eran amigos, procuraban hablarse lo menos posible, asociaban el placer con ciertos hábitos ajenos al otro. El único hijo que tenían, al estar distanciado de ellos, les recordaba, o así lo entendían ellos, que lo que hacían juntos solía salir mal. Juan pensaba que su hijo había resultado débil y engreído por culpa de Dora, que ella lo había consentido mucho de niño; Dora pensaba que su hijo había salido egoísta y materialista y falto de fe por culpa de Juan, que le daba más importancia al dinero que a la religión. Ambos, por distintas razones, pensaban que la relación que tenían con su hijo era un fracaso peor de lo que hubiesen podido imaginar. Aunque rara vez salían juntos, eran muy cumplidos para ir a comer en las fechas importantes: los cumpleaños, las fiestas patrias, el fin de año, el aniversario de matrimonio. Por eso estaban esa tarde en el Country y ahora su hijo los acompañaba y todo parecía estar bien, la conversación fluía sin contratiempos. De pronto, Juan y Dora creían que no habían hecho las cosas tan mal, que su hijo había elegido su propio camino, el de la televisión y la vida pública, que al menos no era un fracasado, un perdedor, un bueno para nada. Pudo haber sido el principio de una reconciliación, pero no lo fue. Un comentario de Juan padre lo impidió, lo echó a perder. Dora, que podía saltar de un tema a otro con aparente brusquedad y sin dar explicaciones, dijo «Nos encanta tu programa, lo vemos todos los domingos». Juan hijo sonrió: «Muchas gracias, cada vez está mejor la sintonía. Gustavo Parker está muy contento». Juan padre se apresuró: «Yo no lo veo». Juan hijo torció el gesto. Dora intervino: «Claro que lo vemos juntos, te encanta ver "Panorama"». Juan padre se negó a hacer concesiones en aras de la armonía familiar: «Yo no lo veo nunca. No me gusta». Su hijo le preguntó «¿Por qué no te gusta?». Balaguer padre respondió «Porque es periodismo amarillo, sensacionalista. Todo es sangre y culos y tetas». Balaguer hijo repuso «¿Y desde cuándo te disgustan los culos y las tetas, papá?». Dora supo que ese encuentro casual no serviría para reanudar las buenas relaciones, odió a su marido por ser tan severo con su hijo y guardó silencio. Juan padre dijo «No me gustan los reportajes truculentos de tu programa. No es un programa periodístico. Es frívolo, amarillento». Balaguer hijo preguntó «¿Y tú desde cuándo sabes tanto de periodismo?». Balaguer padre contestó «Sé de periodismo y de la vida más que tú, muchacho insolente. Y sé que tu jefe Gustavo Parker es un mafioso que debería estar preso, les debe plata a todos los bancos del Perú y tiene pésima reputación». Balaguer hijo se puso de pie y miró fríamente a su padre: «Le tienes envidia porque tiene más plata que tú». Luego se marchó a paso rápido, mientras Dora le decía a su esposo «¿No podías quedarte callado?».

Haciendo maletas apresuradamente para llegar al aeropuerto a las cuatro de la mañana y abordar el vuelo de las seis hacia Buenos Aires, Juan Balaguer pensó que la vida era muy extraña, que una simple llamada telefónica le había arruinado el destino, torcido la suerte, que si Soraya Tudela no lo hubiese buscado a él sino a Malena Delgado o a Raúl Haza, ninguna de las desgracias que se habían cernido sobre él habría ocurrido nunca, y el caso Soraya hubiese sido tocado, o quizás no, por esos otros periodistas, pero ya era tarde para lamentarse, el daño ya estaba hecho, la suerte estaba echada, y Balaguer había decidido este final, el final brevemente valeroso, el final fugazmente heroico: por unas pocas horas quedaría ante la opinión pública como un periodista corajudo, con principios, que había enfrentado la duplicidad moral del candidato Tudela, pero esa percepción duraría poco y estaba a punto de ser pulverizada por el video sexual, y luego nada sería igual, era mejor estar lejos cuando la gente reaccionase con repulsión, era mejor escapar del Perú.

Mientras preparaba su equipaje, Balaguer corría hacia la computadora, escribía su nombre en el buscador de YouTube y verificaba si había sido subido ya el video infame, pero no, todavía no, por suerte seguía sin aparecer. Balaguer rogaba que no saliera hasta que el avión despegase hacia Buenos Aires, ya después no leería la prensa peruana y trataría de esconderse un tiempo largo, hasta que el escándalo se disipara. Echó una mirada a su habitación, la cama con el mejor colchón de la ciudad, la pantalla plana con quinientos canales, los libros apilados en el suelo, el escritorio y la computadora, las fotos de su madre y su padre colgadas de la pared, las alfombras, las cortinas gruesas que nunca abría, el equipo de música, los discos de música clásica: era un lugar donde había sido feliz, cultivando la soledad, meditando sus movidas ascendentes en la televisión, nunca una habitación donde hubiese tenido sexo con alguien, esas cosas prefería no hacerlas en su departamento, no quería que los porteros y vigilantes conocieran sus debilidades, sus secretos, sus pulsiones sexuales, los encuentros con Mamanchura habían sido siempre en hoteles, ¿cuántos videos más podían haberle hecho? Entró en el clóset, sacó algo de ropa, las prendas a las que tenía más afecto, un par de pantalones y unas cuantas camisetas y dos casacas y unas bufandas y su sombrero más apreciado, y dejó todo lo demás, la colección de zapatos, de corbatas, de sombreros y boinas y gorras, los trajes, todos azules, nada de eso cabía en su maletín de mano, y no pensaba complicarse la vida llevando maletas pesadas, en Buenos Aires compraría lo que fuese necesitando, no había que llevar bultos y perder el tiempo en Ezeiza esperando a que saliera el equipaje, lo mejor era escapar sigilosamente y perderse en la gran ciudad y olvidarse de los peruanos como quien huye de una peste. No metió un solo libro ni un solo disco en el maletín rodante, de mano. Sí puso su computadora portátil, su agenda, varias agendas, todos los papeles que probasen algún vínculo con Mamanchura, los celulares, tres celulares que pensaba destruir al llegar a Buenos Aires (temía que lo investigasen, que lo acusasen ante la policía por haber incurrido en el acto ilegal de prostitución, que rastreasen las llamadas de sus celulares y diesen con que había hablado no una sino muchas veces con Mamanchura, lo que desbarataría su defensa de que el video era trucado y que a Mamanchura no lo había visto nunca), los papeles bancarios, de las cuentas en Lima y en Miami, Montevideo y Buenos Aires, todo el dinero que, por suerte, prudentemente, había ido sacando mes a mes del Perú, previendo una situación de catástrofe en la que tuviese que huir, algo tan malo como lo que ahora estaba pasando. *Al menos tengo plata afuera para vivir tranquilo un par de años*, pensó, *ya luego me las arreglaré, en Buenos Aires tengo amigos y quizá alguien me dé una oportunidad en la televisión; por lo demás, no es una ciudad tan homofóbica como Lima, y si sale lo de Mamanchura no será tan terrible como acá, este país de acomplejados y adulones y pusilánimes y buenos para nada, este país de envidiosos y fracasados, este país que antes me admiró y ahora pasa-*

rá a despreciarme. A Mamanchura no debo verlo más, no debo llamarlo, pensó, y sintió pena, pues su amigo le había sido leal, con suerte ya había volado fuera del Perú, no contestaba el celular, lo que parecía una buena señal, pero de todos modos no pensaba llamarlo ni hablar con él ni verlo más, tenía que olvidarlo, no sería fácil, Mamanchura era un cuerpo que evocaba placer en la memoria de Balaguer, un cuerpo amable y aguerrido que había sido suyo muchas veces, y que con seguridad echaría de menos. Cerró la maleta, recorrió pausadamente la sala, el comedor, miró con detenimiento los cuadros que había comprado en exposiciones de sus amigos pintores, la modesta colección de arte que colgaba de sus paredes, pasó la mano suave y delicadamente por los libros ordenados de un modo minucioso en su biblioteca, contempló las fotos de su madre, de su madre cuando era amazona, de su madre casándose, de su madre en París y en Nueva York y de luna de miel en Bariloche, besó los retratos de su madre, le pidió perdón, sintió los ojos húmedos, llorosos, supo que era con diferencia el peor día de su vida, y sin embargo intuyó que lo esperaban días aun peores, días mucho peores, días en los que sería un fugitivo, un paria, un leproso, un don nadie, un pobre diablo huyendo de su pasado. Entró en el ascensor, bajó, le dio una propina al portero y, antes de subir al taxi, le dijo:

—Me voy de vacaciones. Te mandaré plata todos los meses para que vayas pagándome las cuentas.

Luego saludó al chofer del taxi y, a pesar de la espesa penumbra de la noche, alcanzó a leer, escritas con pintura negra en la pared de enfrente, en la casa de su amigo el magnate judío Samuel Perelman, unas palabras dirigidas a él: «Balaguer mercenario vendido a Lola Figari». Pensó *El cholo Tudela no pierde el tiempo, va a pintar toda la ciudad con insultos contra mí.*

—Al aeropuerto, por favor —dijo.

—Lo felicito por su programa, señor Balaguer —lo saludó el chofer, al tiempo que encendía el automóvil—. Es usted un tremendo periodista. Vi la entrevista a la hija de Tudela. De ninguna manera voy a votar por el cholo.

—Me alegro —contestó Balaguer, forzando una sonrisa—. Yo tampoco.

Cuando Elsa Kohl quedó embarazada, Alcides Tudela no se alegró, se enfureció, lo tomó como una pésima noticia. «Es un accidente, no estaba en mis planes», le dijo ella. «Me dijiste que te cuidabas, que no tenía que ponerme condón», respondió él, abrumado. Tudela no quería ser padre, sentía que no tenía suficiente dinero, que era una obligación para toda la vida que aún no estaba preparado para asumir. «Bueno, sí, me cuidaba, pero parece que las pastillas fallaron», replicó ella. «¿Cómo no iban a fallar si te las manda tu mamá desde Francia y seguro que compra las más baratas, las que vienen falladas», refunfuñó él. Discutían a la salida del hospital de la Universidad de San Francisco, donde le habían hecho a Elsa Kohl unas pruebas de sangre que confirmaron el embarazo. «No podemos tener un hijo, no tenemos plata», alegó Tudela. «Claro que tenemos plata, tenemos más de un millón de dólares de los donativos para el terremoto», aclaró ella, frunciendo el ceño, rascándose la cabeza. «Esa plata no la podemos tocar, es para mi campaña presidencial», contestó Tudela, muy serio. «No me jodas, cholo ladrón, la mitad es tuya, la mitad es mía», protestó ella. «Eres una irresponsable. Ni siquiera hemos terminado nuestras carreras universitarias y quieres traer a una criatura al mundo, ¡a este mundo cruel!», se impacientó él, levantando la voz. «¿Qué quieres que haga,

Alcides?», preguntó ella. «Debes interrumpir este embarazo indeseado e indeseable», afirmó él, engolando la voz. «¿Quieres que aborte?», inquirió ella, sorprendida. «No he dicho eso», replicó él, en tono profesoral. «Solo he dicho que quiero que interrumpas el embarazo por el bien de nosotros como pareja». «¡Es lo mismo!», exclamó ella, colérica. «¡Me estás pidiendo que aborte!». Tudela se hizo el ofendido: «¡No, no es lo mismo! ¡Te estoy pidiendo que sufras una pérdida! ¡Te estoy pidiendo que te hagas una pequeña intervención terapéutica para corregir este descuido que hemos cometido por culpa de la tacaña de tu madre, que nos mandó pastillas anticonceptivas falladas!».

Pasaron los días y Elsa Kohl se negó a abortar. Alcides Tudela no le hablaba, estaba furioso con ella, se había mudado a la casa de un amigo, Rick Short, jugador de fútbol y frecuente consumidor de alcohol como él, y se había jurado no hablarle más a Elsa si ella se empecinaba en tener al bebé. Tudela pasaba los días ebrio, se negaba a asistir a clases, decía que había perdido toda la ilusión para seguir vivo, que su mujer lo había traicionado. Seguía jugando fútbol, pero su rendimiento había declinado, ya no parecía alegre, inspirado, pícaro, corría a duras penas como consecuencia de los excesos alcohólicos, casi nunca metía un gol. «Elsa me ha traicionado, me quiere hacer un hijo a la fuerza; quiere amarrarme a la mala porque sabe que ahora tengo más de un millón de dólares; es una rata como todas las mujeres, todas son unas putas que solo piensan en el dinero», se quejaba con su amigo Rick Short.

Harta de los desplantes de su marido, Elsa Kohl fue a buscarlo a uno de los bares de Turk Boulevard, cerca del campus de la universidad, y le dijo, en presencia de Rick Short, «Quiero el divorcio, me voy a vivir a Francia con mi madre, quiero que mi bebé sea francés». Tudela no pareció inmutarse: «Haga lo que sea mejor para usted, señora», le contestó, fríamente, mirándola como si fuera una desconocida. Días después, Rick Short llamó por teléfono a Elsa Kohl, la llevó a comer a un restaurante de Nob Hill y le declaró su amor. «Si Alcides no quiere ser el padre de tu hijo, yo lo seré con mucho gusto», le dijo, tomándola de la mano. «No sé, Rick, necesito pensarlo», respondió ella, sorprendida. «Estoy dispuesto a irme a Francia contigo», insistió él. Saliendo del restaurante, Elsa Kohl llamó a Alcides Tudela y lo citó en casa de los Miller. «Voy a casarme con Rick», le espetó, apenas lo vio. «Esta noche me ha dicho que está enamorado de mí, que quiere casarse conmigo», le dijo, sin rodeos, ella era una mujer que detestaba las cortesías diplomáticas. «¡Eres una puta, carajo!», se enfureció Tudela, y tuvo que ser sujetado por Clifton Miller, porque parecía querer pegarle a Elsa Kohl. «¿Ese hijo es de Rick o es mío?», preguntó, acalorado. «Es tuyo, pero si no quieres ser el padre, será de Rick, y me casaré con él», lo amenazó ella. «Muy bien, yo seré el padre», dijo Tudela, y salió, tirando la puerta. Luego se dirigió al departamento de Rick Short y, con un bate de béisbol, le dio una paliza que lo dejó inconsciente. Antes de irse, le lanzó un salivazo en el rostro y orinó sobre él, riéndose. Terminó esa noche en un bar de Chinatown, jurándoles a los camareros chinos que era descendiente del inca más poderoso del Perú y que poseía una inmensa fortuna, lingotes de oro enterrados en las montañas de Cajamarca. Al amanecer, volvió a casa de los Miller, despertó a Elsa Kohl, la abrazó y, a pesar de que ella le rogó que su detuviera, la forzó a tener sexo, dándole nalgadas y bofetadas y diciéndole insultos en quechua, algo que a ella no parecía disgustarle.

Gustavo Parker llegó deprisa a su oficina, pasó frente a su secretaria sin saludarla, tiró la puerta (no tanto porque estuviera malhumorado como para decirle así que no quería que le pasaran ninguna llamada), tomó una taza de café sin azúcar, leyó anotadas en un papel las llamadas que había recibido esa mañana (cuatro de Alcides Tudela, todas con carácter urgente), se acomodó en su sillón reclinable de cuero con ruedas giratorias, y se dispuso a leer la prensa del día como quien se alista para leer un parte médico que solo puede traer noticias desalentadoras. El diario más influyente, *El Comercio*, titulaba en portada «Acusan a Tudela de no reconocer a su hija», y luego exhibía un subtítulo que decía «Madre de la niña pide prueba de ADN». El diario más leído, diez veces más leído que *El Comercio* aunque bastante menos influyente (pues era leído principalmente en el transporte público y por personas de inferior educación), un tabloide llamado *El Tremendo*, titulaba en letras de escándalo, con una foto deslucida de Tudela, que aparecía como recién levantado de una noche de desafueros y excesos, «¡Firma a tu hija, desgraciado!», y debajo de la foto decía «Mañoso candidato Alcides Tudela, conocido picaflor, enfrenta juicio de su excostilla por dejarla en bola y no querer firmar a su cachorra». Al lado había una foto de Soraya, tomada del programa de televisión de Balaguer, muy seria, con el gesto adusto y el dedo acusador, el fondo negro de la escenografía del programa, y un titular que decía «¡Soy chola pero no miento!», y en letras más pequeñas, amarillas, todas en mayúsculas: «¡Papá, no me niegues, soy tu hija!». El diario *Correo*, de tendencia conservadora, dirigido por un intelectual de pluma como azote, que solía hacer escarnio de los políticos de izquierda, no había recogido la noticia en su portada, en señal aparente de adhesión o simpatía a Tudela, y en sus páginas interiores, más exactamente en la sección policial, se limitaba a consignar un modesto recuadro cuyo titular decía «Invaden la vida privada del favorito Alcides Tudela». Parker no leyó el cuerpo del texto, le parecía una pérdida de tiempo leer las noticias, se limitaba a hojear los titulares. El diario *La República*, conocido por sus simpatías con las posiciones progresistas y por destacar de un modo escandaloso las noticias sanguinarias, del hampa y los muertos recientes y los criminales prófugos y los suicidios de jóvenes intoxicados con veneno para roedores, tampoco había dado importancia a la denuncia propalada en el programa de Balaguer, rebajándola a una noticia pequeña, a cuatro columnas, secamente titulada «Piden a Tudela prueba de ADN sobre supuesta hija». El diario *Perú21*, un tabloide moderno y de aire liberal que procuraba hacer periodismo equilibrado y no tomar partido incondicionalmente por nadie, presentaba la noticia en primera plana, aunque no como la más importante del día, y titulaba con sobriedad «¿Soraya Tudela es la hija no reconocida de Alcides Tudela?». Debajo de una foto del candidato a la salida del programa de Balaguer, anotaba en moldes más pequeños: «Tudela: "Soraya no es mi hija"». Dos diarios populares, escritos con palabras tomadas del habla coloquial, impregnados de un humor zumbón y cierta irreverencia callejera, *Ajá* y *Tío*, titulaban, respectivamente, «Tudela niega hija chibola» y «Cholo Tudela en otro lío de faldas».

Gustavo Parker dejó los periódicos con gesto desdeñoso, fue al baño a lavarse las manos ennegrecidas por la tinta, levantó el teléfono y le habló a su secretaria:

—Pásame con Alcides Tudela.

Un momento después escuchó la voz compungida del candidato al otro lado del hilo telefónico:

—Me has traicionado, Gustavo. Me has clavado un puñal en la espalda.

Parker se rio, como si el asunto no tuviera importancia, y le habló con tono cordial:

—No exageres, Alcides, no pasa nada, no es para tanto.

—¿No pasa nada? —levantó la voz Tudela, ofuscado—. ¿Permites que ese traidor de Balaguer me ataque con golpes bajos, metiéndose en mi vida privada, en mi intimidad familiar, y me dices que no pasa nada? ¡No te pases, Gustavo! ¡Esto no te lo voy a perdonar! ¡Espérate a que sea presidente y me vas a tener que pagar hasta el último centavo que debes de impuestos, carajo!

Parker se levantó y protestó, también a gritos:

—¡No me amenaces! ¡No me amenaces, que ahora mismo doy órdenes para que el canal te destruya, y te aseguro que pierdes las elecciones!

Tudela se rio, burlón, y replicó:

—Voy a ser presidente del Perú con tu apoyo o sin tu apoyo, Gustavo.

Parker procuró ser amable:

—Mira, Alcides, en primer lugar quiero pedirte disculpas. Yo le prohibí expresamente a Juan Balaguer que tocara el tema de tu hija Soraya.

—¡No es mi hija, carajo! ¡No es mi hija!

—Bueno, de tu supuesta hija Soraya.

—¡Ni supuesta ni nada! ¡Te repito: no es mi hija! Y si fuera mi hija, será por un accidente estadístico, ¡porque no conozco a su madre, nunca la he tocado con estas manos de lustrabotas! ¡Yo he lustrado zapatos de niño, Gustavo! ¡Yo no he nacido en cuna de oro, como tú!

—Balaguer no me hizo caso —prosiguió Parker, que ya estaba acostumbrado a los gritos de los políticos, a la histeria calculada de los candidatos—. Balaguer incumplió mis órdenes y te atacó sin mi permiso. Ya he tomado medidas correctivas.

—¿Qué has hecho con ese maricón? —preguntó Tudela, en tono más amigable—. ¿Me va a pedir disculpas?

—Lo he despedido —dijo fríamente Parker—. Le he dado una patada en el culo por meterse contigo. ¿Qué más quieres que haga, Alcides?

Tudela tosió, dándose importancia, ganando tiempo para articular una respuesta:

—Quiero que saques un comunicado diciendo que has despedido al maricón de Balaguer y que me apoyes explícitamente y que le eches la culpa de todo a la marimacha de Lola Figari, que digas que ella le pagó a Balaguer para atacarme anoche en tu canal.

—No me pidas tanto, Alcides, no te pases de pendejo —protestó Parker—. Si quieres ven por la noche al noticiero «24 Horas» y allí te hacemos una entrevista suave, con mucho cariño, y aclaras todo.

—¿Dónde está Balaguer? —preguntó Tudela—. Tiene que disculparse conmigo. Lo que me ha hecho no tiene nombre, es una canallada, un golpe bajo. ¡Es un payaso al servicio de la mafia!

—Ya te dije que lo he despedido —respondió, crispado, Parker.

—No te creo, Gustavo. Me estás tomando el pelo. Soy cholo pero no tonto.

—Lo despedí anoche al terminar al programa. Y ya se fue del Perú.

—¿Y adónde se ha ido?

—No lo sé. Me dicen que tomó un vuelo a las seis de la mañana hacia Buenos Aires, pero estoy por confirmarlo.

Tudela se quedó en silencio. Parker aprovechó para preguntarle lo que más le preocupaba:

—¿Ya soltaste el video?

Tudela se tomó su tiempo antes de responder:

—No sé de qué me estás hablando, Gustavo.

—No te hagas el huevón, Alcides. Tú me mandaste el video de Balaguer culeando con un negro. Ya lo vi anoche. Por eso lo he despedido, para curarme en salud antes del escándalo.

—No he visto ese video, no sé de qué me estás hablando —dijo con tono glacial Tudela, entrenado en el oficio de escamotear la verdad y decir lo que le convenía, nunca algo que le resultara incómodo o indeseable.

—Ya, ya —dijo Parker, impacientándose—. ¿A qué hora crees que soltarán el video los que lo tienen? —preguntó, y miró su reloj, eran las diez y cuarto de la mañana, nunca llegaba a su despacho antes de las diez; era raro que Tudela lo hubiese llamado tan temprano esa mañana, pues tenía fama de despertar a mediodía, y casi siempre con resaca.

—Mis fuentes de inteligencia me dicen que hay un video de Balaguer muy feo, muy chocante, que va a circular a media tarde, a eso de las cuatro o cinco —respondió, misterioso, Tudela—. Mis informantes me aseguran que a las seis de la tarde el video ya estará en internet.

—La concha de la lora —dijo Parker.

—Estás jodido, Gustavo. Tienes que hacer algo. Va a ser un escándalo que comprometerá seriamente la credibilidad de tu canal. No he visto el video, pero me cuentan que es una inmundicia, una inmoralidad, Dios me libre de ver esas cochinadas.

Parker apretó el botón del intercomunicador y dijo:

—Señorita, convoque a una conferencia de prensa en mi despacho a mediodía, es urgente.

—Inmediatamente, señor Parker —respondió la secretaria—. ¿Tema?

—¿Tema? —meditó Parker—. Tema: la coyuntura política. Tema: el caso Soraya. Tema: Balaguer ha fugado al extranjero. Tema: la concha de tu hermana.

—Comprendo, señor.

—No, no comprendes. Convoca a la conferencia y no digas nada, el tema tiene que ser sorpresa.

—Ya.

—¿Alcides? —preguntó Parker, volviendo al teléfono, pero Tudela había cortado—. Te voy a hacer mierda en la conferencia de prensa —farfulló Parker, contrariado.

Nueve años vivió en Buenos Aires, deportado, Gustavo Parker. Se instaló en una casa en el barrio de Martínez, al norte de la ciudad, matriculó a sus cuatro hijos en un colegio inglés de San Isidro y se propuso entrar en el negocio de la televisión. No le fue bien, sin embargo. En Buenos Aires había solo dos canales, el 7 y el 13, y ambos se negaron a incorporar como accionista, o siquiera como gerente o como productor, a Parker, el 7 porque era del Estado, el 13 porque sus dueños no veían con buenos ojos que fuese peruano. Discretamente, procurando no llamar la atención, confundiéndose entre el público, Parker empezó a asistir a las peleas de *catch-as-can* que organizaban los fines de semana en el Luna Park sus hermanos Hugo y Manolo. Más que mirar las peleas, o la simulación saltimbanqui de las peleas, calculaba cuánta gente había entrado y cuánto había pagado, cuánta plata podían estar ganando los peleadores y cuánta sus hermanos. Salía furioso, pensando que Hugo y Manolo ganaban mucho dinero y él, en cambio, tenía que recurrir a sus ahorros. No estaba contento con esa vida de exiliado, todos los días discutía con su mujer, a la que exigía que gastase menos dinero, que recortara los gastos de su familia. No podía acostumbrarse a esa vida sin dar órdenes, sin poder, siendo uno más, viendo que sus cuentas bancarias adelgazaban. En una de las visitas al Luna Park para ver las peleas que organizaban sus hermanos, o más exactamente para sacar cuentas de cuánto dinero se metían ellos al bolsillo solo esa noche, con casi tres mil espectadores rugiendo enardecidos, Parker se sorprendió de que uno de los fornidos combatientes, un sujeto tatuado, algo subido de peso, con el pelo recogido en una cola, de aspecto patibulario y mirada esquinada, fuese anunciado por el locutor, de un modo escandaloso, al momento de entrar, como Gustavo, La Tarántula del Perú, y también como Gustavo, La Rata Blanca del Perú. Parker no tuvo dudas de que el nombre de ese peleador estaba inspirado en él. Ya sabía que sus hermanos se mofaban de él en sus peleas, ya se lo había contado alguien cuando aún estaba en Lima, pero comprobarlo aquella noche, escuchar que su nombre era asociado con una araña y un roedor, le pareció una falta de respeto que no podía tolerar. Al terminar la función, siguió desde un taxi al sujeto fornido con el pelo amarrado en colita, que iba vestido con pantalón y chaqueta de cuero negro, y que lo había escarnecido, probablemente sin saberlo, azuzado por Hugo y Manolo Parker, que seguro lo conminaron a llamarse de ese modo, y que, para beneplácito del público, había sufrido una paliza a manos de su adversario. Parker se bajó del vehículo, se acercó y saludó con modales cordiales al sujeto, lo felicitó, le preguntó cómo se llamaba. «Pichuqui», respondió él, «Pichuqui Medina Bello». Parker le dijo que quería hacerle una propuesta de negocios, lo llevó a comer a un restaurante italiano, le contó entre vinos y canelones que era hermano mayor de quienes lo contrataban y le pagaban, averiguó cuánto ganaba por pelea Medina Bello y cuánto ganaban los demás peleadores, todos amigos de Medina Bello, y le propuso que a partir de entonces peleasen para él y ya no para sus hermanos menores, le prometió que les pagaría más: «A todos el doble y a ti el triple, Pichuqui, si los convences de que renuncien a las peleas patrocinadas por mis hermanos y que vengan a pelear conmigo». Grande fue la sorpresa que se llevaron Hugo y Manolo Parker el siguiente fin de semana. Subieron al *ring* quienes debían enfrentarse a golpes, patadas, cabezazos y llaves voladoras: El Matador de Río Negro, un hombre alto y corpulento de tez morena, con una máscara que apenas dejaba ver su mirada inquieta, y La Rata Blanca del Perú, para una pelea que debía ganar, así estaba acordado, el primero de ellos, pues el público repudiaba al personaje malévolo, al patán sin remedio, que actuaba en el escenario Pichuqui Medina Bello. Y apenas comenzó el encuentro, siguiendo las precisas instrucciones de Gustavo Parker, que se había reunido con ellos la noche anterior y les había dado dinero en efectivo (el triple de lo que ganarían el sábado por la noche en el Luna Park), El Matador de Río Negro y La Rata Blanca del Perú bajaron del *ring* sujetándose de las cuerdas, y se abalanzaron sin decir palabra sobre Hugo y Manolo Parker, sentados en la primera fila, y empezaron a darles golpes que no parecían simulados, golpes en la cara y en el abdomen, lo que el público, engañado, desavisado, supuso que era parte del espectáculo, un embuste, una idea ingeniosa de los productores, pero que Gustavo Parker, que había pagado por esa emboscada a sus hermanos, sabía que no era una simulación, que eran golpes reales, que estaban partiéndoles la cara a Hugo y Manolo y, de ese modo, sacándolos del negocio del *catch-as-can*. Fue una paliza brutal, despiadada, que dejó a los hermanos Parker con varios huesos rotos y los rostros hinchados, amoratados. Al terminar de golpearlos, Pichuqui Medina

Bello les dijo «Esto es de parte de Gustavo». Luego El Matador de Río Negro, llamado Marcos Aguinaga, añadió «Nunca más pelearemos para ustedes, ahora tenemos contratos con el señor Gustavo Parker», y lanzó un salivazo que manchó el rostro de Manolo. Los espectadores ovacionaron ese momento insólito, el de la golpiza a dos caballeros bien vestidos, y luego rechiflaron y protestaron porque los peleadores Medina Bello y Aguinaga se retiraron bruscamente hacia los camarines. No hubo más pelea esa noche. El siguiente fin de semana, los hermanos Hugo y Manolo todavía recuperándose en el hospital, Gustavo Parker, tras sobornar el gerente del Luna Park, montó un espectáculo de *catch-as-can* con todos los peleadores que antes trabajaban para sus hermanos y que ahora, por más dinero, habían pasado a trabajar para él. Fue un gran éxito, no solo porque los peleadores parecían enzarzarse en los combates con más ferocidad, sino porque los pleitos parecían más reales, y en efecto lo eran: para acicatear la brutalidad de los reyes del *catch-as-can*, Parker les dijo que a partir de entonces las reglas cambiaban y no habría peleas arregladas o ceñidas a un libreto, que no habría malos ni buenos, que ganaría el que de veras fuese más bestial. La ferocidad de las peleas atrajo a más público, encantado con esos desbordes de violencia y crueldad y ensañamiento de unos contra otros. Así volvió Gustavo Parker a ganar dinero, y no poco, aunque para eso tuvo que partir los huesos de sus hermanos menores, quienes, cuando todavía convalecían de sus lesiones en el hospital, fueron informados por la policía de que debían irse de Argentina, pues estaban en calidad de ilegales, no tenían permiso para montar espectáculos y además habían evadido el pago de impuestos, todo lo cual había sido comunicado discretamente a los jefes policiales, luego de sobornarlos, por Gustavo Parker. Aún cojos y maltrechos, Hugo y Manolo consideraron que era prudente tomar un avión hacia Montevideo y afincarse en esa ciudad.

—Señores de la prensa nacional e internacional, bienvenidos —anunció Gustavo Parker, nada más entrar al salón de directorio de su canal, dirigiendo una venia a las decenas de reporteros y fotógrafos y camarógrafos y espontáneos y aficionados del periodismo que se habían reunido a mediodía, convocados por la secretaria de Parker, quien, experta en esos menesteres, había puesto énfasis en que se servirían tragos y bocaditos del restaurante de Gastón, «Habrá yucas fritas y tamales y harto pisco sour», les había dicho, lo que había multiplicado la curiosidad de los periodistas citados: la comida lucía tentadora en una mesa lateral a la que no podían acercarse porque dos guardias de seguridad les vedaban el acceso diciéndoles «Primero la conferencia, después tragan y chupan; son órdenes del jefe».

Los periodistas, o algunos de ellos, aplaudieron a Parker, quien los miró y pensó *Se ve que están con hambre estos pejesapos, mejor hablo rápido porque si no me comen vivo.* Luego dijo:

—En un momento les vamos a ofrecer viandas y refrescos recién traídos del restaurante de Gastón, todo gratis por supuesto y todo sin límites o, como dicen los gringos, «*All you can eat*».

Hubo risas y aplausos y miradas de simpatía y de admiración, la prensa recibía con beneplácito la noticia de que pronto le darían de comer.

—Quiero decir tres cosas muy puntuales, muy concretas, en la conferencia de prensa de hoy —continuó Parker, sentándose, bebiendo un sorbo de una gaseosa amarilla, eructando discretamente—. En primer lugar, quiero anunciar que el señor Juan Balaguer, que por quince años se ha desempeñado como periodista de este canal, ha presentado su renuncia irrevocable y ha viajado al extranjero.

Un murmullo de sorpresa y conmoción recorrió al auditorio, al tiempo que uno de los guardias de seguridad se permitía engullir una yuca frita sin que Parker pudiese advertirlo y provocando las miradas de indignación de algunos periodistas, que parecían decirle no te comas lo que es mío.

—¿Por qué ha renunciado? —preguntó una columnista de espectáculos, poniéndose de pie, sonriente, pues detestaba a Balaguer y cada tres meses le pedía a Parker que le diera un programa de chismes y entretenimiento, pero Parker le decía «No te pases, Patricia, si sales en televisión haces quebrar a mi canal, con esa cara de sapo no puedes salir en televisión, eres demasiado fea, sería una falta de respeto al público, cuánta gente se mataría con veneno para ratas».

—El señor Balaguer ha renunciado por razones de salud —improvisó Parker—. Se encuentra muy delicado, tiene cáncer en grado cuatro —mintió, y se sintió astuto, embustero.

—¿Cáncer en dónde? —insistió la columnista con ínfulas de animadora de televisión.

—Cáncer en la próstata —afirmó Parker—. Y también cáncer anal, ya muy extendido, incurable, en metástasis.

Los periodistas se miraron consternados. Parker continuó:

—En segundo lugar, quiero decirles que me solidarizo plena y totalmente con la niña Soraya Tudela. Su causa es justa, es noble, es humana. Soraya, estoy contigo.

Si gana Tudela, estoy frito, pensó Parker.

—¿Cree que es hija del candidato Alcides Tudela? —gritó un periodista en primera fila.

—Sí —respondió sin vacilaciones Parker—. No me cabe la menor duda. Es idéntica a su papá.

No pocos periodistas asintieron.

—Y quiero pedirle a mi amigo Alcides Tudela que se haga de una vez la prueba de ADN y que no nos tome por tontos y reconozca a su hija, por respeto a los ciudadanos del Perú.

Parker se calló y miró a los periodistas como diciéndoles aplaudan, carajo, aplaudan o no les doy de comer y de chupar, y ellos fueron perspicaces en descifrar su mirada conminatoria y aplaudieron sin reservas, con entusiasmo.

Debería lanzarme a la presidencia, a mí no me gana nadie, pensó Parker, y luego dijo:

—Por último, quiero avisarles que en unas horas van a recibir un video en el que se aprecia al periodista Juan Balaguer, que ya no forma parte de las filas de este canal, teniendo relaciones sexuales con un moreno en una habitación del Hotel Los Delfines.

Gestos de pasmo, de incredulidad, y de impaciencia por ver el video tensaron los rostros de los periodistas, que posaban su mirada en Parker y más asiduamente en la mesa de bebidas y comidas.

—Yo he visto ese video —prosiguió Parker—. Y mis peritos lo han analizado y me aseguran que no es trucado ni falso como ha afirmado anoche en mi canal el señor Balaguer. Lamento que el señor Balaguer, que, insisto, ya no forma parte de este canal, haya mentido a la opinión pública. No puedo permitir esa desfachatez. La prensa se debe a su público y a la verdad. Y la verdad, aunque me duela y me dé pena, porque lo quiero como a un hijo (y yo reconozco a todos mis hijos sin prueba de

ADN), es que el video es real y allí se aprecia al señor Balaguer en poses realmente indecorosas, vergonzosas, con un moreno conocido en el mundo del hampa como Aceituna o Aceituna Fresca.

—¿A qué hora sale el video? —reclamó un periodista.

—¡Queremos visualizarlo! —chilló otro, frenético, levantándose en gesto de protesta.

—No sé a qué hora sale el video, creo que en unas horas será puesto a disposición de ustedes —aseguró Parker, muy serio—. Pregúntenle a Alcides Tudela, él ha conseguido el video para joder a Balaguer, y él me lo ha hecho llegar.

La cagada, pensó Parker, *esto es la guerra, esto no me lo va a perdonar el cholo, pero ahora es cuando tengo que demostrarle quién manda, quién tiene el poder, quién tiene la última palabra.*

—Ahora, por favor pasen a comer. ¡Buen provecho! ¡Que viva el Perú! ¡Que vivan la democracia y la libertad de prensa!

—¡Que vivan! —gritaron los periodistas, y enseguida se abalanzaron sobre la comida, dándose empellones y codazos, jaloneádose y empujándose, diciéndose groserías, mientras Parker los miraba con una sonrisa pícara, pensando *Estos renacuajos matan a su madre por una empanada.*

Lourdes Osorio cayó en una profunda depresión cierta noche en que despertó sobresaltada, creyó escuchar unos ruidos extraños, fue a la cocina y encontró a sus padres copulando, doña Lucrecia tendida sobre la mesa de la cocina, don Lucas montado sobre ella. Lourdes se encerró en su habitación y lloró tres días con sus noches, negándose a comer. Sentía que quería morirse, no podía recuperarse de esa impresión, todo el tiempo veía a sus padres fornicando, era una pesadilla, una imagen que le quitaba el sueño y la llenaba de asco, de rechazo hacia sus padres y hacia la especie humana, a la vida y a sí misma. No podía olvidar la cara de su padre, congestionada por el deseo, ni el rostro de su madre, que le pareció vulgar, horrendo, los semblantes del pecado y la indecencia, ni las palabras que oyó y nunca hubiera querido escuchar, don Lucas diciendo «¿Quién es tu macho?, ¿quién es tu jinete?, ¿quién es tu monta oficial?, ¿te gusta tu pinga?», y doña Lucrecia, gimiendo, retorciéndose de placer bajo la luz fluorescente, *Ni siquiera tuvieron la delicadeza de apagar la luz o de hacer menos ruido*, pensaba Lourdes, que recordaba una y otra vez, como un eco sucio, cochino, que le afeaba la conciencia, la voz de su madre diciendo «Dame más fuerte, animal; más fuerte, bestia; dámela toda como si fuera una puta».

A pesar de que Lucas y Lucrecia se disculparon con su hija, todo fue en vano: ella no quería hablarles, no quería salir de su habitación, no quería saber nada del mundo, quería desaparecer, morir. La visitaron un sicólogo, un cura y su mejor amiga, pero Lourdes se negó a contar los detalles, solo les dijo que había sufrido un trauma espantoso, inenarrable, y que necesitaba estar sola. Cada día estaba más delgada, se puso cadavérica, parecía el espectro de lo que había sido, y no había manera de hacerla comer, a duras penas bebía agua o café sin azúcar, o masticaba unas galletas de soda, nada más. Tampoco se bañaba ni se lavaba el pelo, pasaba el día echada en la cama, lloriqueando, hablando consigo misma, rezando con palabras afiebradas, dando golpes en las paredes, parecía una loca. Doña Lucrecia intentaba hablarle, pero Lourdes la echaba de su cuarto a gritos: «¡Puta, puta, puta!». Doña Lucrecia no perdía la paciencia, le sonreía, la miraba con amor, le decía «No soy puta, hijita, amo a tu padre, me gusta hacer el amor con él, pero eso no me hace una puta, gracias a ese amor que siento por tu viejito tú estás acá en este mundo». Pero en lugar de consolarla con esas explicaciones, la hundía más profundamente en la desesperación y el abatimiento y la vergüenza de ser quien era, la hija de dos personas que, pensaba, no tenían pudor ni moral, carecían de principios y se abandonaban, frenéticas, vulgares, animales, a aparearse sobre una mesa. «¡Qué asco, qué humillación!», se decía, sollozando. Una noche, harto porque los ruidos que hacía su hija no lo dejaban dormir, don Lucas entró en su habitación, la vio pintando cosas obscenas en las paredes con la sangre de su menstruación (había dibujado una verga gigante con una cola satánica, había escrito «Esta Casa es un Burdel», «Mi Madre es una Meretriz», «Mi Viejo es el Diablo») y le dijo a gritos «¡Tu problema es que estás aguantada! ¡Tanto lloriqueo, carajo! ¡Ya basta, hijita! Tú lo que necesitas es que te metan una buena verga. ¡Con un buen polvo se te cura todita la depresión!». Humillada, Lourdes le gritó «¡Fuera, cochino, aléjate de mí! ¡Y tienes el piyama abierto, se te ve todo!».

Como la depresión de su hija no parecía tener cura y no había manera de obligarla a comer y a reanudar sus actividades, temiendo que pudiera morirse, los esposos Osorio Ormeño llamaron a una ambulancia y ordenaron que Lourdes fuese trasladada de urgencia a la Clínica Belén, en la calle San Ramón.

Gustavo Parker fue informado por su secretaria de que tenía una llamada de Alcides Tudela. Parker pidió permiso a los periodistas, engulló un trozo de tamal, caminó a su despacho, cerró la puerta y se puso al teléfono:

—Habla, cholo. ¿Qué hay de nuevo?

Tudela gritó, desaforado:

—¡Ya te jodiste, Gustavo! ¡Ya me contaron lo que has dicho en la conferencia de prensa!

—¿Me estás amenazando? —respondió Parker, con tono altanero.

—Sí, te estoy amenazando —bajó la voz Tudela, habló con resentimiento, las palabras revueltas por el rencor—. Voy a ganar las elecciones y te voy a quitar el canal, acuérdate de mí.

—No me hagas reír —dijo Parker, sarcástico—. No vas a ganar las elecciones, ya perdiste, ya te jodiste con el caso Soraya, te voy a dar en el suelo y vas a perder; Lola Figari te va a ganar. Y no me vas a quitar ningún canal, no puedes quitarme nada, este canal no es mío, es de todos los peruanos, es un sentimiento, un patrimonio nacional.

—¡Sentimiento los cojones! —bramó Tudela—. Sentimiento es el que yo tengo, Gustavo, has destrozado mi corazón, me has traicionado de nuevo, y pagarás cara tu traición: apenas asuma la presidencia te voy a declarar insolvente por los millones que debes en impuestos y luego te quitaré el canal y lo sacaré a subasta pública, lo pondré en licitación.

—¡A ti no te debo impuestos ni nada, huevón! —protestó Parker—. ¡Le debo al Estado Peruano, y tú no eres parte del Estado Peruano!

—Todavía no —dijo Tudela—. Todavía no. Pero falta poco. Y voy a ganar las elecciones, le pese a quien le pese, y ahí te quiero ver, Gustavo, ahí vas a lloriquear para que te condone la deuda, y no te voy a condonar un centavo, ¡me voy a cobrar la deuda con tu canal!

—Mira, huevón, yo no sé qué tanto te quejas —contestó Parker, y miró el cielo plomizo, encapotado de Lima, y a lo lejos distinguió la silueta difuminada por la niebla de los rascacielos del barrio financiero—. Ya boté al maricón de Balaguer. Ya te pedí disculpas en privado. Ya lo anuncié en la conferencia de prensa. ¿Qué más quieres que haga? ¿Quieres que diga que Soraya no es tu hija? Imposible, cholo, imposible. Yo soy tu amigo, no tu adulón. Yo no se la mamo a nadie. Esa niña es tu hija y tienes que hacerte la prueba de ADN y reconocerla y listo, le das la vuelta a la página, asunto acabado.

—No vengas a darme consejos sobre mi vida privada o mi vida familiar, por favor —se molestó Tudela.

—No son consejos sobre tu vida familiar —dijo Parker—. Son consejos sobre tu vida sexual o sobre cómo tu vida sexual está jodiendo tu vida política. Pero es tu problema, Alcides: si quieres perder las elecciones, sigue negando a tu hija y jódete por bruto.

Tudela guardó silencio, Parker interpretó ese silencio como una señal de que en efecto reconocía que Soraya era su hija, pero que aún no estaba preparado para decirlo en público, tal vez porque su esposa, Elsa, se lo impedía con amenazas. Por fin, Tudela habló:

—No tenías que decir que yo te mandé el video de Balaguer con el negro.

Parker se quedó callado, pensó *Sí, pude habérmelo ahorrado, pero si el cholo hace cochinadas y le destruye la vida a la gente, que se haga cargo de sus cochinadas, que no venga a hacerse el moralista cuando es más degenerado que Balaguer.*

—No tenías que acusarme, Gustavo —continuó Tudela—. Eres un desleal. ¿Qué te costaba quedarte callado, decir que habías recibido el video de una fuente anónima?

—Jódete, Alcides —replicó con firmeza Parker—. Tú no tenías que cagarle la vida a Balaguer, lo que hiciste es una bajeza. Pobre tipo, es maricón, ¿qué le queda? Al menos tiene el buen gusto de hacer sus cosas en privado. Pero tú lo chancaste y le jodiste la vida solo porque él defendió a tu hija Soraya. Lo que hiciste es una canallada, te pinta de cuerpo entero como el rufián que eres, por eso te denuncié, porque ya rodó la cabeza de Balaguer y ahora quiero ver rodar la tuya, quiero verte perder las elecciones.

—¡No voy a perder! —rugió Tudela, con arrogancia—. ¡Yo soy un ganador! ¡Mi destino es ganar la presidencia y ser el primer cholo presidente del Perú, carajo! ¡Es un mandato milenario de la historia, es la voz telúrica que viene de los Andes, son los antiguos incas que me ordenan recoger su posta y cumplir el legado de reivindicación histórica, racial y cultural de este pueblo oprimido por los blancos hijos de mala madre como tú, Gustavo Parker, explotador, oligarca, chupasangre! ¡Voy a hacer una revolución india y te vamos a quitar tu canal!

—Ya ves que la coca hace daño, Alcides —ironizó Parker—. Deja la coca, te estás poniendo bruto, estás hablando idioteces.

—¡No me difames, Parker! —chilló Tudela—. ¡Tengo la nariz virgen, invicta! ¡Nadie me ha roto la nariz!

—Puta madre, sí que eres mentiroso —dijo Parker—. Yo he jalado coca contigo en los baños del Club Nacional, en el sauna del Club Villa y ahora vienes a hacerte el de la nariz respingada, ¡qué concha tienes!

Tudela se quedó en silencio, luego comentó:

—Muy bien, Gustavo, quieres guerra, guerra tendrás. Ya sé que apoyas a Lola Figari. Voy a retirar toda la publicidad de tu canal. No voy a dar una entrevista más en tu canal. Y voy a decir que me has acusado sin pruebas de ser la mano negra detrás del video de Balaguer y te voy a enjuiciar por calumnia agravada contra mi honor.

—¿Qué honor? —bromeó Parker—. ¿Qué honor, huevón?

—Cuando gane las elecciones vas a venir a mamármela de rodillas. Allí te quiero ver —dijo Tudela, desafiante.

—Serán las elecciones a Alcohólicos Anónimos, porque las presidenciales ya las perdiste —sentenció Parker, y colgó.

No siendo creyente, Juan Balaguer rezaba todos los domingos y los lunes en Canal 5. Lo hacía con convicción, cerrando los ojos, pidiéndole a Dios —por las dudas, no fuese a existir— que lo iluminase esa noche en la televisión, que lo ayudase a brillar, a decir cosas justas y divertidas. Rezaba porque así se lo pedía su maquilladora, Angélica María, una señora muy religiosa. Balaguer le tenía aprecio, le parecía una mujer sufrida y luchadora, aferrada a las certezas de su fe. Angélica María, el pelo pintado de un color marrón rojizo, era bajita, gorda, y se veía más gorda porque usaba la ropa ajustada, pantalones vaqueros y camisetas adheridas al cuerpo y en general prendas que no disimulaban su sobrepeso. A ella no le importada cómo se veía, solo le importaba estar bien con Dios. Mientras maquillaba a Balaguer, le hablaba de sus padres, que vivían con ella, de sus dos hijos, que también vivían con ella, de la misa que celebraba un cura amigo en su casa todas las mañanas porque sus padres ya estaban muy mayores y no podían caminar y salir de la casa, de las fiestas religiosas, de los milagros que le habían acontecido. Cuando hablaba de religión, solía llorar de una manera discreta, orgullosa. Angélica María decía haber visto a la Virgen, se le había aparecido ya tres veces, las tres en ocasiones desgraciadas para ella, las tres para confortarla y darle valor. Todo en la vida de Angélica María parecía arduo, cuesta arriba, contra viento y marea, una suma de dificultades y contratiempos que, sin embargo, nunca la arredraban, ella encontraba fuerzas en la religión para estar en pie y dar la batalla. Además de la misa que hacía celebrar en su casa por las mañanas, asistía a otra misa por las tardes en una iglesia de Santa Beatriz cercana al canal. Maquillaba con delicadeza a Balaguer, le pasaba agua bendita por la cara para humedecérsela, luego una base que le aplicaba con una esponja muy suave, después los polvos, le recortaba las cejas, le pintaba los labios, lo hacía todo con cariño y delicadeza, mientras le hablaba de lo que le había pasado ese día o el fin de semana. Era una mujer que vivía para su familia y para su fe y que solo se permitía el vicio de tomar café. No se distinguía por ser locuaz, pero cuando estaba con Balaguer entraba en confianza y se permitía ciertas confidencias. Estaba preocupada porque sus hijos, dos hombres, los dos en el colegio, se pasaban el día en los juegos de video y no parecían tener interés por estudiar. Lloraba con facilidad, sobre todo cuando recordaba cuánto había sufrido de niña y ya de grande, casada con un hombre que le pegaba y era borracho y la forzaba a tener sexo. «Yo nunca en mi vida he tenido un orgasmo», le dijo cierta vez a Balaguer, y soltó unos lagrimones, y él le dijo «Eres una santa, Angélica María, Dios te bendiga». Ya era una rutina que, cuando terminaba de maquillarlo, ella le anunciara que había llegado el momento de la oración. Se paraba detrás de él y le ponía las manos en la cabeza, mirando ambos el espejo muy iluminado por decenas de pequeños focos circulares, y ella empezaba a rezar y él cerraba los ojos y cada tanto le decía «Amén, amén», y ella rezaba por sus padres, por sus hijos, por la vida familiar del señor Balaguer, para que se reconciliase con sus padres, por el éxito del *show* —así le decía ella, «el *show*»—, por el dinero, para que no faltase, por el *rating*, para que fuese espectacular, «realmente espectacular», insistía Angélica María, y terminaba sus oraciones de una manera que a Balaguer le parecía sencilla, desconcertante y conmovedora: «Señor, te pedimos que nuestra fe sea más sólida que un grano de mostaza». Luego Balaguer se ponía de pie, le daba un beso en la mejilla, la abrazaba y le decía «Que Dios te bendiga». Y aunque realmente no era creyente, quería a su maquilladora y le parecía un mínimo gesto de cortesía respetar sus convicciones religiosas y rezar con ella, o simular que rezaba; era una manera de quererla, de mejorarle el día, de acompañarla en sus desvelos y sufrimientos. Cuando le miraba los pechos o el trasero voluminoso, Balaguer pensaba *Está claro que no me gustan las mujeres, que Dios me perdone, pero esas protuberancias me intimidan.* Era un momento de gran placer para él dejarse maquillar, sentir cómo ella pasaba la esponja y la brocha y los paños, cómo lo acariciaba profesionalmente, cómo le decía al oído cuánto lo admiraba, cuánto lo quería. «Usted es un intelectual, un hombre muy leído, y además es muy bueno, de un gran corazón», decía Angélica María, y él le decía «Dios te bendiga» y pensaba *Dices eso porque realmente no conoces cómo soy, no soy tan leído ni tan bueno, son un embustero, un farsante, tanto que rezo contigo sin creer un carajo, pero eso es parte de mi encanto: ser lo que cada persona quiere que yo sea, un camaleón, alguien que se adapta siempre a los gustos del otro.*

Balaguer se sentía un hombre afortunado, le gustaba ir a la televisión dos veces por semana, maquillarse con Angélica María, sentirse querido por ella, le gustaba sentir que le pagaban para embellecerse y hablar lo que le diese la gana, *Soy un hombre con suerte,* pensaba, mientras Angélica María lo maquillaba con los productos importados que él compraba en tiendas de lujo, porque Balaguer no dejaba que lo maquillasen con productos peruanos, ordinarios, ni que lo tocasen con esponjas o brochas que habían pasado por los rostros de otras personalidades del canal; él exigía que sus productos fuesen los mejores y solo se usasen con él, y por eso Angélica María los guardaba en una cartera que decía «Propiedad del señor Juan Balaguer. Prohibido tocar».

Alcides Tudela se asomó a la puerta del Laboratorio Canelón, donde su comando de campaña había convocado a la prensa, y anunció, con voz engolada:

—Señores periodistas, luchadores por la democracia, el doctor Raúl Canelón, dueño del Laboratorio Canelón y prestigioso laboratorista de fama mundial, tiene un anuncio muy importante que hacerles. Gracias a todos por estar aquí y por acompañarme en la trinchera de la lucha por la democracia.

El médico Canelón, un hombre mayor, canoso, demacrado, que luchaba contra un cáncer que no cedía, vestido con mandil blanco, cogió el micrófono:

—Amigos periodistas, aquí tengo el resultado de la minuciosa prueba de ADN que le he practicado al señor Alcides Tudela —dijo, y enseguida mostró tres hojas, las revisó por encima de sus gafas, se detuvo a leer los resultados finales como si no los supiera ya, y siguió—: Hace dos días el señor Alcides Tudela vino a mi laboratorio con total discreción y me solicitó una prueba de ADN. Le tomamos todas las muestras requeridas, tanto de sangre como de saliva, e incluso una muestra de semen, de esperma.

Algunas periodistas se rieron, ruborizadas, y Tudela aprovechó para mirarlas como diciéndoles todavía soy un semental, mamitas, todavía se me pone dura la verga, cuando quieran les dejo una muestra seminal en la boca, mamonas, no se rían mucho, que cuando sea presidente me las voy a montar a una por una, en fila india.

—Hemos practicado el examen con toda rigurosidad, con la rectitud ética y profesional que caracteriza al Laboratorio Canelón —continuó el doctor—. Y el resultado del cotejo de las pruebas genéticas del señor Alcides Tudela y de la señorita Soraya Tudela es que el señor Alcides Tudela no es el padre, repito, ¡no es el padre de Soraya! ¡Ha quedado científicamente demostrado y comprobado!

—¡Yo les dije, yo no miento! ¡Yo les di mi palabra que esa niña no era mi hija, y ahora la ciencia me da dado la razón! —clamó Tudela, abriendo los brazos, mirando al cielo, desconsolado.

Algunos de sus partidarios aplaudieron, acicateados por la gente que los había convocado y les había pagado para apiñarse en la puerta del laboratorio. Tudela saludó, fingiéndose sorprendido de ver a esos simpatizantes, cada uno de los cuales le costaba a su campaña cien soles más el almuerzo, además de la movilidad: era gente que sus colaboradores reclutaban en los barrios marginales de la ciudad, gente que iba rotando para que no fuese siempre la misma, para que variaran las caras que vivaban y ovacionaban al candidato en sus apariciones públicas, para no levantar sospechas.

—¿Cuál es el margen de error que tiene el procedimiento de ADN en su laboratorio? —preguntó un periodista de Canal 5.

—Ese malparido es del canal de Parker, quiere jodernos —susurró Tudela en el oído de Canelón.

—¡No hay margen de error! —se enfureció el médico—. En el Laboratorio Canelón no nos equivocamos, es la ciencia al servicio de la humanidad. ¡No hay error posible! ¡Está probado al cien por ciento que el señor Tudela no es el papá de Soraya, punto final! —añadió en tono autoritario.

—¿Cómo consiguió las muestras de Soraya? —preguntó Dennis Beingochea, locutor de Rpp, un hombre menudo, pujante, de nariz como gancho y mirada lujuriosa, conocido entre sus colegas periodistas por las memorables borracheras que solía protagonizar en los viajes de trabajo y por los intentos de violación, acosos y manoseos babosos que ellas habían sufrido, o no, por parte de Beingochea, conocido también como Súbete la Bragueta.

—Muy simple —respondió el doctor Canelón, por lo visto preparado para esa pregunta—. El señor Alcides Tudela trajo unos papeles de la Clínica San Felipe con los resultados de los análisis de las muestras genéticas de la señorita Soraya. Son resultados de hace unos años, pero, como ustedes saben, el ADN no cambia, es inmutable, permanece inalterable con el paso del tiempo.

—¿Y cómo sabe que esos papeles que le dio el señor Tudela son auténticos? —repreguntó el locutor Beingochea, el rostro ajustado por unos audífonos gruesos, de color negro, sus mofletes hinchados, su lengua pastosa, como si tuviera sed, como si estuviera pensando a qué hora termina esta buena mierda para echarme un trago.

—¡Más respeto, señor Beingochea! —gimió Tudela, como si lo hubiesen acuchillado, retorciéndose de un dolor o un sufrimiento que sabía cómo simular muy bien, era un actor consumado, el pueblo lo amaba por eso, por su capacidad de llorar, de decir que le dolía la pobreza, que había pasado hambre de niño, por contar historias cursis, conmovedoras, y luego poner una música andina traspasada de tristeza y echarse a bailar con oficio, siempre buscando con la mirada a una mujer que le abriese el apetito sexual—. ¡Yo soy incapaz de mentirle al pueblo peruano!

—Yo confío plenamente en mi amigo Alcides Tudela —replicó el doctor Canelón, y palmoteó en la espalda al aludido.

—No digas que eres mi amigo, huevón —le susurró Tudela al oído—. No me cagues, compadre.

—¿Desde cuándo son amigos, doctor? —preguntó una periodista de *El Tremendo*, Carla Miyashiro.

—No somos amigos —se apresuró a aclarar Tudela, con la voz afectada de gravedad, inflando el pecho—. Solo somos conocidos, ambos somos luchadores por la democracia, compartimos la misma trinchera de lucha por la democracia.

—Nos conocemos desde la universidad en San Francisco —afirmó el médico Canelón, como si no hubiera escuchado a Tudela—. Somos muy amigos desde niños.

Tudela lo miró con mala cara, como diciéndole desde joven fuiste bruto, Raulito, con el tiempo te has puesto más bruto todavía.

—Señores periodistas, mi comando de campaña va a repartir entre ustedes fotocopias con el resultado de la prueba de ADN, para que informen con veracidad al público y se entere de que la ciencia médica ha demostrado que no soy, nunca he sido y nunca seré el papá de la linda niña Soraya —cambió de tema Tudela, al tiempo que sus allegados distribuían entre los periodistas los papeles firmados y sellados por el doctor Canelón, que exoneraban a Tudela de toda responsabilidad paternal sobre Soraya—. Es una pena, me hubiera gustado ser su padre, porque es una niña muy inteligente y muy hermosa, pero genéticamente no es mi hija, aunque sentimentalmente la considero así, como considero mis hijos a todos los niños y niñas del Perú que desean un mejor porvenir —abundó Tudela, y luego se enjugó las lágrimas con un pañuelo blanco arrugado.

—La cagada, ya se puso a llorar el cholo, ahora quién lo para —murmuró el locutor Beingochea.

—Soraya, no eres mi hija, pero acá te espero con los brazos abiertos para ser tu padre cariñoso, si así lo deseas y me necesitas —siguió lloriqueando Tudela, convencido de sus dotes histriónicas, de veras consternado—. Soraya, hijita linda, te esperamos en la casa para pasar la navidad, bajo mi árbol de navidad siempre habrá un regalo para ti —dijo Tudela, y se alivió la nariz, dejando abundante mucosidad en el pañuelo.

—Señor Alcides Tudela, el señor Gustavo Parker lo ha acusado de ser la mano negra detrás del video de Juan Balaguer —dijo un periodista de Canal 4, un hombre bajito, calvo, cachetón y algo afeminado, conocido como Saúl Espino.

—No, no, qué ocurrencia —se rio, tranquilo, sin perder la compostura, Tudela—. La mano negra no es la mía, es la de Mamanchura —añadió, para risotada de los periodistas.

Luego se acercó al doctor Canelón y le susurró al oído:

—Ya está hecho el depósito en tu cuenta, hermanito.

—Gracias, Alcides, eres un tigre —contestó Canelón, con una sonrisa sumisa, servicial, que era su sello personal, él siempre sonreía, incluso cuando daba una mala noticia, «Usted tiene sida» o «Usted tiene una enfermedad mortal», siempre sonreía.

Enseguida Tudela bajó a abrazar a los periodistas, a besar a las reporteras más guapas y a dejarse fotografiar con el brazo derecho descubierto, mostrando el pinchazo que, según él, le habían hecho las enfermeras de Canelón para realizar la prueba de ADN.

—El doctor Canelón les ofrece sus servicios gratuitos al señor Juan Balaguer y al negro Mamanchura, alias Aceituna Fresca, para ver si tienen sida —dijo Tudela, fuera de micrófonos, y los periodistas celebraron su ocurrencia con grandes carcajadas, y luego varios le preguntaron si los llevaría a comer y tomar algo, «Tenemos que celebrar, Alcides, ahora sí ya ganaste las elecciones, compadre», y Tudela sentenció, el brazo estirado, como señalando la ruta en medio de un camino incierto—: Vamos a celebrar al bar de Gastón. Tengo más sed que Cristo en la cruz.

Si bien Alcides Tudela se resignó a la idea de que sería padre, las relaciones con su esposa, Elsa Kohl, no fueron buenas todo el tiempo del embarazo. Tudela dormía con ella pero no mostraba ningún interés por tocarla, besarla, hacerle el amor, y en general parecía renuente y esquivo con ella. Aunque no se lo decía, seguía molesto porque Elsa se había obstinado en tener al bebé. Irritado con su mujer y ofuscado con aquella curva inesperada que había tomado su vida, impotente porque nada podía hacer para cambiar las cosas, Tudela decidió irse un tiempo al Perú, a Chimbote. Sacó dinero de la cuenta que había abierto para las víctimas del terremoto, compró un pasaje aéreo sin decirle nada a su esposa, mandó cartas manuscritas a sus profesores de la universidad diciéndoles que su padre estaba enfermo de cáncer, agonizando, y solo le contó a Clifton Miller la verdad: se iría un mes a Chimbote y ya volvería luego, pues necesitaba alejarse de Elsa Kohl: «Necesito volver a mis raíces», le dijo. Para solventar sus gastos en el Perú, Tudela sacó también veinte mil dólares del banco, los metió en un maletín deportivo y emprendió el viaje. A su llegada a Lima, los agentes de aduanas le pidieron que pasara el maletín por la revisión manual. Así fue como encontraron que llevaba veinte mil dólares que no había declarado en su papeleta aduanera. Además, los oficiales de inmigración descubrieron en sus archivos que un tal Alcides Tudela era buscado por narcotraficante, por lo que procedieron a detenerlo, confiscarle el dinero y sus pertenencias y mandarlo a un calabozo. «No he cometido ningún crimen. Ese dinero es para las víctimas del terremoto», se quejó Tudela, cuando le comunicaron que estaba detenido, y luego se quedó pasmado al escuchar que lo acusaban de ser traficante de drogas. Tres días duró el malentendido, tres días en los que Tudela lamentó haber regresado al Perú, maldijo su suerte, intentó en vano comunicarse con su familia en Chimbote o con un abogado, tres días en los que tuvo que alimentarse con la comida hedionda de la cárcel, hacer sus necesidades en un silo común y sufrir las bromas crueles, humillantes, de los policías. Luego le informaron que todo había sido un error, que el Alcides Tudela narcotraficante al que buscaban era un homónimo, que podía irse. Tudela exigió que le devolviesen su dinero, pero la policía se negó, alegando que el dinero le había sido incautado conforme con la ley porque no lo había declarado y, por tanto, había intentado burlar los controles aduaneros, ingresándolo de modo tramposo. Furioso, mal dormido, sin un céntimo en el bolsillo, sufriendo escaldaduras porque no había papel higiénico en la cárcel, Tudela apuntó en un papel los nombres de sus captores y les dijo que algún día sería presidente del Perú y los metería presos por corruptos. Los policías se rieron y lo echaron de la prisión a empellones. Tudela se encontró en las calles del Centro de Lima hecho un estropicio, sin dinero para tomar un autobús hacia Chimbote. No tuvo más remedio que tragarse el orgullo, llamar por cobro revertido a la casa de los Miller en San Francisco y pedirle a Elsa que le enviase un dinero de la cuenta de las víctimas del terremoto. Como ella se negó a gritos, acusándolo de cobarde por haber escapado de sus responsabilidades paternales y lo conminó a volver de inmediato, Tudela la mandó al carajo, colgó y decidió vender su Rolex en una joyería de la calle Lampa. Le ofrecieron cuatrocientos dólares por un reloj que le había costado mil quinientos en San Francisco. Tudela besó su reloj y derramó unos lagrimones al entregárselo al joyero. «No lo venda, guárdelo, algún día voy a ser presidente de este país», le dijo, conmovido. «¿Para eso te emborrachas?», le contestó el joyero, con sonrisa displicente. Al día siguiente, Tudela llegó a Chimbote. Lo primero que hizo fue visitar la tumba de su madre, llorar desconsoladamente y luego emborracharse con cerveza. «¿Por qué llora, señor?», le preguntó el taxista, camino a la casa de su padre. «Porque me duele el Perú», respondió Tudela.

Juan Balaguer salió de los cines Village en Recoleta y caminó a paso rápido en dirección al Hotel Alvear, donde se encontraba alojado. Eran casi las dos de la mañana. A su paso sorteaba mendigos, vendedores de flores, prostitutas, jóvenes vestidos de negro que ofrecían los servicios sexuales de unas señoritas recién llegadas de Rusia. Era una noche cálida, aunque se anunciaba que iba a llover. Balaguer había pasado el día buscando departamentos en la zona de Recoleta, de Palermo, en algunos edificios cercanos al Zoológico. No sabía si alquilar o comprar. Tenía suficiente dinero en bancos de Montevideo y Buenos Aires para comprar un departamento pequeño. No se imaginaba volviendo pronto a Lima, creía que el escándalo del video sexual sería devastador, por eso apuraba el paso, quería llegar deprisa al hotel para ver si los periódicos peruanos ya habían subido la noticia a sus páginas de internet. Balaguer había viajado con frecuencia los últimos quince años que había ejercido el periodismo en Lima, había viajado porque tenía dinero, porque podía escaparse de martes a viernes, entre programa y programa, y porque en el extranjero se sentía libre y podía tener encuentros amatorios fugaces, de una noche, que en Lima le resultaban más complicados. Buenos Aires era, con diferencia, la ciudad que más había visitado, se sentía ya parte de la ciudad, conocía bien las calles y los hoteles y los restaurantes que le gustaban y los lugares apropiados para ir de noche a buscar una compañía que le resultase placentera. Conocía tan bien Buenos Aires que se sentía mejor o más relajado o menos tenso allí que en Lima, donde el hecho de ser una celebridad de la televisión y una persona que creía tener un futuro político recortaba su libertad, o así lo sentía él. Cuando llegó al hotel, saludó a los porteros, que ya lo conocían de tantos viajes, y le tenían aprecio porque dejaba propinas generosas, se detuvo un momento en el bar y tomó un jugo de naranja («Un exprimido de naranja», le pidió al mesero, como solía pedir esos jugos cuando estaba en Buenos Aires), luego entró en el ascensor y subió al cuarto piso. Le habían dado una habitación grande, con una cama muy espaciosa, tamaño *king*, de colchón no tan blando, más bien duro, para que no le diesen dolores de espalda, y sobre la alfombra había desperdigado diarios, revistas, libros, se había pasado todo el día encerrado en la habitación, ordenando comida ligera, leyendo cuanto le parecía de interés en quioscos y librerías, leyendo revistas frívolas, de actualidad, de humor, leyendo *La Nación* y *Clarín*, hojeando las obras completas de Borges, de Cortázar, los cuentos de Fontanarrosa, de Copi, alguna novela de Mairal, de Fresán, de Forn, los cuentos de Birmajer. No prendió la televisión, no quería ver televisión argentina ni de ningún lugar, quería desintoxicarse de la televisión, ver una película todos los días en el cine de Recoleta o en el cine de la calle Beruti, en Palermo, y quería leer, leer, leer todo lo que pudiese, a ver si de tanto leer cosas buenas y cosas malas (*Leer cosas malas sirve para reconocer las cosas buenas*, pensaba) escribía él mismo algo inspirado en su tiempo ahora interrumpido de periodista político en el Perú. No quería ver a Mamanchura, no quería saber nada de él. Había encontrado varias notas que daban cuenta de las llamadas que le había hecho al Alvear, pero no las había contestado, no quería contestarlas, sabía que Mamanchura estaba en Buenos Aires pero no confiaba en él, nunca confió en él, siempre tuvo miedo de que fuese un agente al servicio de sus enemigos políticos, y ahora que Tudela tenía el video, que Parker había visto el video, Balaguer se preguntaba si Mamanchura no le había tendido una emboscada, si a Mamanchura no le habían pagado para que lo sedujera y lo llevara al Hotel Los Delfines y tuviera sexo con él, a sabiendas de que los grabarían y que con esa grabación someterían a chantaje a Balaguer. *Ese negro es un vendido, no quiero verlo más*, pensó, y luego encendió la computadora y confirmó sus temores, los diarios peruanos, todos, los más serios y los más acanallados, los más políticos y los más policiales o faranduleros, habían anunciado en portada que Balaguer aparecía en un video obtenido clandestinamente teniendo sexo con un sujeto que se dedicaba a la prostitución. Balaguer sintió la peor vergüenza que lo había invadido nunca, sintió que no podría salir más a la calle, ni siquiera a las calles de Buenos Aires, sintió que tal vez convenía conseguir una pistola y pegarse un tiro allí mismo, en la *suite* del cuarto piso del Alvear, luego de tomar el té en el jardín de invierno. Sentado frente a la pantalla de la computadora, encorvado, agachado, como si quiera esconderse o agazaparse tras la pantalla, fue leyendo los titulares y se sintió una escoria, un desperdicio, un hombre sin futuro, destruido, humillado. *El Comercio* había titulado «Descubren a Juan Balaguer pagando por servicios sexuales» (*Al menos no detallan qué clase de servicios sexuales*, pensó agradecido Balaguer); *Perú21* anunciaba en portada «Balaguer fuga del Perú, acusado de sexo ilícito»; *Correo* decía en primera plana «Balaguer es una dama en la cama, negro es su marido»; *La República* decía «Graban a Balaguer en un hotel con su amante negro»; el diario *El Tremendo* titulaba, deleitándose, «¡Balaguer locaza!», y más abajo, con una foto tomada del video, donde se veía a Mamanchura teniendo sexo con Balaguer, con un recatado listón negro cubriendo sus genitales pero no el rostro compungido y gozoso de Balaguer ni el más circunspecto y profesional de Mamanchura, había un titular que decía «Periodista pituco le da su cucú a moreno achoradazo y le paga harto billetón»; el diario *El Tío* titulaba, fiel a su tradición humorística y ramplona, tan popular entre los peruanos, «¡Balaguer se la come entera!». *Esto es peor de lo pensaba*, se dijo Balaguer, poniéndose de pie, asomándose por la ventana, divisando, en la calma de la avenida Alvear, a unos pocos peatones caminando sin apuro, a algunos policías vestidos de azul custodiando el hotel. *Tengo que conseguir una pistola, tengo que matarme*, pensó. *No podré volver nunca más al Perú y tampoco podré quedarme en Buenos Aires, el video probablemente saldrá también acá, y aun si eso no pasara, hay tantos peruanos acá que no podré caminar por la calle tranquilamente. Mi vida ha terminado, va siendo hora de despedirme*, se dijo.

De los nueve años que permaneció exiliado en Buenos Aires, no pasó un solo día sin que Gustavo Parker pensara en el Perú, en Canal 5, del que lo habían despojado, en volver a ser el mandamás que solía ser en Lima. Si bien en Buenos Aires vivía con todas las comodidades y su esposa y sus hijos se habían adaptado sin mayores problemas a la vida argentina, Parker se sentía fuera de lugar, se negaba a hablar como argentino, recordaba todos los días, sin falta, que su misión era recuperar el canal que había fundado en el Perú, y se decía que no desmayaría en ese firme propósito. Cuando el general Remigio Mora Besada dio un golpe de estado en la ciudad sureña de Tacna, derrocando al general Velásquez y capturando el poder, Parker se alegró y le envió un telegrama de felicitación: «Mi general, ahora y siempre estamos con usted y con la revolución, ¡ni un paso atrás!». No obtuvo respuesta. Contrariado, mandó a sus abogados en Lima a preguntar si pesaban sobre él órdenes de captura o de impedimento de entrada al Perú. Hechas las pesquisas, supo que si llegaba a Lima sería detenido y nuevamente deportado. Sus abogados tuvieron que pagar cuantiosos sobornos para que esas órdenes quedaran sin efecto de un modo discreto, lo que le permitió a Parker viajar hacia Lima, sin decirles nada a su esposa y sus hijos, entrar al Perú con sombrero y anteojos oscuros a pesar de que era de noche, pasar unos días recluido en su casa de Las Casuarinas recibiendo la visita de las actrices y bailarinas que solían ser sus amantes en sus épocas de esplendor como dueño de Canal 5 y, dispuesto a quedarse, seguro de que ese era su lugar en el mundo, llamar por teléfono al secretario de prensa del general Mora Besada para pedirle una reunión privada con él. Tardaron dos semanas en darle una respuesta. Parker se sintió humillado, recordó que cuando era dueño de Canal 5 sus llamadas a los presidentes eran atendidas de inmediato.

Finalmente, el general Mora Besada accedió a recibirlo en su despacho, bajo la condición de que la cita fuese secreta y Parker se comprometiese a no divulgar nada sobre ella. Mora Besada era un militar conservador, anticomunista, con fama de alcohólico, que se había propuesto desmontar la mayor parte de las reformas emprendidas por su antecesor, el general Velásquez, a quien había hecho internar en el Hospital Militar, prohibido de salir y de recibir visitas, acusado de «vender la patria al imperialismo soviético». Conociendo la fama de buen bebedor de la que gozaba el nuevo dictador del Perú, Parker le llevó una botella de *whisky*. Se saludaron con abrazos, aunque no se habían visto nunca antes, Mora Besada ordenó que abriesen la botella de inmediato y les sirviesen unos tragos. Estaba vestido con su uniforme color verde y llevaba una gorra tiesa cubriéndole la cabeza, a pesar de que estaban bajo techo, en su despacho. Ya más relajados, Parker se animó a preguntarle «¿Cuáles son sus planes, mi general?». Mora Besada, con fuerte aliento alcohólico y la mirada un poco aletargada, como si estuviera cansado, distraído o harto de mandar, respondió «Quiero que el Perú vuelva a ser una democracia». Parker se entusiasmó: «Magnífico. ¿Cuándo? ¿Este año o el próximo?». Mora Besada se rio con aire mandón: «No, no, qué ocurrencia, amigo Parker, tampoco tan rápido, todo toma su tiempo, eso será en unos cinco años más o menos, no quiero que la cosa sea traumática». Dos militares jóvenes escoltaban de pie, en posición hierática, al general Mora Besada, y miraban hacia ninguna parte, hacia el horizonte, y parecían dispuestos a quedarse allí petrificados toda la noche. «¿Y cuándo me devuelve mi canal?», preguntó Parker. Mora Besada lo miró con desconfianza: «¿Quiere que le devuelva Canal 5?». Parker respondió «Sí, mi general». Mora Besada apuró un trago, soltó una flatulencia sin pedir disculpas ni dar explicaciones, como si fuera algo que no le provocase pudor, y preguntó «¿Para qué?». Parker respondió «Para ponerlo al servicio de usted y su gloriosa revolución». Mora Besada sonrió, incrédulo, desconfiado: «Ya, ya. Gracias, amigo. Pero no se va a poder, lo lamento en el alma». Parker se encabritó, le dirigió una mirada altanera: «¿Por qué no se va a poder, si ese canal es mío y el Chino Velásquez me lo robó?», preguntó, levantando la voz. «Porque ya no es suyo, amigo. Ahora es del pueblo, del pueblo peruano. Y lo que es del pueblo, no se toca», sentenció Mora Besada. «Entonces nómbreme gerente general de Canal 5, del canal del pueblo», se ofreció Parker, procurando rebajar su indignación y hablar en tono más cordial. «Nadie sabe de televisión en este país como yo», insistió. «Permítame volver a Canal 5 pero solo como gerente, para ponerle la casa en orden, mi general, le pido esto con gran respeto revolucionario», siguió Parker. Mora Besada lo escrutó desconfiado y dijo «Déjeme pensarlo. Yo lo llamaré en unos días». Parker le dio un abrazo y pensó que el asunto estaba resuelto, que regresaría como gerente a su antiguo canal y luego encontraría la manera de reconquistarlo, de volver a ser el dueño, pero Mora Besada no lo llamó, nunca lo llamó. Pasaron los días, las semanas, y Parker se aburrió de permanecer en su mansión del cerro, acostándose con mujeres que le cobraban por sus servicios sexuales. Una noche, con algunas copas, llamó a Mora Besada y le gritó: «Oye, mono borracho, ¿cuándo carajo me vas a devolver mi canal?». Mora Besada, que estaba con más copas que Parker, respondió, furioso, sin recordar que le había prometido que lo llamaría: «Mire, señor, le acepto que me llame "borracho", porque me gusta la bebida como a todo hombre que se respete, pero no le permito que me llame "mono", soy el presidente del Perú y si usted me insulta, insulta así mismo a todos mis compatriotas. Mono, la concha de su madre, señor Parker», dijo, y le colgó, y siguió tomando el trago de su preferencia, vodka con jugo de naranja. Viéndose burlado, Parker hizo venir a su mansión del cerro Casuarinas al general Artemio Tola, jefe de la región militar de Lima, a quien conocía porque habían jugado juntos tenis y frontón en un club de playa de Lima, el Club Villa, y sin más rodeos, le dijo «Tolita, tenemos que dar un golpe cívico militar y darle una patada en el culo al borracho de Mora Besada». El general Tola fue víctima de un ataque de asma, que pudo controlar aplicándose un inhalador y ordenando a su asistenta personal, Eugenia Zegarra, que le frotase ungüento de menta en el pecho. Cuando recuperó el aire, preguntó «¿Me estás proponiendo que le dé un golpe a mi general Mora Besada?». Parker lo miró con aprecio, después de todo habían sido compañeros muchos años en el Club Villa, se habían duchado juntos, habían coqueteado con las mismas mujeres casadas, y le dijo «Claro, Tolita, eso mismo». El general Tola carraspeó con tos nerviosa. Era un hombre calvo, regordete, con cachetes rosados, y miraba con expresión cándida, alunada, como si fuera un niño grande embutido en un uniforme militar. «¿Y quién sería el presidente si sacamos a Mora Besada?», preguntó. «Tú, pues, huevón», respondió Parker. «Me cachen», dijo, como hablando consigo mismo, el general Tola. «No creo que tu idea sea viable», contestó, con gesto de pavor. «El general Mora Besada es muy popular en este momento, tiene mucho mando en la tropa, no podemos sacarlo», explicó, mientras su asistenta seguía frotándole el ungüento en su pecho descamisado, velludo, flácido. «Además, un golpe cuesta mucha plata, hay que aceitar a muchos compañeros de armas», dijo el general Tola. Parker se puso de pie, envalentonado: «¿Cuánto necesitas, Tolita?». El general miró a su asistenta, Eugenia Zegarra, como diciéndole guárdame el secreto, algo te va a tocar a ti también, y se animó: «Por lo menos, un millón para comenzar». Parker prometió: «Mañana mismo tienes el millón en tu despacho». Cumplió. Pero el general Artemio Tola no hizo lo mismo con su parte del acuerdo: se quedó con el dinero y le contó todo al general Mora Besada, quien, indignado, ordenó que sus esbirros capturasen a Parker, le diesen una golpiza, lo tuviesen un mes dándole golpes en una mazmorra de la Comandancia del Ejército y lo deportasen, pero no a Argentina, sino a Bolivia. El general Tola nunca contó que había recibido dinero de Parker, solo le dio mil dólares a Eugenia Zegarra, su asistenta, y le dijo «Feliz navidad, hijita». Sorprendida, la asistenta le dijo «Pero todavía no es navidad, mi general». Tola respondió con mirada serena: «Para mí, todos los días son navidad».

Todavía sedado por las pastillas que había tomado para dormir, Juan Balaguer salió del Hotel Alvear y caminó hacia los cafés situados frente al cementerio de la Recoleta para tomar un jugo de naranja. Se había pasado la noche leyendo las notas tremebundas aparecidas en la prensa peruana sobre su video sexual, los comentarios de los analistas políticos, las groserías escritas anónimamente por miles de lectores que parecían celebrar su caída y que, en su enorme mayoría, revelaban fobia o desprecio al sexo entre hombres, las declaraciones de sus colegas, por ejemplo las de Malena Delgado o Raúl Haza, que decían lamentar el incidente y que deseaban suerte a Balaguer en su nueva vida en el extranjero, pero que, con seguridad, pensaba él, no lamentaban nada, estaban felices de verlo hundido en el fango del descrédito, la vergüenza y el repudio, festejaban haber sacado de carrera a un competidor. No había podido dormir más de tres horas, por eso caminaba lentamente, fatigado, aturdido por la luminosidad del sol. De pronto sintió que alguien le tocaba el hombro, le hablaba con una voz familiar:

—Habla, Juanito.

Era Mamanchura, sonriente, como si nada hubiera pasado, quizá ignorando el escándalo en Lima, quizá disfrutándolo, después de todo ahora era famoso y él siempre había querido ser famoso, salir en la primera página de los periódicos.

—¿Qué haces acá? —se sorprendió Balaguer, que siguió caminando como si no lo conociera—. Te dije que no quería verte.

—No me niegues, Juanito —dijo, sonriendo, caminando con bríos, Mamanchura, que vestía todo de negro, muy apretado, y se había puesto un sombrero blanco y zapatos también blancos, y por eso llamaba la atención entre los transeúntes en Recoleta, por eso y porque el pantalón era tan ajustado que ponía énfasis en el bulto de su entrepierna, que Mamanchura se sobaba cada tanto, orgulloso, como si tuviera que cuidarlo porque de eso vivía.

—¿Ya viste la prensa peruana? —preguntó Balaguer, y le echó una mirada de soslayo y pensó *¿De qué se ríe tanto? No se da cuenta de nada, es un subnormal, no sabe que si volvemos a Lima nos meten presos porque la prostitución es un delito, ejercerla o contratarla.*

—¡Sí! ¡Estamos en todas las primeras planas, qué tal éxito! —se alegró Mamanchura.

Balaguer se detuvo y lo miró con desdén:

—¿Y eso te parece bueno? —preguntó.

—¡Buenísimo! —respondió Mamanchura—. Por fin ya todos saben que somos pareja, ya salimos del clóset, ya no tenemos que esconder nuestro amor —agregó, y pasó un brazo fornido por el cuello de Balaguer, que hizo un gesto incómodo y se retiró, ofuscado.

—No hagas escenas cursis —le reprochó—. Y no hables tonterías: yo no te amo.

Mamanchura lo miró, afligido, y no dijo nada, se quedó allí parado, tocándose la entrepierna, moviendo los zapatos blancos de charol como si fuese a bailar, poniéndose de puntillas.

—No te amo, nunca te he amado —afirmó secamente Balaguer.

—No niegues nuestro amor, Juanito —insistió Mamanchura, en tono cálido—. Estás asustado porque te han sacado del clóset, yo te entiendo, pero no seas mariquita, ahora ya podemos estar juntos y ser felices, y que se jodan los demás.

Balaguer se irritó, y no hizo nada por disimularlo:

—Yo no quiero estar contigo. No quiero verte más.

—Dame un beso, papito —le dijo Mamanchura, sonriendo.

—No hables tonterías, estamos en la calle —se fastidió más Balaguer.

Avanzaron un poco más allá y llegaron a un parque. A Balaguer le pareció advertir que había un fotógrafo que los seguía:

—Ten cuidado, parece que hay un tipo siguiéndonos.

Mamanchura cogió a Balaguer de la cintura y lo besó en los labios, largamente. Balaguer cerró los ojos, se dejó besar, cuando los abrió pudo ver que el fotógrafo, a cierta distancia, capturaba las imágenes del beso callejero.

—Nos han fotografiado besándonos, huevón —le dijo a Mamanchura, apartándose de él.

—Por eso te besé —respondió Mamanchura, sonriente.

—¿Te han pagado por estas fotos? —preguntó Balaguer.

—Un sencillo nomás —dijo Mamanchura, y escupió sobre la acera, y volvió a sonreír, como si nada fuese tan importante—. De algo hay que vivir, Juanito.

El fotógrafo seguía disparando su cámara, Balaguer supo que no le convenía enojarse y salir retratado dando de gritos a Mamanchura en el barrio de Recoleta, un día tan apacible como aquel, que era preferible simular aplomo, fingir que todo estaba bien, ya las fotos del beso estaban tomadas, era ya muy tarde, y además esas fotos serían poca cosa, un cuento infantil, comparadas con la crudeza del video sexual que todos habían visto en el Perú.

—Prefiero no verte más —dijo, forzando una sonrisa que sintió vacía, impostada.

Mamanchura no pareció sorprendido.

—Como quieras, Juanito —respondió, y luego añadió—: Si cambias de opinión, me escribes un *mail*. Por la noche me voy a Lima, pero regreso en una semana.

—¿Para qué vas a Lima? —se alarmó Balaguer—. No conviene: vas a echar gasolina al fuego.

—Voy a salir mañana en el programa de Amarilis —anunció con tono risueño Mamanchura, y se sacó el sombrero blanco porque estaba sudando.

—¿Con Amarilis? ¿Estás loco? ¡Te va a ver todo el Perú!

—Por eso mismo, Juanito, quiero ser famoso, esta es mi oportunidad. Ya después aprovecho y lanzo mi disco de baladas.

—¿Te va a pagar Amarilis?

—Claro, pues, Juanito, seré negro pero no imbécil. Me paga el pasaje, el alojamiento, me entrega cien dólares diarios por viáticos y me da un bolo.

—¿Un bolo? ¿De cuánto?

—Cinco mil dólares. ¿Qué tal, Juanito?

—Bien, supongo. Yo no lo haría, pero es tu vida, haz lo que te dé la gana —Balaguer se quedó callado un rato, luego preguntó, mientras el fotógrafo seguía disparando su cámara—: ¿Y qué vas a decir?

Mamanchura se acomodó el pantalón, metió las manos en los bolsillos y contestó:

—Que soy tu marido, Juanito. Que te amo aunque ahora me niegues.

Balaguer decidió volver al hotel. Antes de irse, abrazó a Mamanchura, ya no le importaba que las fotos salieran en la prensa de Lima, y dijo:

—Buena suerte. Te aconsejo que te quedes en Lima. La vida en el exilio es muy jodida. Allá vas a ser famoso y te irá bien como cantante o como lo que sea, ya verás. Pero acá mejor no vuelvas, y si vuelves, no vengas a joderme, por favor. Yo no te quiero ver, no quiero ver a nadie, quiero olvidar todo lo que tenga que ver con el Perú.

Balaguer se alejó a paso rápido.

—Vas a extrañar a tu moreno —oyó que le decía con voz juguetona Mamanchura—. Hazte el difícil ahora, ya verás que en una semana me vas a llamar.

Mamanchura se acercó entonces al fotógrafo y se pusieron a conversar, animados.

Desesperado por los quebrantos de salud de su hija, Lucas Osorio llamó por teléfono a Enrico Botto Ugarteche y le pidió ayuda. «Mi hija no quiere comer», le dijo, abatido. «¿Cómo puedo servirle, mi querido amigo?», preguntó Botto. «No le pido dinero, solo le suplico que le devuelva a mi hija las ganas de vivir», contestó Osorio, que había hecho la llamada sin consultarle a su esposa Lucrecia y no pensaba contarle nada, ya sabía que ella se molestaría y le reprocharía que hubiese tenido ese momento de debilidad con Botto, a quien ella no quería. Al día siguiente, *La Prensa* publicó una noticia en sus páginas de provincias dando cuenta de que Lourdes Osorio había sido nombrada corresponsal de ese periódico en Piura y Tumbes, «teniendo en cuenta sus altas cualidades intelectuales y morales y la buena reputación de la que goza en esas tierras cálidas», decía la noticia que había sido escrita por el propio Botto y que aparecía acompañada de una fotografía de Lourdes Osorio. Emocionado, Lucas Osorio llamó a Botto y le agradeció el gesto generoso. «El problema es que no creo que mi hija sepa escribir noticias», se disculpó. «Eso no importa, mi estimado», lo tranquilizó Botto. «No tiene que escribir nada. Nadie se va a dar cuenta. En Piura no hay noticias, no pasa nada importante, es un cargo meramente simbólico el que le he asignado a su hija con el mayor de los gustos», dijo. «¿Pero le van a pagar?», se inquietó Lucas. «Por supuesto, todos los meses, puntualmente, yo mismo le voy a depositar el cheque en la cuenta que usted tenga a bien darme», respondió Botto. «No sé cómo agradecerle, señor congresista, es usted una reserva moral de la patria», dijo Lucas Osorio. «Ya iré pronto por allá y compartiremos una francachela, un auténtico sarao, una cuchipanda del carajo», le dijo Botto. Terminada la conversación, Lucas Osorio corrió al diccionario para ver qué significaban *francachela*, *sarao* y *cuchipanda*.

Dos semanas después, cuando ya Lourdes Osorio había salido del hospital y comía solo gelatina, caldo de pollo y galletas de soda en casa de sus padres, Botto se presentó en la austera casa de los Osorio, en la calle Próceres, del barrio Los Algarrobos, no muy lejos del Club de Tiro. Tras saludar a Lucas y Lucrecia con sentidos abrazos y palabras de afecto, pasó al dormitorio de Lourdes y, al verla tan flaca y demacrada, se puso de rodillas al pie de su cama, le besó la mano, rompió en un llanto incontenible y comenzó a recitarle poemas en francés. Ya recuperado del ataque de tristeza, le prometió que iría a visitarla todos los meses, que nunca la abandonaría, que la adoptaría como su protegida o como su hermana menor. Cumplió. Cada dos semanas, Botto hacía que el diario *La Prensa* lo mandase a Piura para dar un ciclo de conferencias en la universidad administrada por el Opus Dei, titulado «El Estado tiene la culpa de nuestra pobreza, es un cáncer que debemos extirpar», con charlas en las que defendía con vigor, ante quince o veinte personas que bostezaban a menudo y no entendían gran cosa, la idea según la cual los países eran más prósperos y civilizados cuanto más pequeños e irrelevantes eran sus Estados. Botto alegaba con pasión que era la hora de la desobediencia civil, de no pagar impuestos, de no financiar al Estado «elefantiásico, paquidérmico, hipertrofiado». Pero él cobraba un sueldo del Estado como parlamentario, cargo que ostentaba desde hacía varias décadas, y se rehusaba a dejar de cobrarlo como un gesto de la desobediencia civil que pregonaba en Piura con tanta vehemencia, pues, sostenía, «La plata nunca huele mal, venga de donde venga siempre tiene un aroma que me resulta grato». Con dinero del periódico —que arrojaba pérdidas año tras año y cuyo dueño vivía en Houston, en los Estados Unidos, dedicado a sus negocios petroleros, que le permitían subsidiar las pérdidas de *La Prensa* de Lima—, Botto alquiló un departamento con vista al campo de polo, donde solía pasar tres o cuatro días cada vez que visitaba Piura.

Gracias a las constantes atenciones que Botto le dispensaba y a los pagos mensuales que recibía de *La Prensa* por ejercer la corresponsalía fantasma, Lourdes Osorio volvió a sentirse animada, contenta, con buena salud, y ya nadie tenía que pedirle que comiese, pues parecía tener un apetito insaciable y no hacía sino comer todo el día, un vicio que se acentuaba cuando estaba con Botto, quien también era famoso por su buen diente. Lourdes Osorio engordó, subió veinte kilos en pocos meses, tanto que algunas de sus amigas pensaron que estaba embarazada y llegaron a felicitarla. Pero no podía estar embarazada, era virgen, estaba orgullosa de seguir siendo virgen, y le sorprendía gratamente que Botto no mostrase ningún interés por llevarla a los territorios del sexo, que ella veía con espanto. Cuando Botto estaba en Piura, Lourdes lo acompañaba siempre, lo llevaba a sus clases, a comer, a dictar cursos de poesía en la Alianza Francesa, a dar largos paseos por el cementerio de San Clemente («Es en la paz de un camposanto donde puedo reanudar mi diálogo fecundo con el Altísimo», decía Botto, y luego rezaba en latín, mientras leía las inscripciones de las lápidas y caminaba con paso errabundo), incluso se quedaba a dormir en el departamento frente al campo de polo. Dormían en habitaciones separadas y Botto era muy respetuoso, no se permitía sucumbir a la tentación de hacerle requerimientos amatorios o sexuales, decía que era un caballero, que no podía imponerse a una dama: «*A priori*, soy un donjuán, *in pectore* soy un romántico perdido, *a posteriori* soy un hombre roto por la soledad, la duda y el misterio de la poesía», afirmaba, cenando con Lourdes. Pero una noche ambos se embriagaron, tomaron ocho jarras de sangría, y llegaron tambaleantes al departamento, y entonces Botto se hincó de rodillas y le declaró su amor con palabras inflamadas. Lourdes estaba tan alcoholizada que le dio un ataque de risa. Botto pensó que ella se reía de él y se fue a su habitación dando un portazo, rumiando su despecho. Lourdes se compadeció y le llevó una sopa de pollo. Animado por la sopa caliente y la mirada cálida de Lourdes, Botto encontró valor para decirle «No creas que te pido esto porque estoy borracho, te lo pido porque te amo desesperadamente, te ruego que me permitas besar tu punto G, en testimonio de mi amor por ti y de la infinita devoción que siento por tu cuerpo de doncella atacada por pertinaz melancolía». Lourdes lo miró desconcertada y dijo «No entiendo, Enrico, estás hablando en chino». Botto perdió los modales y dijo «Lo que quiero es hacerte una sopa». Confundida porque él no sabía cocinar, Lourdes replicó «No tengo hambre, señor Botto, no me provoca una sopa». Pero él la sujetó de la cintura, le dijo al oído «Vas a conocer lo que es el éxtasis, mamita», la tendió suavemente sobre la cama y encontró la manera, sorteando la resistencia que ella oponía, de llevar su boca inquieta a la entrepierna de Lourdes Osorio, quien cerró los ojos y se abandonó a unos placeres que nunca había experimentado ni olvidaría. Antes de estallar en un orgasmo, Lourdes alcanzó a decir «Perdóname, Señor, soy una pecadora». Retirándose un momento de la vagina que lamía con delicadeza, Botto le dijo «No me pidas perdón, hijita, que acá estoy de lo más bien, conmigo puedes pecar todo lo que quieras». Luego le propuso penetrarla por la vía anal, pero ella se sintió ofendida y se opuso enfáticamente: «Tampoco soy una puta, Enrico». Pero ya él se había quedado dormido, tendido sobre la cama, la camisa abierta, el pantalón desabrochado. Lourdes Osorio fue a la cocina, preparó un té y tostadas con queso cremoso y pensó, sonriendo, *Tal vez me estoy enamorando, nunca pensé que podría enamorarme de un hombre tan feo como Enrico Botto.*

Gustavo Parker miró la prensa del día y confirmó lo que ya había anunciado el noticiero matinal de su canal: luego de hacerse la prueba de ADN en el Laboratorio Canelón, Alcides Tudela había subido ocho puntos en las encuestas de intención de voto para las elecciones presidenciales, y ahora llevaba un ventaja de quince puntos sobre Lola Figari, quien registraba veintidós por ciento de preferencias contra treinta y siete por ciento de Tudela, el favorito para ganar las elecciones. Las encuestas de Ipso-Facto revelaban también que el setenta y cuatro por ciento de los peruanos aprobaba la conducta de Tudela en el caso Soraya y que el veintiuno por ciento la desaprobaba; el resto decía no saber qué era el caso Soraya. Además, preguntados los encuestados si creían que Soraya era hija de Tudela, cincuenta y ocho por ciento respondía que no era su hija, que la niña estaba siendo usada con fines políticos por los enemigos de Tudela; treinta y dos por ciento respondía que sí era su hija y que la prueba de ADN no era confiable y que seguramente había sido manipulada para favorecer a Tudela; y diez por ciento respondía que no sabía qué era el caso Soraya. A la pregunta «¿Debe Alcides Tudela hacerse otra prueba de ADN para corroborar los resultados de la primera prueba o basta con la prueba ya realizada?», sesenta y tres por ciento decía que estaba a favor de otra prueba, pero después de las elecciones; veintitrés por ciento se manifestaba a favor de otra prueba en un laboratorio distinto; y catorce por ciento respondía que no sabía, no opinaba. La encuesta era muy favorable a Tudela, ganaba en todas las preguntas y ampliaba considerablemente su ventaja sobre Lola Figari, quien, preguntada sobre el escándalo Soraya, se había limitado a decir «No voy a opinar sobre la vida privada de mi contrincante, no voy a recurrir a golpes bajos», una delicadeza que ciertos analistas políticos habían atribuido al hecho de que la señora Figari tenía fama de lesbiana, no tenía hijos, novio ni esposo ni amante conocido, ni pareja formal o informal, y por eso también decían que Figari, a pesar de ser mujer, no quería defender a Soraya ni a su madre temiendo que investigasen su vida privada o sentimental. «Lola se queda callada porque tiene rabo de paja», había escrito el comentarista político Mario Borlini, quien había añadido «y aun siendo de paja, es un buen rabo el que se maneja la señora». La encuesta también hacía preguntas sobre el escándalo de Juan Balaguer y su video sexual. La gran mayoría repudiaba la conducta de Balaguer y aplaudía su renuncia a la televisión, o su despido de ella: ochenta y ocho por ciento decía que había visto el video y que había sentido asco o repugnancia por las cosas que hacía Balaguer; ochenta y cuatro por ciento decía que era positivo para el futuro de la juventud y la niñez peruanas que Balaguer hubiese sido separado de la televisión; setenta y ocho por ciento pedía pena de cárcel para Balaguer por financiar y estimular la prostitución; setenta y cuatro por ciento pedía el cierre del Hotel Los Delfines por ser un antro de corrupción y mal vivir y la fachada de un meretricio de lujo; setenta y dos por ciento decía que Mamanchura era inocente y no debía ser perseguido legalmente, que solo Balaguer debía ser arrestado y encarcelado por corromper a su amigo; y el sesenta y ocho por ciento decía que Balaguer había agitado con virulencia el caso Soraya en su programa solo para tender una cortina de humo sobre el escándalo de su video sexual y distraer la atención de la opinión pública, es decir que el sesenta y ocho por ciento pensaba que Balaguer se había inventado tendenciosamente que Soraya era hija de Tudela y había utilizado sin escrúpulos a la adolescente en su programa de televisión sabiendo que era inminente la difusión de su video con Mamanchura y con la intención subalterna y tramposa de que los peruanos dejaran de prestar atención a dicho video y se vieran envueltos en una discusión sobre la conducta de Tudela respecto de la niña Soraya. Por último, el sesenta y seis por ciento pedía que la Interpol dictase orden de captura sobre Balaguer «por hacer daño a la niñez peruana con su conducta inmoral» y que se gestionase de inmediato su extradición a suelo peruano para ser juzgado por los tribunales competentes. Parker cerró los periódicos y pensó *Es una victoria en toda línea de Tudela: la gente le ha creído, estoy jodido.* Luego llamó por teléfono a Tudela. Cuando escuchó su voz ronca, pedregosa, le dijo amigablemente:

—Cholo, te felicito por hacerte la prueba de ADN, has salido airoso, el pueblo está contigo.

—Gracias, Gustavo, pero estoy muy resentido contigo, todavía me duele, y me duele profundamente, lo que me has hecho —contestó Tudela, con voz de lamento exagerado, posando como la víctima de una siniestra conspiración.

Parker se rio, ya acostumbrado a las contorsiones retóricas de Tudela, a su histrionismo desmesurado, y dijo:

—No te he hecho nada, Alcides, no jodas. El que te atacó fue Balaguer y ya lo despedí a ese maricón, ya lo fumigué. Yo solo te pedí que te hicieras la prueba de ADN y ya te la hiciste y por eso has subido en las encuestas.

—¡No soy ningún idiota, Gustavo! —lo interrumpió Tudela—. ¡Dijiste que Soraya era mi hija, y no lo es! ¡He probado científicamente que no lo es! ¡Nunca olvidaré que cuando más necesitaba tu lealtad, me diste la espalda!

—No grites, cholo, no te pongas belicoso —dijo Parker, preocupado porque Tudela se había consolidado en las encuestas—. No creas que no estoy enterado de tus trapitos sucios con ese huevas tristes de Canelón, no creas que no sé que le has roto la mano para que te saque un resultado tramposo. ¿O tú crees que yo me chupo el dedo como los pelotudos que creen que esa prueba de ADN es limpia? ¡No he nacido ayer, Alcides! ¡Sé perfectamente cuánto le has pagado a Canelón y dónde le has depositado la plata! ¡Y no me tomes por imbécil, que hago la denuncia este domingo en mi canal!

Tudela se quedó sin respuesta, carraspeó, ganó tiempo pensando en lo que le convenía decir. Luego habló:

—No quiero seguir peleando contigo, Gustavo. Ya basta de esta carnicería. Pido una tregua, un armisticio. Deja en paz a mi amigo Canelón, él es un hombre bueno, un luchador por la democracia, estamos juntos en la misma trinchera, tú también estás en mi trinchera, Gustavo, eres un demócrata a carta cabal. Te pido encarecidamente que no sigas atacándome en tu canal, ya el caso Soraya está cerrado, ya la gente sabe que esa pobre niña no es mi hija.

Parker no tenía pruebas de que Tudela hubiese sobornado al doctor Canelón, pero se había arriesgado a decirle eso para ver si Tudela reaccionaba con temor. *Lo tengo agarrado de los huevos, el cholo cree que tengo las pruebas de la coima que le ha pagado a Canelón para trampear el adn, bingo, acerté*, pensó, con una sonrisa maliciosa. Luego dijo:

—Yo tampoco quiero pelear contigo, Alcides. Pero entre tú y yo tenemos que decirnos siempre la verdad, para eso estamos los amigos.

—Para eso estamos los amigos, claro —se apresuró Tudela.

—Y por eso he botado de una patada en el culo a Balaguer y no volverá más a este canal, y por eso te felicito por no reconocer a esa señorita que, según tu prueba de ADN, no es tu hija. Qué suerte tienes de contar con un buen amigo como Canelón, y por eso te pido que vengas el domingo a mi canal y que nos des una entrevista humana, sentimental, con Elsa y con Chantilly, tu hija, para que la gente vea el lado familiar del candidato Alcides Tudela. ¿Cómo te suena?

Tudela demoró su respuesta:

—¿En qué programa sería eso?

—En «Panorama» —contestó Parker.

—¿Se va a seguir llamando así ahora que has despedido a Balaguer?

—Sí, el nombre se me ocurrió a mí, yo lo tengo patentado.

—¿Y quién lo va a conducir ahora? ¿Quién me entrevistaría este domingo?

—Todavía no sé. Estoy en conversaciones con Malena Delgado. Quiero jalármela de Canal 2.

—Sería un gran jale. Malena es una profesional.

—Sí, pero se la mama a Idiáquez, no creo que la dejen ir del 2.

—¿Por qué no pones a Guido Salinas, el que ahora conduce «Pulso»?

—Puede ser, puede ser. El problema es que Salinas tiene problemas con el trago.

—¿Quién no chupa, Gustavo? ¿Quién no se toma sus tragos en el Perú? El que no chupa en este país es maricón.

—¿Te gusta Salinas en remplazo de Balaguer?

—Me parece pintado. Es un periodista imparcial, totalmente objetivo.

—Dices eso porque te apoya, cholo pendejo.

—No. Lo digo porque Guido Salinas ha luchado siempre por la democracia y tiene una gran credibilidad, él siempre dice que su voto es secreto y es muy caballeroso con todos los candidatos; es muy dialogante y muy tolerante, y siempre está a favor de la concertación.

—Eso es porque siempre está borracho.

—Puede ser, da igual, pero el trago le sienta bien, no es un traidor como Balaguer, ese no chupa porque es maricón.

—Hablo ya mismo con Guido y te llamo de nuevo.

—Búscalo en el Queirolo. Debe de estar chupando allí.

—¿Me confirmas que vienes el domingo, entonces?

—No sé, Gustavo, no me presiones. Si está Guido Salinas, voy seguro. Depende del entrevistador que me pongas enfrente.

—Eres un cholo pendejo —se rio Parker.

—Por eso voy a ser el presidente de este país —afirmó Tudela, con tono risueño.

—¿Quedamos como amigos, entonces?

—Como amigos y como luchadores en la misma trinchera por la democracia —sentenció, engolado, Tudela.

—Dale con tu trinchera, cholo palabrero.

Se rieron. Antes de colgar, Parker dijo:

—Oye, Alcides, ¿qué tal es en la cama la Lourdes esa?

Tudela lanzó una carcajada impostada, teatral:

—No sé de quién me estás hablando, Gustavo —respondió—. No la conozco. Nunca me he acostado con esa señorita ni me volveré a acostar con ella.

Volvieron a reír, ahora de un modo estentóreo, como grandes amigos. *Asunto zanjado*, pensó Parker, *Tudela no es rencoroso, me ha perdonado, podemos seguir haciendo negocios, y que la niña Soraya se vaya a buscar a su padre a la Cruz Roja, que se joda, mi canal no es un orfanato.* Luego llamó a su secretaria:

—Localíceme a Juan Balaguer, es urgente.

Aunque el público y la prensa lo consideraban un personaje exitoso, que había escalado las más altas posiciones en la televisión peruana, Juan Balaguer tenía una relación atormentada con su trabajo y con la fama. No había día en que no se preguntara cómo hubiera sido su vida de no haber interrumpido sus estudios de Derecho, si se hubiese graduado como abogado. Sus mejores amigos de la universidad, a los que procuraba no ver, ya eran abogados, algunos habían fundado sus estudios propios, y Balaguer imaginaba que todos ellos tenían vidas mejores que la suya. No es que ganase poco dinero con sus programas en Canal 5, probablemente ganaba más que sus antiguos compañeros de la universidad, pero Balaguer se sentía prisionero de la televisión, sentía que había perdido su libertad, ya no podía salir a caminar por la calle como un peatón más, la mirada de la gente lo aturdía, lo asfixiaba. Por eso vivía encerrado, aislado, cuidándose de no hacer nada que resultara escandaloso, procurando preservar su reputación de joven intelectual, sin manchas ni debilidades conocidas. Era eso lo que más lo atormentaba: tener que vivir a la altura de su imagen, cuidar su imagen, estar mentalmente atrapado por ella. Balaguer sentía que quienes gobernaban su vida eran los televidentes, no solo cuando veían o no sus programas, sino en todo momento: cuando salía a la calle, cuando se encontraba casualmente con algunos de ellos, cuando los imaginaba leyendo los periódicos o enterándose de los chismes que circulaban sobre él, había que estar siempre cuidándose, cultivando el mejor perfil, evitando que alguien pudiera pensar mal de él. La vida pública, la constante exhibición ante los ojos de los demás, lo condenaba, o así sentía Balaguer, a ser honrado, decente, virtuoso, ejemplar. Por eso solía decir mentiras cuando daba entrevistas a la prensa local, por ejemplo que tenía una muy buena relación con sus padres, que pensaba reanudar pronto sus estudios de Derecho, que era católico practicante, que su sueño era conocer al Papa. Nada de eso era verdad, pero era lo que los demás querían que él dijera y por eso lo decía, para mostrar una vida aceptable o decorosa ante su público, para ser lo que el público esperaba de él. A medida que su fama, o su notoriedad, se acrecentaba, Balaguer sentía que perdía libertad, que la gente invadía lenta y sostenidamente su individualidad y que eran los ojos de los otros los que definían su identidad. Pero en el camino se sentía extraviado: por contentar siempre a la gente, por aspirar a ser un peruano admirado y respetado, él terminaba sintiéndose descontento, frustrado, y ya no sabía bien quién era, o no se atrevía siquiera a preguntárselo por temor a descubrirse como alguien muy distinto, y acaso contradictorio, al personaje que había construido tenazmente en la televisión. En ese afán por complacer la mirada del público, se encontró haciendo cosas que sentía falsas, embusteras, pero que, a la vez, le granjeaban el cariño y la simpatía de la gente en Lima: asistía a misa los domingos por la tarde en la iglesia María Reina, comulgaba, rezaba de rodillas y con los ojos cerrados (sintiendo cómo las señoras mayores lo miraban con adoración); salía a correr por el malecón de Miraflores, deteniéndose ante cada persona que le pedía un autógrafo o una foto; y, para acallar los rumores de que no le gustaban sexualmente las mujeres (unos chismes que solía publicar *El Tremendo*, según los cuales Balaguer frecuentaba discotecas «de ambiente»), empezó a salir los sábados por la noche con una amiga de la universidad que ya se había graduado como abogada, Rosario Peschiera, con quien se dejaba ver en las discotecas más exclusivas de Lima, como Amadeus, Up and Down y Aura. Rosario Peschiera era una apasionada de la música y el baile, y no se perdía una canción y Balaguer hacía todo lo posible para seguirle el ritmo y divertirse con ella, pero, bailando entre la gente que lo saludaba, tratando de parecer un hombre risueño y encantador, sentía que todo eso era una simulación, una falsedad, que en el fondo detestaba entreverarse en ese gentío bullicioso y eufórico para abandonarse a unos pasos de baile que le parecían torpes, chapuceros, sin gracia. Todo lo que hacía le resultaba entonces dictado no por las ganas o el placer, sino por la conveniencia de cuidar su imagen, incluso cuando le decía a Rosario que era encantadora, cuando se reía de las bromas que ella hacía o cuando, a la salida de las discotecas, la abrazaba, le besaba la mejilla o, a veces, para impresionar a los curiosos, le daba un beso fugaz en los labios. *El éxito de la televisión me obliga a ser alguien que no soy, que no quiero ser*, pensaba, y entonces se preguntaba si no hubiese sido mejor preservar el anonimato y ganarse la vida discretamente como abogado.

—Juanito, gracias por llamar, ¿qué ha sido de tu vida?, ¿dónde estás?, tienes que ayudarnos.

La voz de Lourdes Osorio sonaba desesperada. Al otro lado del teléfono, Juan Balaguer, abatido tras leer la prensa peruana y las noticias de que Alcides Tudela había repuntado en las encuestas, descorazonado al enterarse de que la gran mayoría de peruanos no creía que Soraya fuese la hija de Tudela, hundido en el desánimo porque creía inevitable que Tudela ganase las elecciones, y por tanto le parecía un hecho que no podría volver al Perú por largo tiempo, pendiente también de lo que habría de ocurrir esa noche en el programa de chismes de Amarilis, donde habían anunciado que se presentaría Mamanchura para comentar su video sexual, aporreado por tantas contrariedades y amarguras, se limitó a responder con desgano:

—Ya no puedo hacer nada por ustedes, Lourdes, ya las ayudé bastante.

—¡Pero tú sabes que el doctor Canelón es amigo de la universidad de Alcides! —levantó la voz, indignada, Lourdes Osorio—. ¡Tú sabes que esa prueba de ADN es un chanchullo, un burdo montaje! ¡Tú sabes que eso no es verdad, que mi Soraya es hija de Alcides!

—Por eso te he llamado, Lourdes —dijo Balaguer, intentando calmarla—. Busca a Malena Delgado y cuéntale todo. Pídele que te entreviste en su programa y sal a denunciar que Canelón es amigo de la universidad de Tudela.

—¡Ya la llamé, Juanito! —respondió Lourdes—. ¡Ya la llamé y no me contesta las llamadas!

Balaguer pensó *Seguro que esta perra de Malena Delgado ha recibido órdenes de Idiáquez y ya no quiere saber nada del caso Soraya; toda la prensa peruana es vendida, adulona, todos son unos mamones que se ponen de rodillas frente al que paga más o el que mete más miedo. Todos son iguales.*

—¡Tienes que volver al Perú, Juanito, y convocamos a una marcha por la avenida Arequipa y marchamos todos juntos! —propuso Lourdes—. Tú tienes un gran futuro político.

Balaguer se rio, sarcástico, y contestó:

—Pero, Lourdes, ¿no has visto mi video?

—Sí, lo hemos visto con Soraya, estamos sumamente chocadas, Juanito, qué barbaridad —comentó Lourdes, y Balaguer pensó que la señora piurana y su hija habían quedado escandalizadas o demudadas por las escenas sexuales que, muy a su pesar, o con secreta curiosidad, habían espiado en la pantalla—. Es una barbaridad que hayan atropellado así tu vida privada, Juanito, tú tienes derecho a hacer con tu cuerpito tan lindo lo que te dé la gana, siempre que no le hagas daño a nadie, y por lo que yo he podido apreciar en el video, no le haces daño a nadie, en todo caso se puede afirmar que Mamanchura te hace doler a ti, Juanito, y no me digas que no duele, porque a mí una vez Alcides me forzó al sexo contra el tráfico, y todavía me duele cuando me siento o cuando hago *spinning* en el gimnasio, qué barbaridad —se explayó Lourdes, y Balaguer escuchó que Soraya decía «Mamá, cállate, no digas esas cosas, me das asco».

—No puedo volver al Perú, me arrestarían, me meterían preso —se disculpó Balaguer, y tuvo ganas de llorar, porque intuyó que lo peor estaba por venir, que la aparición de Mamanchura en el programa de Amarilis sería devastadora para él, que seguramente mostraría las fotos que tenían de los viajes que habían hecho al Cusco, a la selva, a las playas del norte, contaría intimidades de ambos, diría que en los últimos años había vivido de las propinas generosas que él le daba.

—¡Tonterías, Juanito! —se envalentonó Lourdes—. ¡Al que hay que meter preso es a Alcides Tudela, por sinvergüenza!

Balaguer se impacientó:

—Tudela no va a terminar en la cárcel, la gente lo va a elegir presidente. ¿No has leído las encuestas?

—Sí, las he leído y ha sido un baldazo de agua fría para nosotras. Acá te paso con Soraya, que te quiere saludar.

—No, mejor no me la pases, Lourdes, me da vergüenza.

—Hola, Juanito, soy Soraya.

—Hola, Soraya.

—¿Cómo estás? ¿Es cierto que tienes cáncer?

—¿Cómo crees? Estoy jodido, hecho mierda, pero no, no tengo cáncer, es un invento de Parker.

—Lo siento. Yo también estoy muy triste por todo lo que ha pasado. Aprovecho para decirte que me solidarizo totalmente contigo, que entiendo que te gusten los hombres y que ese amigo tuyo me parece muy guapo, tiene un cuerpo muy bonito, entiendo que lo ames, Juanito, y además habla muy bien de ti que no seas racista, que te gusten los hombres de piel morena.

—Gracias, Soraya, aprecio mucho lo que me dices. ¿Qué planes tienen ustedes?

—Vamos a seguir dando la batalla. Ojalá que alguien más nos quiera entrevistar en la televisión, pero por el momento se nos han cerrado todas las puertas.

—El Perú es una desgracia —dijo Balaguer—. Siempre ganan los malos.

—Si mi papá gana, nos iremos a vivir al extranjero —anunció Soraya.

—Mucho me temo que va a ganar —contestó secamente Balaguer.

—No, no va a ganar —le replicó Soraya, con ánimo combativo—. Una enfermera del Laboratorio Canelón nos va a dar las pruebas de que el examen de ADN realizado a mi papá es falso —añadió, esperanzada.

—¡Sería genial! —se entusiasmó Balaguer—. Pero no comenten nada, háganlo todo en secreto, porque Tudela va a pagar a quien tenga que pagar para que ustedes pierdan esta batalla.

—Acá te paso con mi mamá. Chau, Juanito. Me has demostrado que eres todo un periodista independiente.

—¿Juanito?

—Lourdes, qué bueno lo de la enfermera.

—Sí, ojalá nos dé las pruebas, ¡sería una bomba! ¿Por qué me llamaste, Juanito? ¿Necesitas algo?

—No, nada. Solo quería saber cómo estaban.

—Estamos regias, hijo, nosotras estamos hechas para la pelea, nadie nos gana. Y ahora te dejo, porque ya está por comenzar el programa de Amarilis. Si quieres llámame más tarde y te cuento todo lo de tu novio.

—No es mi novio, Lourdes.

—Bueno, tu pareja, da igual. Amarilis lo ha anunciado como tu marido. ¡Cómo le gusta el chisme!

Colgaron. Balaguer pensó *Si la enfermera no se acobarda y suelta las pruebas del fraude con el ADN, el miserable de Tudela todavía puede perder, pero aun si perdiera, ya no puedo volver al Perú*. Se asomó a la ventana, vio a lo lejos el cementerio de la Recoleta, pensó que el Hotel Alvear era un buen lugar para morir, pero no de un disparo, eso sería vulgar, casi mejor por una sobredosis de pastillas, durmiendo tranquilamente. *Así mueren los caballeros*, se dijo, y salió a caminar antes de que se hiciera de noche.

La inesperada visita de Alcides Tudela a Chimbote provocó un gran revuelo entre sus pobladores. Tudela fue aclamado como un héroe local: condecorado por el alcalde, que pronunció un discurso en el que lo llamó «hijo predilecto de este puerto que lo vio nacer», recibió las llaves simbólicas de la ciudad, visitó el colegio donde había estudiado, improvisó un mitin en la Plaza Mayor ante centenares de lustrabotas que aún lo recordaban como el niño hablantín que limpiaba sin fatigarse los zapatos de lugareños y turistas, visitó al jefe de la Iglesia Católica de Chimbote, monseñor Peirano, y dio un ciclo de conferencias, todas en inglés, en la Universidad Nacional del Santa y difundió por calles y plazuelas la leyenda de que se había doctorado como economista por la Universidad de Stanford y como politólogo por la de Harvard, aunque en realidad no había concluido aún su bachillerato en la Universidad de San Francisco. En una de sus conferencias en inglés (en las que hablaba de asuntos que nadie entendía, ni siquiera él mismo, pero que dejaban boquiabiertos a profesores, alumnos y curiosos, la mayoría de los cuales no hablaba inglés), Tudela anunció en español que, cuando fuese millonario, regresaría al Perú, se lanzaría a la presidencia y convertiría a Chimbote «en la ciudad más próspera de América, y al Perú en la Suiza de América del Sur». Tanto fue su éxito que dio entrevistas a diarios de Trujillo y Chiclayo que circulaban también en Chimbote, y fue apodado por la gente La Joya de Chimbote o Pico de Oro o El Niño Prodigio.

Tudela se sentía extasiado con las muestras de afecto de la gente, ya no quería volver a San Francisco, no extrañaba a Elsa Kohl ni a los Miller, pasaba los días caminando por el Centro de Chimbote, hablando con la gente, diciendo palabras en inglés para impresionar, lustrando zapatos sin cobrar, abrazando a quienes conocía y no conocía, expandiendo su creciente popularidad en el puerto y en los barrios vecinos. Por las noches se emborrachaba y visitaba el burdel más famoso de Chimbote, El Pescador, donde lo atendían haciéndole descuento en mérito a las hazañas académicas y empresariales que, achispado por el trago y animado por el cariño, Tudela narraba, ante la mirada atónita de la regenta y sus meretrices. Preocupados por la larga ausencia de Tudela, los Miller llamaron a don Arquímedes y le preguntaron cuándo volvería Alcides a San Francisco. «No lo sé, dice que quiere meterse en política, acá lo veo muy contento», respondió él.

Todo parecía sonreírle a Alcides Tudela en Chimbote hasta que una noche la policía entró a golpes y patadas al burdel El Pescador y arrestó a las prostitutas y a sus clientes, alegando que el local carecía de licencia. En realidad, era una operación de venganza ordenada por el jefe policial de Chimbote, el sargento Rodrigo Rovira, que había visitado el lupanar y se había retirado indignado, prometiendo represalias, porque le habían cobrado. «A la policía no se le cobra, van a pagar caro esta osadía», amenazó Rovira, antes de marcharse sin pagar, insultando a la administradora. Cuando la policía llegó al burdel siguiendo las órdenes del comisario, Alcides Tudela fue hallado desnudo, alcoholizado, aspirando cocaína, rodeado de cuatro prostitutas que le prodigaban mimos y arrumacos y lo llamaban «señor presidente», a pedido de él mismo. Al ver a la policía, y creyendo que su futuro político podía verse seriamente comprometido, Tudela empezó a dar alaridos y a golpear a sus amigas, las prostitutas, diciendo que estaba allí contra su voluntad, que lo habían secuestrado y drogado a pesar de que él había opuesto gallarda resistencia, pero la policía no le creyó y fue arrestado junto con los demás clientes de El Pescador. Este incidente, lejos de dañar la reputación de Alcides Tudela en Chimbote, lo hizo más querido por la población local, que, en su gran mayoría, creyó que Tudela había caído en una emboscada tendida por el comisario Rovira, que, según decían, le tenía envidia. Enterada de que su marido estaba en prisión, Elsa Kohl lo llamó por teléfono y le preguntó qué había ocurrido. Llorando, Tudela le dijo «He sido víctima de un secuestro, Elsita». «¿Quién te ha secuestrado?», preguntó ella, sorprendida. «Unas putas», contestó él, sollozando. «¿Y qué querían?». «Violarme», se quejó Tudela. «Violarme y drogarme».

La famosa animadora de televisión Amarilis Almafuerte, pelo teñido rojizo, nariz operada respingada, facciones suavizadas por cremas y cirugías y diez horas diarias de sueño inducido, vestido negro de pronunciado escote, piernas cruzadas, aire inconfundible de diva que ríe a mandíbula batiente de sus propios exabruptos, anunció a gritos, tal era su estilo:

—Nos acompaña esta noche el señor Mamanchura, polémico amiguito íntimo del controvertido periodista Juanito Balaguer, para comentar el video íntimo en el que se aprecia a ambos teniendo relaciones sexuales.

La cámara enfocó a Mamanchura, que sonreía con aplomo.

—Buenas noches, señor Mamanchura —le dijo Amarilis, con sonrisa forzada.

—Buenas noches, señora Amarilis —respondió él, vestido con pantalón celeste, zapatos blancos y camisa amarilla de manga larga y tela brillante, la cabeza calva, rapada, reluciente, las manos salpicadas de anillos dorados, reloj voluminoso en la muñeca izquierda—. Muchas gracias por invitarme a su programa, tan sintonizado. Soy su fan.

No había público en el estudio, solo tres camarógrafos, un director de piso y el productor del programa, que era o había sido amante de Amarilis. Detrás de la anfitriona había un estanque con agua burbujeante y peces de colores. Cuando apareció el rostro de Mamanchura, una leyenda en letras amarillas se superpuso a la imagen en la parte inferior: «¡Llegó el cuco, escondan a los niños!». Enseguida desapareció y colocaron otra leyenda: «¡Qué feo el negro!». Amarilis no perdió tiempo, era astuta y sin escrúpulos ni miramientos, y preguntó:

—¿Cómo se siente luego de que todo el Perú lo ha visto en la cama de un hotel teniendo sexo con el periodista Balaguer?

Mamanchura sonrió, miró a la cámara, dejó ver su dentadura impoluta, simétrica, de actor de cine, y respondió:

—Primero que nada quiero mandarle saludos a mi mamacita, que está viéndome en Chincha con toda mi familia: mami, te quiero. Segundo, si me permites, Amarilis, quiero agradecer a mi dentista, el doctor Astocóndor, que me ha hecho la técnica del blanqueamiento.

—¿Te han blanqueado? —inquirió Amarilis, irónicamente, conteniendo la risa.

—Por el momento, solo los dientes —contestó Mamanchura, luego sonrió, mostrando con orgullo sus dientes níveos, parejos, y en la pantalla apareció una leyenda que decía «¡Págale al doctor Astocóndor!».

—¿Cómo te sientes luego del escándalo que ha sacudido los cimientos del periodismo peruano y que le ha costado el programa a Juanito Balaguer? —siguió preguntando Amarilis, mientras miraba sus papeles y veía de soslayo a su invitado, al tiempo que notaba que su amigo y productor le hacía señas para que fuese más agresiva.

—Sumamente contento y orgulloso —respondió Mamanchura, siempre con una sonrisa—. No te imaginas, Amarilis, cómo me reconoce ahora la gente en la calle, cómo me saluda la gente, la fama que ahora tengo gracias al video.

—Ya, ya —murmuró Amarilis, sorprendida por la aparente felicidad de su interlocutor, que no parecía abrumado por las críticas de los puritanos ni intimidado por las bromas procaces que circulaban en internet, haciendo escarnio de él y de Balaguer.

—Siempre quise ser famoso y ahora lo he conseguido —afirmó Mamanchura.

—¿Y por qué quieres ser famoso? —preguntó Amarilis, levemente irritada, como si no quisiera compartir su fama con nadie.

—Bueno, porque los famosos viven mejor, ganan más plata, se dan la gran vida —respondió Mamanchura, sin dudarlo—. Yo desde chiquito he soñado con ser famoso. Y ya soy famoso, Amarilis. Mi sueño se ha hecho realidad.

La anfitriona soltó una risa burlona, condescendiente, y habló:

—Pero te has hecho famoso por ejercer la prostitución. Te has hecho famoso por salir tirándote a un periodista.

Mamanchura torció el gesto, disgustado, y aclaró:

—No, no, yo no soy prostituto, estás mal informada.

—¿Cómo que no eres prostituto? —levantó la voz Amarilis—. ¡Claro que eres un gigoló, Mamanchura! ¡Tú te alquilas para prestar servicios sexuales! ¡Eso se llama «prostitución»!

—Eso no es verdad —respondió con serenidad Mamanchura, y miró a la cámara y sonrió—. En el video en ningún momento se ve que me den dinero, solo se ve que estamos haciendo el amor Juanito y yo.

—¿Haciendo el amor? —se burló histriónicamente Amarilis—. ¡No te pases! Lo que hemos visto en el video de Los Delfines no es amor, ¡es sexo!

Mamanchura se molestó, o fingió molestarse, y respondió muy serio:

—Eso no te lo permito, Amarilis. Yo al señor Juanito Balaguer lo amo, siempre lo he amado.

—Ya, ya —dijo la anfitriona, mirando a su productor—. Pero él te paga para que le hagas el amor, pues, hijito. ¿O tú crees que acá nos chupamos el dedo?

—No me paga, nunca me ha pagado —afirmó Mamanchura, que antes de ir a la televisión había tomado muy en cuenta el consejo de su madre: «Te diga lo que te diga esa bruja de Amarilis, tú sonríe nomás, siempre sonríe, no dejes de sonreír, que en televisión es muy feo salir molesto o picón, el que se pica pierde»—. A veces me da una platita para mi movilidad o para mis viáticos o para comprarme ropa, pero nada más, yo no le cobro tarifa a Juanito, yo lo quiero, lo amo, no me importa su plata.

—¿O sea que eres el marido oficial de Juan Balaguer? —preguntó Amarilis.

—No soy su marido porque no nos hemos casado todavía —aclaró Mamanchura—. Pero soy su pareja.

—Ya, ya —comentó Amarilis, y lo miró escéptica, desconfiada, con una mueca desdeñosa—. ¿Y desde hace cuánto tiempo están juntos?

—A fin de mes cumplimos tres años —precisó Mamanchura.

En la pantalla apareció una nueva leyenda: «¡Qué asco!».

—¿O sea que no estás avergonzado por lo que hemos visto en el video? —insistió Amarilis.

—No, en lo más mínimo —dijo Mamanchura—. Estoy sumamente orgulloso. No se reniega nunca del amor.

—Pero le has destruido la carrera a Balaguer —instigó Amarilis—. Ha sido despedido, se ha tenido que ir al extranjero, todo por culpa de ese video asqueroso, ¿no te das cuenta, papito? Bien bruto eres, ah. ¿No te das cuenta de que acá en el Perú se te van a cerrar todas las puertas?

—No es como usted afirma, señora Amarilis —se puso serio Mamanchura—. Anuncio a todo el Perú y a otros países que puedan estar viéndonos que ya estoy en la fase de preproducción de mi primer disco de baladas, titulado *Cómetela*.

—¿O sea que ahora eres cantante? —se rio exageradamente Amarilis.

—Cantante y bailarín —precisó Mamanchura—. También soy actor.

—Ya, ya —comentó la anfitriona, mientras su invitado miraba embrujado a los peces multicolores—. Y dime una cosa, papito, ¿tú siempre eres activo con tu pareja Balaguer?

Mamanchura se rio, como si la pregunta fuese tonta:

—Claro, yo soy el macho, él es el pasivo, totalmente pasivo.

Luego miró hacia la cámara y sonrió de un modo que desconcertó a los técnicos y a los productores.

—¿Quieres decirle algo a tu amiguito Balaguer, que a lo mejor está viéndonos desde el extranjero? —preguntó en tono risueño Amarilis.

Mamanchura no perdió la sonrisa y respondió:

—Que lo amo. Que lo extraño. Y que me gustaría grabar una canción a dúo con él.

Asociado con unos amigos que vivían en Nueva York, Gustavo Parker fundó en Buenos Aires un banco privado, el Banco Panamericano, y ofreció pagar unos intereses por depósitos a plazo fijo de diez por ciento al año, siempre que los depósitos excediesen el millón de dólares o su equivalente en la moneda local, y que no fuesen retirados ni tocados en el transcurso de un año. Como los bancos argentinos pagaban intereses mucho más bajos por sus certificados de depósitos, y como Parker contrató a un grupo de gerentes norteamericanos que llevó a Buenos Aires desde Nueva York para dar una imagen de solvencia al Banco Panamericano, en pocos meses ya había captado millones de dólares en depósitos, pagaba puntualmente los intereses con unas cartas muy minuciosas en las que rendía cuentas a sus clientes y ofrecía comisiones muy generosas (de hasta veinte por ciento) a los que le trajeran dinero fresco a su banco. Parker introdujo con éxito esta modalidad en el sistema financiero argentino: pagaba comisiones a los operadores que conseguían nuevas cuentas, pero también a los inversionistas que le confiaban su dinero, de manera que si una persona quería depositar un millón de dólares en el Banco Panamericano, por solo abrir la cuenta y congelar esos fondos, Parker le pagaba doscientos mil dólares de comisión, sin descontarlos del capital ingresado. Esto pasó de boca a oído entre los acaudalados, rentistas, banqueros y consejeros de negocios de Argentina, que, impresionados por la audacia de Parker para mover dinero y generar dividendos, fueron venciendo sus resistencias y confiando su dinero al Banco Panamericano. Al cabo de un año, pagando intereses y comisiones sin falta, dando conferencias, explicando que podía pagar tan elevados dividendos porque invertía los fondos del banco en pingües negocios petroleros con su amigo, el presidente de Venezuela, y en exportaciones bananeras en asociación con sus íntimos amigos los Noboa, de Guayaquil, Gustavo Parker llegó a tener más de cien millones de dólares en su banco, de los cuales usó aproximadamente cuarenta para pagar comisiones e intereses y los sueldos a sus gerentes y trabajadores. Compró una torre en la avenida Alem, con vista al río, colocó un gran letrero luminoso en la azotea con el logotipo del Banco Panamericano, adquirió un helicóptero y una mansión cerca de Punta del Este, entre las chacras de José Ignacio, y sintió que había vuelto a llegar a la cumbre, que se había recuperado de los fracasos peruanos. Ahora tenía más dinero que nunca, mucho más del que había amasado en Lima con la televisión, y sabía que el dinero seguiría llegando a raudales siempre que cumpliese con las dos normas de oro del Banco Panamericano: premiar con comisiones irresistibles a quienes le confiaban sus ahorros y pagarles el interés prometido, mes a mes, muy por encima de lo que cualquier entidad financiera argentina podía pagar. Año y medio después, llegó a tener ciento cincuenta millones de dólares en activos líquidos, dinero que, mes a mes, tras pagar los costos operativos del banco, transfería discretamente a unas cuentas en Nassau, Tórtola y Gran Caimán, a nombre de una corporación fantasma inscrita en Luxemburgo, de la que Parker era único propietario.

Aprovechando una severa devaluación de la moneda argentina y una crisis del sistema bancario, Parker logró recaudar cien millones más, pues los inversionistas no querían ahorrar en pesos sino en dólares y la reputación del Banco Panamericano se había cimentado y Parker aparecía en las televisoras, en los periódicos, comentando la crisis financiera, dando consejos a los ministros de Economía, haciendo alarde de su fama de gurú del dinero. Era conocido como El Mago o El Rey Midas, se dejaba ver en los partidos de polo y las carreras hípicas de los domingos, compró acciones en Boca Juniors, se hizo amigo de los grandes magnates argentinos, no había quien hablase mal de él, era considerado un genio de los negocios, un prodigioso hacedor de dinero. Cuando sus cuentas en los paraísos fiscales del Caribe alcanzaron los doscientos millones de dólares y el gobierno argentino, una dictadura militar, endureció la represión y arreciaron los secuestros contra algunos prominentes empresarios, Parker contrató a un grupo de facinerosos, se hizo secuestrar, su foto amarrado y amordazado apareció en periódicos y canales de televisión, los captores reclamaron cien millones de dólares y, como los hijos de Parker, siguiendo las estrictas instrucciones de su padre, se negaron a pagar la recompensa, los secuestradores hicieron llegar a la prensa un comunicado en el que afirmaban haber ejecutado a Parker y mostraban un cuerpo encapuchado. El cuerpo no era de Parker, él ya había escapado de Argentina en un vuelo privado hacia Nassau.

La prensa creyó que Parker había muerto. Los ahorristas del Banco Panamericano exigieron la devolución de sus millonarios depósitos, pero los hijos de Parker y los gerentes huyeron en estampida y el gobierno, presionado por sus amigos poderosos, que reclamaban el dinero birlado, tuvo que emitir papel moneda para pagar en pesos los depósitos del Banco Panamericano, unos fondos que, mes a mes, sigilosamente, Parker había escondido en el Caribe.

Gustavo Parker nunca más regresó a Argentina, aunque desde entonces solía decir que era argentino de corazón.

Buenas noches, amables televidentes, soy Guido Salinas, he sido nombrado por el señor Gustavo Parker como nuevo conductor de este, su programa amigo, «Panorama». (Salinas es calvo, mofletudo, de mediada edad, los dientes amarillentos de tanto fumar, con lentes gruesos detrás de los cuales se agazapan sus ojos asustadizos, las manos gordas, todo él embutido en un traje oscuro, algo gastado. Ya no está Julia, la productora, que ha renunciado en solidaridad con Balaguer; sí continúa la señorita instigadora de los aplausos del público; y, sentadas como de costumbre sobre unas sillas plegables de plástico, unas treinta personas escuchan en silencio y aplauden cuando se les ordena que lo hagan). Hoy me acompañan el candidato presidencial Alcides Tudela y su señora esposa, la respetada dama Elsa Kohl. Un aplauso para ellos, por favor. (Salinas aplaude a Tudela y Kohl, quienes sonríen y saludan al público, que los aplaude de modo renuente, sin entusiasmo). Gracias, señor Tudela, por venir a «Panorama». Gracias a usted, señor Salinas, y felicitaciones por este nuevo éxito en su ascendente carrera como periodista de gran credibilidad. Señor Tudela, el pueblo se pregunta, y yo tengo que recoger las preguntas del pueblo, esa es mi misión como periodista imparcial, ¿qué siente usted por la señorita Soraya, ahora que he quedado demostrado que no es su hija? Bueno, señor Salinas, lo que siento por esa niña es un tremendo cariño, un deseo de protegerla, de darle mi asistencia moral, y económica si fuera necesario, siento que, a pesar de que no es mi hija, es mi obligación como peruano y como hombre de bien decirle «Buenas noches, Soraya, aquí me tienes, este pecho es tu pecho, estas manos son tus manos, todo lo mío es tuyo». (Aplausos entusiastas del público, aplausos de Guido Salinas, la señora Kohl toma de la mano a su esposo y le sonríe, como aprobando lo que ha dicho). Señora Elsa Kohl, ¿qué piensa usted del caso Soraya, ahora que ya es de público conocimiento que la niña no es hija del señor Alcides Tudela? Mire, señor Salinas, yo pienso que es muy lamentable que la mamá de esta niña se haya dejado sobornar y manipular groseramente por nuestros enemigos políticos; es muy lamentable que esa señora haya usado a su hija para tratar de boicotear la candidatura de Alcides; el daño que le han hecho a esa niña es irreparable, y no hay derecho, es una bajeza. Y yo acuso, señor Salinas, no solo a la madre de esa niña, por degenerada y por coimera y por vender a su hija para fines políticos, yo acuso, con todas sus letras y mirando a la cámara, porque yo, Elsa Kohl, hablo siempre con la verdad en la mano, yo acuso a la candidata Lola Figari de haberle pagado a la mamá de Soraya para engañar a la opinión pública y sembrarle una hija falsa a mi esposo ¡Rectifíquese, señora Figari, pida disculpas al país por lo que ha hecho! Señora Elsa Kohl, ¿pero qué siente usted por la niña Soraya? Nada, no siento nada, ¿qué quiere que sienta si no la conozco y no es la hija de Alcides? Bueno, señor Salinas, yo le repito, como candidato presidencial, que siento mucho cariño y respeto por la niña, y que estoy dispuesto a pagarle su colegio y su ropita, porque yo quiero a todos los niños y niñas del Perú, a todos, y el futuro de ellos es mi futuro. (Aplausos del público, sonrisa mezquina de Elsa Kohl). Señora Kohl, ¿está de acuerdo con que su marido le pague el colegio a la niña Soraya? No, de ninguna manera, señor Guido Salinas, que le pague el colegio la coimera de su mamá, que le pague el colegio Lola Figari, nosotros no tenemos por qué pagarle el colegio ni nada, después de la bajeza que esa familia ha cometido contra nosotros, solo por dinero, inventándose todo. Pero, señora Elsa Kohl, esa niña necesita un padre, está desesperada por encontrar a su padre. Mire, señor Salinas, esa niña no es la única cholita sin padre, hay miles de niñas y niños en este país que no tienen padre, y no por eso yo les voy a pagar el colegio, usted comprenderá. Y permítame agregar algo: este caso no queda aquí, vamos a llegar a las últimas consecuencias, vamos a investigar a la mamá de esa niña hasta encontrar las pruebas de que ha recibido dinero de Lola Figari, y allí la quiero ver, cuando le clavemos un juicio. (Miradas de temor y desconcierto entre las personas del público, que no ven con simpatía a la señora Kohl, famosa por su carácter irascible, sus exabruptos, sus desplantes y sus amenazas vitriólicas). Cambiando de tema, señor Tudela, ¿qué opinión le merece el video sexual del periodista Balaguer con su amante de color moreno? Bueno, señor Salinas, ¿qué puedo decirle? Estoy realmente asqueado, espantado por esas imágenes grotescas, crudas, que demuestran que el señor Balaguer no tiene ninguna autoridad moral para venir a predicar nada ni a exigirme nada; el video ha demostrado que ese señor es un degenerado, un pervertido, un pésimo ejemplo para los niños y niñas de este país, haciendo apología de unas prácticas sexuales que ofenden nuestra sensibilidad y confunden a la juventud. Deploro ese video y pido que la justicia tome cartas en el asunto y castigue con severidad a estos dos señores por dedicarse a la prostitución, que es una práctica ilegal, penalizada por la ley. ¿En su opinión, el señor Balaguer debe ir a la cárcel, señor Tudela? Sin ninguna duda, sin la menor duda, el señor Balaguer cae en la figura legal del proxenetismo, que se castiga con pena de cárcel. ¿Y el señor Mamanchura? Bueno, no me parece, aquí el gran corruptor es el señor periodista que usted ha mencionado y cuyo nombre no quiero volver a pronunciar para no ensuciarme la boca; el otro caballero, el moreno ese, me parece una víctima de las circunstancias. ¿Qué piensa usted, señora Elsa Kohl? (La señora Kohl es delgada, huesuda, el gesto crispado, el ceño fruncido, la nariz aguileña, los labios muy maquillados de color púrpura, la tez pálida, el acento afrancesado, un español fluido pero de sonoridad tosca, que acentúa su mal carácter). Pienso que ahora todo el Perú sabe qué clase de miserable es Juan Balaguer, lo ha visto haciendo sus cochinadas, sus asquerosidades, ese señor es un inmundo, enhorabuena que ha sido despedido de este canal y de la televisión peruana. Cuando nosotros estemos en el gobierno vamos a perseguir a este miserable y no desmayaremos hasta que se haga justicia y se castigue a ese maldito degenerado, corruptor de los niños y niñas del Perú, que cree que con su dinero puede comprar la conciencia de personas honorables. Señor Salinas, tengo que hacerle una pregunta. Dígame, señor Tudela, pregúnteme lo que quiera. ¿A usted le gustan los hombres como a su colega Balaguer? (Risas del público, gesto abochornado del periodista). No, señor Tudela, por favor; yo soy un hombre casado y con hijos. Menos mal, Guido, menos mal. (La señora Kohl hace un gesto de alivio y el público vuelve a reír).

Aunque se demoró largos meses en decidirse, Lourdes Osorio terminó entregándose a Enrico Botto Ugarteche, quien le desfloró con delicadeza, diciéndole al oído poemas en francés, jurándole amor eterno, prometiéndole que dejaría a su esposa y se casaría con ella y fundarían una familia prolífica, esa fue la palabra que usó Botto y que ella, azorada por las fricciones de su amante, no alcanzó a comprender. Fue el momento más feliz en su vida, el descubrimiento de su cuerpo, de los placeres del sexo, el abandono gozoso a los requerimientos constantes de Botto, que se jactaba de compensar con la sabiduría de su lengua los achaques o falencias de sus órganos viriles, que no siempre respondían como deseaba. No por amar a Botto y conocer pudorosamente los misterios del deseo, Lourdes Osorio dejó de ser religiosa y asistir a la misa diaria, en compañía de su amante cuando este se encontraba de visita en Piura, cada dos o tres semanas. Además del pago como corresponsal que recibía de *La Prensa*, Lourdes disponía de una cuenta bancaria con diez mil dólares que Botto abrió en el Banco de Fomento de Piura, para su uso personal. Lucas y Lucrecia Osorio veían con moderada simpatía el floreciente romance de su hija: si bien Botto les parecía un hombre muy mayor para ella, y por desgracia casado y con hijos en Lima, no podían negar que él la amaba, la consentía, le pagaba todo y parecía quererla por encima de las adversidades. Además, Botto publicaba todos los domingos unos poemas de amor dedicados «A mi musa

L», que tanto Lourdes como sus padres leían con emoción, pues pensaban que estaban dirigidos a la piurana. En realidad, Botto le decía a su esposa, Linda, que los había escrito pensando en ella, lo mismo que le decía a Lourdes cuando la llamaba por teléfono todas las tardes desde su despacho del periódico o cuando la visitaba en Piura, siempre con libros de regalo (la mayor parte de historia y escritos por él mismo, que Lourdes usaba para convocar al sueño durante las noches insomnes, «Escribes tan bonito que no entiendo nada», le decía ella, cuando paseaba con su amante por el cementerio de Piura, el lugar favorito de Botto).

El romance duró dos años y Lourdes se sintió una mujer amada, deseada, orgullosa de su cuerpo, y ya no tuvo ataques de vergüenza y estupor cuando le venía la regla, y aprendió a complacer a su amante, a dejar que él paseara su lengua como viborilla por todos los rincones de su cuerpo. Botto se jactaba de ser un amante experto: «Yo puedo hacer que una hembra se venga tres veces seguidas solo dándole lengua, y luego puedo hacerla venir tres veces más dándole verga, y todo eso sin que yo me venga, no conozco a un macho que dure tanto con las hembras como yo, nadie tiene mi poderío, mi aguante, soy un potro salvaje», decía, vanagloriándose, mientras lamía el clítoris de Lourdes Osorio. Nunca ella conoció unos placeres tan desaforados, tanto que se sentía desfallecer, colapsar, sentía que su corazón se paralizaba cuando él la amaba de ese modo tranquilo, paciente, minucioso.

Una tarde, después de pasear por el cementerio, Botto insistió en tomar unos baños turcos en el sauna Como Nuevo, solo para varones, y luego, al llegar al departamento que compartía con Lourdes, se desnudó, puso un disco de Frank Sinatra, cantó algunas canciones en inglés («*My way*», «*Fly me to the moon*», «*New York*»), mientras ella lo contemplaba arrobada, y a continuación se tendió sobre el cuerpo desnudo de su amante, besándola sin tregua. En medio de la refriega del sexo, Botto exclamó «¡Me muero, me muero!». Lourdes Osorio le dijo «Yo también me muero por ti, papito, sigue, sigue». De pronto tenso, congestionado, con una mueca de dolor, Botto alcanzó a decir «Me muero de verdad». Luego dejó de respirar, víctima de un ataque al corazón, su cuerpo fofo, todavía cálido, aplastando a Lourdes Osorio, que lloraba sin saber qué hacer y le pedía un milagro a la Virgen de las Mercedes de Paita.

—Señor Parker, acá hay una niña que quiere verlo, dice que es urgente.

La voz de la secretaria de Gustavo Parker sonaba preocupada, culposa, sabía que a su jefe no le gustaba recibir visitas imprevistas, que no estuviesen marcadas en la agenda.

—¿Una niña? —respondió cínicamente Parker—. ¿Qué cree, que esto es un *day care*?

La voz de Parker se escuchó altanera por el intercomunicador. La secretaria comprendió que la niña no podía pasar, por eso dijo:

—No puede recibirte, hijita, el señor Parker está ocupado. ¿Cuál es el asunto que querías tocar con él?

—Ya le dije —se impacientó Soraya, y le lanzó una mirada impiadosa, y se arregló los aretes, dos pescados de plata—. Vengo a hablar de mi papá. Mi papá es el señor Alcides Tudela. Tengo información que al señor Parker le va a interesar.

—No se puede, hijita. Por favor, no insistas —contestó la secretaria.

—¿Cómo se llama la niña? —preguntó Parker por el intercomunicador—. ¿Qué quiere? ¿Es otra bala perdida que dice que es mi hija?

Soraya torció el gesto, disgustada.

—No, señor, dice que es hija del señor Alcides Tudela —respondió la secretaria—. Es Soraya, Soraya Tudela.

—¡La hija negada del cholo! —pareció alegrarse Parker—. ¿Está aquí? —preguntó, sorprendido.

—Aquí mismo, señor —contestó la secretaria.

—¿Está con su mamá?

—No, está sola, señor.

—Dile que pase.

Soraya sonrió, como diciéndole a la secretaria te gané, eres una inepta, te dije que tu jefe querría verme, por eso eres secretaria y yo algún día voy a ser ministra o congresista o, ¿por qué no?, presidenta de este país.

—Adelante, hijita —anunció la secretaria, poniéndose de pie, extendiendo un brazo para señalar la puerta, que a continuación abrió delicadamente.

Parker se había puesto de pie. Caminó sonriente y con los brazos abiertos, se puso de rodillas y le dio un abrazo a Soraya.

—¿Cómo está la niña símbolo del Perú?

—Muy bien, señor Parker, muchas gracias —contestó secamente Soraya, sin corresponder el abrazo, sintiéndose asfixiada.

La oficina era amplia, decorada con muebles de cuero y mesas de vidrio, tenía un bar con abundantes licores, cinco pantallas de televisión con el volumen enmudecido y, en una de las paredes, fotos de Gustavo Parker con presidentes, reyes, dictadores, prófugos de la justicia, ninguna con sus hijos o su familia, tenía incluso fotos con el Papa vivo y con el Papa anterior, quienes le daban sus bendiciones a pesar de que en otra foto Parker estaba acompañado de una mujer, una de sus muchas amantes, y en otra más lucía radiante al lado de cierta mujer mucho más joven que él, también una amante ocasional, una actriz que trabajaba en Canal 5.

—Siéntate, Soraya, ¿qué te puedo servir? —dijo Parker, y la miró fijamente y pensó *Esta cholita es cosa seria, se las trae, no va a parar hasta que Alcides pierda la elección, seguro que ha venido a traerme problemas.*

—Coca-Cola sin hielo, por favor —respondió Soraya, y se sentó y cruzó las piernas, arreglándose el vestido, luciendo unos zapatos negros, sobrios, que combinaban apropiadamente, con un aire elegante y distinguido, sin apuros, tranquila, una adolescente apenas pero que, a juzgar por su mirada, no se dejaba intimidar y sabía lo que quería.

La secretaria sirvió Coca-Cola, se la alcanzó a Soraya y luego le pasó un *whisky* sin hielo a Parker, quien le agradeció guiñando un ojo. Era joven, llevaba el pelo recogido, un vestido apretado que marcaba su cuerpo bien trabajado en el gimnasio, piernas largas, torneadas, una mujer atractiva que le tenía miedo a su jefe y estaba dispuesta a hacer lo que él le pidiera, en horas de oficina o fuera de la oficina.

—¿Qué te trae por aquí, Soraya? —preguntó Parker, y luego bebió su *whisky* y se sentó con un gesto fatigado, rascándose la cabeza, alisándose las canas.

La secretaria salió y cerró la puerta suavemente. Soraya pensó que esa oficina era más grande que todo el departamento en el que vivía con su madre.

—¿Usted tiene hijas, señor Gustavo Parker? —soltó, muy seria.

Parker quedó desconcertando, la miró circunspecto, al parecer incómodo por la frialdad con que había sido formulada la pregunta.

—Sí, claro —respondió, serio también, mirando a Soraya fijamente a los ojos, pensando *¿Adónde va esta mocosa atrevida?*—. Tengo tres hijos y cuatro hijas, todos con la misma mujer —añadió, y no quiso decir que además tenía una hija en Buenos Aires y otra en Nueva York, así como un hijo en Sevilla, que esos tres eran sus hijos discretos, no oficiales, con otras mujeres de paso, a los que mantenía económicamente y veía una vez al año, pero que no eran considerados en el conteo oficial y cuya existencia ignoraba su familia formal, la familia peruana, su esposa de toda la vida y sus siete hijos avecindados en Lima.

—Usted siempre ha reconocido a sus hijas como buen caballero que es, ¿no es cierto? —preguntó Soraya, y bebió su Coca-Cola.

Parker se sorprendió de la mirada adulta, triste, firme y combativa que encontraba en ella.

—Siempre, siempre —respondió, cavilando, meditando, recordando que había un par de hijas con actrices del canal a las que había preferido no reconocer, pero que recibían dinero todos los meses, y no se sintió mal por mentirle a Soraya. *Lo importante*, pensó, *es que las dos cachorras reciben su plata y no pasan hambre, ya que lleven mi apellido sería mucho.*

—Sabía que usted es un hombre de bien —replicó Soraya—, y por eso he venido a molestarlo, porque necesito pedirle un favor bien grande.

—Dime, ¿en qué puedo servirte? —preguntó Parker, y pensó *Esta cholita es idéntica a Tudela, ¿cómo puede Tudela tener la concha olímpica de decir que no es su hija cuando a leguas se ve que lo es?*

Soraya tomó aire y se dispuso a decir algo que parecía haber aprendido de memoria y Parker pensó *Ahora me va a hacer el melodrama que le hizo al marica de Balaguer, me va a contar la historia entera de cómo ha sufrido desde que nació, ya me jodí.* Soraya habló con voz grave, desapasionada, como si relatara unos hechos que no le concerniesen, como si estuviera dando cuenta de un parte policial:

—Alcides Tudela ha mentido sobre la prueba de ADN. Yo soy su hija. El señor Tudela es mi papá. No le han hecho ninguna prueba de ADN. Es una gran mentira. Lo que dijo en el Laboratorio Canelón es una mentira grosera.

No se quebró su voz, no se humedecieron sus ojos, mantuvo la compostura, la mirada orgullosa y desafiante.

—¿Cómo sabes que no le hicieron la prueba de ADN? —preguntó Parker con tono respetuoso, porque la niña le parecía largamente más inteligente y decente que Tudela y no tenía aspecto de estar mintiendo.

—Me lo ha dicho una enfermera que trabaja en el Laboratorio Canelón —precisó Soraya, y Parker permaneció en silencio, atento al relato—: Ella escuchó todo. Ella es testigo de que Tudela le pagó a Canelón por sacar una prueba de ADN falsa. Ella sabe cuánto dinero le entregó Tudela a Canelón, sabe que Canelón es amigo de la universidad de Tudela, sabe todo.

Parker se hurgó la nariz con un dedo de su mano derecha, luego preguntó:

—¿Cuánto dice que le ha pagado Tudela a Canelón?

—Cien mil dólares —puntualizó Soraya.

—Puede ser —asintió Parker, pensativo.

—La enfermera está dispuesta a hablar, a salir en algún programa de este canal y a denunciar a Tudela por coimero y mentiroso, por burlarse de la opinión pública con mi caso —anunció Soraya.

Parker se quedó pensativo.

—¿Y cómo sé que no le has pagado a la enfermera para que mienta? —preguntó.

—Porque yo soy una persona muy recta, muy moral —se crispó Soraya, ofendida con la duda.

—Muy recta, muy moral, pero aceptaste la plata que te mandé con Balaguer y luego saliste a hablar, tu mamá y tú no se quedaron calladas como habíamos pactado cuando recibieron mi dinero —dijo Parker, con acidez.

—No fue una decisión mía, fue una decisión de mi mamá, yo le dije que no aceptara esa plata —murmuró Soraya, avergonzada, desviando la mirada de los ojos de Parker.

—Ya no importa. ¿Cómo se llama la enfermera?

—Rossini, Carmen Rossini. Es enfermera del Laboratorio Canelón desde hace veinte años.

—Dile que venga esta tarde a mi oficina. La voy a recibir. No te prometo más que eso.

—Una cosita más, señor Parker.

—Dime, Soraya.

—¿Es cierto que Juan Balaguer tiene cáncer?

—Está confirmado: tiene un cáncer incurable en la zona anal. Ya hay metástasis. ¿Viste el video con el negro?

—Sí, lo vimos con mi mamá.

—Entonces ya sabes por qué le ha dado cáncer.

—Sí, claro, entiendo. Una pena, señor.

—Una pena, sí. Pero de algo tiene que morirse la gente.

Una de las decisiones más complejas que Juan Balaguer se vio obligado a tomar en su carrera como periodista ocurrió cuando recibió un sobre anónimo que contenía una cinta de audio. El paquete llegó a Canal 5 a su nombre. Fue recibido por Julia, la productora de «Panorama», que no quiso escuchar la cinta, pues temía que hubiesen grabado a Balaguer hablando por teléfono, y se la dio directamente, diciéndole que ignoraba quién la había enviado. Esa misma noche, Balaguer escuchó la cinta en su casa. Habían grabado a Lola Figari, jefa del Partido Conservador, soltera, sin hijos, cincuenta y cinco años, abogada, polemista temible, hablando por teléfono con la Defensora del Pueblo, Bertha Manizales, ex congresista del Partido Conservador, soltera, sin hijos, cuarenta y ocho años, educada en Londres y Washington, economista de profesión, que pesaba doscientos ocho kilos. Lola Figari tampoco era delgada: pesaba ciento treinta kilos. Era amiga de Bertha Manizales desde el colegio, el Sophianum, para mujeres, religioso, de monjas, en el que ambas descollaron por sus aptitudes académicas y sus habilidades para jugar vóley: Figari era muy buena matadora y Manizales, una gran recepcionista, amortiguaba las pelotas con sus brazos rollizos, adiposos. No habían tenido novios ni novias, nadie les había propuesto matrimonio, y quienes las conocían decían que eran vírgenes. Lola Figari vivía con su padre, un hombre mayor, y Manizales, con su madre, una anciana con Alzheimer. Uno de los adversarios políticos de Lola Figari, el combativo parlamentario Fernando Holguín, había dicho en un programa de televisión, medio en broma, medio en serio, que Lola Figari y Bertha Manizales eran «íntimas amigas, más íntimas que amigas, si me dejo entender». El anfitrión del programa le había preguntado a Holguín «¿Está insinuando, congresista, que Lola Figari y Bertha Manizales son pareja?». Riéndose de un modo sibilino, como si supiera algo que prefería encubrir, Holguín había respondido «No, qué ocurrencia, yo no he dicho eso, no ponga palabras en mi boca. Solo he dicho que Figari y Manizales son íntimas amigas y, hasta donde yo sé, también convivientes, concubinas». Holguín era famoso por su lengua viperina. Ese comentario había desatado una comidilla de chismes, rumores y maledicencias alrededor de la sexualidad de las aludidas, y eran muchos los que afirmaban que ambas eran lesbianas en el clóset o lesbianas reprimidas, que negaban sus pulsiones sexuales debido a su hondo fervor religioso, y que ambas pasaban los fines de semana en la casa de campo que Manizales poseía en Cieneguilla. Indignada por los rumores, Lola Figari había salido en la televisión a declarar que no era lesbiana: «Soy heterosexual, cien por ciento heterosexual, me encantan los hombres, solo que no tengo tiempo para los amoríos o los noviazgos, estoy casada con la política y el Perú». A su turno, Bertha Manizales había concedido un largo reportaje a «Panorama», acompañada de su mamá, una señora achacosa, decrépita, que no recordaba ya nada, ni siquiera cómo se llamaba, y había dicho que estaba «humillada y consternada» por «las injurias que se han vertido contra mi buen nombre y el de mi familia», y luego había inquirido en tono airado a su mamá: «Mamá, la prensa está diciendo que soy lesbiana, tú diles la verdad, ¿soy lesbiana o no?». La viejita había mirado a la cámara con estupor, sin entender nada, y luego había comprendido por la mirada severa, conminatoria de su hija que algo debía decir, y (una madre conoce a sus hijos mejor que nadie, intuye lo que desean escuchar) había respondido «No, hijita, tú no eres lesbiana, tú eres cristiana». Bertha Manizales había sonreído con jactancia ante las cámaras y de nuevo había interrogado a su madre: «¿Y acaso es cierto que Lola Figari pasa los fines de semana con nosotras y se acuesta conmigo acá en la casa, como están afirmando algunos periodistas chismosos y malvados que no respetan a una familia cristiana como la nuestra?». La madre de Manizales se había perdido en algún punto de la pregunta y solo había atinado a contestar «Buena gente es Lola Figari. Mándale saludos de mi parte». No contenta con la respuesta, Manizales siguió acosando a su madre para que diera fe de que no era lesbiana: «¿Pero Lola duerme en esta casa?». La señora respondió «No, no, Lola no vive acá». De ese modo enfático y bilioso, Lola Figari y Bertha Manizales creían haber disipado los rumores sobre su sexualidad, aunque los suspicaces nunca les creyeron. Pero ahora Juan Balaguer escuchaba una cinta de audio grabada furtivamente en la que Figari y Manizales hablaban por teléfono. «Te extraño, gorda», decía Figari. «Yo también, Lola, todo el día pienso en ti», contestaba Manizales, y sus voces eran inconfundibles. «Cómo me gustaría ser tu calzón», declaraba Figari. «No me digas eso, que me mojo todita», respondía Manizales. «¿Quieres que vaya este fin de semana a tu casa?», preguntaba Figari. «Sí, por favor, pero ven de noche, no quiero que la prensa tome fotos», proponía Manizales. «No sabes cuánto te amo, gorda». «Yo más, Lola, yo más». «Nadie me ha dado tanto placer como tú; eres una tigresa en la cama», afirmaba Figari. «Más que una tigresa, un hipopótamo», bromeaba Manizales, y ambas reían. «¿Cuánto estás pesando?», preguntaba Figari. «¿Mojada?», retrucaba Manizales. «No, seca». «Contigo no puedo estar seca. Ni bien te miro las tetas, ya me mojo». «Eres una arrecha, Berthita, Dios nos va a castigar». «Es que tú me pones en baño María, Lola, y la religión me importa un comino, me la meto al poto». «En ese poto te caben todas las religiones, Bertha». «Ay sí, hija, tengo que adelgazar». «Dime que me amas, Bertha». «Te amo y te lamo, Lola».

Juan Balaguer escuchó la conversación sonriendo. No le sorprendió que Figari y Manizales fuesen lesbianas o amantes, era lo que todos decían de ellas. No sabía qué hacer, si pasar o no ese audio en «Panorama». Era una invasión de la privacidad, un atropello a la intimidad, una grabación obtenida ilegalmente, pero si difundía el audio en su programa, no dudaba de que haría un *rating* altísimo, histórico. No era una decisión fácil. Pensó en consultarlo con Gustavo Parker, pero sospechó que este, cínico como era, amante de los escándalos y los *ratings* demoledores, le pediría que propalase la cinta. Tras varios días meditándolo, y siguiendo el consejo de su productora, Julia, llamó a Lola Figari, se reunió con ella en su casa, le dio la cinta y le dijo «No voy a pasarla. Lo que han hecho contigo es un delito y no quiero ser cómplice de eso. Soy periodista, pero ante todo soy tu amigo y un ciudadano respetuoso de las leyes». Figari preguntó, curiosa, «¿Qué me han grabado?». Balaguer se abochornó: «No puedo contártelo. Mejor lo escuchas sola y me llamas». Horas después, Figari llamó a Balaguer y le dijo «Eres un caballero, Juanito. Si algún día llego a la presidencia, no olvidaré este gesto tan lindo que has tenido conmigo».

Juan Balaguer no tenía fuerzas para hacer nada, sentía que su vida era un fracaso, que había llegado al final del camino, que lo peor estaba por venir. No encontraba energías para buscar un departamento y mudarse del hotel, tampoco para pedir trabajo a sus amigos de la televisión argentina. Le daba vergüenza llamarlos, sabía que no podían ignorar el escándalo del video sexual, que, como era previsible, ya estaba subido en YouTube, no tenía cara para verlos y mentirles o para decirles que sí, que era él, que le gustaban los hombres, que le gustaban los negros, que le gustaba que se la metiera un negro fuerte, rudo, sin contemplaciones ni cursilerías. No encontraba fuerzas para rehacer su vida y recuperarse de la catástrofe, se pasaba los días encerrado en la habitación del hotel leyendo la prensa peruana, ensañándose consigo mismo, sintiendo furia contra sí, pensando que el público peruano, que antes lo respetaba, ahora lo veía como un degenerado, un inmoral, y no era caprichoso que pensara así, lo leía en los numerosos comentarios anónimos que escribían debajo de las noticias alusivas al escándalo, por ejemplo a lo que Mamanchura había dicho en el programa de Amarilis, o debajo de los videos en YouTube, subidos por manos diligentes, recortados en cuatro o cinco partes, y vistos ya por más de un millón de personas. Balaguer no quería seguir viviendo, quería encontrar la manera de interrumpir su vida sin que resultara doloroso o traumático, le daba asco verse la cara, el cuerpo desnudo después de ducharse, le daba asco recordar lo que le gustaba hacer en la cama, no tenía entereza para seguir cargando ese cuerpo que ahora desdeñaba, carecía de coraje para seguir sosteniendo esa vida que lo avergonzaba, creía que era el momento de matarse, allí mismo, en una *suite* del cuarto piso del Alvear, abrumado porque Gustavo Parker lo había enfermado, y nada menos que de cáncer y de cáncer en el ano, lo que no era verdad, pero ya no valía la pena desmentirlo, nadie le creería, pensaba, *No me importa que piensen que tengo el culo podrido, corrompido, si de todos modos saben que soy un maricón sin remedio, en el clóset, un maricón tan maricón que tiene pánico de salir del clóset y es en el clóset donde quiere morir.* Una sola cosa le daba ilusión, aunque mínima, y era que, como los peruanos resultaban impredecibles políticamente y cualquier cosa podía esperarse de ellos, al final Alcides Tudela perdiera las elecciones ese fin de semana, que fuese escarnecido por los ciudadanos, que el caso Soraya le costase la elección. Solo eso, la esperanza, cada vez más débil, difuminada, de ver perder a Tudela, hacía que

Balaguer aplazara sus planes suicidas y se dijera *No me mato, no todavía, a lo mejor Tudela pierde y si pierde todo cambia, si pierde quizá hasta me llame Parker y me ofrezca volver en un tiempo, a fin de año, a su canal, así de oportunista y desalmado es Gustavo, lo conozco como si fuera su hijo.* Balaguer leía todas las encuestas peruanas y sabía que Tudela llevaba la delantera cómodamente sobre Lola Figari, que se hallaba rezagada quince puntos por debajo, pero también se mantenía en contacto con Soraya y su mamá y sabía que ya habían convencido a la enfermera Rossini de ir a la televisión para denunciar que Tudela había sobornado al doctor Canelón con el fin de simular una prueba de ADN que nunca se hizo, y sabía por tanto que si la enfermera denunciaba a Tudela, la situación podía voltearse, Tudela podía perder, todavía podía perder, el pueblo era tonto pero no tanto, solo era cuestión de que la enfermera Rossini disparase con buena puntería la última bala para matar a ese tigre que era Tudela, pensaba Balaguer, y luego se preguntaba *¿Se atreverá Gustavo Parker a poner a la enfermera en su canal y a declararle de nuevo la guerra al mafioso de Tudela, sabiendo que lo más probable es que gane?* Faltaban pocos días para las elecciones presidenciales y Balaguer pensaba que era irónico que él desease tan ardientemente que perdiera Tudela cuando se había pasado los últimos años apoyándolo contra viento y marea, dando la cara por él, defendiéndolo incluso cuando le parecía indefendible. *Tanto nadar para morir ahogado en la orilla*, se decía, *algo tengo que hacer para que Tudela pierda; si Tudela pierde, tal vez no me suicide, tal vez los peruanos me perdonen en un tiempo y al menos recuerden que tuve el valor de defender a la hija ilegítima, verdadera pero no reconocida de ese canalla, ese bribón, tan envanecido facineroso.* Balaguer hizo un trato consigo mismo: *Si Tudela gana, me mataré el mismo* *domingo por la noche, pero antes dejaré una nota que le pediré a Soraya que lea como despedida de mi público, pero si Tudela pierde, no me mataré, seré fuerte, seré hombre, aguantaré la tormenta, celebraré que la derrota de Tudela sea mi victoria, yo seré el gran arquitecto de su derrota, y entonces mi imagen se fortalecerá ante la opinión pública y llamaré a Gustavo Parker y le pediré que me devuelva «Panorama» y la primera entrevista será a Soraya y a su mamá, celebrando la derrota de Tudela. Bien, tenemos un plan,* se dijo, y luego tomó dos pastillas hipnóticas y se quedó dormido con la televisión encendida, por eso cuando lo llamó Gustavo Parker no escuchó el timbre del teléfono y Parker se resignó a dejarle un mensaje:

—Llámame. Es urgente.

Todavía en Chimbote, postergando su regreso a San Francisco, Alcides Tudela decidió fundar su propio partido político. Aplaudido por sus contertulios del bar Dos Más, quienes veían con admiración que se ofreciera a pagarles las cervezas a todos, y animado por sus viejos amigos y por los lustrabotas del puerto y por todos sus hermanos, Tudela, rebosante de cerveza, se subió a una mesa, pronunció un discurso en inglés que nadie entendió y, ante la ovación general y las gotas de cerveza que le echaban para darle suerte, anunció: «Compatriotas, mañana voy a fundar un partido político para hacer la gran revolución que necesita nuestro país». «¿Cómo se va a llamar tu partido?», le preguntó un parroquiano, contagiado del entusiasmo general. Tudela se quedó pensando, se sobó la entrepierna, se tambaleó sobre la mesa y gritó «¡Partido del Progreso!».

Al día siguiente acudió con sus amigos al local del Jurado de Elecciones de Chimbote (un vetusto altillo de dos ambientes y un baño que funcionaba en un antiguo burdel) y pidió información sobre los requisitos para inscribir un partido político. «Necesita cien mil firmas válidas, cincuenta comités provinciales en todo el país y un estatuto ideológico», le dijo el jefe del Jurado de Elecciones de Chimbote, Polo Campestre, un hombre mayor que también era dueño del burdel que funcionaba en el piso de abajo y que había sido dos veces prefecto de Chimbote y cinco veces alcalde. Tudela recurrió entonces a sus hermanos: alquiló el local abandonado de una fábrica de harina de pescado, les entregó dinero, puso en sus manos los planillones y les dijo que tenían una semana para falsificar ciento veinte mil firmas de ciudadanos peruanos. Para facilitarles el trabajo, les dio copias del padrón electoral y dijo, impaciente, «De todos estos nombres, saquen los que quieran, los que les suenen más bonito, y copien la firma». Sus hermanos trabajaron día y noche, llenando los planillones con firmas falsificadas, mientras Tudela procedía a inaugurar sesenta comités de su partido en todo el país, viajando incansablemente en aviones, en autobuses, en autos alquilados, a caballo o a lomo de burro, recorriendo la vasta geografía del Perú, siguiendo un plan que no le fallaba: como no conocía a nadie en los sesenta pueblos que había elegido (siempre cercanos a Chimbote, todos en la zona norte y amazónica), cuando llegaba a un caserío, aldea, villorrio o ciudad, acudía al bar más popular o al prostíbulo mejor conocido, hablaba con el dueño, le ofrecía dinero a cambio de representarlo políticamente en esa localidad, se emborrachaba con él, se iba de putas y cerraba el trato. Fue así como nació el Partido del Progreso del Perú: Alcides Tudela se presentó en el local del Jurado Nacional de Elecciones, en Lima, al lado del Campo de Marte, y presentó ciento cincuenta mil firmas, todas falsificadas por sus hermanos (uno de las cuales, Adalberto, tuvo que ser hospitalizado por una crisis de estrés al terminar aquel trabajo fraudulento), y la constancia escrita de que el partido tenía sesenta y cuatro comités provinciales, cuyas direcciones correspondían, en la mayor parte de los casos, a bares, cantinas, bodegas y algunos prostíbulos camuflados bajo el rótulo legal de «casas de masajes». Cuando las autoridades electorales le recordaron que tenía que presentar un estatuto ideológico o un ideario fundacional del partido, Tudela respondió «El Perú es mi doctrina». «Eso no sirve, póngalo por escrito, llene por lo menos veinte páginas con su plan de gobierno», le dijo uno de los funcionarios del jurado electoral. Aquella noche, bajo el influjo de un poderoso aguardiente, Tudela entró en rapto creativo y escribió el plan de gobierno del Partido del Progreso del Perú. Entre otras cosas, postulaba la eliminación total de la pobreza, del analfabetismo, de la delincuencia, del desempleo, del hambre y de la infelicidad. «La meta del Partido del Progreso del Perú es acabar con la infelicidad individual y colectiva, y que cada peruano sea un faro de alegría infinita», escribió, beodo, y, al terminar, le dedicó el documento a su difunta madre: «A mi viejita, que está en el cielo. Por ti voy a ser presidente». Luego rompió a llorar, se puso de rodillas y le pidió a Dios que lo iluminase para gobernar a los peruanos de modo justo, recto y ejemplar. El Partido del Progreso fue inscrito sin que nadie examinara la validez de las firmas ni la idoneidad de sus representantes, declarando como miembros fundadores a Alcides Tudela como presidente, Agapito Tudela como secretario de organización, Albina Tudela como secretaria de relaciones internacionales, Álamo Tudela como secretario de cultura, Anatolio Tudela como secretario de juventudes y Adalberto Tudela como tesorero. Como representantes del Partido del Progreso del Perú en los Estados Unidos y el Primer Mundo fueron nombrados Clifton y Penelope Miller, mientras que Elsa Kohl fue inscrita en los estatutos como primera dama itinerante. Unos meses después, ya estando Tudela de regreso en San Francisco, apareció en el periódico más leído de Chimbote, *La Tribuna*, una noticia en primera plana en la que se informaba que el Partido del Progreso del Perú había sido inscrito ante el Jurado Nacional de Elecciones. «Llegaremos al poder por la sagrada voluntad popular», decía Alcides Tudela, en una larga entrevista en páginas interiores. «Y combatiremos la corrupción y el nepotismo», añadía.

Apenas despertó, Juan Balaguer escuchó el mensaje de Gustavo Parker y no dudó en llamarlo. No le guardaba rencor. Entendía que, ante el escándalo del video sexual, Parker hubiese tenido que desmarcarse públicamente de él y despedirlo del canal; entendía que, siendo un hombre mayor y mujeriego consumado, fuese fóbico o alérgico al sexo entre hombres; entendía que Parker ponía los intereses de su canal, de sus negocios, sobre sus afectos particulares. Por eso no vaciló en llamarlo y saludarlo con cariño (por eso y porque tenía la esperanza de que, si Tudela perdía, Parker lo llamase de vuelta a su canal).

—¿En qué te puedo ser útil? —le dijo.

—¿Cómo estás? —lo saludó Parker.

—Regular —contestó Balaguer—. Un poco jodido, como imaginarás.

Parker volvió a preguntar:

—¿Cómo estás de salud?

Balaguer recordó lo que Parker había dicho y se irritó. Le había parecido grosero que aprovechando el video sexual hubiese falseado una enfermedad incurable, en todo caso la enfermedad incurable que padecía era la de la culpa y la congoja y el repudio de ser quien era, pero cáncer no tenía, no que supiera, y Parker se lo había inventado para hacer escarnio de él.

—De salud, bien, no tengo cáncer. No sé por qué dijiste eso, Gustavo.

—Es una broma, hombre, no te tomes todo a la tremenda —afirmó Parker, y soltó una risa que a Balaguer le pareció forzada.

—Me parece una broma de mal gusto.

—Bueno, bueno, no vengas a hablarme de buen gusto después de las cosas que hiciste con tu moreno —ironizó Parker.

Balaguer se puso serio, se molestó y lo dejó notar en su voz seca, cortante.

—¿Para qué me llamaste, Gustavo? ¿Qué quieres de mí?

—Quiero pedirte un favor, como amigo.

—Como amigo, claro —respondió Balaguer, con tono cínico.

—Mira: Alcides está jodido, hay una enfermera del Laboratorio Canelón que quiere denunciarlo porque dice que no se hizo ninguna prueba de ADN, que le rompió la mano a Canelón para simular una.

—No me extraña. Ya lo sabía. No me cabe la menor duda de que Soraya es hija de Alcides. Siempre te lo dije, Gustavo.

—Y esta enfermera de los cojones quiere salir en mi canal o en otro (yo no creo que la deje salir, no quiero más pleitos con el cholo) denunciando que lo de la prueba de ADN es cuento chino.

—Me parece muy bien. Yo la apoyo.

—Tú la apoyas porque tienes un rencor contra Tudela. Pero yo no apoyo a la enfermera, yo apoyo a Tudela; me importa un carajo que esa niña sea su hija o no sea su hija, no puedo darme el lujo de pensar en mis sentimientos ni en mis rencores, tengo que poner por encima el interés del Perú, el bienestar de todos los peruanos.

—Sí, claro, Gustavo. Pero no estamos de acuerdo. Yo creo que a los peruanos les conviene conocer la verdad y que la verdad es una sola: que Tudela sigue negando a su hija Soraya con trampas y mentiras, unas trampas y unas mentiras que tú ahora quieres convalidar y apañar.

—No digas tonterías, hombre —se enfureció Parker—. No hables por la herida.

—¿Qué quieres de mí, Gustavo? —se impacientó Balaguer.

Luego pensó *No debí llamarlo, este tipo es un crápula, un mafioso, en buena hora me largué del Perú, no volveré a ese canal, que es un nido de víboras, y aunque los peruanos tengan el buen gusto de no elegir presidente a Tudela.*

—Quiero pedirte un gesto cariñoso de amigo.

—Dime —lo alentó Balaguer.

—Un gesto de amigo, repito. Un gesto que yo te agradeceré y que me encargaré de recompensar generosamente, como tú te mereces.

—Dime —lo apremió Balaguer.

—Quiero que hagas una declaración pública allá en Buenos Aires diciendo que apoyas a Alcides Tudela, que piensas votar por él, que no crees que Soraya sea su hija.

—¿Eso me estás pidiendo?

—Eso mismo. Yo te mando al camarógrafo y al reportero mañana mismo y tú grabas un mensaje corto, bonito, bien hablado, así como tú sabes, y dices que apoyas a Tudela y que le pides disculpas por haberle sacado a esa hija que no es su hija.

—No creo que pueda hacerlo, Gustavo. Me pides mucho —se rehusó Balaguer.

—Tu apoyo es clave. Tu apoyo es crucial, Juan. Si apoyas a Tudela ahora que faltan tres días para las elecciones, vamos a callarle la boca a esa enfermera y vamos a asegurarnos de que Tudela gane, que es lo que nos conviene a todos.

—Será lo que te conviene a ti, no lo que me conviene a mí.

—A ti también te conviene, piénsalo bien. Si me haces ese favor de amigo, la próxima semana te nombraré corresponsal en Buenos Aires y te pagaré cinco mil dólares mensuales para que vivas tranquilo, ¿qué te parece?

—¿Corresponsal en Buenos Aires? —se sorprendió Balaguer, y guardó silencio, dudando.

—Eso mismo: corresponsal en Buenos Aires, con cinco mil dólares al mes. Te quedas un año, dos años, lo que tú quieras, y luego, cuando baje la marea, vemos si conviene que vuelvas a Lima para retomar la conducción de «Panorama».

Balaguer odió a Parker, lo despreció, sintió que el Perú era un país enfermo, y enfermo sin remedio por culpa de empresarios viciosos, taimados, inescrupulosos, como Gustavo Parker, y por culpa de políticos corruptos y embusteros como Alcides Tudela. *En el Perú siempre ganan los malos*, se dijo. Luego contestó:

—Déjame pensarlo y te llamo en un par de horas.

—No la cagues, Juan. El cholo y yo te necesitamos más que nunca. Espero tu llamada. Un abrazo.

Repudiado por los peruanos luego de cinco largos años de ejercer el poder a su antojo, el dictador Remigio Mora Besada cedió a las presiones de sus compañeros de armas y convocó a unas elecciones presidenciales que, recién llegado del exilio en los Estados Unidos, ganó el candidato de Alianza Progresista, Fernán Prado. Demócrata cabal que había sido derrocado por el general Velásquez, Prado regresó al poder en olor de multitud. El día de su juramentación, devolvió Canal 5 a su fundador y legítimo propietario, Gustavo Parker, que regresó de su exilio en el Caribe para tomar posesión de su empresa. Prado y Parker eran amigos, y Parker había hecho generosas contribuciones a la campaña electoral de Prado.

Tan pronto como ocupó las instalaciones de su televisora, Parker despidió a casi cien empleados, todos nombrados en tiempos de Velásquez y Mora Besada. No despidió a los rostros emblemáticos del canal, Alberto Sensini y Palomo Ibarguren, porque ambos eran muy queridos por el público y se declaraban apolíticos, aunque cuando fue proclamado ganador a Fernán Prado, tanto Sensini como Ibarguren salieron en sendas entrevistas en *El Comercio* diciendo que habían votado por él, que eran pradistas de toda la vida. Aunque Parker hubiera querido despedirlos, no le pareció adecuado pelearse con el público de su canal y se resignó a bajarles el sueldo a la mitad, algo que Sensini e Ibarguren aceptaron como un castigo que sabían que merecían. Luego de despedir a decenas de empleados considerados leales a la dictadura que había caído, Parker se reunió con el presidente Prado y le dijo que el canal estaba quebrado, masivamente endeudado, que se habían robado la mayor parte de los equipos y que necesitaba que el Estado le diera una indemnización para compensar los daños sufridos a lo largo de nueve años de confiscación y las ganancias que él había dejado de percibir durante su exilio en Argentina y el Caribe. Prado, un caballero, incapaz de tramar maldades o de hacer una lectura cínica de las ambiciones de su amigo Parker, le preguntó cuánto debía pagarle el gobierno por concepto de reparación moral. Parker le contestó «Mis contadores me dicen que nos han robado como veinte millones de dólares y que yo he dejado de ganar unos veinte a treinta millones en los nueve años que la dictadura me robó mi canal». Prado objetó «Pero el ministro de Economía, Mario Ortega, me asegura que, además, Canal 5 debe más de doce millones de dólares en impuestos». «Así es, en efecto», sentenció Parker. Tomaban café en uno de los salones de Palacio de Gobierno, rodeados de mapas de la Amazonía peruana, remotos parajes selváticos que Prado visitaba a menudo. «Pero no pienso pagar ni un centavo de esos impuestos. Esa es una deuda que contrajo la dictadura, no yo», añadió. «¿Qué le parece, amigo Parker, si le condonamos la deuda de los impuestos?», preguntó amablemente el presidente Prado. «Me parece bien, pero es insuficiente», respondió Parker. «Necesito que me den un crédito de cincuenta millones para que el canal siga operando y apoye como corresponde al nuevo gobierno democrático», exigió, en tono altivo. El presidente Prado llamó por teléfono al ministro Ortega y le ordenó que el Banco Popular, de propiedad del Estado, diese un crédito a Canal 5, a pagar en veinte años, sin intereses. «Veinte años pasan volando, mejor que sean treinta», propuso Parker, y el presidente aceptó, con sonrisa melancólica. Semanas después, el Banco Popular, cumpliendo órdenes del ministro Ortega, giró un cheque por cincuenta millones de dólares a nombre de Canal 5, como indemnización por los perjuicios causados durante la dictadura.

Gustavo Parker celebró con el ministro Ortega, bebiendo champán. Destinó una parte minoritaria de ese dinero a comprar nuevos equipos para el canal, a pintar la fachada del edificio de la avenida Arequipa, a comprar camionetas y a contratar locutores, animadores y actrices, además de adquirir las telenovelas de moda, que se producían en México y Argentina. El resto del dinero lo depositó en sus cuentas en las Bahamas. Al brindar por el futuro de la democracia peruana y la prosperidad de Canal 5, Mario Ortega y Gustavo Parker sabían bien que esa deuda que la televisora había contraído con el Estado Peruano nunca sería pagada. Mientras comían en La Pizzería de la calle Diagonal, en Miraflores, Ortega, casado con una aristócrata búlgara, heredero de una vasta fortuna, le sugirió a Parker que contratase a Alfonso Téllez para que se hiciera cargo del programa «Pulso». «Pero ese viejo de mierda estuvo con la dictadura», objetó Parker, recordando que Téllez había sido director del diario *La Crónica* en tiempos de la confiscación. «Sí, pero ahora está arrepentido y está con nosotros, y es mejor que le pagues y lo tengamos de nuestro lado a que se ponga contra nosotros. Ese viejo sabe mucho, no nos conviene tenerlo como enemigo». Parker entendió el mensaje, dijo que lo contrataría, y el siguiente lunes, Alfonso Téllez apareció conduciendo el programa «Pulso», con el ministro Mario Ortega como único invitado.

La enfermera Carmen Rossini se negó a visitar en su despacho a Gustavo Parker, alegando que el señor Parker era un mafioso y que ella no se prestaría a ningún juego sucio. Soraya y su madre no insistieron, entendieron que la enfermera no estuviera dispuesta a cobrar por su silencio, le agradecieron por el coraje de rechazar un encuentro con Parker, comprendieron que era una mujer de armas tomar. Presionada por su jefe, el doctor Canelón, para que se quedara callada y no contara lo que sabía («Si me denuncias vas a destruir el prestigio y la credibilidad del Laboratorio Canelón, no puedes hacerme eso, Carmen, todos nos quedaríamos sin trabajo y hasta nos podrían meter presos, incluso a ti, por cómplice del delito de falsificación, tú firmaste las actas de la prueba de ADN de Alcides»), la enfermera renunció a su trabajo, le dijo a Canelón que no quería verlo más, contrató a un abogado que le aconsejó que se quedara en silencio y pactara una indemnización con el laboratorio donde había trabajado, despidió al abogado y, tras reunirse largas horas con Lourdes Osorio y Soraya Tudela, decidió que, por una vez en su vida, haría algo valiente, principista, que diera realce a sus ideales y convicciones, algo a lo que, como mujer soltera y como hija de un padre que nunca la reconoció y al que ella no alcanzó a encontrar, se sentía moralmente obligada: reclamar que Alcides Tudela se hiciera una prueba de ADN para determinar si era el padre de Soraya. Las tres mujeres convocaron a una conferencia de prensa en el Hotel El Olivar de San Isidro. Fue Soraya quien se dio el trabajo de llamar a todos los canales de televisión (seis de señal abierta y tres de cable), a los periódicos serios y menos serios (quince en total), a las revistas frívolas y no tan frívolas (apenas tres), a las radios de noticias (cuatro) y a la prensa extranjera (era cuestión de llamar al jefe de los corresponsales en Lima, un señor de la agencia France Press, y luego él se encargaba de avisar a sus colegas, doce en total). Cuando le preguntaron a Soraya de qué trataría la conferencia de prensa, respondió lo mismo que ya había dicho en un boletín que había escrito e impreso y mandado por correo electrónico a la prensa: «La gran mentira del ADN de Alcides Tudela: tenemos pruebas contundentes de que es falso».

Enterado Tudela de que una enfermera del Laboratorio Canelón había renunciado y al parecer estaba en conversaciones con Soraya y su mamá, llamó incansablemente a su amigo, el doctor Canelón, y ambos llamaron a la enfermera Rossini para tratar de disuadirla, pero ella se negó a contestarles la llamada, sabía que le ofrecerían dinero para callarla y tal vez para que se fuera del país y no estaba dispuesta a venderse, a encubrir a los corruptos, a prestarse al juego de su exjefe y del candidato Tudela, a quienes despreciaba y quería exponer a la luz pública como dos sujetos indignos. Al confirmar que la enfermera no quería hablar con ellos, Tudela y Canelón hablaron con los dueños de algunos canales de televisión, les pidieron que no mandasen a sus reporteros a la conferencia de prensa, pero fue en vano, ya era tarde, el chisme se había esparcido y nadie podía perderse la última comidilla del caso Soraya. Tudela pensó que la enfermera podía arruinarle la victoria segura del domingo, mandó al carajo a Canelón, le dijo que era un inepto, un cero a la izquierda: «¿Cómo puedes ser tan huevón de dejar que una enfermera escuche nuestros arreglos de amigos de toda la vida?». Canelón sufrió una crisis nerviosa, no le dijo nada a su esposa, con la que llevaba casado cuarenta y dos años, y tomó un avión rumbo a Madrid, sin saber cuán grande y bochornoso sería el escándalo en Lima, cuáles serían las implicaciones legales contra él, cuán mal parado quedaría Alcides Tudela tras la denuncia de la enfermera Rossini. Entretanto, Tudela habló con Gustavo Parker y, con la ayuda de algunos jefes policiales, urdieron juntos un plan para destruir la credibilidad de la enfermera Rossini, enviando a la conferencia de prensa a un hombre bien entrenado para sabotear el testimonio de Rossini, el veterano reportero del canal, Clever Chauca.

—Señores de la prensa nacional y mundial, gracias por acompañarnos esta tarde —dijo, nada más sentarse a la mesa cubierta por un paño verde, Soraya Tudela, y a su derecha se sentó su madre y a su izquierda, Carmen Rossini.

La enfermera era una mujer mayor, de sesenta y ocho años, canosa, pues nunca había querido pintarse el pelo, le parecía una vulgaridad, con evidente sobrepeso, pues nunca había querido hacer una dieta, le parecía un sufrimiento innecesario dado que había renunciado por completo a la ilusión de seducir o ser seducida y se encontraba a gusto viviendo sola, vestida con un atuendo negro, pues creía que el negro era un color que la adelgazaba, y que lucía en el pecho un crucifijo con incrustaciones doradas.

—Gracias al Hotel El Olivar por prestarnos este salón y no cobrarnos nada —continuó Soraya—. Al terminar el evento serviremos bocaditos y refrescos, fina cortesía de nuestros amigos del hotel, y en especial de su gerente, Juan Valdivia.

La prensa rompió en aplausos, no se supo bien si dirigidos a Soraya, en atención al gerente del hotel o en agradecimiento por la promesa de comida gratis.

—Me acompaña la señora Carmen Rossini Grados, que ha trabajado más de veinte años en el laboratorio del doctor Raúl Canelón y que tiene una denuncia muy importante que hacer —anunció Soraya, y señaló con el brazo extendido y una sonrisa a la enfermera Rossini, que, antes de sentarse a la mesa, había deslizado en su cartera unos dulces del bufet, no fuera a bajársele el azúcar por la tensión, no fuera a descomponerse, y por eso acababa de meter la mano, muy gruesa, en su cartera imitación Gucci, comprada en el mercado de baratijas de Polvos Rosados, y sacado un maná para llevárselo a la boca, y lo había disuelto y engullido en tres mordiscos, como para darse ánimos, sabía que con el azúcar alta era más valiente y que cuando le bajaba el azúcar se deprimía, se ponía más lenta y tonta—. Carmencita, aquí te paso el micrófono. Que Dios te bendiga —le dijo Soraya.

La enfermera sonrió y miró a la prensa, asustada, pero se dijo *No te dejes intimidar, no te achiques, hoy es tu oportunidad de ser famosa, de hacer algo decente, de dar la cara por una niña justiciera que busca a su padre, ya basta de apañar las trapacerías del doctor Canelón, algún día deberías denunciarlo por todas las manoseadas que te ha hecho, deberías denunciarlo por ser un viejo sátiro, pervertido.*

—Buenas tardes —empezó tímidamente, pero su micrófono no funcionaba, estaba desconectado, y se puso pálida y, mientras un empleado del hotel enchufaba correctamente los cables, volvió a meter su mano a la cartera marrón y ahora se llevó discretamente a la boca un alfajor; luego se acercó a Soraya y le habló al oído—: Dile a tu mami que me traiga tres manás, se me está bajando el azúcar.

Soraya secreteó algo con su madre y enseguida Lourdes Osorio se puso de pie y caminó hacia la mesa de dulces con gesto de preocupación, pensando *Si esta gorda, si este camión se nos desmaya, sería mucha mala suerte.*

—Señores, buenas tardes —ahora sí se escuchó la voz débil, asustadiza de la enfermera, sus ojos evitando las miradas inquisidoras de la prensa, paseando por la sala como dos pájaros golpeándose contra las paredes, buscando la salida, aleteando con desesperación, sus manos regordetas jugando con una servilleta de papel que rompía y despedazaba—. No soy buena para hablar en público, la oratoria no es lo mío, así que les ruego que me ayuden con sus preguntas, si fueran tan amables —añadió, y sonrió de un modo rendido, suplicante.

Un periodista de Canal 4, el veterano reportero Milton Venero, que había cubierto la Guerra de Las Malvinas y la guerra contra Ecuador y la guerra contra los terroristas de Sendero Luminoso desde un hotel del Centro de Lima, el Hotel Le Paris, donde vivía a solas, rodeado de botellas vacías de ron y vodka, se puso de pie, algo pasado de copas, la camisa desabotonada a la altura del ombligo, y preguntó:

—¿Cuál es la pepa, señora?

—No sé de qué pepa me está hablando —respondió, desconcertada, la enfermera Rossini, y enseguida cerró su cartera, pues había estado chupando un mango, víctima de los nervios, antes de ir al Hotel El Olivar, y había dejado la pepa envuelta en una servilleta dentro de su cartera, y temió, asustada, que el reportero Milton Venero, conocido sabueso de probado olfato periodístico, hubiera olisqueado la pepa chupada desde su asiento.

—La primicia, pues, mamita —insistió Venero, impacientándose—. ¿Cuál es la primicia?

Antes de hablar, la enfermera disolvió otro maná en su boca y lo tragó sin dilaciones, ya luego se sintió algo mejor.

—Quiero decirles que tengo pruebas de que el señor Alcides Tudela no se ha hecho nunca una prueba de ADN en el laboratorio de mi exjefe, Raúl Canelón —anunció, y un murmullo recorrió la sala, y Soraya sonrió, triunfante, y le guiñó el ojo a su madre, de nuevo sentada a la mesa.

—¿Qué pruebas tiene? —preguntó una reportera, conectada en directo con su radio de noticias ininterrumpidas.

—Mi palabra: yo misma escuché que Alcides Tudela le propuso al doctor Raúl Canelón sacar una prueba de ADN falsa y limpiarse del caso Soraya —contestó la enfermera Rossini—. Yo estaba detrás de la puerta y oí todo. Yo sé que el señor Tudela le ha pagado mucho dinero al doctor Canelón para falsear la prueba de ADN.

—¿Cuánto dinero? —interrumpió un periodista.

—Mucho dinero —respondió la enfermera—. En dólares.

—¿Qué más escuchó? —dijo, tomando nota en un pequeño cuaderno, un reportero del diario *El Tremendo*.

—Lo que les estoy diciendo: que no hubo tal prueba de ADN, que los papeles que mostraron eran falsos, yo misma los firmé sin que hubiera ningún análisis ni nada, todo fue escrito por el doctor Canelón, pagado por Tudela —prosiguió la enfermera, ya con aplomo, dominando la situación y acaso disfrutándola, procurando no cerrar los ojos cuando disparaban los fotógrafos unos fogonazos de luz que la cegaban y, a la vez, halagaban.

—¿Usted firmó esos papeles de la prueba de ADN sabiendo que eran falsos? —preguntó la periodista de Canal 2, Pelusa Jiménez, de quien sus colegas decían que había sido amante furtiva de Alcides Tudela en un viaje al Lejano Oriente.

—Sí, yo firmé todo porque el doctor Canelón me obligó y me dio miedo perder mi trabajo —respondió la enfermera Rossini—. Pero ahora ya renuncié, ya no tengo miedo y digo la verdad, le duela a quien le duela: Alcides Tudela le ha mentido al país en el caso Soraya, no se ha hecho ninguna prueba de ADN.

—Pero entonces usted también mintió —insistió Pelusa Jiménez, con cara de pocas amigas.

—Sí, pero ya me rectifiqué, y pido disculpas —dijo con firmeza la enfermera Rossini.

De pronto, el periodista de Canal 5 Clever Chauca, un hombre bajo, de escaso pelo peinado con gomina hacia atrás, con lentes gruesos, vestido con traje negro, camisa negra y corbata negra, como para asistir a un funeral o como si fuese un cantante de merengue, el rostro ajado y sudoroso, las manos trémulas dentro de los bolsillos, un hombre poco querido por el gremio porque tenía fama de tacaño, angurriento y adulón de su jefe, Gustavo Parker, se puso se pie y habló, levantando la voz:

—Señora Carmen Rossini, diga si es verdad o no que, como consta en este parte policial que tengo en mis manos, usted fue arrestada hace cinco años por querer robar un reloj de oro de la tienda Saga Falabella.

La enfermera, los ojos desorbitados, los labios temblorosos, las manos de pronto sudorosas, no supo qué contestar, metió una mano en su cartera y engulló dos manás al hilo.

—¿Es verdad o no es verdad que usted fue detenida a la salida de la tienda Saga Falabella del Centro Comercial San Miguel por haberse robado un reloj marca Rolex, de oro de dieciocho kilates? —rugió Clever Chauca, y luego convulsionó en un ataque de tos y terminó echando discretamente un escupitajo en un pañuelo blanco, arrugado, que sacó de un bolsillo—. ¿Es usted una ladrona de relojes, sí o no, señora Carmen Rossini, alias Dame la Hora?

Soraya y su madre miraron consternadas a la enfermera.

—Yo no me robé el reloj —musitó la señora Rossini, a punto de sollozar—. Me lo estaba llevando por una confusión.

—Por una confusión, claro —dijo cínicamente Clever Chauca, y luego agitó unos papeles y trató de leerlos—. ¿Y por una confusión también quiso robarse un reloj marca Swatch de otra tienda del Centro Comercial Jockey Plaza, hace cuatro años?

Los periodistas miraron con hostilidad a Clever Chauca, que estaba robándose el protagonismo de la rueda de prensa, eclipsando a la enfermera Rossini y demostrando que, a pesar de su fama de borracho y adulón, era un hueso duro de roer y a veces se preparaba bien, echando mano a sus contactos en el mundo de la policía.

—Yo devolví esos relojes, no me los robé —se defendió la enfermera Rossini, pidiendo disculpas con la mirada a Soraya y a su madre.

—¡Pero quiso robárselos! —le espetó Clever Chauca—. ¡Es usted una ratera de relojes! ¿Con qué autoridad moral viene a acusar al candidato Alcides Tudela, si usted tiene un prontuario policial por andar robando relojes por todo el Perú?

Ahora Chauca estaba indignado, tronaba agitando los brazos de un modo virulento, y la enfermera Rossini se sentía apocada, pillada en falta, en medio de un escándalo que jamás había imaginado que le estallaría en la cara, y no encontraba palabras para articular su descargo, ni manás en la cartera para envalentonarse con azúcar, por eso rompió en lágrimas.

—No soy ladrona. Tengo una enfermedad: soy cleptómana, pero no ladrona —dijo, y se puso de pie y salió corriendo de la sala, al tiempo que sollozaba, descontrolada.

Clever Chauca marcó el celular de Gustavo Parker y habló levantando la voz para que lo oyeran sus colegas, esos colegas a los que despreciaba porque no podían vestir ropa fina como él:

—Misión cumplida, jefe.

Soraya se puso de pie y gritó:

—¡Alcides Tudela es mi papá! ¡No se ha hecho la prueba de ADN!

Clever Chauca se dirigió a ella con desdeñosa serenidad:

—No grites, mamita —dijo, y a continuación se sobó el estómago y preguntó—: ¿Pasamos al bufet, coleguitas?

Enrico Botto Ugarteche fue sepultado en el cementerio de La Planicie, en las afueras de Lima. Una multitud de amigos acudió a los funerales. A pesar de que nadie lo tenía por un hombre apuesto, había conquistado a no pocas mujeres gracias a su cultura, su conversación chispeante y su prodigiosa memoria para recitar poesía. Por eso fue llorado por su esposa y sus hijos, y también por sus muchas queridas y por los hijos que había tenido con ellas. Entre sus amantes afligidas estuvo, vestida de negro, gafas oscuras, sollozos desconsolados, Lourdes Osorio.

Terminada la ceremonia, la viuda de Botto, Linda Massera, se acercó a Lourdes y le dio una discreta bofetada: «Tú mataste a Enrico, putita malnacida». De inmediato, el director de *La Prensa*, Archibaldo Salgado, se acercó a Lourdes, la consoló y le dijo «No te preocupes, que te seguiremos pagando como corresponsal». Osorio lo abrazó y le contestó: «No puedo volver a Piura, don Archibaldo, necesito quedarme en Lima». Salgado, un hombre canoso, afable, de bigotes recortados, le preguntó, tomándola del brazo, «¿Quieres ser corresponsal de *La Prensa* en Lima?». Osorio pareció sorprendida: «Pero *La Prensa* se hace en Lima, señor Salgado». «Bueno, sí, pero es mi periódico y yo hago lo que me da la gana, y si quieres te nombro corresponsal de *La Prensa* en tu casa». Osorio lloró, emocionada, y Salgado añadió «¿Tienes dónde quedarte en Lima?». «No», respondió Lourdes. «Puedes quedarte con nosotros», se ofreció la esposa de Salgado, Atilia. No fue necesario. Al día siguiente, Lourdes Osorio se enteró por medio de Archibaldo Salgado que Enrico Botto la había considerado en su testamento, dejándole un departamento en San Borja («Que Enrico usaba como matadero», le explicó Salgado) y las regalías provenientes de su libro de poesía

La botella vacía. Cuando ella llamó por teléfono a la editorial Pericotes Colorados del veterano patriarca de la cultura Gilberto Corona, y le preguntó cuánto cobraría por concepto de las regalías, Corona le contestó «El diez por ciento, hijita». «¿El diez por ciento de cuánto?», preguntó Lourdes, ilusionada. «El diez por ciento de cero», precisó Corona, y añadió: «Los libros de poesía de Botto no los compran ni sus amantes, están descontinuados». «Pero *La botella vacía* es un clásico, se lee en las universidades y en los colegios», interpuso Lourdes, que guardaba consigo un ejemplar de ese poemario, dedicado por Botto. «Es una oda al alcohol y a la vida licenciosa, pero no la leen ni los borrachos», sentenció Corona, famoso por hacer dos ediciones de cada libro, una legal, que hacía circular en librerías, y otra pirata, que vendía clandestinamente en los semáforos y las callejuelas del Centro, lo que le permitía ser, a un tiempo, presidente de la Junta de Editores Enemigos de la Piratería y el pirata que más dinero ganaba.

No fue buena la primera impresión que Lourdes Osorio se llevó del departamento de San Borja que Enrico Botto le había dejado como herencia: era un minúsculo habitáculo de sesenta metros cuadrados, con una cama y un baño, un lugar desaseado, inmundo, con numerosas botellas de licor y condones regados por el piso. En las paredes colgaban tres fotos de Botto: una con el presidente Fernán Prado, otra con el Papa Pío XII y una más grande, a colores, con la conocida *vedette* peruana Tongolele. Lourdes lloró al ver esas imágenes y creyó encontrar el poderoso olor de Botto entre las sábanas de la cama. Se tendió allí y pensó que lo reformaría todo y se quedaría a vivir en ese espacio, por respeto a la memoria de su amado. Luego leyó una inscripción que el propio

Botto, durante una noche de tragos, había dejado en la pared: «El que es idiota, al cielo no va; lo joden aquí, lo joden allá».

—¿Qué decidiste? —preguntó Gustavo Parker—. ¿Ya estás listo para comenzar la corresponsalía en Buenos Aires?

Juan Balaguer pasaba los días echado en la cama de su habitación del Hotel Alvear, viendo unos programas de televisión que le parecían chillones, vocingleros, abominables, la celebración del mal gusto y la vulgaridad. No comía o casi no comía, había comprado unos plátanos en un almacén cercano y, medio dormido, porque todo el día se sentía con sueño y sin ganas de despertar más, la vida ya no tenía sentido, el empeño o la obstinación de seguir vivo lo dejaba exhausto y confundido, comía cada tanto un plátano, era todo lo que comía, por eso había bajado ocho kilos en apenas unos días depresivos en Buenos Aires. El teléfono rara vez sonaba, y cuando eso ocurría tenía la precaución de que la operadora le anunciase quién llamaba, ya luego decidía si atendía. No quería hablar con Amarilis Almafuerte, que no había cesado de llamarlo, pero ahora le habían anunciado que era el señor Gustavo Parker de Canal 5, de Lima, y por eso se había apurado en contestar: a Parker no podía hacerle un desaire, la vida era larga, estaba llena de altibajos, había que andarse con cuidado.

—Acepto tu propuesta —respondió Balaguer, fingiendo cierto entusiasmo.

—Estupendo —se alegró Parker—. Te lo agradezco de corazón. El cholo se va a poner muy contento con tu apoyo.

—Yo siempre lo he apoyado, siempre he querido votar por él.

—¿Vas a votar?

—No, no puedo, no estoy inscrito para votar acá.

—Entonces ven el domingo y vota en Lima; yo te mando una cámara y no se habla del video; el video ya fue, ya pasó, acá la gente se olvida de todo en tres días, ya sabes cómo es.

—Eso es imposible, Gustavo. No puedo volver. Tengo que quedarme un tiempo acá; por eso acepto tu propuesta: haré la corresponsalía.

—Muy bien, muy bien, entiendo.

—¿Quieres que te mande la declaración de apoyo a Tudela por escrito?

—No, no, es mejor que salgas esta noche en el noticiero, te llamará Enrique Gómez y harán la entrevista por teléfono.

—Perfecto, Enrique es de toda confianza.

—Acuérdate que tienes que decir que Soraya no es hija de Tudela y que tú apoyas a Tudela y vas a votar por él.

—Pero no puedo votar, Gustavo.

—¡Qué carajo, hombre! Tú di nomás que vas a votar por Tudela, lo que queremos es el titular. Hazme caso, acá el que conoce el juego soy yo.

—De acuerdo. Eso diré. ¿Tudela está al tanto de esto?

—Plenamente. Totalmente. Te manda saludos. Ya se le pasó el rencor al cholo. El cholo te odia un día, se emborracha, te quiere pegar, te insulta, pero al día siguiente tiene una resaca del carajo y no se acuerda de nada y se le pasa.

—Yo no le perdono lo que me hizo con el video, para serte franco.

—Así es la política, Juan, no te lo tomes a pecho, el juego de la política es sucio, es una mierda, nadie sale limpio.

—¿A qué ahora me llamará Enrique Gómez?

—A las diez de la noche. Abrimos el noticiero contigo. Mañana serás portada de todos los periódicos. Con eso al cholo no lo para nadie y arrasa el domingo.

—Espero la llamada entonces.

—Gracias. Y comienzas el lunes con la corresponsalía. Y no te olvides de decir que Soraya no es hija de Tudela, a la enfermera ya la fumigamos, ya demostramos que es una ladrona.

—Me alegra. Eres un capo, Gustavo.

—No soy un capo. Simplemente sé jugar el juego. Suerte por la noche.

Balaguer colgó, subió el volumen de un programa de canto y se quedó pensando *No puedo hacerlo, no debo hacerlo, Gustavo Parker es una sabandija, ya me quemó, no puedo seguir humillándome de esta manera, no puedo venderme por un plato de lentejas*. Luego se puso de pie, se miró en el espejo y se dio ánimos: *No seas tonto, Tudela va a ganar con tu apoyo o sin él, todavía estás a tiempo de acomodarte y caer parado, todavía puedes amistarte con el cholo y quedar bien con Gustavo y a partir del lunes eres corresponsal en Buenos Aires y toda la prensa peruana te va a envidiar. No mezcles tus sentimientos con tus intereses, no seas huevón, sé frío, sé cínico, juega ajedrez, ¿qué carajo te importan finalmente la niña Soraya y su madre? ¿Ellas te van a mandar plata todos los meses a Buenos Aires? Decide lo que sea mejor para ti y deja de hacerte el campeón de la moral, no seas tonto.*

Juan Balaguer y Alcides Tudela se conocieron en los estudios de Canal 5, una noche en que Tudela fue invitado al programa «Pulso» para comentar el plan económico del gobierno de Fernán Prado y del ministro Mario Ortega.

Graduado como economista de la Universidad de San Francisco, casado con Elsa Kohl, padre de la niña Chantilly, Tudela había fracasado tres veces como empresario en los Estados Unidos: abrió un restaurante que quebró, se endeudó con un banco para comprar una gasolinera y terminó siendo embargado por no pagar las cuotas mensuales y montó un bar cerca de la universidad, que fue cerrado por la policía al descubrirse que los mozos, todos peruanos, vendían drogas a los estudiantes y al público en general. Aunque todavía le quedaba el dinero recaudado para las víctimas del terremoto, Tudela perdió confianza en su espíritu empresarial y, contrariando la opinión de su esposa y de los Miller, decidió volver al Perú. «Para hacer una carrera política y servir a los más pobres», le dijo a Elsa, una noche de interminables discusiones. En el Perú tenía un partido político, el Partido del Progreso, y la oferta de un buen amigo de Chimbote, Máximo Cuculiza, para dar cátedra en la Universidad Alas y Buen Viento, que Cuculiza había fundado en el barrio marginal de San Juan de Lurigancho y contaba ya con tres mil alumnos. «¿Qué me recomiendas que enseñe?», le preguntó Tudela a Cuculiza por teléfono, cavilando sobre la posibilidad de regresar al Perú y convertirse en profesor universitario de Alas y Buen Viento. «Lo que te dé la gana. Es mi universidad, acá se hace lo que yo digo», respondió Cuculiza. «Yo soy economista, sé cómo se mueve el dinero. Podría enseñar Economía», se ofreció Tudela. «Perfecto, Economía. ¿Cuándo comienzas?», lo animó Cuculiza.

Elsa Kohl se negó a acompañar a su marido de regreso al Perú. Ofuscada, se marchó con su hija Chantilly a París, donde consiguió trabajo como secretaria de una agencia de turismo. Tudela anunció a su familia en Chimbote que su esposa lo había abandonado, que era alcohólica y adicta a la heroína, que se había internado en una clínica de desintoxicación y que él volvía al Perú para ejercer la docencia. Así lo dijo en un largo reportaje aparecido en el diario *La Tribuna* de Chimbote: «Regreso al Perú para dedicarme a la academia. Soy un académico y quiero compartir mis conocimientos y mi sabiduría con las nuevas generaciones». Con el dinero que le había sobrado de la colecta para las víctimas del terremoto, compró una pequeña casa en Chimbote, pagando solo el diez por ciento, el resto lo pagó con un préstamo del Banco Popular, a cancelar en quince años. Como profesor sufrió algunos desengaños, pero supo perseverar, no quería dedicarse a los negocios, ya tenía claro que no eran lo suyo, y que si quería ser presidente del Perú, debía comenzar por hacerse famoso. Pero las clases no mejoraban su ánimo, apenas tenía trece alumnos, de los cuales dos bostezaban casi siempre y se quedaban dormidos, y otros dos no se presentaban nunca, con lo cual sentía que perdía el tiempo, que su audiencia era minúscula, insignificante. *Tengo que salir en televisión*, pensó. *Tengo que hacerme famoso en televisión*, concluyó. Por eso obligó a su secretaria en la Universidad Alas y Buen Viento a enviar notas de prensa a Canal 5, dando cuenta de las conferencias que dictaba sobre la marcha de la economía peruana, pero ninguna de esas notas de prensa fue leída por Balaguer o por alguien mínimamente importante en el canal, de modo que Tudela siguió siendo un desconocido, a no ser para sus pocos alumnos y para el dueño de la universidad, su amigo Máximo Cuculiza. Harto de tantos desplantes, ideó una treta que resultó eficaz: vistió su mejor traje, llegó al Centro de Lima, se paró en la puerta de Palacio de Gobierno y se acercó a los periodistas, diciendo que el presidente Fernán Prado le había ofrecido la cartera de Economía porque él había diseñado un plan alternativo al del ministro Ortega: «Un plan para acabar con la recesión y el desempleo». Nada de eso era verdad, el presidente Prado no sabía quién era Tudela, pero la prensa le creyó y al día siguiente salió en todas partes que el reputado economista Alcides Tudela, graduado en las mejores universidades de los Estados Unidos, se perfilaba como el seguro remplazante del ministro Mario Ortega. Al leer la noticia, Juan Balaguer ordenó a sus asistentes que llamasen a Tudela y lo invitasen ese lunes al programa «Pulso», para que explicara su plan económico alternativo. Tudela aceptó encantado, aunque no tenía plan económico ni de ninguna otra índole. *Ya improvisaré algo bonito*, pensó.

Su presentación en «Pulso» fue un éxito: hablando a ratos en español y a ratos en inglés —de un modo que parecía casual, no calculado, como si el inglés se le escapara, como si pensara en inglés—, dijo que el Perú seguiría siendo pobre y subdesarrollado si no aplicaba su plan económico alternativo. «Le digo al presidente Prado, que seguramente está viendo este programa: "Sí, señor presidente, acepto ser su ministro de Economía, estoy listo para servir a mi patria, pero a condición de que mi plan alternativo no lo toque nadie, tiene que aplicarse con rigor"», anunció con voz engolada. Preguntado por las líneas generales de su plan económico alternativo, explicó que eran cinco: bajar los impuestos, estimular la inversión extranjera, reducir el déficit y la inflación, modernizar las leyes laborales y suspender el pago de la deuda externa. Balaguer y los panelistas de «Pulso» quedaron impresionados por la solvencia de Tudela, con su oratoria inflamada, fluida, enfática, y con su dominio de las estadísticas. Terminando el programa, Tudela mostró un voluminoso legajo y dijo, mirando a la cámara, «Señor presidente Prado, acá le dejo mi plan económico, es suyo, estoy a sus órdenes». Dicho mamotreto anillado eran trescientas páginas que la secretaria de Tudela había fotocopiado de *la novela "Pantaleón y las visitadoras"*, pero nadie advirtió ese detalle, todos le creyeron. Mientras le quitaban los micrófonos al invitado, Balaguer se le acercó y le propuso ir a comer a La Pizzería, en Miraflores. Aquella noche se hicieron amigos. Comiendo un plato de pasta con salsa de carne, Tudela le dijo «He venido al Perú para ser presidente, soy un cholo terco, no voy a parar hasta ser presidente». Balaguer le preguntó «¿Y para qué quieres ser presidente?». Tudela no dudó su respuesta: «Para que todos los peruanos tengan éxito como yo».

—Son las diez en punto de la noche y abrimos nuestro noticiero «24 Horas» con una conversación telefónica en directo con el afamado periodista Juan Balaguer, que se encuentra en Buenos Aires. Buenas noches, señor Balaguer, muchas gracias por atendernos.

—Buenas noches, señor Gómez, encantado.

—Lo extrañamos los domingos en «Panorama». ¿Cuándo vuelve?

—Todavía no, muchas gracias. Y mis felicitaciones a Guido Salinas, que, según me cuentan, porque acá no puedo verlo, lo está haciendo muy bien.

Enrique Gómez había hecho una carrera en Canal 5 desde muy joven. Era un hombre de confianza de Gustavo Parker, un todoterreno, lo mismo hacía reportajes que narraba un partido de fútbol o comentaba la visita del Papa a Lima o presentaba las noticias con aplomo, haciendo alguna broma de vez en cuando, generalmente para celebrar la belleza de una mujer o para mostrarse entusiasta sobre el fútbol peruano. No era un hombre inteligente, no era brillante ni mucho menos, no era particularmente simpático, pero tampoco era tonto ni antipático, era un hombre promedio, normal, educado, bien ubicado, sabía estar, sabía decir lo que la mayoría esperaba que dijera, tenía una intuición infalible para acomodarse camaleónicamente a la opinión de la mayoría, y por eso la mayoría aprobaba su trabajo, porque Gómez, con su agradable medianía y esa chatura que no amenazaba a los mediocres, era la prolongación del televidente típico, se vestía y hablaba y se deshacía en cortesías melindrosas tal como un televidente promedio hubiera hecho de estar sentado frente a las cámaras y los reflectores. Si había algo que Gómez evitaba por instinto era la controversia, el riesgo, tomar partido, dar una opinión que pudiera ser minoritaria o desafiar las convenciones sociales. Gustavo Parker sabía que con Gómez podía contar, que Gómez nunca haría nada que pusiera en peligro su trabajo, su quincena, su lealtad inamovible con el jefe.

—¿Cómo ve las elecciones del domingo, señor Balaguer? —preguntó.

—Bueno, me parece claro que va a ganar Alcides Tudela. Las encuestas no pueden estar tan equivocadas.

—¿Y considera que el caso Soraya ha afectado políticamente al candidato Tudela? ¿Puede perder la elección debido al caso Soraya?

—No lo creo. En un primer momento lo afectó, pero luego Tudela lo ha manejado bien y ahora la mayoría de la gente cree que Soraya no es su hija.

—¿Y usted qué cree?

—¿Sobre Soraya? —se inquietó Balaguer, y sintió que le sudaban las manos, que le temblaban las piernas, tenía que decir lo que Parker le había ordenado.

—Sí, sobre Soraya —insistió Gómez, siguiendo las indicaciones de su jefe.

—Creo que Soraya es hija de Alcides Tudela.

Se hizo un silencio largo, ominoso, y Balaguer sintió que estaba vivo, que no era un miserable, un muerto en vida—. Para mí está clarísimo que Tudela ha mentido en el caso Soraya —continuó—. Está clarísimo que la prueba de ADN es falsa, que no se ha hecho ninguna prueba de ADN. Por eso el doctor Canelón está escondido y la enfermera Rossini ha denunciado lo que ha denunciado. Y no me importa si ella robó o quiso robar un reloj o varios relojes hace años, yo elijo creerle a la enfermera, elijo creerle a Lourdes Osorio, elijo creerle a Soraya. Y que quede bien claro, aunque sea esto lo último que diga en este canal, que ha sido siempre mi casa: yo creo que Soraya es hija de Tudela, y moriré creyéndolo.

—No entiendo, señor Balaguer. Mis fuentes me habían asegurado que usted apoya a Tudela. ¿No es así?

La voz de Enrique Gómez parecía temerosa. No era tonto: sabía que Balaguer estaba prendiéndose fuego, incinerándose, acabando de calcinarse en plena televisión peruana, y sabía que Parker estaba viendo la entrevista y montaría en cólera. Pero también conocía a Balaguer, por algo le decían El Niño Terrible, tenía fama de caprichoso, engreído, atrabiliario, de anunciar una cosa y hacer luego otra muy distinta, solo para tener más sintonía y fortalecer su imagen de periodista valiente, insobornable.

—No, no es así, mi querido Enrique —respondió con aplomo Balaguer—. Creo que Tudela va a ganar pese al escándalo de Soraya, creo que es un hecho que va a salir victorioso, pero yo no lo apoyo, no puedo apoyarlo después de sus mentiras.

—¿Entonces a quién apoya, señor Balaguer? ¿Por quién piensa votar este domingo?

—No apoyo a nadie. No voy a votar por nadie. Pero que conste que no apoyo a Alcides Tudela. Apoyo a su hija Soraya.

—Pero Soraya no es candidata. Por alguien tiene que votar. ¿Votará por la señora Lola Figari?

—No, de ninguna manera. Ya le dije: no votaré por nadie, no estoy inscrito para votar acá en Buenos Aires.

—¿Y qué piensa de la candidata Figari?

—No me gusta. Es una conservadora. Defiende ideas trasnochadas. Yo soy un liberal. No puedo votar por ella.

—Bueno, sí, liberal —dijo con tono burlón Enrique Gómez—. Ya vimos en el famoso video del Hotel Los Delfines lo liberal que es usted, señor Balaguer.

Balaguer improvisó una risa débil, falsa, que no sonó convincente. Luego respondió:

—Pido disculpas por ese video al público televidente. Pero no soy un santo, no soy un obispo, soy humano, amar es un vicio humano.

—¿Reconoce que ama al moreno del video, señor Balaguer?

Hubo un breve silencio que a Gómez le resultó eterno.

—No lo amo. Pero lo he amado, ha sido una persona muy importante en mi vida y le mando un saludo cariñoso.

Gómez carraspeó, nervioso, y cambió de tema:

—A ver si nos hemos entendido: ¿entonces no apoya usted al candidato Alcides Tudela?

—No, no lo apoyo —respondió Balaguer con firmeza—. Y le pido en nombre de los peruanos de bien que reconozca a su hija Soraya antes de las elecciones del domingo.

—Bien, gracias, mucha suerte, señor Balaguer, ha sido un placer conversar con usted. Buenas noches.

—Buenas noches, señor Gómez.

—Queremos anunciar que, a partir del lunes, el señor Balaguer enviará sus despachos desde... Perdón, es una confusión... me dicen que debemos... ir a la publicidad —se trabó Gómez, leyendo sus papeles, escuchando los gritos desde el control maestro a través de su auricular—. Vamos a una pausa comercial y ya regresamos con la cobertura más completa e imparcial sobre las elecciones presidenciales peruanas. Les recordamos que, según la última encuesta de Ipso-Facto, Tudela tiene cuarenta y ocho por ciento de la intención de voto y Lola Figari, apenas dieciocho por ciento; parece que la suerte está echada. Vamos a la publicidad. Ya volvemos.

Balaguer colgó, se sentó y esperó. No pasó un minuto y el teléfono timbró. Contestó. Era Gustavo Parker:

—¡Te jodiste! ¡Eres un traidor!

—Cálmate, Gustavo, te va a dar un infarto.

Parker ya había colgado.

Como su primer encuentro con los periodistas a la salida del Palacio de Gobierno había resultado un éxito, con gran resonancia en la prensa, Alcides Tudela decidió regresar unos días después, siempre cargando sus legajos abultados, tantos papeles anillados que por momentos se le resbalaban y parecía que podían caérsele. Antes había pasado por la peluquería, donde lo habían maquillado y peinado y donde le habían recortado las uñas, y luego se había tomado unos tragos en un bar del Centro de Lima, «Para aclarar las ideas», según le comentó a su amigo Máximo Cuculiza, que lo acompañaba en esa visita sorpresa a la prensa reunida frente a Palacio de Gobierno. Rodeado de cuatro guardaespaldas, todos morenos, más altos y fornidos que él, que habían sido contratados por Cuculiza de la funeraria de Atilio Medina, Tudela declaró a la prensa: «Salgo de hablar una hora y media con el presidente Fernán Prado, a quien ya me atrevo a calificar como mi amigo. Ha sido una reunión cordial, provechosa, muy respetuosa. El presidente me ha vuelto a ofrecer la cartera de Economía para que pueda implementar mi plan económico alternativo, que ya se está enseñando en las universidades de Harvard y Oxford, y que ha dejado boquiabiertos a los mejores economistas del mundo. Con mucho dolor, con mucha tristeza, anuncio que no acepto el cargo porque el presidente Prado no ha aceptado mis condiciones: darme libertad absoluta para nombrar a todo el gabinete de asesores y comprometerse a que el Fondo Monetario Internacional deje de dictar los lineamientos básicos de la política económica del Perú». Tal pronunciamiento provocó gran revuelo entre la prensa. Las radios informativas interrumpieron sus programaciones para poner en antena la voz seria, atribulada de Tudela. Canal 5 abrió el noticiero de aquella noche con la noticia: «Famoso economista Alcides Tudela rechaza cargo de ministro de Economía». Al ver ese titular escrito en las pantallas de su canal, Gustavo Parker pidió a su secretaria que le arreglara una cita con Tudela. Entretanto, los periodistas no dejaban de hacerle entrevistas. Uno de ellos le preguntó «Ahora que ha declinado ser ministro del presidente Prado, ¿cuáles son sus ambiciones políticas?». «Ambiciones políticas, ninguna», respondió Tudela, tajante. «Yo soy un académico, un hombre de ciencias. Humildemente, voy por el Nobel», dijo, muy serio. «Mis amigos en Estocolmo me dicen que tengo posibilidades», añadió. «¿Está voceado para el Premio Nobel?», preguntó otro periodista, sorprendido. «Soy candidato al Premio Nobel de Economía, y también al de la Paz. Agradezco a mis amigos suecos ambas nominaciones y dedico este honor al pueblo de Chimbote», sentenció Tudela.

Al ver las declaraciones de Tudela en el noticiero «24 Horas», el presidente Prado preguntó «¿Quién es este cholo mitómano?». Su ministro Mario Ortega respondió

«Nadie sabe de dónde ha salido. Dicen que es un famoso estafador que opera en San Francisco, dueño de un burdel en Chimbote». Alarmado, el presidente Prado insistió: «¿Y es cierto que tiene un plan económico alternativo». Ortega repuso: «No lo sé, presidente. ¿Quiere que averigüe?». «Sí, Mario, llámelo, reúnase con él, por favor». Pero Ortega no quiso dignificar a Tudela con una llamada telefónica, prefirió llamar a su amigo Gustavo Parker y pedirle que se reuniera con ese curioso e intrépido sujeto, experto en aprovecharse de la buena fe de los periodistas de Lima, y que le preguntase qué quería, por qué se empeñaba en repetir sus embauques con cara seria.

Gustavo Parker citó a Alcides Tudela en las oficinas de su canal. Apenas lo vio, supo que ese hombre menudo y ambicioso, surgido de los barrios más pobres de Chimbote, con el paso chueco y la mirada briosa, no estaba bromeando: quería ser alguien poderoso en el Perú. Se dieron un abrazo. Tudela elogió la belleza de la secretaria de Parker, se rieron. Tomaron unos tragos. *Este cholo me cae bien*, pensó Parker. *Si quiero ser presidente, tengo que ser amigo de Parker*, pensó Tudela. En algún momento de la conversación, Parker dijo «Tienes al gobierno muy preocupado con tus apariciones públicas. ¿Qué carajo quieres?». Tudela se quedó en silencio, como si estuviera meditando, y respondió «Solo quiero ser tu amigo, Gustavo». «¿Pero quieres ser ministro de Economía?», insistió Parker. «Más honor es ser tu amigo», contestó Tudela. «Ser ministro dura un año, en cambio ser tu amigo es una condecoración para toda la vida», añadió.

Alcides Tudela, Gustavo Parker y Clever Chauca estaban reunidos en el salón de directorio de Canal 5, tomando café y comiendo unas empanadas que habían pedido de un lugar cercano. Habían revisado las últimas encuestas nacionales (Ipso-Facto, Cpi, Datanálisis, Alegría y Asociados, Fórum) y en todas Tudela tenía una clara ventaja, pero no sobrepasaba el cincuenta por ciento, no ganaba en primera vuelta. Y a Tudela le preocupaba ir a una segunda vuelta frente a Lola Figari, temía que todos sus adversarios se uniesen detrás de ella, temía los debates, pues Lola Figari era una polemista de cuidado.

—Estás a pocos puntos de ganar en primera —dijo Parker, y mordió una empanada.

Clever Chauca no comía, no bebía *whisky*, solo tomaba café y fumaba un cigarrillo y cruzaba las piernas de un lado a otro, y miraba a Parker y a Tudela con respeto, cuidándose de hablar solo cuando le pedían su opinión. Clever Chauca sabía que cuando su jefe lo llamaba al salón de directorio era porque había hecho bien su trabajo, era una señal inequívoca de que su jefe estaba contento, orgulloso de él. Clever Chauca estaba dispuesto a dar la vida por Gustavo Parker y así se lo decía a menudo: «Yo a usted le tengo adoración, señor Parker. Yo por usted, mato. Si usted me pide que salte de la azotea de este edificio, yo salto». Y en efecto había escalado posiciones en Canal 5 cumpliendo esa simple política: nunca desobedecer a su jefe, nunca opinar si no le preguntaban, adular a Parker y secundarlo en todo.

—Tengo que hacer un gesto dramático, un último gesto que me dé el envión necesario para ganar en primera vuelta —dijo Tudela, pensativo, la nariz de gancho, la cara arrugada, las manos inquietas, el pelo negro peinado hacia atrás.

—¿Y si te haces otra prueba de ADN para confirmar la cosa y despejar las dudas? —sugirió Parker.

—Buena idea —se entusiasmó Clever Chauca.

—¡Ni cagando! —afirmó furioso Tudela—. ¡Ese tema está zanjado para mí!

—Y la mayoría de peruanos te creemos y estamos contigo, Alcides —deslizó Clever Chauca.

Parker se impacientó:

—Mira, Alcides, escúchame, lo digo por tu bien: si firmas a esa hija Soraya antes del domingo, ganarás en primera vuelta, ¡arrasarás!

—¡Pero no es mi hija! —gritó Tudela, y se puso de pie, y abrió los brazos y miró hacia arriba, como clamando justicia al cielo—. ¡No es mi hija, carajo! ¿Cómo la voy a firmar si no es mi hija? ¡No sería ético! ¡No sería moral!

—¡A mí qué carajo me importa si es tu hija o no es tu hija! —bramó Parker—. Lo que te estoy diciendo es que si la firmas, ganarás las elecciones en primera vuelta. ¿Quieres ganar en primera vuelta, sí o no?

Tudela no lo dudó:

—Claro, Gustavo, claro que quiero ganar en primera vuelta —luego añadió, pensativo—: Una segunda vuelta es muy peligrosa, la chucha seca de Lola Figari puede crecer.

—Es correcto —asintió Clever Chauca.

—Por eso te digo: no queremos ni a cojones una segunda vuelta —se entusiasmó Parker.

—Ni a cojones —lo secundó Tudela.

—Entonces firma a la niña y no seas terco —insistió Parker.

—¿Tú crees? —dudó Tudela.

—No creo: estoy seguro —sentenció Parker.

—Pero si no es mi hija, ¿cómo carajo quieres que la firme? —se sorprendió Tudela.

—Dices que no es tu hija, que según la prueba de ADN de Canelón no es tu hija, pero que la niña necesita un padre y tú no quieres dejarla triste, sin papá, jodida, y que no eres su papá genéticamente, pero que vas a ser su papá de una manera simbólica, porque quieres darle un buen futuro, porque si ella quiere que seas su papá, entonces tú no le vas a dar la espalda, tú pondrás el pecho —Gustavo Parker se había puesto de pie y hablaba con entusiasmo—. ¿Tú qué piensas, Clever?

—Completamente de acuerdo, señor Parker. Me parece una idea brillante.

Tudela se sorprendió:

—¿Tú también crees que debo firmar a Soraya?

Clever miró a Parker antes de responder:

—Sí, Alcides. Yo creo que si haces lo que te dice el señor Parker, ganarás las elecciones en primera vuelta.

—¿Tú la firmarías, Clever? —preguntó Tudela.

—Yo haría lo que me dijera el señor Parker —respondió Clever Chauca—. El señor Parker no se equivoca. Yo lo sigo al pie de la letra y siempre me va bien por eso.

—Gracias, Clever —dijo Parker, halagado.

—¿Pero esa niña estará dispuesta a que yo la firme antes del domingo? —inquirió Tudela.

—¡Claro, hombre, por supuesto! —contestó Parker—. Esa niña lo que quiere es que la firmes y que le pases un buen billete, nada más.

—En efecto, correctamente —apuntó Clever Chauca.

—Clever.

—Mande, señor Parker.

—Anda ahorita mismo y encuentra a esa Soraya y dile que Tudela quiere firmarla mañana a mediodía.

—Listo, señor. Voy corriendo.

—Y dile a ella y a la estreñida de su mamá que si están de acuerdo, mañana a mediodía haremos una conferencia de prensa acá en el salón de directorio.

—Comprendido, señor Parker. Mañana a mediodía.

—Y si aceptan, yo les voy a dar dinero para que estén muy contentas.

—Y yo les voy a pagar una mensualidad de mil dólares sin falta, religiosamente —añadió Tudela.

—Dinero. Mil dólares. Correcto. Comprendido. Lo que usted dice es ley para mí, señor Parker.

—Anda corriendo, Clever.

—Ya mismo, señor, ya mismo.

—Convéncelas como sea.

—Sí, señor.

—Y no te tires a la Lourdes esa, Clever. Ya sabemos que eres un mañoso.

—No, señor, no me tiro a nadie, pierda cuidado.

Clever Chauca salió corriendo del salón de directorio.

—¿Estás seguro, Gustavo? —dudó Tudela.

—Confía en mí —contestó Parker, con aire arrogante—. Nadie juega mejor que yo. Firma a la chica, abrázala, llora, y verás que ganas las elecciones en primera vuelta.

Gustavo Parker no llegó a considerarse amigo de Alcides Tudela hasta que se lo encontró una noche en el Club Melodías. Eran las dos de la mañana, Parker llegó con sus custodios en un auto blindado, se sentó en la barra y pidió un trago. Club exclusivo, solo para asociados, el Melodías cobraba mil dólares al año por derecho de entrada. Parker era miembro, socio fundador y uno de sus clientes más distinguidos. No acudía a tomar, o no solo a tomar; lo hacía principalmente para encontrar a una chica guapa y llevarla al hotel de enfrente, también propiedad del dueño del Melodías. Para contratar a una chica por una hora, dos horas o toda la noche, había que pagarle al gerente del Melodías, y luego, si acaso, dejar una propina para la chica. Nadie hablaba de ellas como si fueran prostitutas; eran muchachas demasiado elegantes, discretas y atractivas para llamarlas así; los clientes de Melodías se referían a ellas como «las chicas» o «las gatitas». Algunas eran peruanas; otras, argentinas, rusas, checas, polacas, pero todas hablaban español, al menos suficiente español como para atender satisfactoriamente a sus clientes. Eran diez o doce, ninguna mayor de treinta años, y Parker ya tenía a su favorita, Sarita, de apenas veintidós años. Pero esa noche llegó y no encontró a Sarita. Preguntó por ella, le dijeron que estaba ocupada con un cliente. Parker esperó tomando un trago, se impacientó, exigió que le dijesen a Sarita que estaba esperándola. «Acá nadie tiene prioridad sobre mí, yo soy socio fundador de este club, si no me atienden como es debido voy a sacar un reportaje en mi canal denunciando cómo esclavizan a las gatitas», se quejó a gritos. Fue entonces cuando el gerente, Ricky Roma, salió del bar, cruzó la calle, entró al Hotel Las Magnolias y subió a la habitación donde se hallaba trabajando Sarita. Golpeó la puerta con insistencia, nadie abría. Por fin apareció Alcides Tudela desnudo, exhibiendo con orgullo su colgajo viril. «¿Estás con Sarita?», le preguntó Ricky Roma. «Claro. ¿Por qué mierda vienes a interrumpir?», preguntó Tudela, ofuscado. «Dile a Sarita que vaya inmediatamente al club, Gustavo Parker la está esperando», indicó el gerente. Furioso, Tudela se vistió, tomó de la mano a Sarita y la llevó a empellones hasta el Club Melodías. Cuando vio a Parker, lo confrontó: «¿Quién carajo te crees para interrumpirme un polvo por el que ya he pagado?», lo increpó. «No se ha vencido mi tiempo, tienes que esperar tu turno», le espetó. Pero Parker no le respondió, lo miró con gesto condescendiente, desdeñoso, chasqueó la lengua, le dio un beso en la mejilla a Sarita y dijo

«Si has estado con este cholo, tienes que bañarte bien antes de estar conmigo». Borracho, tambaleante, herido en su orgullo, Tudela le lanzó un puñete a Parker y lo tumbó y luego le dio varias patadas cuando estaba en el suelo. De inmediato, los guardaespaldas de Parker saltaron sobre Tudela y le propinaron una paliza. Parker los detuvo. Nunca nadie le había pegado en la cara, por eso la audacia de Tudela le pareció simpática: «Eres un indio insolente, podría mandarte matar, pero me caes bien». Tudela le dio un abrazo y rompió a llorar: «Es que a Sarita la amo, no puedo permitir que me la arrebates», dijo. «Yo también le tengo cariño», contestó Parker. Sarita sonrió, ruborizada. «Entonces hagamos un trío», propuso Tudela. Parker le dio un abrazo, tomó de la mano a Sarita y los tres caminaron hacia el Hotel Las Magnolias. Ya en la habitación, Tudela anunció que no podía participar del trío, pues no estaba suficientemente excitado y prefería aspirar cocaína. Mientras Parker desvestía a Sarita, Tudela sacó un pequeño sobre de su billetera, se puso de rodillas y aspiró dos rayas que había colocado sobre una mesa de vidrio. Luego se acercó a Parker, le acarició la espalda y le dijo «Qué buen lomo tienes, Gustavo». Parker lo miró con mala cara: «Déjate de mariconadas, huevón», sentenció, y siguió ocupándose de Sarita, al tiempo que Tudela abría la ventana y pronunciaba un discurso imaginario como presidente del Perú.

Clever Chauca tocó el timbre del departamento de Lourdes Osorio y esperó. Estaba nervioso, sabía que no podía fallar, que su jefe, Gustavo Parker, se ponía furioso cuando las cosas no salían como las había pedido. Era una noche caótica y bulliciosa en Lima, aunque lo era menos en ese distrito, San Borja, donde Lourdes tenía un departamento en un segundo piso, con vista al parque. Un perro ladró al oír el timbre, Chauca se asustó, tenía miedo a los perros, había sido mordido por uno cuando era niño y desde entonces los evitaba.

Clever Chauca sabía lo que tenía que proponerles a Soraya y su madre: «Mañana es sábado, víspera de las elecciones, Tudela está dispuesto a firmar a Soraya, ¿qué quieren a cambio?». También sabía que tenía que rebajar a la mitad lo que pidiera Lourdes, fuese lo que fuese, siempre bajarlo a la mitad, eso le gustaba a Parker, que se negociara con frialdad, que se humillara al adversario, dejarlo desplumado, despellejado. Lourdes se asomó a la puerta.

—¿Sí?, ¿qué desea? —preguntó.

—Soy Clever Chauca, asistente personal de Gustavo Parker —respondió Chauca, con voz engolada, dándose aires de importancia.

—Adelante, Clever —dijo Lourdes, con una sonrisa fría, desconfiada—. Ya te conozco. Tú eres el malvado que le hizo la pregunta de los relojes a Carmen Rossini.

—En efecto —confirmó Chauca, sin aparente remordimiento, con orgullo, como diciéndole y volvería a hacérsela si me lo encargara mi jefe, el señor Parker.

Se sentaron en el sofá de la sala. Chauca pidió una cerveza, Lourdes le dijo que no tenía alcohol, que en esa casa no se bebían licores, y entonces Chauca pareció resignarse y pidió un café. Lourdes le dijo que no tenía café, que el café la ponía mal de los nervios, solo tenía té, té verde para la digestión. Chauca puso mala cara y dijo que prefería no tomar nada y miró a Lourdes como diciéndole ¿qué te habrá visto Tudela para hacerte un hijo?, qué tal estómago el del cholo, yo contigo no podría, no se me pararía ni a cojones.

—He venido a transmitirte una noticia muy importante de parte de Gustavo Parker y Alcides Tudela.

Clever Chauca habló lenta, pausadamente, bajando la voz, mirando a Lourdes a los ojos, entrelazando los dedos de las manos, echando una mirada de soslayo a sus zapatos, que le parecieron viejos, sucios, *Tengo que ir a la calle Dasso a que me los lustren con betún y saliva*, pensó.

—Soy toda oídos, Clever —Lourdes Tudela sonrió con aplomo, sostuvo la mirada altanera, desafiante, luego dijo casi susurrando—: Ten cuidado con lo que digas, que mi hija Soraya está en su cuarto y puede escucharte y no quiero que se traume.

—No te preocupes —dijo Chauca, acercándose, bajando también la voz—. Ya bastante traumada está Soraya, no quiero traumarla más.

Lourdes no supo si sonreír, no le quedó claro si Chauca estaba siendo afectuoso o sarcástico, quedó a la espera, las manos cruzadas, la cabeza erguida, el cuerpo tenso, erecto, tratando de mantener la postura correcta y no encorvarse, así evitaba los dolores de espalda, un atuendo recatado, blusa azul y pantalón negro, que ponía en evidencia su talante conservador, su espíritu religioso, ella era mujer de misa los domingos y rosario diario, nada de andar mostrando las curvas como una puta cualquiera, ella era Lourdes Osorio, la madre de Soraya Tudela, y tenía una reputación y un honor provinciano que cuidar de los chismes y de los ojos fisgones de los mañosos de esquina.

—Alcides Tudela quiere firmar a Soraya mañana.

Clever Chauca lo dijo como si fuera el responsable de tal decisión, como si hubiese persuadido a Tudela, como si fuese un negociador veterano y astuto de un conflicto político. Chauca era así, le gustaba jugar con su poder cuando estaba con los más débiles, y humillarse, ser sumiso y adulón cuando estaba con los más fuertes, y ahora era el turno de hacerse el conspirador, el mandamás, el hombre que movía los hilos tras bastidores, nada lo hacía más feliz que eso, simular que era ducho en el juego sórdido del poder y sus vericuetos.

—¿Cómo así quiere firmarla? —se sorprendió Lourdes, abriendo los ojos con exageración.

Clever Chauca demoró la respuesta, le miró la cara, el maquillaje cuidadoso, el cuello respingado, los pechos bien disimulados, pensó *Me gusta esta cholita, se hace la santurrona pero en la cama debe gritar rico, me gustaría arrimarle el piano, tal vez si Tudela gana pueda darle trago y montármela.*

—Quiere firmarla como su hija —dijo, bajando la voz, para que Soraya no pudiera oírlo, tenía miedo del mal genio de la niña, de su carácter irascible, sabía que tenía que convencer a Lourdes, ya luego Soraya haría lo que su madre decidiera.

—Pero no se ha hecho la prueba de ADN —objetó Lourdes, desconcertada, confundida, pero al mismo tiempo halagada.

—No, eso es imposible —respondió Chauca, con tono firme—. El domingo son las elecciones, ya no hay tiempo para esa prueba, pero Tudela quiere firmarla mañana sábado como su hija.

—¿Sin prueba de ADN? —preguntó Lourdes, y se mordió las uñas.

—Sin prueba de ADN, ya olvídate de la prueba —le dijo Clever Chauca, y le miró las piernas; *Está sabrosa, está fuerte la piurana, ahora entiendo por qué el cholo Tudela le hizo una hija*, pensó.

—Necesitamos la prueba científica de que Alcides es el padre de Soraya —reclamó Lourdes.

Chauca se impacientó, se tornó crispado, se enojó, pensó *Esta mujer es imposible, es terca como una mula.*

—Ya te dije que no hay tiempo. Tiene que ser mañana sábado. Tiene que ser antes de las elecciones.

Lourdes pareció disgustada con la intransigencia de Chauca.

—¿Y cuál es el apuro, Clever? Una prueba de ADN demora tres días como máximo. ¿Cuál es el apuro, si hace más de catorce años llevo enjuiciando a Alcides para que reconozca a su hija?

—¿Cómo que cuál es el apuro? —retrucó Chauca, poniéndose de pie, fastidiado—. ¿No te das cuenta? El apuro es que las elecciones son el domingo y Tudela necesita ganar en primera vuelta, y si firma a Soraya mañana, ganará en primera vuelta, tu hija tendrá un padre y el Perú habrá elegido al presidente que necesita para combatir la corrupción.

Ahora Clever Chauca había levantado la voz, ya no le importada que Soraya pudiese escuchar su alegato.

—Mira, Lourdes, lo tomas o lo dejas, acá no hay nada que negociar —anunció, con tono circunspecto—. Tudela la va a reconocer como hija, la va a firmar como hija, está dispuesto a hacer mañana una conferencia de prensa contigo y con Soraya, va a ser un gran evento, por todo lo alto, con asistencia de la prensa internacional, pero sin prueba de ADN, no jodas con la prueba, que si te pones terca, Tudela no la firma.

—Y si no la firma, pierde —contestó Lourdes con tono burlón, desafiante.

—No, no, no. No digas sandeces —respondió Chauca—. Si no la firma, también ganará; el cholo es fijo, va a ganar lo quieras o no. Pero si no la firma mañana, no la firmará nunca, y cuando gane te va a enjuiciar y vas a tener que escapar del Perú o terminarás presa, te lo advierto.

—¿Y por qué me va a enjuiciar? —se puso de pie Lourdes—. ¿De qué me va a acusar, si gana?

—De cohecho y asociación ilícita para delinquir —contestó Chauca, muy serio.

—¿Qué es *cohecho*? —se quedó pasmada Lourdes.

—No sé, no tengo idea —dijo Chauca—. Pero si gana, te aseguro que te darán dos años de cárcel por cohecho y comechado.

—¿Quién dice? —se burló Lourdes.

—Mi jefe —respondió Chauca.

—¿Y cómo sabe tu jefe, si no es abogado?

—Mi jefe no se equivoca, mamita. Mi jefe es Dios. Lo que él dice, se cumple. Y él me ha dicho «Si Tudela no firma a la niña mañana, dile a Lourdes que se va a comer dos años de cárcel por cohecho».

—¿Cohecho?

—Cohecho.

—Ya. Bueno, será cuestión de firmarla, ¿no? —dijo Lourdes, sentándose.

Se quedaron en silencio, mirándose a los ojos.

—¿Y cómo arreglaríamos la cuestión del dinero? —preguntó Lourdes, bajando la voz.

Chauca se sentó, se acercó a ella, le miró los pechos, las piernas, se relamió, y dijo:

—¿Cuánto quieres? ¿Cuánto necesitas para quedarte tranquila y dejar de joder?

Lourdes puso una mano sobre la pierna temblorosa de Chauca, frotó levemente, preguntó:

—¿Cuánto me ofreces, Clever?

Habló secreteando, en el tono furtivo de un murmullo culposo, con una mirada de deseos reprimidos y media sonrisa coqueta. Chauca respondió:

—No es mi plata. Es plata de mi jefe, el señor Parker —hizo una pausa y añadió, casi al oído de Lourdes—: Dame un numerito. Dime cuánto necesitas para apagar este incendio y volverte a Piura tranquila con tu Soraya.

Lourdes se mordió el labio inferior, dudó, pareció sufrir, enseguida murmuró:

—Dame cien mil dólares y hacemos la firma mañana.

Clever Chauca era un experto negociando asuntos de dinero, simulando pavor, consternación, incapacidad de pagar lo que le pedían, por eso puso cara de sapo machucado, de batracio recién atropellado, con los ojos saltones y el gesto tieso, tumefacto, y se demoró en contestar, y habló como sufriendo:

—Es mucha plata. No te pases. Cien mil es demasiado.

Lourdes se quedó callada, no estaba dispuesta a regalarse, sabía que si se pactaba la firma de su hija al día siguiente, Tudela podía ganar en primera vuelta y le parecía que eso tenía un precio.

—Cien mil o nada, Clever —insistió.

—Cincuenta y cerramos.

—¿Cincuenta mil?

—Cincuenta mil. ¿Estamos hablando en soles, verdad?

—¡No seas mañoso! ¡No te pases de pendejo! —protestó Lourdes—. Estamos hablando en dólares.

Chauca hizo un gesto de ahogo, como si estuvieran ahorcándolo, y dijo:

—Bueno, ya, cincuenta mil dólares.

—¿Cuándo me los darías?

—Mañana a primera hora. ¿Tenemos un trato?

Lourdes se puso de pie, le dio la mano sin energía, de un modo lento, vacilante:

—Por mí, sí. Pero ahora tengo que convencer a Soraya.

Lourdes Osorio no conocía el café Haití de Miraflores. Fue su amiga Pilar Luna quien, a la salida del cine Pacífico, la animó a sentarse un momento allí para comer un sánguche de huevo, jamón y queso. Lourdes seguía trabajando en el diario *La Prensa*, había sido asignada al departamento de publicidad. Allí había conocido a Pilar Luna, ambas eran secretarias, solteras, sin hijos. Lourdes apreciaba la amistad de Pilar porque la hacía reír y a su lado se veía más guapa. Pilar Luna era gorda, muy gorda, no parecía estar dispuesta a hacer sacrificios para adelgazar, decía que lo bueno de estar gorda era que si engordaba un poco más nadie se daba cuenta, que era una liberación, que no tenía sentido privarse de las delicias de la cocina peruana solo para aspirar a contentar a un hombre que, después, tarde o temprano, se iría con otra más joven, más flaca. Pilar Luna estaba siempre comiendo o pensando en comer, y aquella noche con Lourdes en el cine Pacífico había comido un balde extragrande de palomitas de maíz y aun así se había quedado con hambre y no había podido concentrarse en la película por pensar una y otra vez, obsesivamente, en el sánguche de huevo, jamón y queso del Haití. Aunque Lourdes no tomaba alcohol, Pilar insistió en pedir dos cervezas que bebieron mientras esperaban los sánguches, paseando la mirada por las mesas del café, donde se reunían sobre todo hombres mayores, retirados, jubilados, más o menos amargados, que hablaban de política, de fútbol, de mujeres (alegando por lo general que en sus tiempos de juventud todo había sido mejor, mucho mejor, y que las cosas se habían jodido, descompuesto, ido al carajo, ya nada era como antes, ahora predominaban la vulgaridad, la ignorancia y la corrupción, se habían perdido los valores morales y la mínima decencia), y algunas mujeres de mediana edad, bien arregladas, inquietas, coquetas, esperando que algún intrépido conquistador se acercase a ellas; los más guapos ofrecían su compañía a cambio de bebida, una buena comida y acaso una generosa propina luego del sexo. De vez en cuando pasaban jóvenes con ropa ajustada y mirada altanera, estudiaban a las mujeres del Haití y en ocasiones se acercaban a alguna de ellas y le pedían permiso para sentarse. Insatisfecha luego de comer un sánguche, todavía con hambre, Pilar Luna pidió dos sánguches más, solo de huevo, con la yema derretida, acompañados de papas fritas, ambos para ella. Lourdes pidió un café. Sabía que no debía tomar café a esas horas de la noche, ya eran más de las doce y el café le quitaba el sueño, pero cuando estaba con Pilar se sentía libre, liberada, con ganas de permitirse algunas licencias, por ejemplo tomar medio vaso de cerveza o un café cortado. Cuando Pilar fue al baño, nadie la miró, salvo un señor mayor, de anteojos, con bastón, el rostro ajado, la nariz puntiaguda, que la contempló relamiéndose y dijo algo para sí mismo, algo que ella no escuchó. Lourdes se quedó sola y echó una mirada hacia las mesas vecinas, y fue entonces cuando vio a Alcides Tudela conversando con unos amigos. No lo reconoció, no supo quién era, aunque intuyó que se trataba de alguien importante porque hablaba con énfasis, agitando los brazos, golpeando la mesa, una de sus piernas temblando como si estuviera agitado, nervioso, como un tic o una afirmación de que estaba atento al menor detalle, y porque los demás, tres hombres mayores que él, lo escuchaban con atención y asentían en silencio, dando la impresión de que lo admiraban o le tenían estima. Tudela miró a Lourdes y vio a una mujer tímida, asustadiza, ensimismada, con un sentido del recato y la dignidad, las piernas cruzadas, la mirada perdida en el horizonte, sin fijarse en nadie, una mujer con aire triste, ausente, que tal vez conocía los placeres del sexo pero que no parecía dispuesta a abandonarse a los juegos de la seducción y el coqueteo, no al menos allí, en público, en el Haití. Tudela detuvo su mirada en ella, creyó ver a una dama, a una mujer noble, altiva, pundonorosa. Lo que le gustó de ella o lo que espoleó su curiosidad y azuzó sus ínfulas de conquistador fue que no era como las demás mujeres solitarias del Haití, tenía un aire virtuoso, incorruptible, no como las otras que miraban ávidas, deseosas de compañía masculina. *Está esperando a alguien, está comprometida*, pensó. Luego se puso de pie, se acercó a ella y le dijo «Buenas noches, señorita, soy Alcides Tudela, profesor de Economía de la Universidad Alas y Buen Viento, ¿me permite el honor de invitarle una copa?».

—Mi consejo es que no aceptes la plata.

Juan Balaguer se agitó apenas recibió la llamada de Lourdes Osorio y supo que Clever Chauca le había hecho una propuesta para zanjar el escandaloso asunto de Soraya.

—Si aceptas la plata sin la prueba de ADN, vas a dar la impresión de estar vendiendo a tu hija —continuó, furioso—. Y te aseguro que Tudela la firmará mañana, luego ganará en primera vuelta y no las verá más.

Lourdes había hablado con su hija Soraya, que se había opuesto tajantemente a la propuesta. Decía que Tudela era un mafioso, un cínico, un sinvergüenza que creía que con dinero podía arreglarlo todo, quería prueba de ADN o nada. Pero Lourdes pensaba que su hija era terca, inflexible, que era mejor recibir el dinero, llegar a una solución amigable y firmar unos papeles que obligasen a Tudela a ver a Soraya al menos una vez al mes y a darle un dinero mensual, por lo menos mil dólares. Creía que esa sería una buena solución y además consideraba que con los cincuenta mil dólares prometidos por Chauca podría comprarse una casa en el Centro de Piura.

—Pero la plata es buena, Juan —dijo, y pensó *Este Balaguer es demasiado rencoroso, habla por la herida, quiere ver perder a Tudela como sea, pero yo no, yo lo que quiero es que Soraya sea reconocida por su papá, y esta es mi oportunidad de oro, no puedo dejarla pasar.*

—No cometas un error trágico del que te vas a arrepentir toda la vida, Lourdes —le dijo Balaguer, sentado en la cama, luego de pie, caminando con el teléfono inalámbrico pegado a la oreja—. No puede haber dudas, y si no hay prueba de ADN, quedará siempre la duda, parecerá que Tudela ha firmado a tu hija para sacarse un peso de encima y ganar las elecciones, pero no quedará claro que él mintió, que te difamó en tribunales llamándote «puta», que burló a la justicia al decir que no había tenido relaciones sexuales contigo.

Lourdes se quedó callada, no supo qué decir.

—La prueba de ADN es indispensable —insistió Balaguer—. Sin ella, vas a quedar como una oportunista y una vendida. Y perdona que te hable así, con franqueza, pero tengo que decirte las cosas tal como son porque te estimo.

—No sé, Juan, no sé —dijo Lourdes, con tono compungido—. Para ti es fácil decirme todo eso porque estás allá. Pero yo estoy acá, en el Perú, yo tengo que quedarme en el Perú, y ya es un hecho que Alcides va a ganar las elecciones y no quiero quedar como su enemiga, me da miedo. Dice Clever Chauca que si no firmamos mañana me van a enjuiciar por cohecho y me van a dar dos años de cárcel.

Balaguer se rio.

—Ese Chauca es una rata, no le creas nada, lo dice para asustarte.

—Pues estoy muy asustada —contestó Lourdes, con tono serio, preocupado—. Mira, Juan, he peleado muchos años, mi meta ha sido siempre que Alcides reconozca a Soraya y le cumpla dándole un dinero todos los meses, y estoy a punto de lograrlo, ¿no te das cuenta?

—No, no es así, te engañas —interpuso Balaguer—. Primero, no es tan seguro que Tudela será presidente; si hay segunda vuelta, puede perder frente a Lola Figari. Segundo, tú siempre has pedido la prueba de ADN, ¿por qué ahora tendrías que desistir? Y tercero, te aseguro que, si firmas mañana, todo el mundo se va a enterar del dinero que te habrá pasado Clever Chauca, va a salir a la luz tarde o temprano, y como resulta sospechoso que dejes firmar a tu hija un día antes de las elecciones, te puedo asegurar que quedarás ante todo el Perú como una mala madre y una vendida.

—No soy una mala madre —se molestó Lourdes—. Pero soy una mujer con sentimientos, estoy cansada de esta lucha y quiero que Alcides reconozca a su hija. Eso es todo.

—Sí, comprendo —dijo Balaguer, con tono menos belicoso—. Yo te apoyo. Pero no caigas en la trampa, Lourdes. Si tomas el dinero y haces el espectáculo de la firma mañana, te aseguro que Alcides ganará en primera vuelta por tu culpa y luego no las verá más. Acuérdate de mí.

—¿Y entonces qué me aconsejas? —preguntó Lourdes, cortante.

—Que le pidas la prueba de ADN ahora, el día de las elecciones y después de las elecciones —respondió Balaguer—. Y que no aceptes ningún dinero de Clever Chauca, nada de nada, cero, ni un centavo.

Lourdes soltó un suspiro, exhausta.

—Ya te pasas de fanático, Juan. Eres idéntico a Soraya. Están cegados por el odio contra Alcides.

—¿Y tú no odias a ese miserable por todo lo que te ha hecho? —inquirió Balaguer.

—No —contestó Lourdes, sin dudarlo—. Yo no lo odio. Es más, a veces siento que todavía lo quiero —añadió, y rompió a llorar discretamente, no fuese a escucharla Soraya, que estaba en su dormitorio haciendo sus tareas escolares.

Con apenas quince años, Clever Chauca entró a trabajar en Canal 5 como portero, dejando sus estudios escolares nocturnos. Nadie lo contrató, se hizo amigo de los guardias de seguridad del canal y decidió pararse con ellos todo el día y buena parte de la noche, aunque no le pagasen nada. Se ganaba la vida gracias a las propinas que recibía por limpiar los autos de los gerentes y las celebridades del canal. Cuando Gustavo Parker pasaba a su lado, a media mañana o a las once de la noche, después del noticiero «24 Horas», los vigilantes enmudecían, se ponían tiesos, pero Chauca, más desenvuelto, dispuesto a llamar la atención, hacía un saludo militar, llevándose la mano derecha hacia la frente, y decía «Mis saludos y mis respetos, su excelencia». A veces también decía «A sus órdenes, excelentísimo». O cuando estaba achispado por los tragos que tomaba furtivamente con los porteros, exclamaba con solemnidad «Considéreme su alfombra, don Gustavo. Yo, por usted, mato». Parker no lo miraba, no sabía quién era, pero a veces sonreía cuando lo escuchaba decir esas cosas. Gracias a sus posturas estrafalarias, sus frases zalameras y su don de gentes, Chauca se hizo conocido por el personal de Canal 5, empezó a salir con la recepcionista, Susan Cancela, y fue contratado por el gerente de Recursos Humanos, a cambio del sueldo mínimo y la promesa de lavar su auto por las mañanas.

Clever Chauca no había cumplido aún los dieciocho años cuando alcanzó uno de sus grandes sueños: estar en la planilla de Canal 5 y lucir en el pecho el carné de empleado de la televisora, con su foto en corbata y con cara de susto. Vestía siempre de negro, íntegramente de negro. Se peinaba con fijador, el pelo marrón bien alisado hacia atrás, como los galanes de las telenovelas a quienes a veces molestaba para pedirles un autógrafo, y su cara era redonda, mofletuda, los ojos pendencieros, los labios voluptuosos, hinchados, de boxeador o peleador callejero. Aunque veía perfectamente, usaba anteojos para darse aires de intelectual. Y si bien su sueño era portar un arma de fuego, tener licencia para llevar una, se contentaba con esconder en el bolsillo un aerosol de gas paralizante que había comprado en el mercado de La Parada. Sus padres eran campesinos, analfabetos, gente muy pobre que se ganaba la vida sembrando tubérculos en un caserío perdido en los Andes, en la sierra de Huaraz. Chauca no los veía desde hacía años, no quería parecerse a ellos, su vida era la televisión, Canal 5. Vivía con su amante, la recepcionista Susan Cancela, y con el novio oficial de Cancela, el cantante Agustín Lira, a quien cada cierto tiempo se veía obligado a sodomizar, cediendo a sus ruegos, y a condición de no pagarle la renta y tener permiso para dormir en la cama de Susan Cancela. Cuando, un primer día de enero, Lira apareció muerto en el baño de su casa, desnudo y con la cabeza golpeada por un florero, Chauca fue arrestado como el principal sospechoso, pero Susan Cancela dijo que ella lo había matado dándole golpes con el florero porque Lira, hombre obeso, alcohólico, venido a menos como cantante, de modales despóticos, la violaba con frecuencia y ella ya estaba harta, tenía que defenderse, hacerse respetar, por eso le había partido el cráneo la noche de año nuevo, usando el florero que se había robado del departamento de utilería de Canal 5, donde trabajaba como recepcionista, operadora telefónica y acomodadora del público del programa «Panorama», conducido por Juan Balaguer. Chauca fue liberado tras pasar un mes en prisión y Susan Cancela fue declarada inocente por la muerte de su amante.

Como Chauca se había convertido en un personaje famoso en la prensa policial y de espectáculos, nada más salir de la prisión se presentó, junto con Susan Cancela, en el programa «Palomo y sus amigos», del famoso animador Palomo Ibarguren. Tras proclamar su inocencia y llorar, Chauca se hincó de rodillas y propuso matrimonio a su novia, que aceptó encantada. Esa noche, Chauca se emborrachó en casa de Palomo Ibarguren y acabó sodomizándolo, a pedido de Ibarguren y muy a su pesar, pues él se consideraba un hombre, un varón, pero, pensaba, a veces había que atender a los famosos de la televisión, era parte de la carrera. Al ver los altos índices de audiencia que obtuvo en el programa de Ibarguren, Gustavo Parker mandó llamar a Clever Chauca a su oficina y le habló: «Dime la verdad, ¿quién mató a Agustín Lira?». Chauca supo que de su respuesta dependía su futuro, su vida entera. No se atrevió a mentirle, pensó que la única manera de ganar su confianza era decirle la verdad: «Lo matamos Susan y yo. Ella le pegó con el florero y yo le torcí el pescuezo con una llave que me enseñó mi padre en la sierra de Huaraz». Parker lo miró con una sonrisa amiga y le dijo «A partir de hoy vas a ser mi guardaespaldas». Chauca se puso de rodillas, le besó los zapatos y le dijo, sin mirarlo a los ojos, «Yo, por usted, mato».

Alcides Tudela y Gustavo Parker entraron al salón y saludaron amablemente a unos cincuenta o sesenta periodistas que habían sido convocados por la oficina de prensa de Tudela y la secretaria de Parker. Era sábado, un día antes de las elecciones presidenciales. Tudela había leído esa mañana las últimas encuestas que ya no podían difundirse públicamente, estaba a dos o tres puntos porcentuales de ganar en primera vuelta, se sentía confiado de poder ganar con un último gesto, por eso estaba allí con Gustavo Parker, para dar el zarpazo final y asegurarse la presidencia en una sola ronda. Se sentaron, bebieron agua, se acomodaron las corbatas, los relojes, miraron con simpatía a ciertos periodistas. Luego Parker habló:

—Señores, bienvenidos a este canal, que es su casa —dijo, y a continuación anunció lo que no fallaba, lo que ponía de buen humor a los periodistas, incluso a los que le eran hostiles o representaban medios de prensa adversos a la candidatura de Tudela—: Terminada la conferencia de prensa habrá, como es costumbre en este canal, comida gratis para toda la prensa, fina cortesía del restaurante de Gastón.

Casi todos los periodistas aplaudieron, algunos se reprimieron por un sentido del decoro o el orgullo, pero de todos modos se permitieron mostrar una sonrisa de aprobación, o de hambre bien disimulada.

—Señores de la prensa, con ustedes, la señora Lourdes Osorio. Un aplauso para ella, por favor —anunció Parker.

De inmediato entraron en la sala Lourdes Osorio y Clever Chauca. Lourdes llevaba pantalones vaqueros, zapatos negros de taco alto (quería verse más alta que Tudela, quería salir más alta que él en las fotos), su mejor reloj y sus joyas mas vistosas, el pelo bien peinado en una peluquería esa mañana y recogido hacia atrás, el rostro algo tenso, una sonrisa vacilante, nerviosa, las ojeras que delataban la mala noche, una noche de dudas y peleas con Soraya y repentinos cambios de opinión. Clever Chauca vestía un traje negro y corbata negra, el pelo engominado, anteojos de carey, zapatos bien lustrados, los ojos atentos, obedientes, que saltaban de la mirada de Parker a la de Tudela, queriendo servir a ambos sin falta, con esmero: sabía que esa mañana era crucial; ya había conseguido lo más difícil, llevar a Lourdes a la conferencia, convencerla, darle antes el dinero, hacerla firmar un recibo, ahora solo había que cruzar los dedos y esperar que todo saliera como su jefe, Gustavo Parker, quería.

Al ver entrar a Lourdes, Tudela se puso de pie, estiró la mano hacia ella con una sonrisa y la saludó amablemente, diciéndole:

—Señora, encantado, mucho gusto de conocerla, muchas gracias por venir.

Los fotógrafos dispararon sus cámaras, haciendo relampaguear los *flashes*, capturando ese esperado momento, el del apretón de manos entre el candidato y la mujer del escándalo, Tudela sonriendo, Lourdes algo tensa, negándose, sin embargo, una mirada hostil o rencorosa, tratando de sonreír como si todo estuviera bien, como si en el fondo tuviera respeto o aprecio por ese señor al que había enjuiciado durante tantos años. Luego se sentaron. Clever Chauca hizo una venia a Parker y se dirigió atrás, junto con los periodistas. Se hubiera sentado con mucho gusto a la mesa principal, pero Parker había sido claro en decirle «Tú entras con la puta piurana, la depositas en la mesa y te vas a sentar atrás, no quiero que me jodas la foto».

—Señores de la prensa, quiero decir unas palabras —retomó Parker, luego de saludar a Lourdes con una beso en la mejilla y sentarse al lado de Tudela—. Para mí es un altísimo honor recibir hoy, en vísperas de las elecciones presidenciales, al candidato Alcides Tudela, amigo de esta casa, y a la señora Lourdes Osorio, en un esfuerzo histórico que hace este canal por propiciar, como siempre, la unión familiar, la paz entre los peruanos, la armonía y el bienestar de los niños y niñas, el futuro de este país.

Clever Chauca aplaudió poniéndose de pie, y algunos periodistas aplaudieron con desgano.

—Gracias a un esfuerzo extraordinario de este canal hemos logrado hacer realidad un sueño que parecía imposible: que Alcides Tudela y Lourdes Osorio, deponiendo sus intereses personales, pensando en lo que es mejor para la niña Soraya, lleguen a un acuerdo amistoso, extrajudicial, que van a explicar a continuación —siguió Parker—. En lo que a mí respecta, felicito a Alcides y a Lourdes por este acuerdo, que demuestra que son personas de bien, de buena voluntad, de sólidos principios morales, y anuncio que mañana votaré por mi amigo Alcides Tudela, el próximo presidente del Perú.

Clever Chauca volvió a aplaudir, extasiado, mientras Parker y Tudela se daban un apretón de manos, sonrientes, al tiempo que los fotógrafos se acercaban y no cesaban de hacer retratos de un ángulo y de otro, de pie o encorvados, buscando el mejor perfil, la iluminación más conveniente. Lourdes no parecía contenta ni relajada; una sombra de preocupación la atormentaba.

—Buenas tardes, Perú —dijo Tudela, poniéndose de pie, llevándose la mano al pecho, tratando de dar una entonación untuosa, solemne a sus palabras—. Buenas tardes, Lourdes. Buenas tardes, Soraya, hija mía —añadió, y Clever Chauca se puso otra vez de pie y estalló en un aplauso agitado, virulento, arengando a los periodistas a que aplaudieran, pero no fueron más que unos pocos quienes lo secundaron.

—¡Tudela presidente! ¡Tudela presidente! —gritó Chauca, y luego Parker le dirigió una mirada fulminante y Chauca entendió de inmediato el mensaje de su jefe y se sentó y se quedó callado y supo que un solo error más, otro exabrupto, otro desborde afectuoso, histriónico, podía costarle una suspensión de una semana, así de implacable era Gustavo Parker con él.

—Quiero anunciar, con mucho orgullo, con mucha emoción patriótica, que la señora Lourdes Osorio, aquí presente, y yo, hemos llegado a un acuerdo por el bien de la niña Soraya Osorio —dijo Tudela.

—Soraya Tudela —lo corrigió Lourdes, con gesto contrariado, pero Tudela no se dio por aludido.

—El acuerdo consta de cinco puntos y será firmado hoy, dejando de lado los cálculos políticos, pensando en la salud y el bienestar y el futuro lleno de amor que se merece la niña Soraya, tan linda Soraya, un pan de Dios —continuó Tudela, y luego sacó un papel de su bolsillo, lo desdobló, se puso sus anteojos sin darse prisa, sabiendo que había obtenido una victoria política, y leyó—: Primero, la señora Lourdes Osorio desiste de su petición de otra prueba de ADN para aclarar el espinoso asunto de la paternidad de su hija Soraya y reconoce como válida, final y definitiva la prueba de ADN que me hice recientemente en el Laboratorio Canelón, prueba que, como ustedes bien saben, demostró que no soy el padre genético de la niña Soraya Osorio.

Lourdes asintió, disgustada, como si estuviera arrepentida o no encontrase fuerzas para firmar el papel. Tudela siguió leyendo:

—Segundo, la señora Lourdes Osorio retira todas las demandas judiciales que ha presentado contra mi persona y se compromete a no enjuiciarme más, consciente de que esos juicios me hacen un daño político y me desvían de mi atención prioritaria, que es trabajar por los más pobres del Perú.

La voz de Tudela era grave, afectada. Parker sonreía con satisfacción.

—Tercero, el señor Alcides Tudela anuncia que a partir de hoy reconoce como hija a la niña Soraya Osorio. Buenas tardes, Soraya, bienvenida a mi hogar, bienvenida a mi corazón, estoy conmovido de que seas mi hija.

Parker y Lourdes aplaudieron, él con alegría, ella con resignación, no era el final que hubiera querido, pero era sin duda mejor que ir a la cárcel si ganaba Tudela al día siguiente, al menos Soraya ya tenía un papá.

—Claro que no es mi hija genéticamente —se apuró en aclarar Tudela—. Reconozco a Soraya como mi hija simbólica, como mi hija sentimental, pero sigo afirmando que no he tenido nunca relaciones íntimas con la señora Lourdes Osorio, y sin embargo, sensible al drama de una niña que necesita un padre, me veo en la obligación moral y patriótica, como hombre de bien y padre ejemplar, de aceptarla como mi hija aunque no lo sea genéticamente, lo importante acá no son los lazos de sangre sino los vínculos de amor, y yo amo a la niña Soraya, yo estoy muy orgulloso de que ella sea mi hija: ¡Buenas tardes, Soraya, bienvenida a mi hogar cristiano! —dijo Tudela con aspavientos.

Algunos periodistas pensaron entonces que Soraya entraría en la sala, pero no apareció.

—Cuarto, me comprometo a darle una decorosa pensión mensual a la señora Lourdes, a fin de que ella pueda solventar los gastos de educación, alimentación y traslados en que pueda incurrir para el bienestar de nuestra común hija, Soraya. Esa cantidad será no menor de mil dólares y no mayor de mil quinientos dólares y oscilará según la libre fluctuación del dólar en el mercado cambiario nacional.

Los periodistas se miraron, confundidos.

—¿Serán mil o mil quinientos? —preguntó el locutor Dennis Beingochea.

—Eso depende —contestó Tudela, muy serio.

—¿De qué depende? —insistió Beingochea.

—De la coyuntura —zanjó la discusión Tudela, con cara de pocos amigos, luego continuó—: Quinto y último, anuncio formalmente ante la prensa nacional e internacional que, además de darle una pensión mensual a mi hija simbólica Soraya, la visitaré de una manera regular, digamos una vez al mes o cada dos meses, según me permita mi agenda de trabajo, y, terminadas estas elecciones presidenciales, la llevaré a Disney, acompañada por su mamá. ¡Bienvenida al mundo mágico de Disney, Soraya, hija!

Tudela dejó el papel sobre la mesa, saludó a la prensa con una venia, se permitió una sonrisa, y luego amagó con abrazar a Lourdes, pero ella se mantuvo distante y prefirió darle la mano, sonriendo a medias, obligada por las circunstancias.

—Lourdes, ¿cómo se siente? —preguntó la reportera Verónica Ausejo, de Canal 7.

—Muy contenta, muy contenta —contestó Lourdes—. Por fin mi hija ha encontrado a su padre, por fin Alcides reconoce que Soraya es su hija.

—Mi hija sentimental, mi hija simbólica —se apuró en aclarar Tudela—. ¿Qué peruano no quisiera tener como hija a esta niña maravillosa, superdotada, que, aclaro, no es mi hija genética? —se preguntó, mirando al techo, abriendo los brazos, como si estuviera orgulloso de sí mismo, encantado de conocerse.

—¿Dónde está Soraya? —preguntó Dennis Machuca, de Radio Capital.

—En mi casa —respondió Lourdes.

—¿Por qué no ha venido? —insistió Machuca, transmitiendo en directo para su radio.

—Porque se encuentra indispuesta —dijo Lourdes.

—¿Qué tiene? —preguntó a quemarropa Machuca, y algunos periodistas lo miraron con antipatía, no lo querían, decían que era un necio, un majadero, que le gustaba robarse el espectáculo.

—Está un poquito enfermita —respondió Lourdes—. Soraya quería venir pero su salud no se lo ha permitido.

—Lourdes, ¿ha recibido dinero del candidato Tudela o del señor Parker? —preguntó Lucas Pino, del diario *El Tío*—. Se comenta que ha recibido una jugosa suma de dinero, ¿es verdad?

—Falso de toda falsedad —se adelantó Tudela, indignado—. Una calumnia más de mis enemigos.

—No he recibido un centavo —contestó Lourdes, y luego se aseguró de que la cartera estuviera bien cerrada, escondiendo los cincuenta mil dólares que, poco antes de la conferencia, sin contarlos, oliéndolos pausadamente y con fruición, Clever Chauca había depositado en ella sin que nadie lo advirtiera.

—Este es un acuerdo de buena fe, de buenos sentimientos, acá el dinero no cuenta, es lo de menos —explicó Parker, con una sonrisa.

—Por fin, ¿cómo se va a llamar la niña: Soraya Tudela o Soraya Osorio? —preguntó Freddy Espada, columnista de espectáculos del diario *El Tremendo*, conocido por sus colegas como El Vampiro, porque dormía de día y salía de noche, sediento de tragos y mujeres.

—Soraya Tudela —respondió Lourdes.

—Soraya Osorio —la corrigió Tudela.

—Soraya Osorio Tudela —sentenció Parker, y los tres sonrieron, como si hubiesen llegado a un acuerdo.

—¿Por quién va a votar mañana, señora Lourdes? —preguntó Rosita Carreño, reportera de RPP, la radio de noticias más escuchada del país, que transmitía en directo la rueda de prensa.

—El voto es secreto —contestó Lourdes, fastidiada con la pregunta.

—Pero no vas a votar por Lola Figari, ¿no? —terció Parker.

—El voto es secreto —insistió Lourdes.

Los periodistas hicieron ruidos de protesta y desaprobación por aquella respuesta que juzgaban insatisfactoria, predecible, aguafiestas, una respuesta que no parecía estar a la altura de lo que esperaban.

—A ella le da vergüenza decirlo, pero yo puedo anunciarlo en su nombre —intervino Gustavo Parker—. La señora Lourdes Osorio votará mañana por Alcides Tudela. ¿No es así, mi querida Lourdes? —añadió, y sonrió de un modo amable y al mismo tiempo conminatorio, como diciéndole si te haces la difícil, al final de la reunión Clever Chauca te quitará los fajos de tu cartera, cabrona, me prometiste que dirías que votarías por Tudela, ahora no vengas a hacerte la estreñida y cumple tu palabra.

—Gracias por tu voto, Lourdes, me conmueve y me obliga a seguir trabajando por los más pobres, los desposeídos, los desheredados —dijo Tudela, y besó la mano renuente de Lourdes, que no sabía cómo salir del embrollo.

—De nada, Alcides —dijo ella, secamente—. Bueno, sí, anuncio que, ahora que ha reconocido a Soraya como su hija, ya puedo votar tranquila por Alcides Tudela, ya sé que Alcides es un hombre bueno, que se preocupa por la niñez y tiene valores morales —añadió, y Clever Chauca se puso de pie y aplaudió.

—Muy sólidos valores morales —corroboró Tudela—. Los valores que me inculcaron mis padres cuando era lustrabotas —dijo, y una lágrima se deslizó por su mejilla y él la enjugó de un modo discreto pero visible.

—Este es un momento histórico para las familias peruanas —dijo Gustavo Parker, poniéndose de pie—: Alcides Tudela reconoce a Soraya como su hija simbólica y Lourdes Osorio anuncia que va a votar por Alcides Tudela, y todo gracias a este canal, que es el canal de la familia peruana, siempre velando por el bienestar de la niñez desamparada —añadió.

Clever Chauca se puso de pie nuevamente, aplaudió y gritó:

—¡Que viva Canal 5! ¡Que viva Tudela! ¡Que viva la niña símbolo Soraya!

—¡Que viva! —gritó Parker.

—¡Qué viva, carajo! —gritó Tudela—. ¡Y que viva la democracia, por la que he batallado desde niño! —bramó.

Luego abrazó y besó en la mejilla y en la boca a Lourdes y le dijo al oído:

—Gracias, voy a cumplir todos los meses con tu pensión. Gracias por tu apoyo tan generoso.

—De nada, Alcides —contestó ella, mientras la prensa fotografiaba el momento.

Enseguida Lourdes salió presurosa de la sala, acompañada de Clever Chauca, que le preguntó, alarmado:

—¿Adónde vas?

—Al baño —dijo ella, pálida—. Tengo que vomitar.

Juan Balaguer conoció a Radamiel Mamanchura en los baños turcos Winston, a los que acudía todos los martes por la tarde para relajarse y escuchar las opiniones de los parroquianos, que solían comentar sus apariciones en «Panorama» y «Pulso».

Nacido en Chincha, Mamanchura trabajaba como masajista de los baños turcos Winston, y en sus ratos libres era baterista del grupo de música tropical Imanes. Era espigado y tenía el cuerpo de un atleta, había sido velocista en el colegio y se había graduado como profesor de Educación Física, aunque no ejercía como tal, prefería dar masajes en los Winston y a ciertos clientes, en sus casas. Taciturno, reservado, de aire receloso, Mamanchura le dijo a Balaguer, mientras le friccionaba los dedos en la espalda, «Lo felicito por su programa, es muy cultural». Balaguer respondió «Por favor, trátame de tú y hazme los masajes con más fuerza, que me duelan». Por temor a decir alguna tontería, Mamanchura cumplió la sesión de media hora guardando riguroso silencio y Balaguer le dio luego una buena propina. Desde entonces, Balaguer pedía siempre turno de masajes con él, no le importaba esperar para ser atendido por ese moreno vestido de blanco, los ojos saltones, los dientes níveos, las manos largas, delicadas. No eran amigos, solo conocidos, no solían conversar durante la sesión de masajes, apenas lo necesario, un saludo, alguna opinión al paso para romper el hielo, luego el silencio, las manos recorriéndole el cuerpo erizado.

Balaguer no pensaba en Mamanchura como un eventual amante, ni siquiera lo veía como un hombre afeminado, con pulsiones homosexuales. Fue Mamanchura quien le dijo una tarde «Si usted quiere, puedo ir a su casa para hacerle los masajes, es más privado y le cobraré lo mismo». A Balaguer le dio miedo que fuese un ladrón, un mal tipo, alguien peligroso, por eso dudó, se tomó su tiempo para responder y le dijo que lo llamaría algún día. Mamanchura le entregó su tarjeta, que decía «Servicios esmerados a domicilio. Atención a clientes VIP».

Durante un año o poco más, una vez por semana, cada martes, Mamanchura visitó el departamento de Balaguer, le dio masajes (Balaguer cubría sus genitales con una toalla, pero cuando se daba la vuelta, Mamanchura la retiraba y le tocaba delicadamente las nalgas, aunque pidiéndole permiso: «¿Desea masajes en la baja espalda?», «Bueno, sí, cómo no, si no le incomoda») y le cobró lo mismo que solía cobrarle en los Winston, baños turcos a los que Balaguer dejó de acudir. Una tarde en que Mamanchura cumplía veintiocho años, Balaguer sirvió vino, bebieron, intercambiaron opiniones sobre política y fútbol, y Mamanchura, algo pasado de copas, se atrevió a preguntarle «¿Quiere que le haga servicio completo?». Se resistía a tratarlo de *tú*, era muy ceremonioso, insistía en tratarlo de *usted*. Balaguer contestó «No sé a qué te refieres». Mamanchura dijo «Puedo proporcionarle el placer que está necesitando para su completa relajación». «Hombre, ya estoy bastante relajado», comentó Balaguer, sin sospechar en qué estaba pensando el masajista. «Si usted me lo pide, y por el mismo precio, puedo trabajarle la vía rectal», ofreció Mamanchura, con mirada muy seria, profesional. Balaguer notó un bulto prominente en la entrepierna del masajista. Nervioso, le dijo «Creo que te has equivocado, a mí me gustan las mujeres». Mamanchura carraspeó, bebió un poco de vino, y habló preservando el aplomo: «A mí también, caballero. Yo soy muy macho, tengo una hija en Chincha. Pero me parece que su trasero está necesitando la atención que se merece, y yo con mucho gusto le puedo dar mis servicios esmerados, con todo respeto». Temeroso de cometer el peor error de su vida, algo que podía destruir su carrera periodística, Balaguer sintió, sin embargo, el deseo de aventurarse en territorio desconocido, decidió permitirse una transgresión, solo una. Por eso dijo «Hazme lo que quieras». Luego cerró los ojos y escuchó que Mamanchura decía con una voz distinta, afectuosa, «Seré muy delicado». Lo que a continuación ocurrió, dejarse penetrar por un hombre, no fue algo que a Balaguer le gustara, pero tampoco acabó de disgustarle: sintió dolor, ansiedad, culpa, vergüenza, pero también que aquel era un placer retorcido y secreto que estaba en su destino conocer.

Alcides Tudela llegó muy temprano al colegio de La Molina donde le tocaba votar, acompañado de su esposa, Elsa, y de sus guardias de seguridad. Marcó sin dudar el casillero donde aparecía su fotografía en la cédula de votación, firmó el registro electoral tras saludar a las autoridades de la mesa de votación, hundió el dedo medio de la mano derecha en un frasco de tinta morada («Cuando sea presidente voy a anular esto, nos marcan como si fuéramos ganado», comentó, bromeando, a las autoridades de la mesa), se acercó al puñado de periodistas que lo esperaba, todos ya sus amigos o conocidos, y dijo:

—Hoy comienza el gran cambio.

Elsa Kohl sonrió con optimismo y, cuando le preguntaron qué opinaba del caso Soraya, dijo:

—Alcides es un hombre de gran corazón. Ha reconocido a una hija que no es suya solo para que la niña deje de estar traumada por culpa de su mamá. Alcides es el gran padre de todos los peruanos.

Poco más tarde, Gustavo Parker se presentó a votar en un colegio de San Isidro, acompañado de su asistente Clever Chauca, y de sus custodios. No quiso hacer declaraciones antes de votar, se cuidó de que nadie viese cuando marcaba el rosto de Tudela en la cédula de votación y, al salir, protegido por Chauca, que empujaba a los periodistas más briosos, dijo, ante un entrevero de micrófonos, cámaras y rostros acezantes:

—A las cuatro en punto daremos el gran *flash* con el nombre del presidente electo o con los dos candidatos que pasen a la segunda vuelta.

—¡No empujen, colegas! —gritó Chauca, haciendo de escudero de su jefe.

—¿Por quién ha votado, señor Parker? —preguntó Jesús Manuel Carvajal, joven reportero de Canal 5.

—He votado por la democracia y la libertad de expresión —respondió Parker, con gesto crispado.

Luego se alejó a paso rápido y habló al oído de Chauca:

—Ese Carvajal es un huevón. Despídelo.

—Sí, jefe —contestó Chauca, y a lo lejos dirigió una mirada flamígera a Jesús Manuel Carvajal.

Pasado el mediodía, Lourdes Osorio acudió a votar a la Universidad de Lima. Su hija Soraya se había negado a acompañarla diciéndole:

—Estoy avergonzada de ti. Me has traicionado. Te has vendido a mi papá. Nunca más voy a salir en público contigo. Y si la prensa me pregunta qué opino, seguiré pidiéndole la prueba de ADN, y, para que lo tengas bien claro, no pienso reunirme con él mientras no se haga esa prueba.

—Eres una chiquilla majadera —la reprendió Lourdes—. Ya verás que se te pasa el malhumor cuando vayamos a Disney con la plata que me ha regalado el señor Parker.

—No voy a ir a Disney —sentenció Soraya, en ropa de dormir, sentada a la mesa de la cocina, tomando un desayuno frugal, leche y cereales.

—Entonces iré sola —contestó Lourdes, burlona.

—O que te acompañe tu mejor amiga, Elsa Kohl —replicó Soraya.

Luego de votar, Lourdes Osorio se resignó a declarar ante la prensa, que la esperaba con evidente impaciencia.

—¿Ha votado por Tudela? —le preguntaron a gritos.

—Prefiero mantener mi voto en reserva —respondió Lourdes.

Frente a la cédula de votación, en la cámara secreta, resguardada por una cortina negra, Lourdes había dudado: no sabía si marcar el rostro de Tudela, el de Lola Figari, el de algún otro candidato que le había expresado su solidaridad en pleno escándalo (por ejemplo, el del combativo parlamentario Fernando Holguín, que había hecho carrera política como adalid contra la corrupción y era buen amigo de los banqueros y los mineros, quienes financiaban su campaña, o el de Cielo Barragán, una señora de izquierda liberal, atea, divorciada y defensora de ideas progresistas), o si dejar la cédula en blanco o incluso viciarla (pero estas últimas opciones le daban miedo, temía que alguien la viera escribiendo una obscenidad en la cartilla de votación y no quería dar ese mal ejemplo).

—Ya, pues, Lourdes, confiesa por quién has votado —le pidió una reportera.

—No te hagas la loca, te hemos visto votando por Alcides Tudela —fanfarroneó un veterano periodista de Radio Capital, el conocido sibarita Mamerto Mondragón.

Lourdes Osorio pensó que, en efecto, la habían visto marcado la casilla de Tudela, y por eso dijo:

—Bueno, sí, he votado por Alcides. Me gustan mucho sus ideas. Y es el papá de mi hija, y quiero que mi hija esté orgullosa de él.

Cuando se alejaba, algunos ciudadanos, adversarios de Tudela o simplemente pícaros y espontáneos, le gritaron «¡Vendida, ladrona! ¡Devuelve la plata! ¿Dónde está tu hija?».

Soraya estaba en el departamento de San Borja, hablando con RPP, la radio más escuchada del Perú, a la que había llamado para hacer declaraciones. «Danos tu número y te llamaremos de vuelta», le dijeron, y en efecto la llamaron, la pusieron al aire y Soraya dijo:

—Quiero decir que no apoyo lo que ha hecho mi mamá. Me da mucha pena cómo ha actuado. Se ha vendido a la plata de Alcides Tudela y Gustavo Parker. Lo que ha hecho es una vergüenza, una infamia, un acto indigno. La rechazo enérgicamente y exijo que mi papá, Alcides Tudela, se haga la prueba de ADN. Mientras no se la haga, no pienso reconocerlo como padre. Y si gana la presidencia, que sepa que no le tengo miedo, no tengo miedo a su persecución política, a que nos meta en la cárcel. Mi mamá le tiene miedo, pero yo no. Mi mamá ha votado hoy por Tudela solo por miedo y porque le han pagado.

—¿Tú por quién hubieras votado? —le preguntó la periodista de RPP, Beatriz del Campo.

—Yo, en blanco. Todos los candidatos me parecen pésimos. Todos son la misma cosa. Ninguno me gusta.

—¿Y tú algún día entrarás en la política y serás candidata a algo? —preguntó Del Campo, con voz melindrosa, meliflua, fingiendo afecto o compasión.

—No —dijo Soraya—. Yo odio la política. Cuando termine el colegio, me iré a estudiar al extranjero.

—¿Qué quieres estudiar? —preguntó Del Campo.

—Diseño y alta costura —respondió Soraya.

—¿Vas a ser modista?

—No. Voy a ser modelo.

Ese día, en Buenos Aires, Juan Balaguer despertó temprano y se dirigió en taxi a la embajada peruana, en la avenida Libertador. Quiso votar, enseñó su pasaporte y su cédula de votación, pero le dijeron que no estaba inscrito para sufragar. Pidió entonces inscribirse y le dijeron que era muy tarde, que no podía votar. Insistió en hablar con el embajador Toribio Dianderas, jubilado del periodismo, conocido por su afición al alcohol y al fútbol. Dianderas saludó con afecto a Balaguer, tanto que este quedó sorprendido, no esperaba que el embajador le prodigara tales muestras de cariño:

—Embajador, quiero votar, le ruego que me lo permita —dijo.

—Pero no estás inscrito —respondió el embajador, un hombre menudo, de bigote poblado, canoso, y voz ronca, pedregosa.

—Entonces inscríbame.

—No puedo, hijito. Yo no controlo el padrón. Yo soy un mero observador, un garante de la democracia.

Balaguer guardó silencio, resignado, haciendo un gesto de contrariedad.

—De todos modos, ¿por qué te empeñas en votar, si ya es un hecho que ganará Tudela en primera vuelta? —preguntó el embajador.

—¿Eso cree? —se alarmó Balaguer.

—Eso es lo que dicen las últimas encuestas —respondió el embajador Dianderas—. ¿Quieres un trago? ¿Pasamos a mi despacho?

Faltando quince minutos para las cuatro de la tarde, Gustavo Parker examinó las encuestas a boca de urna que le había pasado la compañía Alegría y Asociados, llamó a Alcides Tudela y le dijo:

—Cholo, mis números dicen que tienes 48,8 por ciento y que Lola Figari tiene 22,1 por ciento.

—¡Eso no es posible! —se indignó Tudela—. Todas mis encuestas me dan como ganador en primera vuelta.

—No la mía, Alcides —respondió Parker—. Mi encuesta te da 48,8. Te falta un punto.

—¿Y cuál es el margen de error de tu encuesta? —preguntó Tudela.

—Tres puntos porcentuales para arriba y para abajo.

—¿Tres puntos es el margen de error?

—Tres. Eso mismo. O sea que está en el margen de error que al final puedas pasar el cincuenta por ciento y ganar en primera vuelta, no te preocupes.

—¿Y quién me dices que ha hecho esa encuesta?

—Alipio Alegría, de Alegría y Asociados.

—Alegría es un borracho, un cagón, un vendido a Lola Figari. ¡No puedes creer en Alipio Alegría, Gustavo!

—¿Y entonces en quién debo creer, dime tú?

—En mis encuestas. Tanto Datanálisis como Fórum me dan cincuenta y uno y cincuenta y dos por ciento. Gano en primera vuelta.

—¿A nivel nacional o solo Lima?

—A nivel nacional, Gustavo.

—¿Les has pagado tú?

—Bueno, sí, yo las he contratado, pero son encuestas sumamente técnicas y rigurosas, tú sabes.

—Ya, ya, claro. Pero yo creo en mi amigo Alipio Alegría; él nunca falla en sus cálculos.

—¿Me estás diciendo que vas a dar esos números en tu *flash* electoral?

—No me queda otra, Alcides, tengo que darlos.

—¡Ni cagando, Gustavo, ni cagando puedes darlos! —bramó Tudela, furioso.

—¿Entonces qué números doy? —se sorprendió Parker.

—Puedes dar los míos. Ya mismo te los paso. Yo te autorizo.

—¿Te parece?

—Me parece, por supuesto. Tienes que anunciar que ya gané en primera vuelta. Déjate de mariconadas, Gustavo, ¿cómo me vas a robar la elección por un mísero puntito?

—¿Y qué hago con mi encuesta de Alegría y Asociados?

—Métesela al culo al maricón de Alipio Alegría. Le vas a dar una alegría. O redondea nomás.

—¿Cómo que redondeo? —preguntó Parker.

—Redondea para arriba, huevón. Redondea dentro del margen de error. Dame 50,8 y baja a Lola a diecinueve o dieciocho por ciento. Listo, me proclamas ganador y al carajo.

—¿Redondeo? —dudó Parker.

—Redondea nomás, estamos en el Perú, ¿quién carajo te va a decir algo?

—Alipio Alegría. No puedo cambiarle las cifras. Son sagradas para él. Es muy profesional.

—¡Pinga que es profesional! —se enfureció Tudela, levantando la voz—. ¡Pinga que ese vendido es profesional! ¡Me he metido coca con él en el sauna de Villa, le he comprado cincuenta mil encuestas, es un arrastrado, un angurriento!

—¿Estás con coca, Alcides?

—No, Gustavo. Me estoy guardando para el *flash*, allí recién celebraré.

—No puedo redondear con tanta concha, Alcides. No puedo, huevón.

—Es tu canal, carajo. Tú haces lo que quieras. Eres Gustavo Parker, el fundador de la televisión peruana, ¿quién mierda va a salir a pelearte los números?

—¿Y qué le digo a Alipio Alegría?

—Dile que tu periodista Guido Salinas se equivocó, que fue un error humano, y al carajo, que se vaya a llorar a la playa.

Parker se quedó dudando: *El cholo quiere que meta la mano en la encuesta, quiere que lo anuncie como ganador en primera vuelta, puedo meter la mano, no sería la primera vez, pero le va a costar, no voy a hacer trampa gratis.*

—¿Qué me ofreces si redondeo para arriba? —preguntó, bajando la voz, pensando *Ojalá no nos estén grabando los chuchas secas de la campaña de Lola Figari.*

—Si me redondeas en cincuenta y uno y lees mis encuestas de Datanálisis y Fórum, cuando sea presidente refinanciaremos tu deuda en impuestos para que la empieces a pagar en diez años más. Y te aseguro que pondré por lo menos diez millones de dólares al año en publicidad oficial en tu canal. ¿Cómo te quedó la oreja?

—Cholo, eres un grande.

—¿Recién te das cuenta, huevón? Soy el más grande de todos los tiempos. Y voy a ser un presidente amado por las masas.

—Redondeo, entonces. Trato hecho.

—Y cuenta con mi promesa. Tú sabes que soy un hombre de palabra.

—Hablamos a las cuatro y cinco.

—No, no me llames. Ven a verme después del *flash*, estoy en la *suite* del Hotel Bolívar, acá festejaremos en grande.

—Nos vemos a las cuatro y media, cholo. Y felicitaciones por el triunfo, presidente.

—Gracias, Gustavo, tú siempre tan generoso.

Parker metió el papel con los cálculos de Alegría y Asociados en la máquina trituradora. Luego cogió un papel en blanco y escribió «*Flash* electoral de Canal 5. Tudela 51,2 por ciento, Figari 20,8 por ciento (Alegría y Asociados). Tudela 51,4 por ciento, Figari 19,8 por ciento (Datanálisis). Tudela 50,9 por ciento, Figari 20,3 por ciento (Fórum)». Luego bajó por el ascensor y le entregó el papel al jefe del control maestro:

—Estos son los resultados al cien por ciento a nivel nacional. Este es el *flash* que debe leer Guido Salinas en diez minutos.

Parker se sentó y vigiló minuciosamente cada cifra. Leyó y releyó, pidió letras más grandes para Tudela, letras más chicas para Figari, y cuando estuvo de acuerdo y aprobó todo, miró su reloj y preguntó:

—¿Cuánto falta?

—Tres minutos —le dijeron.

—Ábreme el micrófono, que me escuche Salinas —pidió Parker.

—Micrófono abierto —avisó uno de los técnicos del control maestro—. Guido, te va a hablar el señor Gustavo Parker.

Salinas aparecía en todas las pantallas del control maestro, esperando a que terminara la publicidad.

—Hola, Guido —habló Parker, secamente.

—Don Gustavo, qué honor saludarlo —dijo Salinas, con voz nerviosa, haciendo una reverencia hacia la cámara.

—Ya tenemos el *flash*. Son tres encuestas a boca de urna. Las lees bien despacio, bonito, sin equivocarte, por favor.

—Así será, don Gustavo.

—Y luego te voy a cantar algo al oído y tú lo repites, por favor.

—Sí, señor, lo que usted diga.

Tras los comerciales, Guido Salinas saludó al público, hizo un conteo regresivo largo, dramático, seseando, jadeando. Cuando faltaba un minuto para la hora en que la ley autorizaba a divulgar los resultados preliminares, Parker gritó:

—¡Ya son las cuatro! ¡Lee el *flash*!

Salinas interrumpió el conteo, obedeció a Parker, leyó el *flash* electoral, ganándole a la competencia por poco más de un minuto, y luego escuchó que Parker gritaba en su oreja como un energúmeno:

—¡Tenemos presidente electo, ganador en primera vuelta! ¡Repite, carajo!

—Tenemos presidente electo, ganador en primera vuelta —pronunció Salinas, con cara de miedo.

—Canal 5 anuncia que el nuevo presidente del Perú es...

Salinas repitió exactamente lo que Parker gritaba en su oído.

—Lancen la música, carajo —gritó Parker a los del control maestro.

El director de cámaras puso «La vida es un carnaval», de Celia Cruz, y Parker le hizo una señal aprobatoria con el dedo.

—¡Alcides Tudela Menchaca! ¡Felicitaciones, señor presidente! —gritó, el rostro enrojecido, los ojos saltones.

—¡Alcides Tudela Menchaca! —repitió Guido Salinas—. ¡Felicitaciones, señor presidente!

Parker cerró el micrófono, se puso de pie, y dijo:

—Buen trabajo, muchachos.

Luego vio que timbraba su celular, era Alipio Alegría.

—Alipio, habla —contestó, y luego se quedó en silencio, hizo una mueca cínica—. Cálmate, Alipio. ¿Qué te pasa, estás con la regla? Estamos dentro del margen de error, no pasa nada. Redondea tus cifras, afínalas con las mías. Sí, redondea. ¿Quieres que te pague? Entonces redondea, huevón. Si estamos dentro del margen de error, tódos nos podemos equivocar.

Aunque Alcides Tudela insistió en llevarla a su casa la noche en que se conocieron en el Haití, Lourdes Osorio se negó y dijo que prefería volver en taxi acompañada de su amiga Pilar Luna. Tudela había sido caballeroso, les había hablado sobre sus estudios en los Estados Unidos, fabulando o exagerando acerca de sus logros académicos y profesionales, había pagado la cuenta (incluyendo todos los sánguches que comió Pilar) y les había dejado su tarjeta, en la que se presentaba como «Líder y fundador del Partido del Progreso del Perú. Candidato al Premio Nobel de Economía. Filósofo, filántropo y filólogo». Contrariando los consejos de Pilar, que desconfiaba de Tudela y le aconsejaba en secreto que no le diese su teléfono, Lourdes cedió a las presiones de ese hombre engolado y hablantín, al que encontraba encantador y enternecedor, y le dio el número telefónico de su departamento en San Borja, que había heredado de Enrico Botto Ugarteche. Con el tiempo recordaría ese momento como uno de los errores capitales de su vida, algo que nunca debió hacer, una concesión que habría de costarle cara. Porque Tudela empezó a llamarla esa misma noche, todas las noches, con una insistencia y un ardor que la confundían y le hacían pensar que, como él le aseguraba con palabras pomposas, estaba enamorado de ella.

Tanta terquedad rindió frutos: Lourdes accedió a verlo nuevamente, salieron a comer, fueron a una pizzería en la calle Dos de Mayo, Tudela se había echado tanto perfume que Lourdes se sintió mareada, no podía dejar de toser, el perfume le daba alergia. Tiempo después ella recordaría el momento de la tos y los mareos provocados por el perfume como una señal de que no era el hombre correcto, pero para entonces ya era tarde, ya su destino estaba atado al de él. Comiendo pizza y bebiendo sangría, Tudela le dijo «Voy a ser presidente de este país. Y quiero que seas mi primera dama. Y te ruego quc me des a Alcides Junior, mi primogénito». Lourdes se atragantó, pensaba que todo ocurría demasiado rápido con Tudela, parecía un hombre reñido con la duda, que sabía bien lo que quería. «¿No tienes novia?», preguntó ella, atontada por la sangría que él le servía sin tregua y ella bebía sin hacer ascos, porque estaba dulzona y muy rica y era su trago preferido. «No, qué ocurrencia», contestó Tudela, con sonrisa altanera. «Estoy soltero y sin compromiso». «¿Y cuando estudiabas en los Estados Unidos, no tenías novia, o por lo menos una amiga?», preguntó Lourdes. Tudela dejó de hurgar entre sus dientes con un palito de morder, un brillo malicioso relampagueando en sus ojos, y respondió tajante: «No, nunca he tenido novia». Ante la mirada incrédula de Lourdes, añadió: «Estoy casto, cero kilómetros, nunca he tenido mujer». Lourdes le creyó, no tenía cómo saber que estaba casado con Elsa Kohl y que tenía una hija con ella, Chantilly, ambas viviendo en París, rehuyéndolo, sin permitirse contacto alguno con él.

Pero no fue aquella noche que, venciendo sus temores, resistencias y pudores, Lourdes tuvo sexo con él por primera vez. Fue una semana después: él la llevó al bar del Hotel César's en Miraflores, bebieron una botella de champán y, cuando ella fue al baño, él deslizó una pastilla sedante en la copa de la que ella estaba bebiendo. Cayéndose de sueño, Lourdes subió al ascensor con Tudela, se dejó llevar delicadamente a la *suite* presidencial y, apenas se tumbó en la cama, se quedó dormida. Luego Tudela le quitó la ropa y se montó sobre ella, diciendo cosas en quechua y en inglés.

Alcides Tudela salió al balcón y saludó a la multitud. Estaba eufórico. A su lado, Elsa Kohl agitaba un pañuelo y sonreía. Eran las seis de la tarde. Aún no se habían divulgado los primeros cómputos oficiales, pero los canales de televisión ya lo daban como ganador en primera vuelta.

—Buenas tardes, Perú —rugió, abriendo los brazos, tocándose el pecho a la altura del corazón, simulando un saludo entrañable a la muchedumbre reunida frente al Hotel Bolívar—. Buenas tardes, Soraya hija mía —añadió, y la gente lo ovacionó.

Elsa Kohl tomó el micrófono, sorprendiendo a su esposo, y gritó:

—¡Soraya, ven a celebrar este triunfo del pueblo, te estamos esperando!

Tudela habló nuevamente, emocionado:

—Hemos ganado en primera vuelta. Todos los canales de televisión coinciden en que hemos sobrepasado el cincuenta por ciento de las preferencias populares. Si los cómputos oficiales no reconocen nuestro legítimo triunfo, saldremos a las calles a protestar. ¡No permitiremos que nos roben la elección! ¡Hemos ganado! ¡Soy el presidente electo de los peruanos! El que diga lo contrario, es cómplice del fraude, ¡y yo ofrezco mi vida para que se respete la sagrada voluntad popular!

El teléfono celular de Lourdes Osorio volvió a sonar.

—¿Dónde estás? —le preguntó Luis Reyes, secretario de prensa de Tudela.

—Llegando —contestó Lourdes.

—Apúrate —le dijo Reyes—. ¿Vienes con Soraya?

—No, se he quedado en la casa, no quiso venir.

—No importa.

Poco después, Reyes saludó con un abrazo a Lourdes Osorio en la recepción del hotel. Alguna gente que reconoció a Lourdes la saludó también con aplausos y vivas. Reyes era ingeniero industrial, profesor de Matemáticas en la Universidad de Ciencias Aplicadas, soltero, no se le conocían novias ni amantes, un hombre religioso, de misa diaria. Alto, delgado, impecablemente vestido, lucía en forma gracias a que todas las mañanas corría una hora y era muy frugal en sus comidas y no bebía licores. Tudela le había ofrecido un ministerio o una embajada, pero Reyes se negaba a aceptar un cargo público. «No quiero dejar la docencia», le había dicho a Tudela, aunque luego le había susurrado al oído «Madrid es una ciudad tan linda, nunca me he sentido un extranjero en Madrid».

—Felicitaciones por el triunfo —dijo Lourdes, sonriendo.

—Gracias, gracias —respondió Reyes, muy serio, sabía que los cómputos oficiales podían obligarlos a una segunda vuelta contra Lola Figari, y esa posibilidad le parecía peligrosa, indeseable—. Vamos, que Alcides te espera —añadió, y subieron deprisa al ascensor.

Un momento después, interrumpiendo su discurso, Reyes dijo algo al oído de Tudela, que hablaba sobre la urgencia de adecentar la vida pública, de castigar a los ladrones y de hacer de la política un magisterio moral, una docencia de los valores éticos. Tudela miró su reloj, volteó, confirmó que Lourdes ya había llegado y, sin decirle nada a su esposa, acercó el micrófono a su boca y anunció:

—Ha venido a saludarme por la victoria la señora Lourdes Osorio, la mamá de mi querida hija Soraya.

Elsa Kohl no pudo evitar que un gesto de contrariedad tensara la sonrisa de su rostro, que quedó congelada en una mueca.

—¡Un aplauso para ella! —pidió Tudela, y entonces Lourdes entró, vacilante, nerviosa, se dejó abrazar por Tudela y saludó a la multitud.

Elsa Kohl le arrebató el micrófono a Tudela:

—Aclaremos que la niña Soraya no es una hija biológica, es solo una hija simbólica.

—Eso ya lo sabe todo el Perú, Elsa —afirmó Tudela.

Pero la multitud no lo escuchó porque Elsa Kohl sostenía el micrófono y no parecía tener intenciones de cedérselo a Lourdes, que miraba perpleja y de pronto se arrepentía de haber acudido al Hotel Bolívar para saludar a Alcides Tudela. Entretanto, Soraya miraba el televisor, Canal 8, Canal N, dedicado íntegramente a las noticias, y veía que Elsa Kohl decía:

—La única hija que tenemos Alcides y yo es nuestra querida Chantilly. ¡Un aplauso para Chantilly!

La multitud, exasperada por los cánticos de victoria, aplaudió con entusiasmo, y Lourdes Osorio se encontró aplaudiendo también.

—Chantilly no ha podido venir al Perú porque está estudiando en París, en La Sorbona —siguió Elsa Kohl.

Tudela se acercó a su esposa, dándole la espalda a Lourdes, y gritó en el micrófono:

—Chantilly, este triunfo es tuyo. Esta victoria va dedicada a ti. ¡Te amo, Chanti!

Luego Tudela forcejeó con Elsa Kohl, le quitó el micrófono y habló de nuevo a la multitud:

—¡Y también te amo a ti, Soraya!

Tudela miró con simpatía a Lourdes (pero ella sabía bien que era un actor consumado, dado al melodrama y a los excesos histriónicos) y le dijo:

—Gracias por tu apoyo, Lourdes. ¿Tienes algo que decirle al pueblo del Perú, a este pueblo gallardo y valeroso que ha luchado conmigo en la trinchera de la democracia?

La gente aplaudió. Lourdes pareció intimidada por el rumor que se originaba en esas miles de personas congregadas frente al hotel, y dijo:

—Felicitaciones, Alcides —su voz se escuchó débil, un eco tembloroso que se difuminó entre el fragor de la gente—. Tu victoria es mi victoria. Los dos hemos ganado. Tú, la presidencia del Perú, que tanto mereces, y yo, por fin, al padre de mi hija.

Lourdes rompió en llanto, fue abrazada por Tudela, que de pronto también se encontró llorando, no tanto por la emoción sino porque sintió que las circunstancias dictaban esa conveniente efusión de afectos, un desborde teatral, un momento lacrimógeno, conmovedor, que la gente premió aplaudiendo y gritando:

—¡Soraya corazón! ¡Soraya corazón!

—¿Dónde está mi hija Soraya, carajo? —rugió Tudela, y miró hacia todos lados, impaciente.

—Está en la casa, viéndote por televisión —murmuró Lourdes, sollozando.

—¡Hija mía, este pecho es tu pecho! —gritó Tudela, y se dio unos golpes ampulosos a la altura del corazón.

Elsa Kohl se acercó a Lourdes Osorio y le susurró al oído:

—Ya puedes largarte, puta de mierda.

Lourdes la miró consternada y se retiró del estrado sin despedirse de la multitud. Tudela continuó con su discurso sobre el gran cambio moral que se avecinaba.

Tienes que abortar, fue lo primero que le dijo Alcides Tudela a Lourdes Osorio cuando se enteró de que estaba embarazada. Llevaban saliendo apenas tres meses, ella se resignaba de mala gana a que tuvieran sexo, él nunca se cuidaba, decía que odiaba ponerse condón, aseguraba que si se retiraba a tiempo y terminaba afuera no había peligro; ella tampoco se cuidaba, nunca había tomado pastillas anticonceptivas ni se había colocado cosas, le parecía horrible, inmoral, decía que eso no iba con ella. Pálida, con náuseas, sin saber qué hacer con ese embarazo que le parecía inoportuno e inconveniente, Lourdes le dijo «Pero tú me dijiste que querías tener a tu primogénito conmigo y que yo sería tu primera dama». Estaban tomando un helado en el Tip Top de la avenida Pardo sin bajarse del auto, el mozo se acercaba, ponía una bandeja colgada de la ventana y traía los helados. «Habré estado borracho. Yo no quiero tener un hijo contigo ahora ni nunca», afirmó Tudela. De pronto ella sentía que él ya no la miraba con la ternura y el afecto a los que la tenía acostumbrada, había algo duro, frío, distante en sus ojos, un rencor que ella no conocía, que le daba miedo. «No puedo abortar, Alcides, va contra mis principios morales», pronunció. «Pendejadas», se enfadó Tudela. «Todos los principios tienen un final. Tienes que abortar. No hay otra salida». Lourdes rompió en llanto: «¿No te da ilusión tener un bebé conmigo?». Tudela no se conmovió un ápice, y respondió «No, ni un carajo de ilusión. Yo quiero ser presidente del Perú y no puedo tener un hijo con una chola bruta e ignorante como tú». «No soy bruta», protestó Lourdes, sorprendida. «No tengo un título universitario, pero he sido educada en la universidad de la vida», añadió. «Eso dicen todas las putas del Melodías», espetó él, con aire cínico. «Si no abortas, no me verás nunca más», amenazó. «Pues serás muy tonto al perderte a esta criatura que llevo en el vientre», se defendió, altiva, Lourdes. Tudela encendió el auto, ofuscado, y se marchó sin pagar, la bandeja colgada de la ventana. «Vas a abortar, carajo», rugió, mientras conducía rumbo al malecón. «No voy a permitir que arruines mi carrera política, chola trepadora», le advirtió. «Tú no tienes ninguna carrera política, Alcides», se atrevió ella. «Eres un mediocre, un fracasado», le dijo, con mirada burlona. «Tú no vas a ser presidente del Perú, ni siquiera vas a ser presidente del Club de Leones de Chimbote». Tudela dio un frenazo y gritó «¡Bájate!». Lourdes se negó. Tudela se inclinó sobre ella, abrió la puerta y la empujó con fuerza. Lourdes cayó sobre el pavimento y él le gritó «¡No me verás más, chola trepadora!». Llorosa, asustada, ella se llevó las manos hacia la barriga, como tratando de proteger a su bebé. «¡Nunca serás mi primera dama!», volvió a gritar Tudela. «Eres chusca, una perra chusca. Y yo estoy casado con una aristócrata francesa de mucho dinero». Luego cerró la puerta y se alejó raudamente, mientras ella, sentada en la calle, le pedía a Dios que el bebé estuviera bien. «Diosito, Tú vas a ser el papá de mi bebé», dijo, antes de que un transeúnte se detuviera a ayudarla.

Juan Balaguer vio por internet, en directo, el anuncio hecho por todos los canales de televisión peruanos de que Alcides Tudela había ganado en primera vuelta, vio el discurso de Tudela en la Plaza San Martín, vio la inesperada aparición de Lourdes saludando a Tudela. Se supo derrotado, perdedor, supo que no podría volver al Perú en los próximos años, se sintió miserable, un apestado. No quiso romper a llorar, le parecía que las lágrimas eran patéticas, la rendición del espíritu, la complacencia con uno mismo. Llamó por teléfono a Soraya.

—Lo siento. Hemos perdido —le dijo.

—No estés triste, Juan —le contestó ella, con voz combativa—. Hicimos lo que pudimos.

—Pero perdimos. Ganó ese miserable.

—Ganó por culpa de la vendida de mi mamá.

—¿Le pagaron por salir a apoyar a tu papá?

—No es mi papá. No digas que es mi papá. Ese sujeto no es mi papá.

—Perdón, Soraya.

—Sí, le pagaron.

Hubo un silencio que ambos sintieron triste, oprobioso.

—¿Y ahora qué hacemos? —preguntó Balaguer.

—Yo me regreso a Piura, tengo que terminar el colegio —respondió Soraya—. ¿Y tú?

—Yo me quedo en Buenos Aires, no puedo volver al Perú, me meterían preso.

—Sí, mejor quédate allá.

—Tudela y Parker me odian. No me atrevo a volver con ellos en el poder.

—Pero yo no te odio, Juan. Yo te respeto y te admiro.

—Gracias, Soraya. Aprecio mucho lo que me dices.

—Cuando no te conocía, te llamé por teléfono y te pedí que me demostraras que eras un periodista independiente, que no eras un adulón de Tudela.

—Sí, lo recuerdo perfectamente —dijo Balaguer, y pensó *En mala hora me llamaste, ¿por qué tenías que elegirme a mí?, ¿por qué no llamaste a Malena Delgado o a Raúl Haza?*

—Y me has demostrado que eres un gran periodista. No me fallaste. Gracias, Juanito, nunca te olvidaré.

—Gracias a ti, Soraya. Ha sido una gran aventura. Ha sido una batalla inolvidable.

Por un momento pareció que Soraya se quebraría. Habló con la voz afectada por tantas amarguras:

—Si yo pudiera elegir a mi papá, serías tú.

Balaguer no encontró palabras para responder esa declaración de afecto. Se quedó en silencio. Soraya se despidió:

—Si vienes a Piura, no dejes de llamarme.

Luego colgó.

Lourdes Osorio no se atrevió a contarles a sus padres que estaba embarazada. No quería volver a Piura, no se creía capaz de soportar la humillación de pasearse por Piura embarazada y habiendo sido rechazada y humillada por el padre de su bebé. Por eso dejó de llamar por teléfono a sus padres y de contestarles las llamadas. No quería que supieran nada de ella. Tampoco quería abortar, le parecía una bajeza, una cobardía, un crimen innoble, pensaba que el bebé no tenía la culpa de nada y que si Alcides Tudela no quería ser su padre y se escondía como un pusilánime, ella cumpliría las funciones de padre y madre y le daría todo el amor que necesitase. Guardó en secreto su embarazo, solo se lo contó a su amiga Pilar Luna, que, en venganza, fue una noche a la Universidad Alas y Buen Viento y desinfló las cuatro llantas del auto de Tudela. Aunque hubiera preferido escapar al extranjero y darle al bebé una nacionalidad distinta de la peruana, Lourdes no tuvo más remedio que quedarse en el departamento de San Borja que había heredado de Enrico Botto Ugarteche, seguir desempeñando sus tareas como secretaria de publicidad del diario *La Prensa* y, para disimular la barriga que le crecía, usar ropas holgadas, de colores oscuros. Durante los largos meses del embarazo, sufriendo los mareos y los vómitos y la tristeza de acudir sola al ginecólogo, tuvo ganas de llamar a Tudela y hablarle con el afecto que a veces todavía sentía por él, pedirle que fuese bueno, que la perdonase por haber quedado embarazada, que la viese de vez en cuando, solo como amigos, que estuviese con ella en el parto. Pero luego se contenía, se reprimía, pensaba que no debía rebajarse a pedirle favores. No fueron pocas las ocasiones en que se sintió tentada de volver a Piura y rogarles ayuda a sus padres, pasar el embarazo tan sola era un empeño que por momentos le parecía imposible, inhumano. Temía, sin embargo, que sus padres la rechazaran, se enojaran con ella, la echaran de la casa por haber faltado a la moral que le habían enseñado. Por eso prefería no ver a nadie, a no ser por su amiga Pilar Luna, y encerrarse en el departamento de San Borja a ver televisión y comer todo lo que le diese la gana. Engordó treinta kilos en nueve meses, llegó a pesar casi tanto como Pilar Luna, que, aprovechando el embarazado de su amiga, también se puso más kilos encima. Comían rezando el rosario, lo que atemperada la culpa de comer y les daba fuerzas para terminar las oraciones.

Lourdes estuvo sola el día en que nació Soraya, Pilar Luna había tenido que viajar por razones de trabajo a Arequipa. Lourdes sintió las contracciones y se dirigió en taxi a la Clínica Ricardo Palma, donde tenía el seguro médico de *La Prensa*, y estuvo dos horas aguantando el dolor porque no había nadie que la atendiera, su ginecólogo no contestaba el teléfono, al parecer estaba dormido, eran las tres de la madrugada y tampoco estaba la partera de emergencia, que había ido a jugar al bingo más cercano. Lourdes pensó que daría a luz en la sala de espera de la clínica. Al amanecer, la partera llegó embriagada del bingo y la atendió de mala gana, furiosa porque había perdido todo su dinero jugando. «No sé por qué carajo la gente más pobre es la que tiene más hijos, si después no tienen cómo darles un buen futuro», espetó, mirando a Lourdes sin afecto ni compasión, antes de exigirle en términos crispados que pujase tan fuerte como pudiese. Lourdes sintió que esa mujer de modales bruscos y rostro de boxeadora, baja y maciza, de mirada esquinada, no estaba ayudándola gentilmente a parir sino arrancándole algo, sacándoselo a trompicones, a la fuerza. No tenía fuerzas para pujar, solo para rezar, rezaba un padrenuestro y un avemaría y de nuevo un padrenuestro y otro avemaría, hasta que la partera, de apellido Rotondo, así decía una minúscula placa de bronce adherida a su pecho, perdió la paciencia, interrumpió sus rezos y le dijo «¡Cállese la boca, carajo, que Dios no existe y en este hospital las vírgenes tampoco!». Lourdes creyó que se desmayaría cuando la partera tiró fuertemente de la cabeza de la bebé, la sacó cubierta de un líquido resinoso y blancuzco, le dio un par de golpes en la espalda para que llorase, cortó el cordón umbilical y anunció «Es una niña». Luego añadió «Es la niña más fea que he visto en mis ocho años como partera». Lourdes vio a su hija, la acomodó en su pecho, le dio unas palmadas para que dejase de llorar y dijo «Es igualita a su papá». La partera preguntó, curiosa, «¿Y quién es su papá?». Lourdes la miró con tristeza y le dijo «No está habido». La partera chasqueó la lengua, frunció los labios y dijo «Claro, lo de siempre, por eso estamos como estamos».

Lourdes y su hija pasaron tres noches en la Clínica Ricardo Palma, nadie las fue a visitar. Lourdes no quiso llamar a su amigo Archibaldo Salgado, el director de *La*

Prensa, para darle la noticia, temía que él pudiese llamar a sus padres en Piura, a don Lucas y doña Lucrecia, y ponerlos al tanto de que eran abuelos. Cuando salió de la clínica, se dirigió a la municipalidad de San Borja y procedió a inscribir a su hija en los registros públicos: la llamó Soraya, Soraya Albina, y no dudó en que sus apellidos fueran Tudela Osorio, y declaró como padre ausente a Alcides Tudela, natural de Chimbote, residente en San Francisco, Estados Unidos. Pero, aunque lo quiso alejar de ella en esos papeles burocráticos, siguió pensando en él, echándolo de menos, fantaseando con que algún día Tudela la perdonara y mostrara curiosidad e ilusión por conocer a su hija Soraya. Por eso, cuando la bebé cumplió tres meses, Lourdes, sin decirle nada a su amiga Pilar Luna, hizo algo que le parecía osado, imprudente, pero al mismo tiempo un acto de amor que le nacía en las entrañas: llamó a la Universidad Alas y Buen Viento, averiguó la dirección del profesor Alcides Tudela y fue a darle una sorpresa, un domingo por la mañana, cargando en brazos a su hija Soraya, de tres meses y una semana, llevando un álbum de fotos que había preparado para él. Antes de tocar el timbre, estuvo a punto de dar vuelta y alejarse, asustada, pero pidió fuerzas a Dios, llamó a la puerta y esperó con aplomo, rezando, contemplando a su hija, que cada día le parecía más bonita. Grande fue su sorpresa cuando una señora rubia, sin maquillaje, de ojos saltones y complexión delgada, vestida de negro, sin zapatos, fumando un cigarrillo, le abrió la puerta y la miró con extrañeza. «Buenos días», dijo Lourdes. «Vengo a ver a Alcides Tudela, si fuera tan amable», musitó, con voz débil, intimidada por esa mujer de mirada severa, abrasadora. «¿Qué quieres?», preguntó ella. Lourdes no supo qué hacer, qué decir. «Quiero presentarle a la bebita, que ya tiene tres meses y una semana», dijo, mostrando con orgullo a Soraya, que estaba dormida, envuelta en una manta blanca. «¿Alcides te conoce?», preguntó la mujer, con aire desconfiado. «Sí, claro», dijo Lourdes, sonriendo. «Soy Lourdes Osorio, soy su amiga». La mujer la miró como si no le creyera. «¿Y qué quieres? ¿Vienes a pedir plata para darle leche a tu hija?». «No, no, señora», contestó Lourdes, pensando que esa mujer rubicunda, huesuda, malhumorada, sería una de las muchas amantes que seguramente tenía el profesor Alcides Tudela. «No vengo a pedir plata, qué ocurrencia». «¿Entonces qué mierda quieres?», le espetó la mujer. Lourdes se sintió agraviada, y respondió desafiante, sin dejarse intimidar: «Que Alcides conozca a su hija Soraya». La mujer le dijo «Mira, chola atrevida, Alcides está casado conmigo, yo soy su esposa, Elsa Kohl, y la única hija que tiene Alcides es nuestra Chantilly, o sea que puedes irte a la puta madre que te parió». Luego tiró la puerta y fue a pedirle explicaciones a Tudela, que en ese momento dormía, en estado de ebriedad. En el taxi de regreso a su departamento de San Borja, Lourdes Osorio pensó *El lunes me subo al autobús y viajo a Piura y les presento a Sorayita a mis papás. Y ese mismo día voy donde abogado y le pongo juicio al sinvergüenza de Alcides. No me voy a dejar humillar de esta manera, no hay derecho. Esta niña es un ángel y merece tener un padre.*

Juan Balaguer bajó al bar del Alvear, se sentó en el sillón de la esquina, tomó una copa de champán, observó en silencio a los turistas, los parroquianos, los camareros jóvenes, infatigables, y luego salió a caminar. Ya era de noche. No supo adónde ir, avanzó sin rumbo, terminó vagando por el cementerio, que aún no había cerrado. *Los muertos están mejor que uno*, pensó, mirando esa réplica en miniatura de una ciudad afantasmada, con sus calles y sus pequeñas edificaciones en las que habían sido enterrados los muertos tan queridos, llorados por sus deudos, esos que acaso ahora también estaban muertos. *Los muertos no trabajan, no tienen que pagar cuentas, no se esfuerzan por seguir vivos, por mantener un honor, una reputación, por esconderse de los demás cuando el honor y la reputación han quedado en entredicho*, se dijo. *Los muertos, con solo morirse, mejoran su reputación, dan realce a sus virtudes, sacan lustre a las pocas cosas buenas que hicieron*, pensó. *Pocos son los enemigos de los muertos, oponerse a un muerto no da prestigio, parece una operación sañuda, rencorosa*, caviló. *Nadie sabe bien quiénes son estos muertos ilustres, pero ya nadie los molesta, nadie les espeta conductas innobles, nadie les achaca miserias ciertas o fabuladas, nadie los odia ni les desea que se mueran, porque ya se murieron, y por lo visto eso es lo que conviene, morirse, así cesa la batalla desigual y se impone la tregua*, reflexionó. *Me da pereza seguir viviendo*, se dijo, caminando a paso lento, moroso, inexacto el destino, aciaga la suerte de esa noche. *Soy un perdedor, siempre fui un perdedor, esta ha sido la peor derrota de mi vida*, se dijo. *No quiero que me vean derrotado, destruido, hecho escombros, no quiero lástima ni consuelo, tampoco quiero exponerme a la venganza de mis enemigos, no debo volver al Perú, debo quedarme aquí, en Buenos Aires, al menos hasta que se me acabe el dinero*, concluyó, abatido. Saliendo del cementerio, hizo cálculos y se dijo que tenía dinero para vivir dos años, quizá tres si era muy austero. *Luego ya veremos*, pensó.

Un poco más allá, vio una farmacia abierta. Entró, esperó pacientemente su turno, saludó con una venia al hombre vestido con mandil blanco, leyó su apellido, Ferdini, y le dijo:

—Buenas noches, señor Ferdini.

—Flavio Ferdini, a sus órdenes.

Era un hombre mayor, de aire fatigado, con anteojos gruesos, la cabeza calva, reluciente, los ojos todavía curiosos a pesar del cansancio. No parecía esperar grandes victorias, ya estaba resignado a que la vida fuese eso mismo, repetir unas costumbres, fatigar unos hábitos, aferrarse a la rutina de la farmacia y los clientes, atender a todos con una sonrisa amable, ser paciente y noble aun los días malos. Se había pasado media vida en ese establecimiento y era allí donde quería morir, siempre trabajando, le parecía que el retiro y la jubilación eran cosa de haraganes, la gente se enfermaba siempre y había que estar atento, al pie del cañón, aconsejando con sabiduría, recetando de buen talante.

—Necesito unas pastillas para dormir —dijo Balaguer, y lo miró fijamente a los ojos y trató de decirle con la mirada exhausta que necesitaba unos sedantes, que se compadeciera de él.

—¿Sabe cuáles? —preguntó Ferdini.

—No lo sé. No tengo prescripción. Pero he llegado de un viaje largo y me siento fatal. Necesito dormir.

Ferdini se quitó las gafas, lo miró a los ojos, le pareció advertir a un hombre desesperado.

—No puedo venderle medicamentos si no tiene prescripción.

—Pero deme algo —rogó Balaguer—. No se preocupe, tomaré las pastillas que usted me diga. He llegado de Madrid y necesito descansar, comprenda.

Ferdini sintió compasión por ese turista desaliñado, de mal aspecto.

—Le voy a dar un ansiolítico —propuso.

Balaguer le agradeció, pagó, dejó una buena propina.

—Con una pastilla basta —advirtió Ferdini.

—Solo tomaré una, no se preocupe —dijo Balaguer.

Luego metió la caja con las pastillas en un bolsillo de su chaqueta y apuró el paso rumbo al hotel.

Jaime Bayly nació en Lima en 1965. Tras ejercer el periodismo, inició su carrera de escritor en 1994 con *No se lo digas a nadie* [illegible] (2005), *Y de repente, un ángel* (2005), *El canalla sentimental* (2008) [illegible]

Sobre el autor

Jaime Bayly nació en Lima en 1965. Tras ejercer el periodismo, inició su carrera de escritor en 1994, con *No se lo digas a nadie.* Se han señalado con justicia las virtudes de su estilo: personajes entrañables o afiebrados, diálogos ágiles e intensos, excelente manejo de la acción y, sobre todo, un corrosivo sentido del humor. En *La lluvia del tiempo* recrea su trayectoria en la televisión. Otros libros suyos son *Fue ayer y no me acuerdo* (1995), *Los últimos días de La Prensa* (1996), *La noche es virgen* (1997), *Yo amo a mi mami* (1998), *Los amigos que perdí* (Alfaguara, 2000), *La mujer de mi hermano* (2002), *El huracán lleva tu nombre* (2004), *Y de repente, un ángel* (2005), *El canalla sentimental* (2008), *El cojo y el loco* (2009) y la trilogía *Morirás mañana* (2010-2012: *El escritor sale a matar, El misterio de Alma Rossi* y *Escupirán sobre mi tumba*).

Otros títulos
publicados en esta colección:

Mariana de Althaus
Dramas de familia

Óscar y las mujeres
Santiago Roncagliolo

Resplandor de noviembre
Abelardo Sánchez León

Un asunto sentimental
Jorge Eduardo Benavides

La ciudad más triste
Jerónimo Pimentel

Raro
Renato Cisneros

A la luz del amanecer
Edgardo Rivera Martínez

Una pasión latina
Miguel Gutiérrez

El peruano imperfecto
Fernando Ampuero

Romina
Fortunata Barrios